我家有个男子汉

〔埃及〕伊赫桑·阿卜杜·库杜斯 著

仲跻昆 刘光敏 译

华文出版社

في بيتنا رجل

إحسان عبد القدوس

再版序

《我家有个男子汉》有机会再次问世,我感到非常高兴。这部由埃及著名作家伊赫桑·阿卜杜·库杜斯于1956年创作的著名长篇小说,由我们移植到我国,是在1983年。

记得当年曾给作者库杜斯写信,请他为译本写个序。他热情地回了信,不过在信中谦虚地说:"我从不为自己的书写序,而且也不肯为我的朋友的任何书作序。"他在来信的一开头就说:"接到你的来信,我很高兴。它使我又想起了几年前我们的会见。"

他想起了,我自然也想起了,而且至今难忘。其实,我同库杜斯的会见有两次。第一次是在《金字塔报》报社六层楼他的办公室里。那次的会见我已写在了本书的后记里,这里不再啰唆。第二次会见则是在他家里。当时的情形,我也写在了《库杜斯短篇小说选》译本序中,在此偷点懒,抄录一下:

早在一九八〇年春,一天傍晚,在扎马利克岛区,我们几位在开罗进修的同志乘电梯登上了一幢俯临尼罗河的大楼的第十层。这层楼只有两家住户:左边住的据说是一位部长,右边一家住的就是我们要拜访的大作家伊赫桑·阿卜杜·库杜斯先生。一位肤色黝黑的努比亚用人把我们引进了客厅。大小客厅共有三间，布置得既富丽又高雅：墙壁上、架子上、柜子里到处是古玩、艺术品，琳琅满目，其中不少是中国的工艺品，使我们颇感亲切。作家大概是不想把我们当作一般客人在客厅里讲客套，而让我们径直进了他的书房里。从客厅到书房弯弯曲曲的一段走廊仿佛是条画廊，两边挂满了伊赫桑的各种友好漫画像，据说都是作家在报社、杂志社搞美术的同人们的赠品。

书房在套间的最深处。这大概是作家想"深居简出"，写作时尽量不受外界干扰的苦心安排吧。一进书房，只见作家从一张很大的书桌后站起身来，热情地同我们握手，表示欢迎。书桌上摊着一叠白纸，纸上一支笔的笔帽还没旋上。显然，我们的到来打断了作家的写作。记得在《金字塔报》报社六楼作家的办公室里我第一次见到他时，他也是这样。作家的这种手不离笔的勤奋精神实在令我敬佩。我把同伴们向作家一一做了介绍。大家慢慢打破了拘谨，畅谈起来，谈生活、谈文学，也谈政治。

在作家书架上最引人注目的地方，整整齐齐地摆着一排同一装帧的书籍，厚厚的共有三四十本。那都是伊赫桑的作品，他幽默地把它们称作"我的孩子们"。这些书籍在埃及和阿拉伯各国的大小书店里触目皆是，不同的是，在这里作家按同一规格重新装订过，看上去很端庄。作家还给我们看了他的作品的各种外文的译本，如俄文版的《我家有个男子汉》、英文版的《我行我素》等。这样一位名作家，那么多的作品，竟没有一本中文的译本，作为一个学过阿拉伯语又喜爱阿拉伯文学的人，我感到有些不安。翻译库杜斯作品的念头大概就是从那时产生的吧。

埃及著名的老作家陶菲格·哈基姆（Tawfīq al-Hakīm，1898—1987）在谈及库杜斯时说，他作为一位作家，既要写政论，又要写小说，太勉为其难，委屈自己了；劝他最好别去关心政治，而埋头创作小说。另一部分人则劝他最好放弃小说创作，而专门写政治文章……库杜斯却说："事实上，我无法照办。"他要兼而顾之。他反对脱离政治，把自己关在象牙塔里为艺术而艺术。他从学生时代起，就热心于反帝的爱国斗争，在《我家有个男子汉》一书中，我们可以隐约看出些作者的影子。

《我家有个男子汉》（曾名：难中英杰）中译本从问世到如今再版，30 余年，斗转星移，人世沧桑，发生了很大的变化。

当然，最大的憾事莫过于库杜斯这颗埃及乃至阿拉伯文坛巨星在 1990 年的陨落。他生前曾荣获埃及总统纳赛尔的一级勋章、穆巴拉克总统的共和国勋章，并在 1989 年荣获埃及国家文学表彰奖，这是埃及对文学家终身最高的奖励。世纪之交，他的这部名著《我家有个男子汉》也被阿拉伯作协评为"20 世纪阿拉伯 105 部最佳中长篇小说"之一。作家在天国有知，也会感到欣慰吧。

30 余年过去了，我们也由得志的少年时代，得子的青年时代，得意的中年时代，慢慢转入了得病的老年时代，但有机会能再让我国的广大读者见到《我家有个男子汉》，也是在世又一件感到快慰的事。

《我家有个男子汉》创作于 1956 年。我永远忘不了那一年，因为正是在那一年，埃及与年轻的中华人民共和国建交，开阿拉伯世界和非洲国家同我国建交之先河；正是在那一年，埃及总统纳赛尔用阿拉伯语对西方殖民主义、帝国主义者说"不"，宣布将苏伊士运河收归国有，从而引起三国侵略埃及；也正是在那一年，年轻的 18 岁的我考进北京大学东语系。

想当年，我是在 1978 年到 1980 年于埃及开罗大学进修时读的《我家有个男子汉》这部小说，还看过据小说拍的同名电影，主演是后来去了好莱坞成了国际大明星的奥麦尔·谢里夫（Omar Sharif，1932—2015）。他与埃及明星法蒂·哈玛玛（Fātin Hamāmah，1931—2015）合演的《我们美好的日子》，在 20 世纪 50 年代在我国译制上映后，曾红极一时，给我留下了深刻印象。《我家有个男子汉》，无论是读小说，还是看电影，都让我感动，让我激动。它让我想起我的故乡——大连，它在日寇统治时期被称为"关东洲"，它比当时被称为"满洲国"的我国东北地区更殖民化，所以看到当年英国殖民主义统治下埃及难中英杰的斗争，就会联想起当年日寇铁蹄下我家乡人民的遭遇与斗争。这大概就是人们常说的同病相怜,同声相应,同气相求,同仇敌忾吧!这也是我们当年决心翻译这部作品的又一初衷。

是为再版序。

仲跻昆
2016 年 11 月 25 日
于北京·马甸

致译者的信

亲爱的仲跻昆(萨尔德)先生：

你好！

接到你的来信，我很高兴，它使我又想起了几年前我们的会见。让我更为高兴的是，你在来信中告知我，已将我的部分小说译成中文，并发表在中国的一些刊物上，且还准备再将我的其他一些小说译成中文版书籍。这一切使我感到很荣幸。同时，这一工作也是在实现将我们的文学作品相互介绍给两国人民这一愿望。

我很抱歉，不能为我的小说译本写序，因为我一向就不习惯这样做。我不习惯于向小说的读者做自我介绍，而喜欢让小说本身将我介绍给读者。因此，我从不为自己的书写序，而且也不肯为我的朋友的任何书作序。我认为这是批评家或文学出版负责人的事，而我却并非这两种人。我倒是更希望能有幸让你在通过你的笔将我的小说介绍给读者的同时，也通过你的高明的文学研究，将你所认识的我介绍出来。

希望你能将发表有我的小说的杂志寄一些给我，也希望能给我寄一套我的小说的中译本，我纵然不懂中文，却喜爱珍重地保存那些刊物，也以存有这种中译本为荣。

诚恳地祝愿你在将阿拉伯文学介绍给中国人民的事业上永远成功,并致以衷心的谢意!

你的朋友

伊赫桑·阿卜杜·库杜斯

1983年6月26日于开罗

第一章 / 001

第二章 / 023

第三章 / 047

第四章 / 063

第五章 / 081

第六章 / 097

第七章 / 113

第八章 / 129

第九章 / 145

第十章 / 157

第十一章 / 173

第十二章 / 191

第十三章 / 201

第十四章 / 221

第十五章 / 235

第十六章 / 255

第十七章 / 275

第十八章 / 283

第十九章 / 293

第二十章 / 311

第二十一章 / 329

第二十二章 / 347

第二十三章 / 365

尾　声 / 385

译后记 / 395

第一章

在斋月①里的一天,下午五点,离开斋还有一个半小时。他躺在阿尼宫医院②一间病房的床上。那是间特别的病房,门口站着两个荷枪实弹的警察。

他从床上坐了起来,动手把散乱在四周的报纸敛在一起,一张一张地叠好。他的目光已经是第一千次落在一张报纸的头版头条的红色大标题上:决定对……案件起诉。

他没把大标题读完,只是把那份报纸像其他报纸一样,很快地叠了起来,站起身,走到安装在屋子一侧的水龙头跟前,洗起脸来。他低下头,任自来水哗哗地浇在脑袋上,仿佛是想浇灭那从脑袋里冒出来的火;又把脸埋在毛巾里,仿佛是不想看到这团火,也不想看到任何东西。

他开始换衣服:脱掉睡衣;穿上衬衫和长裤,然后坐在床上,动手穿鞋子。随后,他把手塞到床垫底下,把手指伸进一个小破缝里,在一团团棉絮里摸索着。最后,他的手指触到了一件小小的硬邦邦的东西。他把它抽了出来,放在手掌里,又对它着瞧了一会儿,那目光中既有爱怜,又掺杂着揶揄、嘲讽,好像他是在瞧着一个小娃娃。那是一把"勃朗宁"手枪。他早就讥笑这些小手枪了,觉得这种枪握在手里无足轻重,似乎

---

① 伊历每年九月(莱麦丹月)为斋月。伊斯兰教规定斋月中穆斯林应把斋,即从拂晓时起停止饮食,俗称"封斋",日落后方能开始饮食,俗称"开斋"。
② 开罗一家著名的医院。

是一件儿童玩具。他最早握的一把手枪，就是这种枪，又小又没劲儿。那时他是一个孩子，还不满十七岁。此后，他长大成人了；手枪也随之长大，变成大型的"驳壳枪"了。但是今天他却不得不起用小手枪。他觉得自己又回到了少年时代！

他把手枪揣在裤兜里，仿佛是把一桩最珍贵的回忆隐藏了起来。他站起身，在屋子里来回踱着步，随后在屋子里唯一的一张凳子上坐下来，又看看表，叹了口气。他似乎害怕再叹气，故从身旁拿起一本杂志，开始读起电影明星的新闻来。

埃及仍然在关心电影明星的新闻。他出了这么大的事，可是法婷·哈玛玛①还依旧出现在银幕上，伊马德·哈姆迪②还是满面春风，显露出一副悠然自得的样子，似乎不知道——整个埃及似乎都不知道，她的一个儿子将为她死去，将被判死刑，将被绞死。

他恼火地把杂志扔在地上，自言自语道：

"我不能死！我绝不能听任他们随意摆布！"

他心中满腔怒火，脸上却显得若无其事。你若是不细瞧他的两眼，绝不会感到他有什么心事，也许倒会以为他是幸福的，非常幸福，因此法蒂·哈玛玛又演了一部新片子，而伊马德·哈姆迪仍然是满面笑容。

这正是他的天性。只有他的两眼能显露他的一点儿感情，至于脸上其他部分，则总是显出一成不变、泰然自若的表情，这种表情的魅力能抓住你的心，摄住你的魂，使你情不自禁地喜爱他、信任他，而不会想到，有这样一副面孔的人竟会是一个英雄。

也许他本人从来没有意识到自己会成为一个英雄；也从来没想过，他的相片竟会有一天登在各大报的头版上，男女老少在谈论他，全国上下都把注意力集中在他身上。他从来没感到自己有什么要搞一番惊天动

---

① 埃及最著名的女明星，主演过《和平的土地》《美好的日子》等影片，曾访问过中国。
② 埃及最著名的男演员之一，曾主演过《忠诚》等影片。

地的英雄业绩的动机，心里也并不认为自己比别的青年更勇敢、更爱国、更激进。他的一切作为，对于他本人来说都是很自然的，并没有什么出类拔萃或异乎寻常的地方。相反，他想到自己的弱点往往要比想到自己的优点的时候多。例如：他感到自己不能面对群众演讲。还是从他在中学与同学们一道开始参加爱国革命运动那一天起，他就一直有这种感觉。他从不领队，不领着喊口号，也不发表慷慨激昂、热情洋溢的讲演，而是一声不响、默默无闻地为革命做些实际工作。

当时，一旦警察包围了学校，他就会去把消防水龙头安装好，把水流对准警察们射去。然后，他会把瓶子收集在一起，装满沙子，分给同学们，作为武器，去回击那些射向他们的子弹。后来，他又发明了一些小武器，想出了一些对付警察的好办法，使同学们不禁又惊又喜，如：造莫洛托夫燃烧瓶，用破布团浸透煤油，点燃后，扔到警察的汽车上。又如：把学校里打饭用的碗当成钢盔，让同学们翻扣在脑袋上，以抵挡军警们的棍棒。逐渐地，同学们开始团结在他的周围，信任他，经常期待他做出什么决定。尽管他不领队，不领着喊口号，也不发表演说，但同学们一直把他看成是一位沉默寡言的领袖。

他的沉默在他周围造成了一种神秘、感人的气氛。同学们中流传着许多有关他的神奇传说。有的说，他家里藏着满满十箱炸药；有的说，他爸爸在家乡藏了一挺机关枪；有的说，他哥哥是一个军官，帮他出谋划策，为他制订进攻、防守方案；还有的说，他多次参加过大学生们召集的秘密会议……诸如此类，不胜枚举。所有这些传说为一个动人的英雄描绘出一副动人的形象，同学们无不为之仰慕。

这些传闻并不正确。他的父亲只是工程部里一个五级职员，像别的职员一样，嘴里谈的经常是等级，告诫自己的儿子，不要介入政治活动。他也没有一个当军官的哥哥，而且根本就没有亲兄弟。他的家里也没有满满十箱炸药。当时，他也从来没去参加过大学生们召集的秘密会议。

况且，他并非在搞政治。他并不想花费脑筋去讨论政治问题，既没有为自己选择某一种政治信仰，也没有参加任何党派。他的爱国主义仅仅是一种强烈的感情，促使他同大家在一起。反映在他脑子里的，就是制订出那些计划，抵抗警察，并战而胜之。正是这些计划使同学们赞叹不已。

他憎恨、厌恶英国佬。每逢看到一个英国佬，他就感到这是对自己尊严的一种损害。但他并不了解殖民主义的实质，也没意识到英国佬正在吮吸着他的祖国的鲜血。

他憎恨国王，憎恨王公大臣。他要求废除1936年的条约①，要求取消军事管制。他怎么会具有这样一种感情，他自己也不清楚；他只是有一种敏感，敏锐地感觉到了大家的要求，人民的要求。

当时，他年方十七，是赛义德中学②的学生。有一天，一个信赖他的同学给他带来了一支小"勃朗宁"手枪和一盒子弹，那是他平生见到的第一支手枪。那位同学没有盯着他的双眼瞧一瞧，否则就会发现，他在摆弄着手里那把手枪时，眼里闪露着多么惊奇的目光啊！也许那位同学会以为，他给他带来的只是一件普普通通的东西，还配不上他那副英雄气概呢！

他拿着手枪走回家去，感到自己成了强者，十足的强者。现在，用这件小东西，他可以消灭一切自己的敌人、祖国的敌人。

可是，该怎样做呢？

他一方面感到，手中握着的是一股新的力量，但同时又有另一种感觉，一种新的感觉，一种责任感，使用这一力量的责任感。他不能想杀谁就杀谁，因为他不是杀人凶手，也不想成为一个杀人凶手。尽管如此，他却感到，他能使这件小东西发挥大作用。

他带上手枪和子弹盒离开了家门，一路上小心翼翼的，似乎担心手枪会自动向过往行人脸上射击。他乘上电车，在金字塔路的尽头下了车，然后步行，向金字塔后面那片沙漠的远处走去。他掏出手枪，装上子弹，

---

① 1936年，埃及华夫脱党政府与英国签订了《英埃二十年同盟条约》。这个丧权辱国的条约使埃及实际上处于英国殖民地的地位，并用法律形式固定下来。条约曾遭到埃及人民强烈反对。

② 开罗一座著名中学，位于开罗大学附近。

朝着竖在前面的一块石头瞄准。他的手颤抖起来,手指在扳机上僵住了。他将听到震耳欲聋的巨响,人们会把他围住,闹出大乱子来。他有些怕,需要以自己全部的意志来克服这种恐惧心理。他合上双眼,使劲闭紧眼皮。他似乎觉得自己的两只耳朵也闭紧了,以免听到那可怕的声响。最后,他终于动了动手指,按了一下扳机。竟然什么事儿也没有,子弹"啪"的一声飞了出去,如同用牙齿咬碎一颗榛子的响声;子弹又"吱"的一声在空中飞过,其声音小得像一只蚊子的嗡叫,既没有轰响,也没发生什么可怕的事。

他睁开了眼,似乎不敢相信自己。他咧开嘴笑了,又像是发现了新大陆。然后,他射出第二发、第三发、第四发、第五发……再装上子弹,再射击。他要耐心地、仔细地去击中一个目标。他如同买了一条纯种良犬,要训练它,使它得心应手地听从使唤。

他爱起手枪来了。临睡前,他把它放在枕头底下;醒来,一睁眼,头一件事就是看看它。上学前,他把它藏在衣柜里,然后整天都在想着它,在他脑海里,它就是他热恋的情人;一放学,他三步并作两步地赶回家,径直走进自己的房间,关起门,从柜子里掏出手枪,仿佛渴慕已久,情不自禁地把它紧握在手里,然后就像抚摸爱人似的摆弄着它,又像脱去爱人的衣服似的把它的零件一个个拆卸开来。

如同热恋中的情人喜爱读言情小说一样,他开始热衷于读侦探小说,并爱看那些"牛仔片"①。他的两眼总是盯着手枪,看看手枪都能干些什么。

他同自己的手枪相约,每星期四下午和星期五上午,他陪伴着它到金字塔后面的沙漠里去射击。那一发发子弹的射击声,在他听来都仿佛是清脆的亲吻声。

他射得很准,指到哪儿打到哪儿。他还从看过的"牛仔片"和读过的侦探小说中,学会了所有的射击姿势。他可以闭着两眼射击,也可以背过身子,看着镜子瞄准。他把靶子设定得越来越小:最初是一块大石头,

---

① "牛仔片"又称"西部片",系指美国好莱坞拍摄的以美国西部所谓"莽原英雄""侠客"除暴安良、打斗、凶杀为题材的一类影片。

后来是一个基尔什①的镍币，再后来就变成为两基尔什的小银币。每次没打中的时候，他就会带着埋怨和责备的神情，看着手枪说：

"我的宝贝，这是怎么搞的？"

然后他又微微一笑，仿佛枪在回答他：

"易卜拉欣，这次不算数！"

他喜爱枪就喜爱到这种程度——把枪当成宝贝！

但是对这种爱好，他又不禁有些担心。

他少年老成。这种老成告诫他要当心这种迷恋，当心每逢握枪在手时，这种从心里迸发出的巨大力量。他把这种迷恋隐藏起来，把这种巨大力量压在心里。他忠实地对手枪负责，从没在别人面前显露过它。在与同学们一道参加游行示威时，他也从不把枪带出去。他担心有一天会控制不住神经，开起枪来。不仅如此，他甚至从没在人们面前谈起过他的手枪，就好像一个高尚的情人，满怀爱情，却一声不响。

他心中激荡着爱国热情，他唯一的爱好就是"手枪"。就这样，他读完了中学，考进了法学院。在新同学中，他又处于他过去一向所处的地位：一个沉默寡言的领袖地位。他自己并不想凌驾于人，但却使人不由自主地服从于他的领导。甚至就是那些想要贬低他的人——大多是各党派委员会里的学生，也不能憎恨他，因为没有理由憎恨他。他不反驳他们的见解，倒好像听课似的倾听他们的侃侃而谈；他不参加他们的党派辩论，因为他是无党无派的；他也不同他们争权夺利；他不出头露面去带队，只是在队伍后面起着自己的作用，尽管他的影响已经超越了领队。

大家对他唯一的抱怨，就是他年纪不大，却过于严肃：不到非讲话不可的时候，他从不开口，他也不到俱乐部去下棋、玩牌……更有甚者，他对女同学连边都不沾，不像其他同学那样去追求她们，好像他瞧不起她们，无视她们的存在。

这倒不是故意摆架子，而是他天性如此。他不善辞令，自己不下棋，

---

① 埃及的辅币，一埃镑为一百个基尔什。

也不喜欢看同学们下棋，因为那移动棋子的声音会使他不由得想起他心爱的手枪射击声。他也不喜欢坐在桌子旁边去玩牌。至于女孩子，他倒不是讨厌她们，只是她们在他的生活中没有什么影响。他原来所处的天地，一向没有女孩子涉足过。他没有姐妹。在他的心目中，自己的母亲绝不是一个普通的妇女，而是一个举世无双的完人，一位非凡的女性。

他并非故作老成。同学们下棋、玩牌、追求女孩子，他都不生气。朋友们常常向他讲述自己谈情说爱的浪漫史，他听起来也非常注意。但与其说他关注这些浪漫史本身以及其中的女主人公，倒不如说他关心的是借此了解这些朋友的情况。

像喜爱自己的手枪一样，他也非常喜爱自己的朋友们。他对朋友们的这种感情不无一种大丈夫气概。他急公好义，舍己为人，为朋友，他可以牺牲一切，甚至生命。有一两次，在游行示威中，为了营救一个朋友免遭杀害，他自己差点儿送掉性命。还有一次，为了全体学生的安全，他也差点儿牺牲。那是在一次游行示威过程中，他跳进尼罗河，爬上一只小船，又把船划到了阿拔斯活动桥的桥墩下，攀上桥墩，想把活动桥合拢，因为警察分开了桥，以阻止游行示威的学生到开罗市内去。可是他没法把桥合起来，因为警察拦住了他，棍棒一齐向他打来，于是他只好再次跳进尼罗河，游到岸上。

他喜爱朋友和同学达到了这种程度。这种喜爱毫无虚情假意，而是出自他的本性。也许正是这种感情，使他对于他们有一种吸引力，并使他那像熟透了的麦粒一样的褐色脸庞总是焕发出安然、娴静、和蔼可亲的容光。

他没有更多的奢望：作为一个学生，他唯愿把自己的全部感情献给祖国和同志，并偷偷地、一声不响地爱着自己的手枪。

他自认为，在这段青年时代里，他在生活中，也只不过是继续做这样一个普通正直的人罢了。

直到有一天他看完电影出来，路过阿德里帕夏大街，在一家酒馆门前，看见一群人熙熙攘攘地挤成一团。那是一群英国大兵同一些埃及小贩在相互叫骂,并动手打起架来。

他走到跟前,同围观的群众一起,注视着这场战斗。他对英国佬的憎恨开始在胸中翻腾,这种仇恨感越来越强烈,以至他怒火中烧、热血沸腾,每根神经都颤动起来。他希望那些小贩战胜英国佬,可是英国大兵却蜂拥而至,越聚越多。随后,他瞧见一个英国兵掏出一把折刀,在空中一挥,就刺到了一个小贩的额头上,鲜血流了出来,那是一个埃及人的鲜血啊!

他再也忍不住了。只一瞬间,他不顾一切地跳起来,扑到那些英国佬的跟前。拳头、脑袋、肩膀、小腿……他的每一部分肢体都不由自主地向敌人打去、撞去、踢去。他挥动拳头,顾不得考虑如何看得准些,打得狠些。一举一动,他连想都来不及想了。

他开始感到还击落到了他身上,所有的打击都落到了他身上。他们对他拳打脚踢……他跪倒了。

突然,他想起了什么……手枪! 要是"宝贝"随他一起,他就会把他们统统消灭,这些狗东西!"宝贝"可以保护他免遭这种侮辱,可以维护他的尊严。"我要杀死他们! 把他们全都杀掉!"

他还跪在地上。抬头一看,他瞧见了那英国兵手中的折刀又在空中像子弹似的划动,直朝他脑袋刺来。他赶紧把头一偏,趁势站起身,跑了起来。他离开战场,叫住一辆出租汽车,让司机朝穆尼莱区他的家开去。他催着司机:"快点儿! 求您开快些!"司机像一个哲学家,微笑着看看他,打量着他那面颊上、眼眶上的青伤,安慰他道:

"日子长着呢,不在于这一时。"

他没有回答,只是发疯似的一个劲儿地念叨着:"快点儿! 求您开快些!"车开到他家。他对司机说了声:"等我一会儿!"然后三步并作两步地直奔上楼,冲进自己的屋子,连妈妈给他开门时发出的惊叫声都没听到。他取出手枪,又飞快地直奔下楼,一头扎进等着他的汽车,气喘吁吁地说:

"回阿德里帕夏大街! 快!"

司机开动了车,又回过头以一种哲学家的目光望着这位乘客,和颜悦色地说：

"不过，你最好是先消消火气，先生！"

他没答话。

他把手插在上衣口袋里，握着那把手枪，仿佛把整个心、整个头脑、整个青春都同枪一起放进了口袋里。

到了阿德里帕夏大街，他什么也找不着了。战斗早已经结束了，黑乎乎的地上只留下斑斑血迹。他朝四周张望着，想找到那些人中的一个，找到任何一个英国佬。可是马路上空荡荡的，没有一个英国人。

他平静下来了，不再浑身战栗。

在上衣口袋里，他那握枪的手指松了开来。突然，他想起了一件事：他还没付车费呢。他回头朝司机望去，司机还是用哲学家的目光朝他看着，脸上仍旧挂着微笑，和颜悦色，显得善良而又有些绝望。他开始在一个个口袋里翻找钱，但找来找去，发现身上只带着五个基尔什。在气头上，他连这一点也忘记了。

司机看到他那不知所措的窘态，说：

"没关系，先生！不用找了，也别当回事儿！大家已经替你付了。"

他惊奇地问：

"大家是谁？"

司机笑着说：

"除了他们，就是咱们大家呗！好，再见！"

汽车好似在同司机一起哈哈大笑着，开走了。

冷风吹拂着脸上的伤，他顶着风徒步走回坐落在穆尼莱区的家。一路上，他都在思考。在思考过程中，他发现了一些重大的新问题：他觉得自己的作用不能只限于组织和参加爱国的游行示威。

他为什么要向警察扔砖头，又为什么要砸路灯和烧电车呢？为什么？因为他相信自己的祖国有自由的权利。制订宪法，废除条约，取消军事管制，所有这一切都是要求实现自由。

是谁剥夺了他的自由，剥夺了他的祖国的自由呢？不是警察，不是电灯公司，不是电车公司，也不是各个党派的头头！是英国佬！那为什么不直接打击英国佬，为什么不把斗争的矛头指向他们，却指向警察呢？

于是，他开始有了政治觉悟。

就在这一天，他开始考虑要组织一个暗杀英国兵的秘密小组。

可是过了几天，他又犹豫不决起来。他不是一个杀人凶手，也不想杀人。

不！他这不是杀人，是在战斗，是在进行一场光荣的战斗。啊！英国佬用军舰、大炮、成千上万的士兵来对付他，而他却是单枪匹马，只用一把小手枪来向他们应战。

他夜不能寐。并不是感到伤口疼痛，对于那些像铁蹄踏出的脚印般的瘀伤，他无动于衷，他是在注视着展现在自己面前的另一个世界，一个充满了尸体和鲜血的世界。那是英国佬的尸体，英国佬的鲜血。其中也有那个用拳头打他的脸、并在他头上亮出折刀的家伙的尸体！

他并没有被这个世界吓倒，感到惶恐不安，而是用刚毅的目光，仔细地打量着它。

第二天，他带着手枪走了出去。从那时起，"宝贝"就一直在他口袋里，再也没有离开过他。

他开始研究方案。他知道通向各个英国兵营的所有道路，不管是通往坐落在阿巴西亚、马阿迪、马扎的兵营，还是通往坐落在去亚历山大港大路上的兵营，条条道路他都熟悉；他了解士兵们回兵营的时间；他得知不许他们单独到开罗，到开罗去要得到集体行动的指示；他还知道他们携带的武器。他什么都了解清楚了。他所需要的一切情报，他都搞到手了。

他选择了第一次战斗的地点。那是在新开罗区的电车终点站。

当他制订行动计划时，发现自己一个人干不了这么多事，至少还需要一个有汽车的同伴，使他开枪之后可以乘车逃走。

他开始物色第一个同伴，选中了那个赠给他手枪的朋友。朋友的爸爸有汽车，朋友本人是个具有纯洁而诚挚的爱国热情的青年，对他又很顺从。但他并没有先向那个青年透露自己想暗杀英国佬的主意，而是天天接近他，用平静的语调、简短的话语同他谈起英国佬，谈起他们的罪恶和暴行，启发他去思考并说出自己期待他说的话。果然，朋友说话了，其想法与他自己的主意如出一辙。朋友热情地喊着：

"我们为什么不杀掉他们呢？"

易卜拉欣抓住这一声呐喊，开始同这位朋友一道研究行动方案。

几个星期过去了，行动的具体时间定了下来。他把一切事情都仔细、谨慎地考虑了又考虑，好像是要去欺骗死神！

半夜十二点，一辆汽车停在马扎电车终点站上。周围万籁俱寂，夜晚仿佛受到了惊吓，也屏住了气息。

他俩没有说话。过了好长一段时间，两人仍是不声不响。他们的计划已经定了，两人商议妥了：如果易卜拉欣被捕或者中弹倒下，朋友就独自开车逃掉。

两个英国兵喝得醉醺醺地走过来了。易卜拉欣抓住了汽车门把手，用仿佛是诀别的目光，不知所措地看了看朋友。他有些犹豫，可是他发现朋友比他更犹豫：双唇战栗，畏惧的眼神中混杂着希望，仿佛是在哀求他改变主意。

从朋友的软弱中他反而汲取了力量，挺直了胸，紧闭嘴唇，朝朋友微微一笑，像是鼓励他，安慰他。随后，他猛地打开了车门，站在路上迎接两个英国兵，手插在上衣口袋里，握着"宝贝"。

他再次犹豫了，自己也感觉到犹豫了好久。他不能把"宝贝"从上衣口袋里掏出来，"宝贝"像一个不肯俯首听命的姑娘。他不能按动扳机，他不能杀人。他感到心都快要停止跳动了，两膝也支撑不住了，他似乎是被吊在半空中。

他几乎要回到汽车里溜之大吉，去向"宝贝"和朋友承认自己的懦弱。突然，那两个英国兵向他扑来，他们的拳头朝他胸口打过去。

只一瞬间，他向后退了一步，从口袋里掏出手枪，"宝贝"闷声闷气地响了，子弹的响声像蚊子的嗡叫。

一个英国兵中弹，倒在地上死了；另一个英国兵满脸露出吓死了的神情。这就是他最后看到的景象。

他跳上汽车，朋友发疯似的开起车来，仿佛是想钻进地里躲起来。等他们进了城，才减低了车速。他们在汽车里，像是两个朋友正在兜风，又像是在寻找一个他们追求的姑娘。就这样，他们执行了计划。

他们都一声不吭，谁也说不出话来。甚至在汽车开到易卜拉欣家门口，他从车里下来时，都未向自己的同伴打一声招呼。他的同伴也没有向他致意告别。

他睁着眼，彻夜未眠。被打死的那个英国佬的尸体总浮现在他眼前。可是这具尸体本身不再使他萦绕于怀，也不再使他激动不安。他只是在琢磨着：他是不是做得对？

钟表的报时声敲着他的头脑，像是在向他肯定：他是对的！

清晨，他睁开眼，用几乎颤抖的手抓着报纸，可是他并没找到有关昨天被杀的英国兵的消息。新闻检查官怕引起人们不安，不准发表这条消息。

这就是第一次。

随之而来的是一次又一次。小组壮大了，组员的人数变成了七名。手枪也大了，他们买到了大型手枪——比手掌还大的"驳壳枪"。他握着它，感到自己背叛了"宝贝"。可这怎么能怪他呢？"宝贝"不愿意同他一起成长，而任他独自壮大。但它仍像他整个少年时代初恋的情人，使他难以忘怀。

七个人每星期都到山上去练习射击，然后开会制订计划。他们侃侃而谈，议论着种种事情，然后望着他，由他决定怎么办。他并不是他们中的长者，当时他还不过二十岁，而有的人已经二十二岁了；他也不是他们的头头，七个人曾决定，他们用不着有头头。但他天生就是这样，凡事总由他做最后的决定。他们从不冒失、从不轻率行事，至少是他不允许他们轻率行事。他做决定时是非常谨慎的。在每两次行动之间，他们都要间隔很长一段时间。两年间，只不过搞了八次行动，每次行动都完成得很圆满，警察一点儿线索也找不到。种种保护英国佬的措施都挡不住他们的一次次行动,他总能在这些措施中找到漏洞,总有办法制订出新的行动计划。

他们开会,制订出第九次行动计划。

在行动的前一天,计划被取消了。同伴们都很惊奇,以致提出了抗议。他没有什么理由解释,只能对他们说,这个计划不牢靠。

这并不是他的理由。

几个星期以来,他一直在反复思索着:他搞的这些行动究竟有什么用?他不能把成千上万的英国兵都消灭掉。暗杀也许会使他们少一个、两个,或者十个、百个,但他们并不会从埃及滚出去,仍然会盘踞在埃及的土地上。再说,由于新闻检查官不许发表有关这类行动的消息,这些行动也没能在人们心目中引起多大反响。人们无动于衷,既不激动,也没有鼓起多大的劲头,更没有团结一致地干起来!这些行动并非是个人的嗜好,他并非杀人成性。他是要借助这种积极的爱国行动,激励人们,唤醒他们,使他们团结起来,投入到战斗的行列中去。

英国佬怎么能够使人们这样麻木,怎么能够让埃及的心灵这样紧闭,以至于杀死一个个英国兵,人们竟毫无反应?

搞新闻检查的并不是英国士兵,管宵禁、戒严的不是他们,把爱国者抓起来并关进集中营里去的也不是他们。那是既定政策,是强加在人们头上的政策。那么由谁来贯彻、执行这些维护大英帝国利益的政策呢?是英国人的走狗,是卖国贼!

他不禁浑身战栗起来。他知道他的思路把自己引到了哪里。他知道这种思想一旦控制了他,他就无法摆脱掉,它将促使他去杀人。这次他将去杀死一个埃及人,或者一些埃及人。从第一支手枪落到他手里那一天起,他就非常注意,不把枪对准一个埃及人的胸口。他从不带枪出去游行示威。他忍受着警察的棍棒和追逐,而从未想过要使用自己的手枪。他不能在埃及人面前举枪。现在他考虑要对付的人不是普通的埃及警察。他考虑的是另一伙人,是走狗、卖国贼。警察只是执行一项并不能怪罪于他们的政策。

这样他们就无法掩盖消息了。一个名声显赫的走狗被杀死是瞒不住人的。人们将会为他的完蛋而欢腾，其余的走狗闻讯则将胆战心惊。

他被自己这一想法苦苦折磨着。又过了几个星期，新的设想又使他夜不能寐，终日思索。

他怎么能确定哪个人是英国佬的走狗，是埃及的卖国贼呢？

有一个人，大家一致公认他是个卖国贼，他本人也俨然以英国人的代理人自居。对卖国贼的惩罚就是处死。人们对他的卖国罪行已经做出了判决，只是还未执行罢了。

他将是执行这一判决的人。

像往常一样，他开始用自己的想法去启发同伴，引导他们朝这条思路去考虑问题，并让同伴们先说出他自己想要说的话。最后，大家决定要把行动目标转向英国佬的走狗。他们相信，不消除走狗，就不能摆脱英国佬。

计划制订出来了。那是一个刺杀英国在埃及的走狗阿卜杜·拉希姆帕夏的计划。

一切都按照他在纸上计划好的那样完成了，仿佛他是一个掌握命运的神。

他第一枪就射中了目标，接着又开了两枪，似乎是补上这两颗子弹去追赶那奔向火狱的亡魂。他朝等在那里的汽车跑去。汽车本应在他跑到之前就发动起来，以便他一攀上车，就飞驰而去。但汽车却没开动，它出了毛病。他跑着，听到背后的叫喊声以及奔跑的脚步声渐渐接近了……他的同伴拼命踩油门，汽车却像死神悲鸣一般只发出呻吟声却动不了。

他越过了汽车，胸中憋足气，双腿拼命向前跑。他没有思索，也不知跑向哪里，只是向前跑着。呼喊声从后面追来。他听到警察的哨子声，还听到有人喊：“抓小偷！抓小偷！……”他身后的人越来越多，人们跟在他后面跑着而不知道为什么跟着跑。有些人真以为他是"小偷"了！

他为什么不朝他们开枪呢？一颗子弹就足以把他们驱散。若是有一个人被击中倒下,其余的人准会一哄而散、逃之夭夭!他握住手枪,一边继续跑着,一边掉回头去,但是他不能……他不是杀人凶手。这些人都是无辜的。他们并不是卖国贼,也不是英国佬的走狗。即使他们把他杀了,他也不会去杀死他们中的任何人。

人们越追越近了。又有几伙人加了进去,同他们一起跑着。他开始感到喘不过气,两条腿也抽筋了,嗓子眼里像有一把刀,干渴得要死,双唇干得似乎变成了两块木片。突然,他停下来不跑了。人们追上了他,一只只手抓住了他的肩头。

他尽力吸足气,然后朝他们转过身去。他们看到了他的脸,那脸上只有一副一成不变、安然自若的表情,这种神情的魅力能抓住你的心,摄住你的魂。看着他的两眼,人们感到他并没有焦急不安、不知所措。人们似乎是后悔抓住了他,一只只手纷纷从他的肩头放了下来,只剩下一个警察的手还在紧紧地抓着他。

他们把他带到卖国贼尸体跟前,那里早已围满了人。人们让他站在那里,等着那些头头脑脑和检查官们的到来。

他不屑于朝尸体看一眼,他不愿意。他敢于面对着那些活生生的卖国贼,但却不愿意注视他们的尸体。

他听到有人看着那被杀死的卖国贼的脸,小声地说了句"该死!"一丝微笑浮上他的嘴角,他仿佛听到了宣告他无罪的判决,那是人们做出的判决。

当天夜里,审讯就开始了。审讯持续了好几个月。在这期间,他的小组所有的成员都被捕了。并不是他出卖了朋友,而是被扣住的汽车车牌号码成了逮捕他们的线索。

有关他的事轰动了整个埃及。他的名字已经家喻户晓,人人皆知,他的照片刊登在各报纸的头版上。许多律师都自愿为他辩护,有些人是出自对他爱国主义精神的赞赏,有些人则是利用这个案件为自己沽名钓誉。他在狱中接到了许许多多的信,男女青年都给他写信,为那只开枪的手祝福,素不相识的人们给他往狱中给他寄香烟、水果等礼物。妈妈先是哭泣，然后擦干了眼泪，昂起头来。爸爸则沉默不语，好像他的儿子已经壮烈牺牲，进了乐园。

在这一片喧嚷声中，他知道自己已经成了英雄。但他并没感到自己有什么了不起的。他一如既往，仍然相信自己的行为是理所当然的，没什么异乎寻常的地方。是人们尊他为英雄的。

可是尊他为英雄又有什么用呢？他将要死了。他将胸前挂着英雄的勋章被吊死在绞索上。

他不想死，不想被绞死，不愿生命就此被葬送。他要活，一腔热血不能干，一颗雄心不能止。他开始考虑逃跑。

他吃不下，睡不着，也不再关心对他审讯的进程。日日夜夜，他脑子里只有一个念头——逃跑。

他故意拖延预审的时间，每天都对预审官交代一些新口供，却往往是假口供，以便把审讯引入歧途，借以争取时间，更周密地思考逃跑的计划。

他断定，从监狱中他是逃不出去的。最好的逃跑途径是像别的政治犯那样，转到阿尼宫医院去。

他开始装起病来。他身上原有一个老毛病，于是他就佯言肾脏有病。

报上登出了他生病的消息。舆论对此非常关注，开始指责政府虐待他。于是政府给他派了狱医，亲属也请了一名私人医生。两位医生一致认为必须把他转到阿尼宫医院去治疗。说不定两人在诊断前就已经做出了这个决定。

预审结束后，检查官开始准备报告。这时，他被转到了阿尼宫医院，安置在一间特别的房间里，并设了看守：两名警察站在门口，一名警官在对面屋设了一个办公室。

那是在斋月初一。

从第一天起，他就开始实行自己的计划。他开始让看守习惯在每天晚上五点钟，看到他穿着整整齐齐的衬衫、长裤、皮鞋，只在晚上十一点，临睡之前才脱去。他并开始争取那个警官的友谊。

警官很年轻，尽管处境不同，却并不见得比他的囚徒更自由。由于差事的限制，实际上他也是一个同囚徒在一起的囚徒。他需要找人聊天，一起消磨时间。他发现自己看管的囚犯是个和蔼可亲、有文化的人，话语虽不多，但谈起话来却很动听，思想也很稳重。警官落入了那张泰然自若的面孔的控制之中，那张脸有一种魅力，能抓住你的心，摄住你的魂。

然后，他又开始争取两个警察的信任。他尊重他们，是一种不亢不卑的尊重。他把自己收到的钱、食品和香烟大量地转赠给他们俩。

他开始从自己的屋子走出去，在警官的屋子里坐一会儿。

几天以后，他开始穿着整齐地从自己屋里走出去，到医生们的诊疗室去坐一会儿，然后又自动回到自己的狱室中。

后来，他开始长时间地离开屋子，让看守不禁心怀狐疑。但不等这种怀疑转为确信，他又回到了自己的屋子。他注意到这时警官和那两个警察带着如释重负、轻松而安心的表情。

他把离开狱室的时间一天天地加长：一刻钟，半小时，一小时，两小时，后来则是两个多小时才回屋。

就在这些日子里，一位年轻的律师给他偷偷地带来了这把小手枪，他把手枪藏在床垫子里。

最后，他确信，警官和那两个警察对他已经放心，相信他并不想逃跑。他们都喜欢他，对他更加信任了。

他确定了行动的日子。他将一去而不复返。至少要过三个小时，那警官才会向上司报告，而在这段时间里，他早已到了……到哪儿去呢？他绞尽脑汁以便确定一个地点，好在逃脱之后就去直接投奔。他需要在开罗待些日子，直到朋友们给他安排好一个逃离埃及的计划。这个期限可能长达一星期，或者两星期。可是他到哪儿去挨过这段时间呢？他不能回家，也不能躲到朋友家，因为警察会在那些地方找到他。他也不能去住旅馆。都不行！在反复琢磨中，他想起了穆哈伊。

穆哈伊·丁·穆斯塔法·艾哈麦德·扎希尔，他决心要牢记这个名字。

他想起穆哈伊，不由得笑了。他们在法学院四年级时做过同学。穆哈伊在学生们中的全部价值，就在于他每次考试总是班级头一名。他身上具备所有优等生的特点：离群索居，远离政治，认为游行示威只是浪费时间，畏首畏尾，有时显得很无能。

穆哈伊显得比别的优等生更加无能，尤其是每逢他的目光落在易卜拉欣身上的时候。他望着易卜拉欣，仿佛站在安拉面前一样，战战兢兢，话语卡在嗓子眼里。他把易卜拉欣看成庞然大物，觉得在他周围无地自容。警察绝不会想到，一个在逃的杀人犯会投奔到这样一个学生家里去匿身。

易卜拉欣想象着他与穆哈伊会面时的情景，不由得又笑了。他想象着那圆圆的脸、圆鼻头、圆嘴巴、一对圆眼睛、一副美国造的眼镜及两个圆镜框。他身上什么东西都是圆的，甚至就是他那粗短的身体，如果再长得丰满一些，也变成圆的了。

但是……事先未商量就去麻烦他的同学穆哈伊，这是否合适？

他是迫不得已的。如果穆哈伊拒绝收留，他也绝不勉强，但穆哈伊是不会拒绝的。他了解这种学生：这种人不善于在积极的行动中表达感情。他也许会爱上一个姑娘，但却不善于表达自己的爱情，也无法使姑娘相信自己的爱情；他可能是个爱国者，但他也不能表达自己的爱国热情，并为之奔波。这种人不会成为英雄，但一旦卷入，他却不会拒绝去参与一件英雄的行为。穆哈伊是个有爱国心的人，尽管那是一种干巴巴的爱国热情，在其行动中也没有表露过。

若是穆哈伊拒绝收留，若是对他的爱国热忱估计错了，上了当；或者，他父亲进行干预，不让他进门，那时又该怎么办呢？

没什么！他将再找一个地方。反正他不会死两次！

他听到有人敲他的屋门。一个警察探进头，鼻子下面乱蓬蓬的胡子像一堆干草遮住了他的微笑。警察问道：

"你有什么事要办吗，易卜拉欣先生？"

易卜拉欣坐直了身子，说：

"谢谢你，上士！把这个西瓜拿去吧，吃过斋饭好爽爽口！"易卜拉欣指了指放在柜子上的一个西瓜。

上士进了屋,一面朝西瓜走去,一面说:

"不!凭安拉发誓,这可不行!"

易卜拉欣从座位上站起身来,好像在履行一种例行公事似的,朝柜子走去,把西瓜搬下来,一面递给上士,一面说:

"凭安拉起誓,你们比我更应当吃这个西瓜,至少是你们都把斋了。拿着吧,老兄!别客气!"

"您可真是的,易卜拉欣先生,您可真是太讲交情了!"

他抱着西瓜出去了,把身后的门关紧了。易卜拉欣在屋子里踱来踱去,他感到一股寒气充塞胸口。以前,他在参加爱国的冒险活动时,这种寒气从未向他袭来过。当时,他不是在逃跑,而是在进攻,进攻使他把整个身心都投入到自己所制订的计划中。他从没感到犹豫,也从没感到有失败的可能。那时,他什么都感觉不到,只是像一架精密的机器,按照自己所制订的计划转动。但是现在,他是在逃跑,他感到寒气袭人,担心有失败的可能。逃跑要比进攻严酷、困难得多,这是一个他并不熟悉的课题。

开斋的炮声①打断了他的沉思。

他等着宣礼员宣完了昏礼②才走出自己的房门。他看见那两个看守各自坐在一张凳子上,枪靠墙放着,两人之间放着张空凳子,上面摆着他们开斋饭的食物。其中一个警察一见到他就叫着:

"易卜拉欣先生,请啊!"

易卜拉欣把话压在心里,仿佛是怕它逃出来,泄露了他的秘密。他说:

"你们吃吧!我去看一个像我一样不把斋的大夫!"

他朝警官的屋子走去。警官正坐着在吃开斋饭。易卜拉欣站在屋门口,用一种甜蜜而纯真的语调喊起来,那语调显得有些过于甜蜜而纯真了:

---

① 按照伊斯兰教的规定,斋月期间,太阳落山时,鸣炮宣告开斋。
② 按照伊斯兰教的规定,穆斯林每天要做五次礼拜,即晨礼、晌礼、晡礼、昏礼、宵礼,届时由宣礼员在清真寺宣礼塔上宣告礼拜时间到了。现在多由电台宣礼。

"祝您幸福安康！"

警官叫了起来：

"来呀，易卜拉欣！来，跟我坐一会儿！"

易卜拉欣故作笑容地说：

"不了！我哪能同您这样把斋的人坐在一起呢！"

他离开了警官的屋门，在长长的走廊里走着，慢慢腾腾地走着。但他不想慢于平时的走路速度，也不想快于平时的走路速度，于是他的步伐就时慢时快。

在靠近楼梯口的走廊尽头，他打开了一间无人的屋门，从衣架上取下一件医生们穿的白大褂，走了出来，随手把门关好。然后下楼梯，没等走到楼底，他已经穿好了白大褂，在另一条走廊里走起来。走廊里没有人，人们都忙于吃开斋饭了。

还没走到通往院子的门，他瞥见了一位不认识的医生站在那里。他犹豫起来，想要脱下白大褂，回到自己的屋里去。可是未等到他脱白大褂，那医生朝他转过身来，并打量着他的脸。他仿佛觉得那医生认出了他，可是医生却又回过头朝另一个方向望去。医生微笑着，那微笑露在眼角，而不是挂在嘴边。

易卜拉欣打消了脱去白大褂的念头，朝前走去。他靠近那位医生，擦肩而过，他以为自己会听到喊叫声——医生发觉他要逃跑时的喊叫声，可是却什么都没听到。

他继续往前走。

他平安无事地穿过外面的院子，来到大街上，脱掉了白大褂，又时快时慢地走着，直走到出租汽车站，一头扎进一辆出租汽车里，用故作平静的声音对司机说：

"师傅，上苏莱曼帕夏广场！"

司机朝他看了看，没认出他来。

他没化装，也没有遮住面孔。他凭信的是谁也不知道他逃跑，谁也想不到会遇见他逃跑。他相信那条理论："最好的化装方式就是不化装。"

比方说，他在眼睛上戴上一副墨镜，那副模样就会让人疑心，人们倒要仔细地打量他，说不定反而会认出他来。

他在苏莱曼帕夏广场下了车，等了一会儿，等那辆他乘坐的汽车去远了，再步行到一条有名的马路上，乘上了另一辆汽车，对司机说：

"师傅，去吉扎！"

司机朝他看了一眼，也没认出他来。

未到吉扎广场，他就让司机在一座大楼门口停下了车。付了车费，他在司机面前走过去，进了大楼的门。他原已发现那座楼是没有看门人的。然后，又等了一会儿，他再从楼里出来，徒步走到哈姆扎大街，在一家三层楼的房门口停了下来。他认识这一家人家，他去年曾有一次来找穆哈伊借过笔记本。他用坚定的步伐上了楼，按了门铃，又长长地从胸中吐出一口气，在脑子里重温他准备在穆哈伊开门时讲的话。

门开了。走出一个姑娘。

那些他准备好了的话一句也说不出来了。他睁大了眼睛，似乎吃了一惊，一声不响地直盯着她，像个哑巴。他什么也没看到，只看到她是个姑娘。

他没看到她那如同夜色一般的乌黑、光滑的长发，编成一条辫子，垂在背后。他没看到她那两片纯洁的嘴唇，尚未被口红和亲吻所玷污，连微笑都好像在为它担心，只是挂在两唇之间，而没有去触及它。他没看到她那一双乌黑的大眼睛，显露出惆怅与秘不可测，也显露出聪慧、活泼和快乐，在两眼的深处闪烁出一种能引你走上正途的光辉。

他没看到她那丰满、紧绷、红扑扑的脸蛋儿，仿佛她的祖先是印第安人似的，两个酒窝跳动着，好像在表达永无休止的欢乐。

他也没看到她的身材，那是十六岁少女的身材，仿佛是十六个艺术大师共同把它描绘出来的。

他没有注意到她身上的这一切，只看到她是一个姑娘，一个女孩子。在他的计划中，他什么都考虑到了，就是没考虑过女孩子。他长了这么大，还从未考虑过有关女孩子的事。

他听到了她亲切、柔和的声音，仿佛她是委婉地把他从茫然失措中唤醒过来：

"找谁呀，先生？"

他望了她一眼，然后又赶紧把眼低下去，用低沉的声调说：

"请问，穆哈伊在家吗？"

这次她端详着他的脸，又温和地问：

"我跟他说您是谁呢？"

他打算对她说一个别的名字，一个假名。他原来在计划中决定，遇到陌生人时，就要这样。但他却发现自己朝她抬起头，两眼带着一种绝望的目光，言不由己地从内心深处呼出自己的名字：

"易卜拉欣，易卜拉欣·哈姆迪。"

姑娘的睫毛颤动起来。她闭紧双唇，像是在把尖叫声吞下去。她离开门稍微远一点儿，惊恐得快要哭出来了。

"稍等一下，我去看看。"

未等她关上门，他又想起了什么，一只脚跨进门槛，仿佛是在要求自己应有的权利，炯炯有神的双目凝视着她，说：

"你能让我进去等吗？"

她在他面前向后退了。

他走了进去，把身后的门关紧，站在小门厅里，依然是目光炯炯地看着她。那目光不仅咄咄逼人，而且还含有挑战的意味。她对那目光恋恋不舍，好像是一只飞蛾离不开火光。后来，她终于从他的目光的威慑中挣脱开来，消失在房间里。

他的眼睛也不再带有那强烈挑战的眼神而柔和下来。他似乎感到事情要失败，显出忧虑和绝望的样子。他摇着头，好像在自言自语地说：

"人们为什么要生女孩子呢？"

第二章

像平常一样，吃过开斋饭，一家人都聚集在起居室里。收音机正播放着歌曲。

父亲身上穿着一件肥大的白长衫①，头上戴着一顶轻便的睡帽。平时，只有在他戴红毡帽的时候，才把睡帽摘下来。他盘腿坐在土耳其式长沙发上，身子靠着沙发一边的扶手，双手捧着一份《金字塔报》，戴着金丝眼镜，正俯身读一篇文章，其实那篇文章他下班回来后已经读过一遍了。他的面前摆着一张小桌子，桌子上放着一只空茶杯，杯底还存有一些黑色的茶底子。

善良的母亲，体态丰满，嘴上总带着一丝安详的微笑，似乎那微笑是她嘴巴的一部分，她坐在沙发的另一头，身旁是针线盒，面前是一堆袜子，她正在缝补袜子呢。

沙米娅坐在一张藤椅子上，手指在飞快地打毛衣。她不如妹妹美，至少你一眼看不出她的美，那是一种你越看才越能显露出来的美。

穆哈伊坐在一张躺椅上，那躺椅很大，以至他身旁还能再坐下一个人。他正在读一本书，时不时地举起两根手指，按一下他那美制眼镜的夹鼻，其实根本不需要按，这纯粹是一种习惯动作。

他们全都沉默不语，这是一种安详而令人舒适的沉默。每个人在经

---

① 是一种阿拉伯人习惯穿的便服，长及脚踝，在正中胸处开襟，穿时由头上套下。

过漫长的一天封斋后，现在正专心地消化开斋饭时吃下的东西呢。他们的胃在进行消化的过程中微笑着，并把这微笑送到嘴唇上来，以此来向安拉表示感谢。

当他们听到门铃响的时候，谁也没动，也没有一个人打破沉默。父亲没从报纸上抬起眼睛；母亲仍在补着破袜子，没有抬起头；大女儿的手指还在不停地结着毛线；儿子也没停止读他的书。只有娜娃勒动了，她丢下手里的杂志，站了起来。她知道，门铃一响，就该由她去开门，因为她是小女儿，还因为女仆正忙着在厨房里洗家什。

可是这幸福的家庭中，没有一个成员会料到这门铃声后的事。他们最多不过以为敲门的是洗衣铺的工人送衣服来了，要不就是看门的还盘子来了。他们在斋月里，按照习惯，总是用盘子盛着开斋饭食给他送去的。

娜娃勒开了门，答过敲门者的话后，走了回来。

还是没有一个人动一下，没有一个人抬起头朝她看一眼。他们只不过是侧耳等着，听她告诉母亲敲门的是谁。可是他们却什么也没听到。

她站在他们之间，一声不响，于是大家像有一根线扯着似的，一下子全都朝她抬起了头，用询问的眼光朝她看着。那是一种自然的、平静的询问，好像一切问题只不过是她忘记了开口。但是，他们发现她脸都变了色，嘴唇颤动着。他们眼中的疑问一下子变成了焦急不安。

父亲似乎在责备她，粗声粗气地问道：

"谁呀？"

她扫视他们一眼，最后把目光落在哥哥穆哈伊身上，她的嘴巴好像失去了舌头似的，更加颤抖起来。

母亲哀求般地用温存的声调又问：

"娜娃勒，是谁按的铃？"

她抬起两眼，目光离开了哥哥身上，茫然失神地说：

"易卜拉欣……"

父亲提高了嗓门，有些恼火地说：

"你好好说嘛！你是怎么啦？哪个易卜拉欣？"

她把目光朝向父亲,像是怜恤他似的,声音微弱地说:

"易卜拉欣·哈姆迪。"

穆哈伊一下子跳到了他坐着的躺椅前头,叫了起来:

"你说什么?易卜拉欣·哈姆迪?!"

父亲又喊了起来:

"哪个易卜拉欣·哈姆迪?你倒是说嘛!"

娜娃勒深深地叹了口气,像是要把胸中的一切都抛出来给他们,说:

"就是那个杀死了阿卜杜·拉希姆帕夏的易卜拉欣·哈姆迪!"

沙米娅打着毛线的手指停下不动了。她把两手抱到怀里,充满了惊恐的两眼睁得大大的。

穆哈伊激动地大声说:

"不可能的事!那个人在监狱里!"

父亲把盘着的腿放下来,坐直了,又把眼睛上的眼镜正了正,说:

"也可能是另一个易卜拉欣·哈姆迪,你哪里会知道?"

娜娃勒叹着气说:

"我是根据他的相片认出他的。"

母亲求救似的看着自己的丈夫,把手放在胸口上,好像是要防止心从里面跳出来,说道:

"这个好汉要找我们干什么呢?"

娜娃勒回答她说:

"他找穆哈伊!"

穆哈伊站了起来,一边朝四下里张望着,像是要找一个藏身所,一边又不知所措地说:

"他找我干什么呢?真不可理解。他从来都没有为什么事找过我!"

父亲像在指责他似的,两只大眼睛盯着他,随后,又垂下眼睛,低头沉思起来。

一片沉寂。大家都看着父亲,等他做出决定。

过了一会儿,他开口了。他用一种平静的语气,泰然自若地说:

"我想你应当去看看他要干什么，穆哈伊！"

穆哈伊又向四周张望着，一个一个地瞅着全家人的脸，好像在征询他们的意见。然后，他站了起来。在走出屋子前，娜娃勒用指尖摸着他的肩头说：

"穆哈伊，我跟你一块儿去。"

父亲断然地说：

"不，你还是留在这里吧！"

穆哈伊走了出去。大家用一种怜悯的目光目送着他，仿佛他们是与他告别，送他上战场；又好像是父亲把一副承担不起的担子推给了他。他挺起短小的身子走了。他想使自己的步伐保持平稳，又想控制自己的神经，以显示镇静、沉着。他要这样做，得费很大的气力，以至弄得脸红脖子粗，脸色就像是一块滚烫的铜。

他发现易卜拉欣站在门厅里，还是像他在学院里看惯了的那副老样子：一副泰然自若的表情，有一股魅力吸引着你，能抓住你的心，摄住你的魂。他微笑着，微笑中露出一些慌乱。

易卜拉欣急切地向他伸出手，像是向自己的救星伸出手去。

穆哈伊犹豫着伸过短粗的手，没有说话。易卜拉欣抓住他的手，像是要把这手从穆哈伊身上拉出来。易卜拉欣有些气喘吁吁，耳语般地小声说：

"我很抱歉，穆哈伊！我知道我打扰了你们，我全部的希望就是：请你先听我说，然后由你决定该怎么办。"

穆哈伊像死而复生似的咽了口唾沫，喘了口气。他朝易卜拉欣望去，仿佛是在看一个幻影，或是一个从地底下冒出来的巨人。随后，那出乎意料的冲击缓和了下来，他说：

"你请坐！"

他指了指放在门厅里的一把藤椅。

易卜拉欣坐了下来，说：

"我再次表示歉意,我不想使你为难。"

穆哈伊也在一张椅子上坐了下来,没话找话地说:

"易卜拉欣先生,你吃过饭了吗?"

易卜拉欣笑了,那是一种应酬的微笑,仿佛这一问话打断了他的思路。

"我吃过了。"

然后,他欠了欠身子,把脸向穆哈伊那边偏过去,带着严肃的语调说:

"你听我说,穆哈伊!我逃出来刚刚三刻钟,至少要再过一个钟头,警察才会开始找我,在这之前是不会找的。我已经计算好了。我到你这里来,是想在你这儿躲一躲,我选中了你,是因为我知道你这个人是不过问政治的,谁也不会到你这里来找我。我不需要在这里待很长时间,最多四五天,好让我同一些人取得联系,实行我余下的计划。我现在马上要知道的是,你答应让我躲在你这里呢,还是不答应。"

穆哈伊屏住呼吸听着他的话,如同听一个惊心动魄的神奇故事。他不时地抬起手指,按着眼镜的夹鼻。当易卜拉欣说完之后,穆哈伊并没有答话,只是把目光从他身上移开,沉默起来。

易卜拉欣盯着问:

"你到底是什么主意?"

穆哈伊举起手指,又按按眼镜夹鼻,好像一下子老了十年。他用低沉的声调说:

"凭安拉起誓,易卜拉欣先生,我现在很难说。你知道,我佩服你。大家都信服你,敬重你的爱国行动,若是可以的话,每一个人都希望干你所干的事。可是,我不仅仅是一个人在家里,如你所知,我是同家里人住在一起的,我得先问问我父亲,然后才能把我的意见告诉你。"

易卜拉欣催促道:

"你去问他吧!若是他不愿意的话,我一定马上离开这个家!"

穆哈伊站起来,说:

"请稍等一会儿!"

易卜拉欣止住了他说:

"你们这里有电话吗?"

穆哈伊惊奇地答道:

"没有。"

易卜拉欣又用一种果断有力的语气说:

"穆哈伊,我是信任你的。不过你也知道我现在的尴尬处境。我是不是可以要求你,我在这里的这段时间内,谁都不要从家里出去!"

穆哈伊像是在责备他似的,回答道:

"好吧!"

没等穆哈伊转身离去,易卜拉欣又说:

"为了同你真诚相见,我要坦率地告诉你,我带着一把手枪!"

穆哈伊望了他一会儿,弄不明白他是什么意思,然后不由自主地说了句:

"需要我给你煮咖啡吗?"

易卜拉欣满含歉意地说:

"谢谢,如果可以的话。"

穆哈伊转过身,朝房内走去。他走着,一切都视而不见,既看不到墙,也看不到椅子,涌现出的只有那个在他头脑中活生生的易卜拉欣的形象。

全家人仍旧聚集在起居室里,一声不响。自天而降的灾祸把他们都惊住了。没有一个人说话,也没有人相互望一眼。寂静中,只能听到母亲在咕咕哝哝地念着"阿耶蒂·库尔西"①经文的声音。

大家瞪大了眼睛,用焦急的目光迎着穆哈伊,好像是要把他的舌头从嘴里拽出来。母亲看到儿子回到了身边,显得轻松了一些;父亲神经质地干咳了几声,好像准备置身于一件重大的事情中去;娜娃勒把辫子扯到胸前抚弄着,好像是在安抚自己的心,使它不要哭,不要叫;沙米娅一直默无一言地两眼望着空中发呆,好像被一只魔手碰触过,变成了一尊蜡像。

---

① 阿耶蒂·库尔西,指《古兰经》黄牛章中的第255节。

穆哈伊不顾别人，两眼只朝父亲看去。他低头沉默了一会儿，又抬起头，尽力控制住自己的舌头，以免讲得前言不搭后语。他说道：

"是他……是易卜拉欣·哈姆迪！"

他稍微停顿了一会儿。父亲催问道：

"他要干什么？"

穆哈伊考虑着如何回复，慢吞吞地说：

"他从监狱里逃了出来，想在我们这儿躲一下……"

全家人的眼睛睁得更大了。娜娃勒惊叫了一声，打断了哥哥的话，急切地想听一则英雄传奇故事：

"逃出来的？怎么逃的？"

父亲瞪了她一眼。她马上收住了话头，在自己座位上斜过身去，躲避开父亲的目光。父亲故作镇静地说：

"他为什么单单选中我们家呢？"

穆哈伊很伤心，叹了口气，说：

"因为我脱离政治，警察不会想到上我们这里来找他。"

父亲沉思了一会儿，然后说：

"警察可能就跟在他身后，我们家可能早被包围了。"

妻子听到丈夫的话，直捶胸脯。娜娃勒跳起身来，从窗口探出身去，头还伸在窗外就嚷道：

"一个人也没有！"

穆哈伊平静地说：

"他说了，警察要过一个小时才会开始找他。他要立刻知道我们的意见。若是我们不愿意让他在这里藏身，他马上就离开这个家。"

父亲感到一种莫名的痛苦，脸抽搐着，好半天都不吭声。

穆哈伊催促着父亲：

"爸爸，您到底是什么意见啊？"

父亲还是一声不吭，脸抽搐得更厉害了以至金丝眼镜都落到了鼻子尖上。

母亲在帮助丈夫思考,她说:

"可真让人揪心。你瞧,他妈妈现在可怎么办呢?"

沙米娅打算重新动手去打毛衣,她说:

"说实在的,这事可真难办!"

父亲还是默无一言。

娜娃勒的脑海似乎浮现出一部牛仔片的情节,说:

"实际上……"

父亲改变了主意,突然喊叫起来:

"这些孩子真让人搞不懂。我就不明白,他们有什么权利这样强人所难。这,这不是……"

他话没说完,突然转过头去望着妻子,喘息着问道:

"塔希娅,你说该怎么办?"

母亲把手指放在脸上,把两眼遮住,好像不想让两眼对丈夫施加影响,说:

"老头子,我知道,主意还是要由你拿。不过,说起来,他一不是小偷,二不是罪犯,只不过是人家用那套叫什么政治的玩意儿耍弄了他,让他干了那些事……不过……我们同这些事根本没有什么关系!"

娜娃勒无缘无故地冒了一句:

"没有人耍弄他,妈妈。"

母亲冲着她叫嚷起来,她早就想对人叫嚷了。

"少废话!谁要你多嘴!"

父亲正了正睡帽,又用脚趾探索着放拖鞋的地方。他站起身来,看着儿子,用严肃的语气说道:

"我想,最好是我亲自去见见他。你来!"

父亲朝门口走去。穆哈伊却仍站在原地未动,等父亲快走到门口,他才开了腔,他要让全家人都听到他的话:

"易卜拉欣说,他希望他待在这里的期间,谁也不要走出家门。他还说,他带着一把手枪!"

父亲在门口站住了,感到他的尊严受到了侮辱。

母亲惶恐地拍着胸口说:

"手枪?主啊!我们家就差手枪没进门了!"

娜娃勒闪动着两只大眼睛,说,

"是真手枪吗?"

沙米娅头也不抬,边打着毛衣边说:

"这可是事关重大……这可真是祸从天降啊!"

父亲不置一词地又移步走了出去,儿子跟在后面。未等走到前厅,父亲像平常一样,先干咳了两声。易卜拉欣一见到他,就站起身来,但并没有向他伸过手去,担心把手伸给他他却不肯握。可是父亲却把手伸过来了,并试图在嘴巴上露出淡淡的笑容。易卜拉欣满怀敬意地握着他的手。穆哈伊做了介绍:

"我的父亲。"

易卜拉欣显得很慌乱,他已经等累了。他知道时间在流逝,而一分一秒对于他来说,都不能等闲视之。过去,他在等待要刺杀的敌人时,并没有这样慌乱过,可是现在,他却感到惶恐不安。他觉得需要保护。如今,他不是一个让敌人闻风丧胆的强者,而是一个求助朋友保护的弱者。他想要安静,想看到自己的母亲,投入她的怀抱,或是看到父亲,安居在他的身旁。他抬头看着同自己握手的这个人,真希望这个人是他的父亲。

然后,他强压住内心的不安,但这种不安并没有显露在脸上。他试图把话说得有条理一些,免得结结巴巴的。他说道:

"老先生,我感到抱歉……非常抱歉……我实在是迫不得已……我从这里出去以后,你们要给我一个钟头的时间,然后你们爱怎么办就怎么办好了……"

父亲故作镇静地说:

"孩子,请,请到这里来!"

他在前面引路,打开了一扇通向会客室的侧门。屋里摆着阿拉伯式的家具,墙上挂着节录的《古兰经》条幅,沙发、椅背罩着陈年旧布。

父亲坐了下来，又重复道：

"孩子，请，请坐！"

未等易卜拉欣坐下，父亲又问：

"你吃过开斋饭了吗？"

易卜拉欣做了回答，并详细解释道：

"谢谢！我在监狱里没有把斋，因为我已经转到医院去了。"①

沉默了一小会儿，父亲又问：

"我能问你个问题吗？"

易卜拉欣一只手按在另一只手上，像要制止血管里的血液流通，以免感到时间的流逝，说：

"请问吧！"

父亲低下头，瞅着自己的拖鞋，问：

"有人知道你逃出来了吗？"

易卜拉欣赶紧答道：

"警察至少要过一个钟头才会知道。"

"我的意思是，你的朋友中有人知道吗？"

"有三个人知道我将越狱，可是他们并不知道我什么时候逃。越狱的时间是根据情况由我来定的！"

"他们有人知道你逃出来后要到这里来吗？"

"不！因为我不能肯定你们是否会接纳我；同时，我也不愿意在并非必要的情况下，把穆哈伊的名字说出去。我只同他们约定好，我一安顿下来，就将同他们取得联系。"

父亲微笑了一下，表示对易卜拉欣的义气很赞赏。他显得更加镇静了，又问：

"如果你现在从这里出去，将去找谁呢？"

易卜拉欣仍是用很快的语调说，好让对方感到时间的重要性：

---

① 据《古兰经》和伊斯兰教法规定：未成年人、病弱或在旅途中的人等，在斋月里可不把斋。

"我也不知道，我想只好去找这三个人中的一个，到那里再商量下一步怎么走。"

父亲显出一种参与一项爱国的秘密活动的热情，说：

"可是警察必定知道这三个人是你的朋友，他们会到那里去找你的！"

易卜拉欣叹了口气说：

"确实是这样。可我只能这么办了！"

父亲又垂下了头，好像是一件沉重的负担把他的头从脖子上压了下来。他沉默着，似乎将永远不开口了。

易卜拉欣两眼睁得大大的像要暴出来似的，眼中显露出强烈的不安和慌乱；又似乎是一切都准备好了，正等待着命运的判决。

穆哈伊没有开口，两眼在父亲和易卜拉欣之间转来转去，没停留在其中任何一个人的身上。他有时举起手，摸摸自己的头发，又把手放下，摆弄起睡衣的扣子，随后又举起手，用手指按一下眼镜的夹鼻。他不时地咽唾沫，显得又渴又不知所措。

父亲抬起头，盯着易卜拉欣的脸，用一种父亲生儿子气时的语调说：

"你知道，到现在为止，我并不赞同你干的事情。这种爱国主义，我并不以为然。"

易卜拉欣脸色紧张，从椅子上往前一弯身，想要站起来。他那坦然的面容再也掩饰不住慌乱的心情。

穆哈伊如同看到一只小鸡正受宰割，脸色都变了。

父亲显得更加坚决，说：

"我也不赞成你到这里来。我们这些人同政治无关。我在你这么大年纪的时候，就没搞过政治，我一辈子都没参加过游行示威。我想，不能为了你，在我这么大岁数，又要为一家大小负责的时候，改变我的生活。"

易卜拉欣站起身来。

父亲朝他抬起了头，又一声不响了。

易卜拉欣行动很迟缓，似乎还未失去希望。他一直沉默不语。随后，他朝门口跨了两步，说：

"老先生,我感到抱歉,非常抱歉!"

父亲没有言语,也没有朝他看一眼,只是脸又一次抽搐起来。此时他正遭受着剧烈的痛苦。

易卜拉欣跨出了第三步。没等他走到门口,父亲突然抬起了头。在一种比他更强有力的东西面前,在一种发自他内心而又无法用理智去抗拒的力量面前,他屈服了,于是用一种深沉的语调说:

"来吧,孩子!来呀!你坐!我能再问你一个问题吗?"

易卜拉欣几乎要哭出来,顺从地答道:

"您请问好了!"

"你杀死阿卜杜·拉希姆帕夏,是为了什么呢?"

易卜拉欣仍然固执己见,自信没错,说:

"因为他是英国佬的人,是英国佬的奴才。人人都知道他是个卖国贼,是英国人的走狗。"

"你为什么不让政府去处理他呢?"

易卜拉欣尽力压住自己的火气说:

"政府根本管不了他。他比大小政府都厉害,他能操纵政府。有很多判决政府是无法做出、也无法执行的,必须由人民做出判决并执行。大家都一致判定这个人是卖国贼,我就执行了这个判决。"

父亲沉默了一会儿,又问:

"你参加什么党了吗?"

"没有!"

"也没参加祖国党?"①

"没有。"

父亲沉默了。沉默了好长时间。随后他向儿子转过头去,好像刚才忘了一件什么事儿,说道:

---

① 祖国党是1879年1月由埃及爱国军官和知识分子创建的民族主义政党,曾提出"埃及是埃及人民的埃及"的口号;反对外国侵略者和国内大封建主,主张民族独立、实施宪政等。

"我想你该去叫一下你妈妈和你妹妹们,让她们也来认识认识易卜拉欣先生。"

易卜拉欣与穆哈伊惊奇而又不知所措地向父亲望去,他俩似乎还没弄清是怎么回事呢。随之,他们在父亲的双唇间瞥见了一丝淡淡的可怜的笑影。他也许是打算以此来帮助他们理解。

易卜拉欣懂了。他动了动嘴唇,想要说什么,可是什么也没说出来,只是又恢复了他那坦然的样子。他的微笑使他显得更加坦然,似乎经历了千辛万苦,终于可以松口气了。

穆哈伊站起身,快速而又庄重地向外走去,他是在担负一件生平最重大的任务。

屋子里一片沉寂。

父亲清了清嗓子。又清了一遍嗓子。然后,他眼不看着易卜拉欣,说:

"老父亲怎么样了?"

易卜拉欣坐正了,摆出一副更加彬彬有礼的姿势,说:

"赞美安拉,他还好,老先生!"

父亲似乎是想要找一个可以使自己感到轻松一点儿的话题,便说:

"我想,他现在是四级吧?"

"我想是的。"

父亲用客套的语气说:

"我有个堂弟,是工程部的职员,他经常夸奖你父亲。"

他沉默了一会儿,又说:

"你们同我们科长阿卜杜勒·阿齐兹常来往吗?我听说你们是亲戚。"

"我想,他是我爸爸的朋友。"

"那也是一个好人。"

"是的,老先生。"

又是沉默。父亲察觉到他的讲话不合时宜,又似乎找不到别的话说。

过了一会儿,易卜拉欣说道:

"我真不知道该怎么感谢您才好。我刚才……"

父亲赶忙打断他的话，不愿意使自己想起刚才的行为：

"这大可不必……你就好像我的儿子穆哈伊一样……只不过你在生活中的作用与他的作用不同罢了。"

穆哈伊回来了，坐在自己的座位上。又是一片沉寂。三个人都显得尴尬，不知所措，也不知该说些什么好。父亲合上了眼睛，于是隔着金丝眼镜看过去，他那张脸像是没有两只眼似的。他陷入了沉思，在盘算着未来。过了一会儿，他突然睁开眼睛，两眼在眼镜片后面显得炯炯有神，像是想要发表一通政治演说，以说明他对年青一代的爱国主义的见解。随后，他发现这个时间不适合对政治高谈阔论，于是，两眼的闪光熄灭了，他又沉思起来。

穆哈伊头脑里有一千个问题，可是不知先从哪儿问起。当他找到了一个他可以开始发问的问题时，就抬头看着易卜拉欣，然后，又朝父亲看了看，似乎没有提问题的勇气，于是又一声不响了。

易卜拉欣规规矩矩地坐在那里。他有时考虑自己的计划，有时又不由自主地考虑他闯进来的这个家庭，于是抬头朝父亲看看，像是在向他道歉，随后，又朝儿子看看，像是在为他鼓劲。

最后，各种问题都在穆哈伊脑袋里挤成了堆，其中有一个问题不由自主地从他嘴里蹦了出来。他用发颤的细声问道：

"不过，你怎么能逃得出来呢，易卜拉欣先生？"

易卜拉欣谦虚地微微一笑，似乎是在回答一个不言而喻的问题，三言两语地答道：

"没什么好说的。他们允许我在医院里走动走动，今天我就走动到了你们这里！"

穆哈伊脸上显得有些失望。他原以为会听到一个惊心动魄的故事，它讲一个青年如何攀上高墙，又如何在追兵的枪声中沿着水管子滑下来。他没有料到越狱竟像易卜拉欣说的那样简单。

母亲走了进来，两个女儿跟在后面。她们没有怎么打扮，只有母亲换了件衣服，沙米娅和娜娃勒都穿着一双半高跟鞋。

易卜拉欣站了起来，抓过母亲的手，低下身子吻了一下，又把它举向自己的额头，如同他平常吻自己母亲的手一样。当他两眼看到她那善良、纯朴而丰满的脸，看到她那嘴角上总是挂着的笑容时，真想扑到她的怀里，让自己静下心来，就像小时候，在穆尼莱区的街头巷尾跑了一天，玩累了之后，回到母亲身边时那样。

他控制着自己的神经，克制住这种一时脆弱的情感，随后，伸出手同大女儿握了握，听父亲在旁介绍：

"我的女儿沙米娅。"

然后，他又向小女儿伸出手去，听到父亲继续介绍说：

"娜娃勒。"

他没有抬起头向沙米娅或者娜娃勒看一眼，而两姐妹却用闪电似的目光瞥了他几眼，仿佛她们是在看一个她们不该看的怪物。

他感到非常尴尬，非常窘迫。不是一个女孩子，而是两个女孩子。他事先并没料到会有女孩子。他怎么能在有女孩子的人家生活呢？他从来没在这样的人家生活过。他觉得自己仿佛是在做一件伤风败俗的事，仿佛是在伤害自己的朋友及其父亲的感情。他继续控制着自己的神经，使内心的活动不显露出来。

他一直站在那里。只听见母亲说：

"坐吧，孩子！坐下吧，好孩子！"

他坐了下来。善良的母亲仍然很温和地说：

"怎么样，孩子？身体还好吗？"

他眼睛看着地面说：

"感谢安拉，托您的福，还好！"

"你妈妈可好？你见到她了吗？"

他眼睛仍旧瞅着自己的脚尖，说：

"十天以前，他们允许她来探过监。感谢安拉，她身体还好。"

母亲咂着嘴，啧啧有声地说：

"她也是够可怜的,心里总会惦记着你。只有当妈的最操心了。她可知道你现在在哪儿吗?"

一谈起自己的母亲,易卜拉欣就感到心如刀绞,于是低声地答道:

"不知道。"

父亲清了清嗓子,暗示妻子别说下去了,然后庄重地说:

"易卜拉欣先生将要同我们在一起住几天。当然,这事儿不能让任何人知道。"

他不言语了,大家也都一声不响了,谁也没感到这个决定出乎意料。然后,母亲手托着下巴,说道:

"那行!可是,老头子,若是有人来串门怎么办呢?"

沙米娅好像只是在同母亲谈话似的,说:

"我们最好是把门反锁上,装作已经出远门了。"

这个主意使易卜拉欣感到震惊。他一下子抬起头,看着她,他看到了这种越端详越能显得出的美。他仿佛要利用这个机会,认识这家庭其余成员的面孔,于是,偷偷地把眼转向娜娃勒。他刚一举目向她望去,就同她的目光相遇了。她的那双眼睛正对他周身仔细地打量着。于是,仿佛是怕自己沉没在她那两眼中,他赶紧垂下自己的眼睑。她也似乎是要逃脱开他,也低下了两眼。他在她身上没看到别的,只看到了这一双眼睛:乌黑的,眼神显得惆怅,秘不可测。它们流露出聪慧、活泼和快乐,闪烁出一种能引人走上正途的光芒。

易卜拉欣听到了穆哈伊回答妹妹的声音:

"这叫什么话?这么一来,我们吃喝怎么办?爸爸又怎么去上班?"

父亲说:

"不论怎么说,每天晚上吃过开斋饭后,我得故意躲出去。若有人来找我,你们就说我不在家。"

母亲挥了一下手,目光避开易卜拉欣,担心自己的话伤害了他,说:

"老头子,你又有什么过错,要每天晚上躲出去瞎转?"

易卜拉欣说话了。大家都注意地听着他,就像是一尊神在说话:

"老先生，我想最好是一切照常进行，每个人该干什么还干什么，免得引起别人的注意。"

娜娃勒补充说：

"若是有人来了，易卜拉欣先生再随便找个地方躲一下。"

易卜拉欣眼睛没瞅她，会心地笑了，仿佛是她表达了自己的想法。

父亲还拿不定主意，说：

"我们到时候随机应变吧，安拉会保佑的！"

娜娃勒好像发现了一件重要的事，叫了起来：

"赛尼娅那个丫头呢？"

母亲问：

"关赛尼娅什么事？"

穆哈伊凭着自己的聪明，领会了妹妹的意思，说：

"赛尼娅倒确实是不该知道这件事。这丫头还小，舌头不牢靠！"

沙米娅说：

"那我们拿她怎么办呢？"

易卜拉欣又发现了一件在制订计划时没有料到的事，不禁皱起了眉头。父亲沉默不语，在等着别人出主意。娜娃勒两眼一亮，似乎是发现了一桩秘密，低声地叫了起来：

"我告诉你们该怎么办吧！我现在就去找碴儿同她吵一架，然后，我们把看门的找来，把她送回她妈妈那儿。"

母亲说：

"安拉啊！这你可是平白无故欺负人了。主啊！可不能那样干！"

易卜拉欣望着娜娃勒，好像在称赞她。他们的目光又相遇了，那两眼在向他表明她是何等聪明。

父亲说：

"看来，我们只好这么办了。"

娜娃勒站起身来，从屋子里走出去。过了一会儿，只听她在大声呵斥女用人，声音越来越高，竟变成了尖叫，同时传来了打耳光声和哭声。

接着，娜娃勒很激动地走回屋里，就好像她真的打了一架，那女用人真的该挨这些耳光。她激动得几乎要哭出来，说：

"妈妈，你去把她撵走啊！"

母亲坐在那里没动，说：

"安拉在上，你别难为我了。你们不能这样做，我们还是在斋月里呢！"

父亲颇为感动地说：

"塔希娅，没关系！过三四天我们再把她叫回来。"

母亲说：

"穆哈伊，你起来去撵她吧！"

穆哈伊抓住自己的椅子说：

"撵仆人关我什么事？这从来都不是我的事！"

娜娃勒说：

"还是你去吧，妈妈！从我自己的钱里拿半个里亚尔①给她好了！"

母亲站起身来，用责备的眼光看着易卜拉欣，好像在说：小丫头没什么过错，错都错在你身上。她迈着沉重的步子，说：

"工钱之外，至少要再加上五十个基尔什。安拉不会原谅我们的。这丫头孤苦伶仃，又没有父亲！"

母亲走了出去。沙米娅噘着嘴说：

"现在，家务事可全都要落到我们头上来了。你们说，谁上菜市买菜去？是我，还是娜娃勒？"

娜娃勒说：

"小姐，你不用担心！阿里大叔可以替我们买菜，我和妈妈下一天厨房，你下一天……"

屋里母亲的声音高了起来，然后听到门开了，又传来看门人的说话声。随后，门关上了。接着，母亲走了回来，说：

"安拉原谅我们吧！"

---

① 里亚尔是埃及的一种银币，一里亚尔相当于二十个基尔什或五分之一镑。

易卜拉欣什么也没说,只是在座位上挪动了一下身子,似乎在为他给这个家庭引起的这场麻烦而难过。

父亲说:

"我想易卜拉欣先生早就累了,请到穆哈伊屋子里歇着吧!有话我们明早再谈。"

易卜拉欣站起身,不知所措地站在一家人中间,谁也不看地说了句:

"晚安!"

大家议论纷纷,只能听清娜娃勒回答他的声音:

"晚安!"

穆哈伊同易卜拉欣一起站了起来。没等他俩走到门口,父亲说道:

"易卜拉欣先生……"

易卜拉欣站住了,顺从地回头向他望着。父亲接着说:

"我听说,你带着一支手枪。请你从口袋里掏出来,把它放在穆哈伊的一个抽屉里。你跟我们在一起的这段时间,绝不能动它,我不喜欢那些玩意儿。"

以一个下意识而又很简单的动作,易卜拉欣从口袋里掏出了手枪,说:

"你要我把它交给你吗?"

父亲惊恐地瞪大了眼,母亲拍着胸口,叫嚷着:

"看在安拉的面上,把那东西从我们眼前拿开吧!"

沙米娅在座位上缩紧了身子;穆哈伊躲开了两步,张着嘴,喘不过气来了;娜娃勒睁着两只好奇的大眼睛,探过身子,好像是在看一件她早就听说过、却从没见过的东西。

易卜拉欣更加感到不知所措了。他像是在掩盖一件耻辱的事,一边把枪放回口袋里,一边结结巴巴地说:

"对不起,我不是有意的……"

然后,他在他们中间站了一会儿,转过身去,同穆哈伊一道走出去了。

穆哈伊关上了门。易卜拉欣向四周望着,打量着屋子里的陈设:一个衣柜，一张写字台，两把椅子，墙上有一个衣架。一切都是干干净净、整整齐齐的。

他坐在一张椅子上。穆哈伊坐在床边，看着他，像是在求他开口讲话。

易卜拉欣讲了起来。但他没有谈政治，也没谈他为之坐牢的那个案件，而是向穆哈伊问起了他们在学院里的同学和老师们的情况。他向穆哈伊讲起他们每个人的一些趣闻。他知道，他需要取得朋友的安心和信任，需要减轻他的畏惧和不安的心理，并要去掉他们之间的客套。他很容易地就做到了这一切。穆哈伊开始感到易卜拉欣是他的一个朋友，开始为有一个英雄做朋友而感到自豪。他当年是把这个英雄当成是一尊可望而不可即的神一样看待，只能远远地看着，而不能跻身于他的英雄事业中去。如今这个英雄竟成了他的朋友，住在他家里，并将同他睡在一张床上。

过了一会儿，穆哈伊自己竟比易卜拉欣谈得还要多。这时，他们听到了敲门声。

穆哈伊站起身来，向房外走去，随后，他端着一个托盘走了回来，托盘里摆着一盘一盘的饭菜。他把托盘放在写字台上，说：

"请吧，易卜拉欣！"

易卜拉欣听到自己的朋友只喊他的名字，而没加"先生"的称号，不由得笑了。他肯定自己已经取得了他的信任，让他放了心。他走到饭菜跟前，津津有味地吃了起来。他自从入狱以来，还不曾有过这么好的胃口。穆哈伊还在那里说个不停。

这时，他们又听到了敲门声。

穆哈伊没有动，只是坐在床边喊了一声：

"进来！"

进来的是娜娃勒，手里捧着一件熨好了的长衫，她犹犹豫豫地看着易卜拉欣，说：

"我想穆哈伊的睡衣不合你的身，就把爸爸的长衫给你拿来了。"

易卜拉欣拿着叉子的手停住了，停在嘴与盘子之间。他感到心里发窘，似乎要找个地方躲起来，他的脸也憋得通红，像有什么东西卡在喉咙眼里。

他的目光落在娜娃勒身上，怎么也离不开。这一次，他看到了她那丰满的、紧绷的、仿佛是印第安姑娘的红扑扑的面颊；看到了她那两片没有沾过口红的纯洁的嘴唇和挂在脸上的微笑。他仿佛觉得这一切都是从很远很远的远处看到的。他又诧异，又惶恐。他不知道"女孩子"竟还会到他睡觉的屋子里来。

娜娃勒惊奇地看着他，又转过身去问哥哥：

"你们还要什么吗？"

哥哥对她说：

"谢谢！"

易卜拉欣也隔着一段距离说：

"谢谢！"

娜娃勒走了出去。

易卜拉欣吃完了饭，还在考虑那个他在计划中从未料到过的"女孩子"的问题。随后，穆哈伊陪着他到卫生间去了一趟。易卜拉欣走回屋，脱掉衬衫和长裤，把手枪放进写字台的一个抽屉里。他穿上长衫，上了床，躺在穆哈伊身旁，把被子盖严实了，好像担心在他睡着时，"女孩子们"会闯进来。

穆哈伊还在说个不停，他讲起了在大学里的一些往事。突然，易卜拉欣注意到，屋子里收音机正播送着的歌曲停了，传来了广播员的声音：

"女士们、先生们！现在向大家播送重要消息。刚才接到内政部的下列通知：刺杀已故的阿卜杜·拉希姆帕夏一案的首犯易卜拉欣在今晚潜逃。他在二十三天前已从监狱转至阿尼宫医院。内政部长宣告：凡捕获或报告当局协助捕获该犯者，奖赏五千镑；同时，军事长官下令，凡是帮助该犯逃跑或知情不报者，将严惩不贷，处以三年以上徒刑。现播送军法通令，全文如下……"

一只手伸出去，关上了收音机。

穆哈伊看了看易卜拉欣，然后把目光移开了。

易卜拉欣没有朝穆哈伊看。他两眼一直望着天花板，像是自言自语地说：

"我还没想到，我会值这么多钱呢！"

易卜拉欣沉默了，穆哈伊也没开口。两人谁也不看谁，双眼都一直盯着天花板。

易卜拉欣对政府广播的通知，找不出什么话来加以评论。他不能消除通告对朋友的影响，这一影响是不会消除的；他不能要求朋友答应他不去告发，他没有权利要求这种许诺，如果朋友打算告发他，那么许诺也没有用。

易卜拉欣一声不响。他感到很恼火，恼火得青筋暴了出来，气都喘不过来了。他们为什么对他一点儿不肯放松？人们又为什么不起来推翻这个追捕他的政府？为什么任何能拯救他，给他前途与安宁的事情都不发生？他是为祖国，为人民而杀死那个卖国贼的，可是人们为什么不为他而采取行动呢？

他感到一阵绝望袭上心头。人们是不会有所行动的，他们将会让他像只老鼠落在捕鼠笼里一样落进虎口。说不定他们之中还有人现在正希望能出卖他而领取那五千镑的赏钱呢。他感到自己真的在一个笼子里转来转去，脑袋碰到一根根的铁条上。自己可不真是一只老鼠嘛，东躲西藏，到处逃窜，而人们却在后面穷追不舍。

随后，他想起了他所藏进来的这个家庭。他们会告发他吗？他对出现这个念头感到羞愧，觉得自己好像是一个忘恩负义的人。不！这一家没有一个人会告发他。这一点他可以肯定。

但是政府广播的这个通告却使他越发感到自己给这个平静、安宁的家庭带来了麻烦。他是身负罪名敲这家的门、进了这个家的。他必须走……他要离开这个家……明天……要尽快离开。他不能留在这里，不应当让人们平白地为他无辜受罪。

所有这种种思绪一一涌现在他眼前，并在天花板上映出一张张的图像。

他的朋友躺在他身旁，也是一声不响。那种由于自己家里住了一位英雄而产生的自豪感已经消失了。他不再去考虑英雄，而考虑起自己，考虑起自己的命运。他感到自己正站在一个陌生世界的门前，那是一个可怕的世界，四周是熊熊的大火，四面八方是一片嘈杂声：呼喊声、口号声、枪声……在这个世界里，他放眼看去，看到了粗粗的铁栅栏，栅栏后面，是他的一些年轻的同学，他们都穿着囚衣。他也穿着囚衣，与他们在一起。他感到害怕，不知不觉地脸色都变了。他把身体从朋友身边移开，远远地躺到床的另一边，仿佛要表达自己同他无关；又仿佛觉得，一旦警察进来逮捕他的朋友时，看到他离得远远的，就不会逮捕他了。

他在听到收音机里播送的政府通令后，并没去考虑那悬赏。他绝对没有考虑这笔悬赏，连想都没想过。他只是考虑到那个规定要对任何帮助逃犯潜逃者予以监禁的军法令。他害怕监狱，不想坐牢。他感到额头上渗出一颗颗冷汗珠，浑身战栗，身上每一块肌肉都在颤抖，仿佛自己犯了什么罪。

两人在听到轻轻的敲门声时，谁也不知这一夜过了多长时间。易卜拉欣紧张地朝门的方向转过头去，然后又回头望着穆哈伊，两眼睁得大大的，目光中露出疑惑、不安的神情。

门又敲了几下。穆哈伊叫了一声：

"来了！"

他爬起身来，朝易卜拉欣望去，想要喊醒他。

"易卜拉欣，易卜拉欣先生！"他碰到了易卜拉欣那疑问的目光，就接着说，"请吧，吃封斋饭了！"①

易卜拉欣的眼神平静下来，仿佛松了口气，说：

"谢谢！我想我明天还不能把斋！"

穆哈伊起来，点亮了灯，戴上了眼镜，边往外走，边问道：

"要我给你亮着灯吗？"

易卜拉欣说：

---

① 穆斯林在斋月期间，晨曦出现后即要封斋，不能再进饮食，故在天亮前吃一顿饭，谓之"封斋饭"。

"如果可以的话，你把它熄了吧！"

穆哈伊熄了灯，走了出去。

易卜拉欣继续思考着。后来，他感到两眼越来越模糊，以至他已经无法弄清自己在想些什么了。他的眼皮合上了，好似晕了过去，他睡着了。

第三章

一束强烈的光线从窗外射进来，刺着易卜拉欣的眼睛。他睁开两眼，迷迷糊糊地向四周张望着，好像忘记自己是在哪里了。

屋里充满了阳光，已经是白天了。他向身旁望了一眼，没看到穆哈伊，又看了看眼前的闹钟，正是九点一刻。

他很奇怪，他的朋友上哪儿去了呢？为什么不叫醒他呢？

他一直躺在床上，等着穆哈伊回来。可是穆哈伊没有回来。他下了床，站在屋子里，有意识地离开窗户远一些，免得哪个邻居看见他。

他在椅子上坐下来，开始考虑起计划来。酣睡已经使他恢复了全部精力。他觉得自己的想法是对的，他清清楚楚地看到了未来，感到很乐观。政府广播的又是威胁又是利诱的通缉令并没有影响他的乐观情绪。人们总是分好人和坏人的，威胁和利诱都不会改变人们的本质，好人总归是好人，坏人依旧是坏人。他不由自主地笑了笑。他是在嘲笑政府、军事长官、嘲笑军事管制法，也嘲笑绞架。

穆哈伊还没有回来。他想从屋子里喊穆哈伊，可又感到为难。家里有女孩子，不应该让她们感到他的存在，也不应该吆五喝六地讨人家嫌。他要一声不响地等穆哈伊回来。

可是穆哈伊还未回来。他开始感到不耐烦了。他要洗脸，要用水润润嘴唇，要开始一天的活动。

他开始穿衬衫、长裤。突然,他停了下来,两眼闪出怀疑的目光,脑子里闪出一个不祥的念头:穆哈伊到哪里去了?他为什么不回来?会不会是他们把他反锁在屋里,好去叫警察来逮捕他?

他裤带也没系,就用手提着裤子,踮着脚尖走到门口,小心翼翼地握住门把手,把门轻轻地往里一拉,发现门确实没锁。

他放心了。重新关好门,再系裤腰带,然后坐下来,开始穿鞋。随后,他抬起了头,眼中又闪着怀疑的目光。会不会是全家人都出去了,把外面的门锁了起来,而把他一个人单独关在家里呢?或者,他们也许根本没锁门,而故意让门开着,好让他感到,在政府广播了通缉令之后,他们不想收留他,默默地希望他离开这个家呢?要紧的是,不能在这个屋子里再待下去。必须马上离开,立刻就走。他从座位上站起来,走到写字台跟前,打开抽屉,把手枪拿了出来。没等他把枪揣进口袋里,就听到一阵轻轻的敲门声。他把枪放回抽屉里,却让抽屉开着,然后朝门望去,喊道:

"谁?"

问话的语气很生硬。他觉察到了这一点,没等听到回答,就又用一种彬彬有礼的语调说了一声:

"请进来!"

他听到门外传来很温柔的声音:

"睡醒了吗,易卜拉欣先生?"

他猜那是娜娃勒——穆哈伊的小妹妹的声音。真怪,他居然能听出她的声音来。他肯定是她,于是有礼貌地答道:

"起来了。请进来!"

门慢慢地开了,娜娃勒探进头来,脸上露出一丝困惑的微笑,好像是她正拿不定主意,不知把这微笑挂在嘴巴的哪一边才好。这一微笑使他有些心慌意乱。他既急于想见到自己的朋友穆哈伊,而面对着娜娃勒,又有些不知所措。他的问话不禁脱口而出。

"穆哈伊在哪儿?"随后,他努力使自己显得文雅一些,改口说,"你早啊!"

娜娃勒目不转睛地看着他，说：

"您早！穆哈伊一清早就上学校去了……"

她的话未说完就被他打断了，他尽力控制自己的火气，垂下眼睛，使她不能从中看出自己的恼怒：

"他怎么一声不响就上学校去了呢？出去之前难道不该同我打声招呼吗？"

娜娃勒感到了他那没露在脸上的恼怒，就说：

"我们一早商量过了，爸爸决定让你睡个痛快，好好休息休息。我们想，你从坐牢那天起，大概将近有一年都没有安安稳稳地睡过好觉了。"

仿佛是对这一家人如此善良、朴实感到惊诧，他抬起头望着她，接着，又把两眼垂下，说：

"这一夜，我能睡得着吗？"

她扬了扬眉毛，像是同他顶嘴，又像是责怪他似的说：

"事实上，你可是睡着了，尽管你没打呼噜！"

易卜拉欣笑了，为自己的过甚其词向她道歉，说：

"说真的，我累了。不过穆哈伊出门之前我总该见到他才是。我有事要托付他，这么一来，我们又得耽误整整一天！"

她安慰他，说：

"日子还长着呢！你要洗脸吗？"

他叹了口气，并不相信自己在这里的日子会很长。他眼不看她，径直朝门口走去，而她却打量着他身上的一切。她看着他那黑红的面孔，那张好似是整年在地里忙活的庄稼人的而又具有十足的城市人气质的面孔；她看着他那双褐色的大眼睛，他不肯把眼睛抬起来，担心它会暴露出自己内心的感情；她看着他那高大的鼻子，好像是一支矛头，直指向敌人的胸膛；她还看着他那两片沉默寡言的薄嘴唇，下面是一个宽大而有力的下巴颏，好似积聚着他的全部意志。

他低着头，刚跨出屋门就听到一声轻轻的惊叫。他抬头一看，只见沙米娅气喘吁吁地站在面前。

沙米娅还穿着一件蓝色的细布长衫睡衣，袖子卷了起来。她没料到会碰见易卜拉欣，于是赶紧举起手掩上胸口的衣襟，随后，想起自己还没梳头，就又赶紧伸出一只手去拢一拢那散乱在前额上的几绺头发。

两个人都感到很狼狈，以至没法互道早安。沙米娅慌乱的眼神同易卜拉欣不知所措的目光一直交织在一起。后来，沙米娅渐渐镇定了下来，从易卜拉欣面前逃避开，躲进一扇门后去了。

易卜拉欣看着娜娃勒，好像是向她道歉，并要求她保护。娜娃勒笑了，一面领着他到卫生间去，一面说：

"我姐姐沙米娅是有名的懒鬼，一早起来总是从这个屋转到那个屋，直等爸爸快要回来了，她才换衣服！"

易卜拉欣没有作声，只是笑了笑。他走进卫生间，把门反锁上，随后，又检查了一下，看看是不是关好了。他一动不动地站在卫生间中间。这会儿，他感到烦躁，觉得在这个家里比在监狱里还拘束。在监狱里可以随便些，因为狱中的人都是男人；而在这里，周围却是一道道无形的栅栏，构成这栅栏的是女孩子，是他内心的羞怯，以及一种内在的感觉，觉得自己在这里，这本身就等于败坏良家的门风。

他撇撇嘴，洗起脸来。洗完后，他又站在门前不知如何是好了：是推开门呢，还是开门之前先敲一敲，好提醒一下女孩子们呢？

他觉得还是先敲敲门再开好些，于是轻轻地敲了几下，然后又使劲地敲了几下。随之听到娜娃勒的声音道：

"请出来吧！"

总是娜娃勒！好像家里除了她就没有别人了似的。听到她的声音，他并不厌烦，反倒颇有些快感，好像她是在他闯进来的这个天地中唯一的朋友，又好像他决定要吸收她加入到那七个同他一起参加暗杀活动的朋友中去。随后，他又为自己有这种快感而感到惊奇。

他开了门，发现娜娃勒站在面前笑着，笑得很开心。他也笑了，笑得比她更开心。然后他朝屋子走去，娜娃勒跟在后面。没等进屋，他又回头向她望望，又朝窗户偏了偏头，说道：

"你能把百叶窗关上吗?"

娜娃勒两眼一闪,凭着自己的聪明,明白了他的用意,又想起了自己是在一个英雄的面前,于是她仿佛在进行一件重大的爱国行动,步履轻盈、行动敏捷地先走进了屋。她在窗台前弯下身子,把百叶窗拉过来,关上了。

他故意不去看她,跟在后面走了进来。他拿起穆哈伊的梳子,站在镜子跟前,打算梳头发,随即却想起了娜娃勒在屋子里,不由得为自己站在镜子面前感到有些不好意思。他觉得男人照镜子有损大丈夫的气概,于是就转过身来,低下头,马马虎虎很快地拢了几下头发。这时,娜娃勒已经关好了窗户,对他说:

"请到餐厅去吃早饭吧!我想收拾一下屋子。"

他低声地说了句:

"谢谢。"

他走出屋子。刚走了几步,就碰见了母亲。母亲胖胖的和颜悦色的脸上露出善良的微笑,一见到他就说:

"你早啊,孩子!快去吃早饭吧!"

没等听到他回答,她又大声叫道:

"沙米娅!真是的,这丫头又跑到哪儿去了?厨房里的活儿一样也不干!"

接着,她对着易卜拉欣和娜娃勒两人说道:

"这你们就知道赛尼娅那丫头是多么管事了,她把整个的家务事都担起来了。你们呢,只会动嘴皮子。"

随后,她又对易卜拉欣说:

"请去吃早饭吧,孩子!"

接着,她对娜娃勒说道:

"你来,跟我下厨房去!"

娜娃勒不情愿地说道:

"今天我管打扫房间,是该沙米娅下厨房的。"

"你就来吧,听话!"

娜娃勒生气地摇着头,跟在母亲身后走了。易卜拉欣也摸索着朝餐厅走去。他在饭桌前坐了下来，面前摆着一盘焖蚕豆，一块奶酪，还有几颗咸橄榄。他低头吃着，两眼盯着前面，不敢抬头看四周，好像怕一抬头，就会看到周围赤裸着身子的女孩子。

他打算聚精会神地考虑一下他的计划。他想同外面的战友联系，要联系就得靠穆哈伊。他不得不把穆哈伊安排进自己的计划，此外没有别的办法了。

他想要读一下早晨的报纸。从被捕后，他就习惯从读报中了解到远比一个普通读者了解得更为多的情况。读报对于他来说，已经成为一件大事。在狱中，当不让他读报时，他就起来闹事。可是在这里，在这个家庭中，他能要求读报吗？他有什么权利？又有什么理由呢？

他还想了解一下政府广播的通缉令所造成的影响。娜娃勒没提到这一点；她的姐姐和妈妈也只字未提，好像她们故意不提及这件事，不提及通缉令，以免伤害他的感情，或者免得让他感到他藏在这个家里的危险性。她们是出自好心。可是她们不知道这样一来，却使他更加尴尬，使他眼前的事情更加复杂化。他宁愿让她们把他当作一个逃犯，当作一个政府通缉的人来对待，使他可以同她们开诚布公地讨论他的计划。可她们又是些女的。他只好等着男人们回来了。

就这样，他稀里糊涂地把饭菜填进肚子里，一点儿都没感觉出是什么味道。他茫然地置身于对自己计划的沉思默想中，觉得过几分钟就像过几个钟头似的。他不仅要计算所度过的分分秒秒，而且还要把直到翌日早晨这一段即将来到的时间里的分分秒秒都计算好，以便来完成他的逃跑计划。他吃完了饭，过了好久，仍然坐在那里，头也不抬，眼也不看，如同一个瞎子，在等着别人给他领路。

他听到了娜娃勒在身旁说道：

"你想进屋去就请吧！"

他抬起头，好像直到这时才发觉她在身旁。他含含糊糊地说了声：

"谢谢你。"

他走进屋子，朝她望着，想要对她说点儿什么。要问问她能否搞到早晨的报纸,但却又不作声。他不能问她,不能再给别人增加负担了。

娜娃勒笑着说:

"你若需要什么就喊我一声好了。"

她正想迈步,却又停了下来,说:

"报纸爸爸会带回来的。你要我现在下去给你买一份吗?"

他惊奇地看着她。奇怪,她怎么能知道他脑子里在想些什么呢?

"谢谢你,不必了!不过,能开一下收音机吗?"

她犹豫着说:

"这两天的广播真让人讨厌,没有什么好听的。"

他笑着说:

"至少,我们可以听听新闻吧!"

她无可奈何地说:

"那好吧!"

她离开他,走了出去。

他坐下来,试图不去想她,但却不由自主地想到她。他不得不去想周围所有的人,把每个人都列进他的计划中去。这是一个聪明、大胆的姑娘,他可以依靠她,而且说不定她比她哥哥更可靠。但是,不,她是个女孩子。他不相信女孩子,也可能不忍心让她们承担男子汉的责任。再说,他也不能把自己栖身的这样一个高尚人家的女儿列进自己的计划中去。不行!他的良心、义气也不允许他那样做。尽管如此,可每当他在脑子里盘算着为自己制订的那几十个方案时,他发现,每个方案中都有一个娜娃勒的位置。

收音机的声音响了起来。播音员宣布新闻广播结束了。他遗憾地摇了摇头。

易卜拉欣一直独自一人坐在屋子里,一会儿沉思遐想,一会儿又翻弄着穆哈伊的书籍。时间慢慢地过去,他心头越来越感到沉重。最后,传来了外屋门铃的响声,他的每根神经顿时紧张起来,听到自己的心在胸口怦怦直跳,他好像在战栗。昨天,从他实行逃跑计划时才开始有这种战栗,这是一种紧张、不安的战栗。

他听到穆哈伊同妹妹的谈话声,才轻松了一些。他准备好与自己的朋友相见:嘴角挂上一丝微笑,脸上罩上一层平静的表情。可是穆哈伊在进来之前,磨磨蹭蹭的,易卜拉欣仿佛觉得穆哈伊磨蹭了好半天,以至他的微笑都快要从嘴角上消失了。终于,他听到了敲门声。他用一种若无其事的、丝毫听不出心慌意乱的声调说:

"请进来!"

穆哈伊走了进来,脸色像熟透了的柠檬似的发黄。他仿佛远行归来,历尽千辛万苦,耗尽了全部精力和心血。他的两眼慌乱不安,不愿向易卜拉欣望去。他走起路来,步伐紧张,像个醉汉,趔趔趄趄的。

易卜拉欣打量着他,想判断出他慌乱到什么程度,然后,又有意识地要免除他们之间的客套,拿出老朋友的架式,也不站起来打招呼,只是说:

"好哇?"

穆哈伊把笔记本往写字台上一丢,两根手指头按了按眼镜夹鼻,答道:

"你现在怎样,易卜拉欣先生?"

他说这句话时,像是在履行一项义务。"先生"这个词儿在易卜拉欣听起来有些刺耳。他不得不沉默了一会儿,他是在琢磨着。他本以为,从昨天起,他同朋友之间的客套已经消除。那么是出了什么事情了?但愿这只是由于神经太紧张造成的。

易卜拉欣从座位上站起身来,咧开嘴笑着,想以此来表示不友好。然后,他走到穆哈伊跟前说:

"怎么样啊?"

穆哈伊还是眼不看着他,说:

"全校都在谈论你呢。"

易卜拉欣好像开始行动了。他关切地问:

"他们说了些什么?"

穆哈伊看了看他，又把两眼转了过去，说：

"说实在的，我什么也没听到。实际上我是故意什么都不去听。我想我若是一表示关心，那所有的同学就都会知道你在我们家。我觉得最好是显得自己什么都不知道，这个国家什么事情都没发生。我好不容易上完了所有的课，尽管一个字也没听进去，那只不过是要人们看到，我没改变自己的老习惯。我仿佛觉得，我若是一课不上，所有的同学都会出来找我，到家里来看我。"

易卜拉欣用同情的眼光看着他，然后，像是询问一件与他并不相干的事情似的说：

"关于政府出的那个通告，他们说了些什么？"

穆哈伊沉默了一会儿，以为易卜拉欣问的是他本人的意见，而不是同学们的说法，他说道：

"我听见他们在逗乐呢。在课堂上，有一个坐在我身后的同学对他旁边的人说：'你爸爸早就上街转去了吧？找到易卜拉欣，报告去，领上五千镑……'"

易卜拉欣哈哈笑了起来，笑得很开心。这笑声打消了穆哈伊的慌乱不安，于是，他又说：

"有一个朋友来问我：'你看，若是易卜拉欣·哈姆迪去自首，纯粹从法律这个角度上看，他是不是也该得五千镑呢？'"

他一面说，一面学着那位同学在谈话时用的一副法律学家的腔调。

易卜拉欣笑了，说：

"若是保证给我五千镑，我就自首。"

穆哈伊也笑了，随后又热情地说：

"凭安拉起誓，给十万镑也不干。"

易卜拉欣感到朋友的慌乱不安已经消失了。他又一次成功地消除了他们之间的拘谨。

两人又沉默了一会儿，然后，易卜拉欣好像随意地选了个话题说：

"你看到法赫米·阿卜杜勒·阿齐兹没有？"

穆哈伊没觉得这个问题有什么重要性，就说：

"没看到。他可能按照惯例上小吃部坐着去了，而我却从不上小吃部去的。"

易卜拉欣又毫不在意地问：

"你看这个人怎么样？"

穆哈伊还是漫不经心地说：

"我不喜欢他。他那样子让我看了感到不舒服，打扮得流里流气的，说起话来没完没了。在罢课的那些日子，他做的演讲全都是连篇废话。"

易卜拉欣皱起了眉头，可是未等穆哈伊注意到这一点，他又很快舒展开脸，眼瞅着地，似乎在自言自语：

"这是个好小伙子。有很多次，他都起了很重要的作用。"

穆哈伊忽然注意到易卜拉欣是有意识地想多谈一会儿有关法赫米·阿卜杜勒·阿齐兹的话题，就奇怪地问：

"你认识他？"

"我同他很熟！"

"我的意思是说，他……他是同你一起干的吗？"

他尽力想让穆哈伊一下子了解自己的用意，就说：

"他是知道我将越狱逃跑的人们中的一个。"

穆哈伊听了以后，目瞪口呆，眉毛挑起，高过了眼镜框。他用手按了一下眼镜夹鼻，问道：

"他知道你在这里吗？"

易卜拉欣平静地答道：

"不知道，不过必须要同他联系上！"

穆哈伊马上又问：

"那你怎么同他联系呢？"

易卜拉欣抬起两眼，看着穆哈伊，然后，不等他发现自己的用意，又把眼睛垂了下来。他尽力使自己的语调不带有捉弄人的味道：

"我也正在考虑这件事呢。"

穆哈伊没再说什么。两人都一声不响,好像在考虑同一个问题。最后,穆哈伊抬起头来说:

"你能信得过法赫米吗?"

易卜拉欣肯定地说:

"完全信得过,就像信得过我自己一样!"

又沉默了一会儿。在这段时间里,易卜拉欣不打算讲什么,他是要让自己的朋友有一个思考、做决定的时间。他只是不时地抬起头,偷眼向对方瞧着。

后来,穆哈伊像是对这种只能达到一个必然的决定的思考感到厌倦了,突然说:

"看起来是没有别的办法了,只有我亲自跟他说去!"

易卜拉欣仿佛是在祝贺自己的胜利,不由得微微一笑。这正是他所要表达的意思。这是他的老习惯:不把自己的决定强加给同伴,也不向他们提出要求,而是想法启发、诱导他们,做出他要做的决定,提出他要提的要求。他总是让他们以为,决定是他们自己做的,要求是他们自己提的。

易卜拉欣沉默了一会儿,似乎是在认真地考虑同伴的话,然后,像是服从既成事实:

"我想,这是唯一的办法了!"

穆哈伊又有些迟疑。他原希望他的同伴会拒绝他的主意。于是,他惶惑不安地问:

"只是我跟他说些什么呢?"

易卜拉欣装作思考的样子,而在内心深处,却不禁为朋友的这种天真、幼稚感到怜恤:

"你就对他说:'保管品在我们这儿',或者随便一句能让他明白你知道我在哪儿的话,只是不要说出我的名字。"

穆哈伊有点紧张地说:

"不过我同他不熟悉,从没有一个学生见我同他说过话。他们如果看到我同他说话，可能会产生怀疑。"

易卜拉欣仍旧心平气和地说：

"你可以什么也不同他讲，只是走在他身旁，交给他一本笔记也行。不过，我可以肯定，你就是放心大胆地同他讲话，谁也不会对你产生怀疑。"

穆哈伊听到易卜拉欣说谁也不会对他产生怀疑，不禁觉得有些屈辱，感到自己是个不配做出英雄行为的人。但他也只好听之任之地说：

"还有呢？"

易卜拉欣说：

"没什么了。在这之后，你让他安排好了。他一切都会安排好，万无一失的。"

穆哈伊不吭声了，仿佛他的脑海里已经在想象着明天的事，想到了校园、同学，想到了法赫米·阿卜杜勒·阿齐兹本人。

易卜拉欣微微一笑，说：

"穆哈伊，这样麻烦你，我真感到过意不去，真不知该怎样感谢你才好！"

穆哈伊只简单地说了句：

"别客气。"

然后，他走到写字台前，打开一本法律书，手里握着一支铅笔，复习起功课来。

易卜拉欣要在朋友开始温课之前，换掉话题，就问：

"什么时间考试啊？"

穆哈伊眼不离书地答道：

"再过一个半月。"

易卜拉欣沉默了一会儿，说：

"你应该带份报纸回来！"

穆哈伊还是看着书，头也不抬地说：

"报纸一向都是爸爸下班的时候带回来的！"

两人又都不说话了。易卜拉欣也抓起一本书，想看看。突然，穆哈伊抬起头，各种各样的念头挤满了他一脑子，说起话来也不禁结巴了。他低声说：

"可是有些人说法赫米·阿卜杜勒·阿齐兹是官府的奸细！"

易卜拉欣从书本上平静地抬起头，用更加平静的声音说：

"噢！你相信吗？"

穆哈伊好像非要让自己的同伴相信自己的话，又说道：

"他们还说，政府逮捕他是为了让他监视和探听别的被捕的人的言行！"

易卜拉欣并没有失去自己的平静，说：

"主啊！你可不能那样想。他是个最正直的学生啊！"

穆哈伊一直朝自己的同伴挺着脖子，似乎还要找出理由来说明。没等他转过头去重新读他的书，易卜拉欣就好像仍要为他鼓劲似的，又笑着对他说：

"若是我信不过法赫米，就等于我信不过自己，信不过你了！"

穆哈伊听了同伴的这番话，放下心来，于是又安心地去读书了。

这时两人都听到了门铃声。

易卜拉欣的神经又紧张起来。随着门铃声，他听到了自己的心跳，正是这发颤的心跳，使他疲劳，动摇着他的自信。

穆哈伊说：

"这一定是爸爸！"

他们果然听到了父亲的声音，穆哈伊说：

"对不起，我一会儿就来！"

他走了出去。

易卜拉欣则坐在那里，急不可耐地等着这位父亲召唤，或是走进他的屋里。他不仅急着想听消息，而且还急着想了解父亲本人怎么样了？还那样紧张吗？这位父亲对自己究竟怀着什么样的感情呢？在政府广播过通告后，父亲是否还肯收容自己？他急于要了解这一切，好放下心来。

穆哈伊独自一个人手里拿着一份《金字塔报》回来了。他把报纸递给易卜拉欣，说：

"爸爸向你问好。"

易卜拉欣赶紧说：

"谢谢。他怎么样？"

穆哈伊漫不经心地说道：

"他什么也没说。他在斋月里就是这么个习惯，下班以后，显得很累，一回来就睡觉。"

易卜拉欣感到自己这颗焦急热切的心似乎一下子掉进了冰窟窿。但他又说服自己，既然父亲没有改变自己的习惯，那就是个好兆头。他双手拿起报纸，开始在大标题里读着自己的名字。他脸上挂着讥讽的微笑，好像在嘲笑人们，何必这样兴师动众呢。他没有先读官方通告，而是如饥似渴地读起报纸采访的详细报道来。他开始露出更加明显的笑容。

报道里没有什么迹象说明有人跟踪他。他在逃跑时所乘的两辆出租汽车的司机，没有一个出面揭发他，甚至报上也没刊登那个瞧见他逃跑的医生的名字。突然，他的神情紧张起来。他在一个版面的边上读到了一条消息，题为："对易卜拉欣·哈姆迪的看守进行审查。"内政部长下令组成一个委员会，对原负责看守易卜拉欣的那个警官进行审查。这个善良的文质彬彬的警官有什么过错呢？他的过错就在于他信任自己，而自己却背叛了他的信任，蒙蔽了他，使他断送了前途，一个无辜的埃及青年的前途。

易卜拉欣在心里不禁大声喊叫起来，好像是在打自己的耳光。他太自私了！他是个罪人！他伤害了所有亲近他的人，所有信任他的人。这个青年不是卖国贼，也不是英国人的走狗，为什么要伤害人家呢？不仅如此，而且还几乎把人家忘掉了！

他非常难过，感到满腔闷气几乎要使他窒息。他想自我安慰一番，就自言自语地说："我是逃脱死刑的判决，至于他，则不过是会受到调离原职或延缓升级的处分。"可是，他并没说服自己。背叛一个无辜青年的信任的想法，开始在他脑海里形成了，怎么抹也抹不掉。

他站了起来，用一种从未有过的命令口吻对穆哈伊说：

"给我一张纸,一支笔!"

穆哈伊惊奇地看着他,从笔记本上扯下一页纸,递给他,然后,又把笔给了他。

易卜拉欣坐下来写道:

亲爱的杰米勒·伊扎特中尉:

他止住笔,停了一会儿。他想给那位警官写两封致歉的信,想向他解释,为什么要离开他,为什么辜负了他的信任——易卜拉欣想要为自己辩护。他又开始写道:

你好!我应当给你写信,向你解释一下我的所作所为……

他又停住了笔,他不能给那位警官写信。寄信也许会破坏自己的计划,而且,内政部现在正在对那个警官进行审查,寄信给他,对他的处境也许会更加不利。易卜拉欣丢掉了手中的笔。他双手抱着脑袋,觉得内心所受的折磨要比他给那个难以原谅他的警官带来的折磨更为厉害。

他听到穆哈伊焦急地问:
"易卜拉欣,你是怎么了?"
易卜拉欣抬起了头,又不露声色,故作平静地说:
"没什么!"
当时他正心慌意乱,竟忘记把那张上面写有那个警官名字的纸撕掉了。

第四章

娜娃勒从门外探进头来。这时，离开斋只剩半个钟头了。似乎她并没感到有外人在场，边走进屋边说：

"爸爸说，请你们到起居室去！"

穆哈伊一下就合上了书本，好像几个钟头前，他就读得不耐烦了。

易卜拉欣在座位上直直身子，把手上的《金字塔报》放下，偷偷地看着娜娃勒。

奇怪，他原以为自己很讨厌女孩子，其实，并非如此。至少，他不讨厌娜娃勒，无法做到对她视而不见，倒是每逢听到她的声音，感到她在身旁时，就觉得惬意、舒服。那是一个自由的人、没有杀过人、没有坐过牢、没有因越狱而被政府通缉的人所感到的惬意和舒适。那种惬意、舒适，他在自己家里时曾经感受过。那时，他把自己反锁在屋子里，周围一切都静悄悄的，他独自一人待上长长的几个钟头。不过在心底，他并不觉得自己是独自一个人，而是还有一个人——妈妈，就在隔壁屋子里，她的气息，全家都能感觉到。娜娃勒使他想起了母亲……不，是使他想起了安静、舒适，更确切些说，是使他想起了自由。

自由，现在，他在这个家里，比在监狱里更加迫切地感到需要自由，感到仿佛自己对生活更加留恋了。一些新的，他也说不清楚的因素使得生活对于他来说，比过去更加宝贵，也比他原先以为的更加珍贵。也许是他匿身在这个家，这家中美好、善良的气氛，以及这家中所过的俭朴生活，这一切是使他更加留恋生活的原因吧。在这里，他感觉不到在埃及还有英国佬和卖国贼，感觉不到还有革命和反动政府。他只感到整个埃及都像这个家庭一样：善良、纯朴、和平而安宁。

他从座位上站起身来，整了整衬衫和裤子。在这一瞬间，他头脑中浮现的就是这些思想。

穆哈伊走在他前面，一边朝门口走，一边说：

"请吧，易卜拉欣先生！"

易卜拉欣听到"先生"这个词时，不禁笑了。一时不同这个朋友谈话，他就又客套起来。

他俩朝门口走去。娜娃勒说：

"穆哈伊，你一坐到写字台跟前，就把什么都弄得乱七八糟了。"

穆哈伊对她看也不看地说：

"这样好让你有活儿干哪！若是没有东西好收拾，你不就闲着没事儿干了吗？"

娜娃勒弯下腰，把易卜拉欣丢在座位上的《金字塔报》收拾起来，然后又把乱七八糟地堆在写字台上的书本、笔记本和纸张都收拾得整整齐齐的。她不知道，她把那张易卜拉欣忘记撕掉了的纸，即上面有易卜拉欣亲笔写着监守过他的那位警官名字的纸，也夹在她哥哥的那堆纸张和书籍中间了。

穆哈伊和易卜拉欣两人走进了起居室。穆哈伊弯下身子吻了吻父亲的手，父亲从土耳其式长沙发上欠了欠身子，握了握易卜拉欣的手。

两人都在父亲的对面坐了下来。穆哈伊坐在那张宽大的躺椅上，显得那么小，似乎旁边还可以再容下一个人。易卜拉欣坐在藤椅上，一声不吭，文质彬彬。这时，他内心正感到一种不安。直到现在他还没有完全拿定主意，在父亲面前究竟应该扮演一个什么样的角色。是扮演一个循规蹈矩、百依百顺的可怜的儿子的角色呢，还是扮演一个能研究、制订各种方案、计划，并把父亲本人也拉进这些方案、计划中的完美无缺的男子汉的角色呢？他在父亲面前是要把自己的个性全都显示出来呢，还是要掩饰起一部分，以示对父亲的尊重呢？

他抬起头，很快地朝父亲瞥了一眼。只见父亲愁眉苦脸，忧心忡忡，好像千斤重担都压在他肩上。易卜拉欣看到这位父亲更加消瘦，脸色比起昨天更加憔悴，简直判若两人。

又沉默了一会儿。然后，父亲像是要摆脱掉自己的一些烦恼似的清了清嗓子，用一种客气的声调说：

"你现在怎样，孩子？托靠安拉，你昨晚睡得还好吧！"

易卜拉欣说：

"感谢安拉，还好，大叔！"

然后，他似乎要冲淡一下他们之间拘谨的气氛，就接着说：

"说实在的，我昨天睡得太多了！"

父亲未加评论，他没说话，也没笑。又是一阵沉默。在这段时间里，穆哈伊与易卜拉欣交换了一下眼色。然后，父亲自言自语地说：

"今天早晨，我在工程部的大门口看到了你父亲，我当时简直要不由自主地走过去同他打招呼……他看起来满腹心事。"

易卜拉欣还想缓和一下他周围的紧张气氛，就说：

"我想我父亲不必再为这些事操心了。"

父亲斥责他似的生气地瞪了他一眼，气冲冲地说：

"父亲总是父亲。做父亲的一辈子都不会愿意自己的儿子倒霉，或是丢掉前程！"

易卜拉欣不作声了。他垂下眼皮，咽着唾沫。

好像这怒气给父亲增添了他正在找寻的勇气，于是他又尽力显得平心静气地问：

"你今天设法同你的朋友取得联系了吗？"

易卜拉欣瞥了穆哈伊一眼，似乎是嘱咐他不要插嘴，说：

"我想明天吧。应当过一天，好让警察不注意。"

父亲觉得言之有理,就不作声了。过了一会儿,他又问道:

"那么,你怎么同他们联系呢?"

易卜拉欣不知如何回答是好了。他又看着穆哈伊,好像在问他:"我们俩商定好的计划,你父亲会赞成吗?"但是穆哈伊的身子更加蜷缩进躺椅里,脸都变黄了。

易卜拉欣真是不知所措了。过去,当同他一样年轻的革命战友向他提出任何问题时,他从来也没这样狼狈过。但他对于回答上了年纪的老一辈人的问题却感到不习惯。他不知所措地思忖着:"我生平从来没有把自己爱国行动的计划告诉父亲的习惯,现在是不是要把这些计划告诉给这位父亲呢?我能对这位父亲说,我决定要让他儿子去担任同我的朋友联系的任务,要把他的儿子安排到我的计划中去,使他也可能遭受到政府对爱国者的那种迫害吗?这位父亲能愿意吗?他能眼看着自己的儿子两脚朝着地雷阵迈去而一声不吭吗?这位父亲是个爱国者,忠于自己的爱国主义,否则就不会让我住进他的家。但这是什么样的爱国主义,又有多大的忍受能力呢?很可能,这只是消极的爱国主义,它要强烈而残酷地维护自己的消极性。穆斯塔法·艾哈麦德·扎希尔先生将要维护自己的消极性。当他知道自己的儿子将要起积极作用时,他将会大动肝火,其结果也可能是把我从他家里撵出去;为了自身的安全而舍弃义气,把我这个受政府通缉逃到他家的危险客人赶走……不!什么都不能对他说,必须让这位父亲远远地置身于这些计划之外,正如原先让自己的父亲远远地置身于那些计划之外一样。所有当父亲的都要站得离他们儿子们的计划远远的。"

易卜拉欣很快地朝穆哈伊回头狠劲地看了一眼,好像要用自己的意志去控制他,使他舌头麻木,说不出话,什么也不要告诉他父亲。但同时,易卜拉欣心里又想:"我何不对他说实话呢?他是我赖以藏身的这个家庭的一家之主,我应当信任他。我为什么要有不相信老实人的思想呢?也许他有好主意,可以帮助我,使我得救,那是出自他的经验、他的谨慎以及他那不露声色的热情的主意。再说,我应当同他真诚相见,至少应当忠诚老实。他愿意怎么着就怎么着吧!"

他犹豫了好长时间，最后听到父亲说：

"不必了！我只要你说出能影响我和我家里的事！"

易卜拉欣有些迟疑，话也就说得有些断断续续的。他说：

"说实在的。我……我还没决定怎样同他们联系呢……不过，托靠安拉，明天一切都会搞好的。"

父亲对他做出忠告：

"政府广播了通告之后，我看你的处境还是很困难的。坏人不少，五千镑也不是个小数目，你可要多加小心。"

易卜拉欣顺从地说：

"安拉保佑，您放心吧，大叔！明天，一切都会万事大吉的！"

父亲用惊奇而又有些责备的目光看着他，好像在指责他，怎么能厚着脸皮谈什么放心呢？

放心？谈何容易！这样的年轻人能知道他如今是多么需要放心吗？他们哪能知道这一点？他们没有妻儿老小；他们身后没有那小心谨慎一步一个脚印走过来的漫长的过去；面前并不像人至暮年那样，只有这短暂的未来，他需要这短暂的未来的分分秒秒，好为自己的妻子、儿女创造一些条件，在自己有个三长两短之时，也能对他们放得下心，一旦他撒下他们，他们也能好好过下去。

父亲坐正了身子，耳朵对着收音机，在倾听诵读的《古兰经》。

又是沉默。只能听到读《古兰经》的声音。易卜拉欣与穆哈伊偶尔偷偷地交换一下眼色，父亲不时地干咳几声。

突然，父亲又一次面对着易卜拉欣，像是要把长久积蓄在胸中之气发泄出来，激烈地说：

"我想知道，你们究竟想干什么？整个国家，没有一个人能让你们喜欢，也没有一个人值得你们追随。纳哈斯①,你们不喜欢;纳格拉西②,你们也不喜欢;国王,你们还是不喜欢。那你们要什么人呢?你要谁来统治这个国家呢?你会对我说:这些人全都不行。那好,我同意。可是究竟要谁呢?你们这么闹腾,把整个国家搞得天翻地覆,又是为什么呢?你们就不能安安静静地少惹麻烦,直到最后遇到一个你们所要的好人吗?"

易卜拉欣完全没料到父亲会发这么一通火。他回头望了一下穆哈伊,好像是在问,他可以用什么样的语言来同这位父亲谈话。未等他开口,父亲又在为自己的人生观进行辩护了。

"早先,在1919年革命的时候,有个领袖叫柴鲁尔③,全国都跟着他走,当时大家都知道该怎么干。柴鲁尔去谈判,实现了独立。可是现在,谁能代替柴鲁尔?谁能去同英国人谈判,或是同他们作战呢?"

父亲回头望了望儿子,好像是在告诉他,这些话也是说给他听的。父亲是有意识地要用这番话来说服儿子,不要听信他朋友的那些原则,而跟着瞎跑。

父亲的语气中有一种挑战的味道。他故意要在儿子面前表现出这种挑战,让儿子也能起来向易卜拉欣挑战,反对他的见解。

易卜拉欣不愿意同父亲争论,也没有接受这番挑战。他本来是知道该如何回答他的。他可以告诉他,他并非追随一个人,而是追随一项原则;他并非在寻求一个统治埃及的人,而是在为埃及寻求自由、平等、昌盛。但是他没有回答,没有争论。其原因,也许是由于他那能听得进各种意见、而不发脾气的性格,也许是他对父亲应有的尊重使他无法同他争论,也许是他的聪明告诉他,目前的处境下,他不能进行任何政治争论。

他故意要岔开话题,就用平静的语气问:

---

① 穆斯塔法·纳哈斯(1876—1965),埃及政治家,1919年任华夫脱党书记。1926至1950年曾多次组阁。1936年曾与英国签订丧权辱国的"英埃二十年同盟条约"。
② 马哈茂德·法赫米·纳格拉西(1886—1948),埃及著名政治家,曾参加过华夫脱党,但与纳哈斯意见有分歧。曾两次组阁。1948年遇刺身亡。
③ 柴鲁尔(1857—1927),埃及著名的政治家。1924年曾任埃及内阁总理,是华夫脱党的创始人,生前曾领导过为争取独立、反对英国统治的斗争。

"您参加过1919年的起义？"

父亲的挑战一下子就烟消云散了。他两眼出神，若有所思，一丝微笑浮现在嘴唇上，以此表示他对那幸福回忆的珍惜。他平静地说：

"全国上下都参加了。我当年只有十五岁，没能亲耳听到柴鲁尔的演讲，也没有参加过那些游行示威。不过那时，我却能把柴鲁尔的演讲都背下来，我那过世的父亲也总要我站在他面前，把那些演讲词一篇一篇地背给他听。"

易卜拉欣同情地笑了笑，仿佛看到了面前站着一个十五岁的少年，一心一意地向往、追随着柴鲁尔。

父亲接着说：

"那真是一场革命，全国上下都同心协力。"

母亲走了进来。

她刚从厨房里出来。煤油炉的热气似乎把她那胖胖的脸都烤化了，看起来就像一个大洋娃娃的面孔。

她那善良的微笑把萦绕在三个男人之间的那种不安的气氛给驱散得干干净净。仿佛是她给他们带来了生活与和平的气息，于是三个人心灵中最美好的一切开始流露出来。父亲微笑了，他本想装出一副庄重、严肃的样子，以掩饰自己的微笑，但却毫无作用；穆哈伊向母亲抬起了头，好像是要把自己的心奉献给她似的，他透过眼镜，用一对忧郁的眼睛望着她，仿佛一只小雏，要躲在母亲的双翅下，求她保护；易卜拉欣站了起来，仿佛是遇见了自己的信念，他那从未怀疑过的信念，那赋予了他整个生命的信念，那对母亲的信念。

母亲像永远闲不住，否则她生命本身就好像要停滞了。她急匆匆地问道：

"喂，还有多长时间放开斋炮啊？"

随后，她望了望易卜拉欣，用手拍着他的肩头：

"孩子，你请坐！坐下吧，孩子！让安拉保佑你平安无事！"

穆哈伊看了看表，虽然他也知道母亲绝不会期待有人会回答她的问题，却很快地说：

"还剩五分钟。"

母亲似乎因为他回答了自己的问话而对他加以责备地说：

"那好，劳你的驾去把你爸爸的拜毯铺上吧！每一个人都得干点儿活呀！我的乖乖，两个女儿今天一天都要累死了。"

然后，她望着丈夫，腔调未改地说：

"你听着，扎希尔！赛尼娅那丫头这次一回来，我马上就给她提一个里亚尔的工钱。这一下可看出来了，她是把一家的担子全挑下来了！"

似乎赛尼娅一回来就将意味着全家的忧患都解除了，父亲叹了口气，说：

"但愿如此！"

穆哈伊站在躺椅扶手上，把拜毯从衣柜顶上扯下来。

易卜拉欣在自己的座位上挪了挪身子，打算站起来。他咧着嘴，笑着问：

"我能帮助干点儿什么吗？"

母亲望着他，急忙说：

"孩子，光是你自己的事情就够你愁的了。我们大家都想为你出把力！"

易卜拉欣嘴上的笑容敛了起来，他仿佛被淹没在对自己心事的回忆中，又仿佛是记起了原已忘掉了的东西。他想起来了，他并不是这个家庭中的一员，这位母亲并不是他的母亲，他同穆哈伊不一样，也永远不会一样。甚至就是在他自己的家里，他也从未享受过这样的安宁与这样的好心善意，也没有哪一天，妈妈一点儿家务事都不让他干的。

母亲走了出去，边走边像是自言自语地说：

"我得去把饭菜盛起来了，现在这些女孩子简直什么都干不好！"

仿佛她那丰满的身躯是用驼鸟毛填充起来似的，她一溜风地走了出去。

开斋的炮声响了起来，而电台的诵经人还没念完经。

穆哈伊从座位上站了起来，说：

"我想，炮是响过了。"

父亲动也未动地说：

"等着听宣礼。"

宣礼员的声音响了起来。父亲一直坐在那里不动，直到宣礼结束。然后，他站起身，把头上的睡帽整了整，做起了礼拜。这时，穆哈伊从躺椅上一跃而起，客气地推着易卜拉欣，说：

"你请吧，易卜拉欣！"

然后，又用一种几乎听不出来的小声，对着易卜拉欣的耳朵说：

"爸爸说的话，你可千万别生气。"

易卜拉欣毫不介意地说：

"绝不会。"

两个人走了出去。在通向餐厅的走廊上，他们碰到了沙米娅和娜娃勒正从厨房里出来，一人手里端着一盘菜。

沙米娅对易卜拉欣羞怯地笑了笑，好像是以此来履行自己应尽的义务。娜娃勒朝他扭过头来，好像是想让他开心一些，小声地对他说：

"待会儿告诉我，你觉得冷冻煎茄做得怎么样？那是我的手艺！"

易卜拉欣开心地笑了，好像重新又开始感到他是在自己家里。

大家围着餐桌站在那里。母亲端进来一大盘米饭，递给沙米娅摆在饭桌上，说：

"孩子们，都坐下吧！等爸爸做完礼拜咱们就开饭。"

随后，她瞧见穆哈伊正伸手去拿泡菜，就斥责他说：

"开斋不能先吃泡菜，当心你的胃，我的孩子！你可不能这样。圣训[①]上说，开斋要先吃一颗椰枣！"

穆哈伊笑着说：

"那是当初，那时还没有泡菜呢！"

好心的母亲故意不去理他。这时，易卜拉欣正不知往哪儿坐才好，

---

① 圣训，系伊斯兰教先知穆罕默德言行录，在伊斯兰教中是地位仅次于《古兰经》。

她就对他说：

"坐在这里吧，孩子！靠穆哈伊旁边，你是我们的贵宾。"

易卜拉欣坐了下来，低声地说了句：

"谢谢！"

母亲给他倒了一杯杏脯水，又说：

"先知在上，孩子，我只是可怜你那老妈妈，那么大岁数了，你不在跟前，她连口饭也吃不香。"

易卜拉欣感到自己的心收缩了起来，以至血都几乎淤到了心里。他知道，好心的女主人并非故意使他想起自己的母亲，并非故意引起他思绪万千，勾起他那隐藏在内心深处几乎要忘掉的情感。她是一位善良的太太，但尽管如此，她却无意中刺痛了他，使他感到难过。他伸手握着水杯，低下双眼；望着自己的盘子，没有抬头。

父亲走了过来。他谁也不瞧，就坐了下来。然后，拿起汤匙，伸进汤碗里，嘴里念着："安拉啊！我为你而斋戒，以你所赐的给养而开斋！"

全家专心致志地吃起开斋饭来。父亲总是一声不吭。母亲两眼不时地看看这个，又瞅瞅那个，不停地发出训令，仿佛是一个指挥一场生死存亡战斗的能干的司令官："你别吃得太多了，穆哈伊！留点儿胃口好吃甜粉丝！""沙米娅，把米饭盘子往易卜拉欣先生跟前挪一挪！""老头子，你怎么不吃呀？还要人家请你是怎么的？"

娜娃勒抬起头，说：

"你们觉得冷冻煎茄的味道怎么样？"

易卜拉欣想起他应该发表一下自己的意见，可又觉得像是要说一句不得体的调情话似的，感到很窘迫。他期待着有一位家庭成员对冷冻煎茄首先发表意见，可是谁也没开口，似乎只有他一个人听到了娜娃勒的问题。他觉得他不应该对她置之不理，而应该让她感到他的关心，让她感到"冷冻煎茄"是一件他很欣赏的精彩的作品，于是他满脸羞得通红，眼也不抬地低声说：

"好吃极了！"

娜娃勒高兴地接过了他的话头，对全家人说：

"是我的手艺，我做的！"

沙米娅不服气地瞧着她，顶了一句：

"凭良心说，是你做的吗？光削削茄子皮就能算是做了冷冻煎茄了？"

娜娃勒为自己辩护，嚷道：

"咦，我的主啊！我干的所有的活儿就是削茄子皮？"

然后，她回过头望着母亲说：

"凭先知发誓，妈妈，不是我煎的茄子吗？什么都是我干的。"

母亲也不看着她，就说：

"是呀，你不用说了！你也别争了，沙米娅！"

娜娃勒望着易卜拉欣，好像是要让他证实她的胜利。

穆哈伊嘲弄地说：

"我接着说点儿这个冷冻煎茄子还有哪些缺点怎么样？"

娜娃勒赶紧说：

"得了，还是当心别舔坏了你的手指头吧！"①

父亲抬起了两眼，露出不耐烦的眼光，很快地扫视了一下在座的面孔，好像是命令他们安静下来。大家都一声不响了。连母亲都默不作声了。直到上了甜粉丝之后，她才重新开口。

开斋饭吃完了。

男人们都到起居室去坐了。母亲和两个女儿留下来收拾桌子上的盘子、碗，再送进厨房里去。

起居室里一片沉寂。父亲烦恼而默无一言，仿佛正害着消化不良症，脑子里的千头万绪已经把他全身血液都吸引去了，而没有多余的血液来促进胃的消化；易卜拉欣一声不响，心神不定，正伺机想溜到别的屋子里，以便独自一人，避开父亲，避开那些由于父亲在跟前而不得不履行的应酬、客套的义务；穆哈伊也不声不响，想要做点儿什么消遣消遣，于是他时

---

① 埃及人习惯用手抓饭菜吃。

而用手指敲敲椅子，时而按一按眼镜夹鼻，时而又朝门口张望，急切地盼望母亲和两个妹妹快点儿来。

过了一会儿，沙米娅端着托盘走了进来。托盘上放着茶壶和茶碗。她把托盘放在父亲面前的小桌子上，随后，回头看着穆哈伊，用有意要让在座的人都听到的声调说道：

"现在如果有人再让我干点儿什么去，我可要从窗口跳下去了！"

然后，她不无夸张地要显示自己已经精疲力竭了，就一头栽倒在一张椅子上。穆哈伊要趁这个机会寻点儿开心，就说：

"就怕你掉下去会砸着人。"

父亲一面往杯子里斟茶，一面像是支持女儿似的说：

"去，穆哈伊，把报纸拿来！"

穆哈伊起身，把报纸拿了回来。母亲走了进来，身后跟着娜娃勒。娜娃勒坐下来，说：

"咱们应该像美国那样，自己吃完了饭，自己洗盘子洗碗！"

易卜拉欣抬起眼睛看着她，说：

"那最好不过了！"

穆哈伊说：

"在美国，他们并不吃冷冻煎茄子，否则他们就不会自己洗盘子了。洗这么油的盘子是需要一位像阁下这样的专家的！"

娜娃勒马上反击道：

"可以！从今往后，阁下就光吃白水煮青菜好了，让你能洗自己的盘子！"

她把茶杯分好，每个人都端起杯，准备安静地品茶。突然，门铃响了起来。大家不约而同地望着，不是朝门口张望，而是你看我，我看你。父亲把茶杯放到了桌子上，把另一只手里的报纸也丢下了。他默无一言地看着，好像在等待有谁开口说话。

母亲一面试图掩饰自己急促的喘息，一面说：

"这会是谁呢？安拉啊，求您保佑吧！"

沙米娅说：

"咱们别开门！"

穆哈伊说：

"不行！我们点着灯，外面的人准知道我们在家！"

娜娃勒说：

"可能是看门的阿里大叔，要不就是赛尼娅那丫头的妈妈来求情，让我们把她女儿收回来。"

母亲好像忍不住了，又说：

"我的亲人哪！这可真不是人过的日子呀！我们这一辈子从来都没有犯过法，家里也没进来过坏人。你们干脆去把门打开，爱怎么着就怎么着吧！"

父亲和易卜拉欣两人一直沉默不语。父亲瞧着易卜拉欣，好像在生气地问他："在这种情况下，你们怎么办呢？革命青年先生们！"易卜拉欣感到自己的心脏在颤动！从他越狱以来，他的心就经常这样颤动。不过你只要不盯着他的两眼，单从他的脸上是什么迹象也看不出来的。他在这一家人面前，更感到尴尬，感到自己仿佛是一块六十吨重的铁锭，正压在这些善良无辜的人们的胸口上。他尽自己最大的努力来保持镇静，使自己情绪镇定，头脑清醒，然后对父亲说：

"我想是不是这样：去一个人把门上的小窗打开，看看来的是谁。若是个陌生人，就把门锁上，借口拿钥匙，走回来，咱们再采取行动。"

娜娃勒对这个主意很赞赏；穆哈伊望着易卜拉欣，似乎对他的这个主意能否成功，还表示怀疑；沙米娅坐在椅子上，显得烦躁不安，对这种情况她很不以为然。

母亲摇着头，拍着胸口，像是要把恶魔从四周驱逐走。

父亲撇撇嘴，对这种念头很轻蔑，但舍此却又别无它法，只好说：

"娜娃勒，你就去照易卜拉欣说的办吧！"

娜娃勒走了出去，边走边向大家回头，像是要从他们身上汲取些勇气。大家目送着她，似乎是在恳求她别给他们带回来灾祸。

娜娃勒很快就回来了，激动地说：

"是阿卜杜勒·哈米德堂哥！"

父亲说：

"啊，安拉保佑吧！"

易卜拉欣担心耽搁了时间，说：

"我想我还是到穆哈伊屋子里坐去吧！"

穆哈伊马上说：

"这个阿卜杜勒·哈米德一来，是没有一个屋子不进去串的，他把自己当成了我们家里人啦！"

母亲左右摇摆着她那肥大的身躯，一面用手有规律地拍着胸口，一面念叨着："安拉啊，安拉啊，安拉啊！"

沙米娅说：

"我说，让他上阳台，我们把他锁在外面。"

父亲说：

"邻居会看见的！"

娜娃勒说：

"最好的办法是，我和沙米娅进到客厅里，就装作有女孩子们来看我们来了，易卜拉欣先生也进去，同我们坐在一起……"

沙米娅赶紧打断她的话：

"主啊，我的妹妹！他一来就会转来转去，最后还是会走到我们那儿去的！"

所有人的眼神都显得很不安。仿佛每人的脑子里都有一千条建议，可其中没有一条是有用的。一切都乱了。每个人都想要动，可又没有一个人动。母亲还在摇动她那肥胖的身躯，拍着胸口，念叨着："安拉啊，安拉啊！"父亲脸上的肌肉都收缩起来，以至变得像一块海绵，看不出鼻子、嘴和眼睛来。易卜拉欣由慌乱而变得很恼火。他为这个惊慌失措的家庭感到恼火，他们竟会对他的事想不出什么办法来。透过那压抑的恼怒，他脑子里闪现出手枪的影子来。他何不拿出手枪，往来人面前一亮，然后向外逃之夭夭，随便逃到什么地方去，管它怎么着呢。

手枪的影子还在他眼前晃动,他神情紧张地说:

"这么说,这家里是没有一块我可以躲藏的地方了?"

穆哈伊抬起头,他经过了深思熟虑,开口道:

"最好的地方是阁楼,让易卜拉欣上那里躲一下。我想阿卜杜勒·哈米德是不会上那儿去的。"

沉默了一会儿。在这期间,屋子里所有的人都是你看看我,我看看你,然后,又都一起望着父亲。父亲用嘶哑的声音说:

"我想除此之外也没有别的办法了。"

他用尖锐的目光看了易卜拉欣一眼,好像是用眼光刺戳着他似的,然后,回头对娜娃勒说:

"娜娃勒,你把易卜拉欣带到阁楼上去!穆哈伊,你去开门!"

穆哈伊说:

"好吧!可钥匙在哪儿呢?我得装作是用钥匙开门的!"

母亲把手伸到沙发的靠枕下面,掏出一串她总是保存在身边的钥匙。

娜娃勒招呼着易卜拉欣,说:

"来吧!"

随后,她快步把他领到厨房里去。

所谓"阁楼"就是厨房天花板下靠一边的一块吊棚。娜娃勒拿起一架木梯,把它靠在墙上,对易卜拉欣说:

"上去吧!"

易卜拉欣脚踏着木梯,问娜娃勒道:

"你堂哥是干什么的?"

他问她时,连呼吸都很紧张,好像他想知道,她的堂兄确实不是警官,不是跟踪追击他的敌人,从而使自己放下心来。

娜娃勒小声地说:

"是个二流子,书也没念完,现在在一家公司干活儿。有一年了,老是跑来缠着要娶我姐姐沙米娅，想得倒美！"①

易卜拉欣沿着梯子一级一级往上爬去，好像他已经放下心来。他不得不弓起腰，把头夹在两膝之间，以便能够在里面蹲下来。

娜娃勒撤去了梯子，放回原处，熄了灯，走了出去，便同家里人一道接待客人。

易卜拉欣很费劲地伸出手，把身子下面的葱头和蒜头推到一边去。他听到穆哈伊在外面对来客说：

"从赛尼娅走了的那一天起，妈妈每天一吃过了开斋饭就把门给锁上了！"

易卜拉欣笑了，对朋友的聪明感到高兴。他想要把自己的这种心情一直保持下去，在这四周一片黑暗中，借以自我安慰。可是他办不到。葱、蒜的气味与奶油、蜂蜜的气味混在一起，开始往他的鼻孔里钻。什么黏糊糊的东西碰在他的脸上和脖颈上——可能是个油桶。脚跟前有什么东西在动——大概是老鼠，也许过一会儿还会啃啮他呢。他弓着的背开始痛起来，胸间的呼吸也急促起来。他的两只眼睛发痛，几乎要流下泪来，那倒不是由于葱头气味的刺激，而是他想要哭。是的，他感到自己几乎要哭起来了。他希望哭一场，来排解一下心中的烦闷。他要为他的境遇而哭，为他的受迫害的感觉而哭。他在狱中没有哭过，因为那时他知道是谁迫害他，他可以直接向迫害他的人发泄怒火。可是现在，他是在这里，不是在监狱里。在这里，整个世界都在迫害他，境况本身就在迫害他，而这种境况是他自己选择的。

过了一个钟头。在这个钟头里，他每一分钟都在全力以赴地进行斗争：与自己的恼火斗争，与自己的受迫害感斗争，与自己要哭出来的愿望斗争，也与那混杂着奶油和蜜糖气味的葱头、蒜头气味做斗争。

一阵朝外面大门走去的脚步声唤醒了他，随后，他听到了打开外面门的声音。就在这时，娜娃勒走了进来。她打开了厨房里的灯，给他放好

---

① 阿拉伯人自古就有堂兄妹婚配的习俗。

梯子，小声地说：

"下来吧！没事了！他出去了！"

他还未下来，就听到外面关门的声音。他记得很清楚，他是听到门关上了。他走下来，浑身每一块肌肉都又酸又痛。他在娜娃勒的前面朝厨房走去，仿佛是在奔向自由。

还未走到那条把厨房与其他房间隔开的走廊上，就听到外边的门又响了一下。他觉得那也许是个错觉，但他记得自己是听到了一点儿外面开门的声音。

突然，他看到一个人站在自己面前。一个陌生人，用两只惊奇的眼睛打量着他。后面是穆哈伊，泥塑木雕似的站在那里。易卜拉欣不由自主地拔脚就跑进了厨房，像是躲避枪击似的。

全家人呆若木鸡，一动不动，一声不响，束手无策。那陌生人打破了沉寂，嘴角露出恶意的微笑，说：

"对不起，我把带来的一本杂志忘记拿走了！"

随后，他自己走进起居室，手里拿着一本杂志走了回来。他两眼向全家那一张张茫然不知所措的面孔扫视了一下，恶意的微笑还挂在嘴唇上，说：

"再见！"

没有一个人回答他的招呼，他也不等回答，就走了出去，随手把门带上了。

第五章

易卜拉欣走出厨房,脸色都变了,两只上眼皮像他那颗忐忑的心颤个不停。他用焦急不安的探询目光向全家老少望着。

他等着他们同他商议怎么办。他想要知道,这个阿卜杜勒·哈米德究竟是怎样一个人?他的品德、性格究竟如何?他会去报告警察吗?他想要听到点儿什么,哪怕就是他们骂他也好。他也许是要听到些可以驱散那堵满心口的焦躁与不安的话;听到些可以帮助他思考,帮助他开动脑筋的话,使他可以借助脑子的活动来抑制住内心的忐忑。

可是,这茫然失措的一家竟没有一个人开口说话。当他们的惊愕开始消失下去时,大家都把目光转向父亲,好像他是个牺牲品,大家都在为他担心。

父亲没有说话。他谁都没看,也没朝易卜拉欣望一眼,只是迈着沉重、疲惫的步子向自己的房间走去,那样子就好像是身后拖曳着他终生的岁月。母亲跟在他后面走,神色焦躁不安,发颤的两腿支撑着她那肥胖的身躯,身子抖动着,似乎要倒下去。

沙米娅回头望着易卜拉欣,用锐利的目光逼视他,目光中隐藏着愠怒,好像她要从两眼中伸出一只火辣辣的手,给他一个耳光,再抓住他的脖子,把他推出家门,让这个家没有他,清静清静。然后,她神经质地迈着步子,跺着地板,躲进自己的屋子里,"砰"的一声,把身后的门关上了。

娜娃勒抬起头看着易卜拉欣,两眼含着怜悯、歉意的目光。她为姐姐,为堂哥,为通缉他的政府,也为用种种难题来麻烦他的整个埃及,向他表示歉意。她想开口,动了动嘴唇,想说点儿什么,可是又找不到什么话好说。她一看到易卜拉欣那变了色的脸,那颤动不停的眼皮,脑子里想好了的话就全忘光了。她想用微笑代替话语,来鼓励他,借以减轻他的烦恼。可是那微笑一触到她那颗焦灼不安的心,没等到嘴边就消失了。她低下了头,慢腾腾地走着,好像是不想离他而去,又好像是在等着他向她呼救,让她站在他身边。她两眼含泪,跟着姐姐走进了屋子。

在那条把厨房与其余的房间隔开的走廊里,只剩下了易卜拉欣与穆哈伊两个人。易卜拉欣想要开口说话,但穆哈伊却转过了眼睛,用他那不停的神经质的动作,按了按眼镜夹鼻,朝自己屋子走去。他那褐色的面孔板着,又涨红得像落日的余晖。易卜拉欣几乎要跟在他后面叫喊起来。他觉得自己是想要对这全家叫嚷一番。他不能忍受这种沉默,不能忍受这种懦弱。他们并不是在出殡、送葬!警察还没来呢。在阿卜杜勒·哈米德看到他之后,大家应该碰碰头,商量商量该怎么办,应当开个会,制订一个方案,正像他当年与他的同志、小组成员一起开会制订那些暗杀方案一样。形势不允许感情用事,没有时间去害怕,去后悔,去忧虑;只能去思考,去动脑筋,去反复考虑他们的处境,以制定对策。

虽然如此,他却感到这个家庭的沉默本身就包含着一项他们向他提出的方案。这不单纯是沉默,沉默中有向他提出的——无声的要求。他们要求他马上离开这个家,使他们摆脱他引起的麻烦而清静下来。这就是父亲、母亲、全家,甚至娜娃勒所要的一切!

他要离开这个家。

他要马上离开这个家。

他要带上自己的手枪,离开。

他跟在穆哈伊身后,向屋子走去。他的脑子很快地转动着,以至于他的思考竟抑制住了他那自越狱以来就常犯的心悸。他不禁自问:他从家里出去就能挽救这一家,使他们安然无事吗?

他在寻找答案，试图想象他离开后这一家的命运如何。这时，他头脑中却不禁又聚集起种种疑团。

他绞尽脑汁，想去掉这满腹疑团，找到一个正确的意见。他像解数学题似的，自问自答起来：

"让我们假设阿卜杜勒·哈米德决定要向警察告密。那么他现在就去告发我吗？阿卜杜勒·哈米德不会愿意警察到他叔叔家来，并把叔叔抓走。不管他多么卑鄙下流，也不至于把他的叔叔和堂弟妹出卖给警察。再说，他爱沙米娅，并想要娶她，就不会在她面前显得这么下流。他会等着我出去，跟在后面盯梢，然后再去向警察告发我在什么地方，好去邀功领赏。警察局将对他进行调查、审问。他是禁不住他们三问两问的，这种下流青年通常意志薄弱，人们将会利用他们的贪婪，轻而易举地对他们施加影响。警察将会从他口中得知事情的全部真相，他们将会知道我曾藏匿在这个家里，然后，他们会把这家的父子逮去。那么看来，使阿卜杜勒·哈米德不能得逞的唯一做法就是我不从这个家里走出去，以免让他有告发我的机会。对这个家庭唯一的保障就是我同他们在一起，而不是离开他们。"

这样一想，他感到心里坦然了。他不想现在就离开这个家，他没有别的地方好去投奔。也许正因为如此，他更加坦然了。他准备用这个道理去说服这一家人，让他们觉得他应当留下来，或者至少是，不应当迫使他离开这个家。

可是，他们会想得通吗？

他回头望着穆哈伊，尽力显得很平静地说：

"你想，你的堂哥看到我了吗？"

穆哈伊坐在书桌跟前，翻开一本书，说：

"我想是看到了！"

易卜拉欣嘴角挂上一丝微笑，想以此来使朋友轻松些，又问：

"你想他会去告发我吗？"

穆哈伊烦躁地答道：

"说实话，我也不知道！"

易卜拉欣加重了语气，似乎一定要让自己的朋友从书本上抬起头来，问道：

"不过你想他会那样不讲道德地去报告警察吗？"

穆哈伊从书本上抬起头，不由得恼火地说：

"就别提他的道德了！那是个抽大麻烟的坏小子，在中学留级留了三年，后来上一家公司干活儿去了。谁也不知道他是怎么生活的，也不知他是从哪里弄来的钱。"

易卜拉欣还是心平气和地说：

"我听说他要娶沙米娅！"

穆哈伊恼怒而又惊奇地看了他一眼，好像是受了侮辱。易卜拉欣赶紧道歉似的解释说：

"是娜娃勒对我说的！"

穆哈伊又低下头去看着书，低声地说：

"他是去年向她求婚的。当然，谁也看不中他。"

然后，他抬起头，准备结束这一话题，便用愠怒的声调接着说：

"你听我说，易卜拉欣！不错，阿卜杜勒·哈米德是我的堂哥，可我们谁都对他不放心，谁都信不过他。我们大家都知道他是个胡作非为、不讲道德的人。"

易卜拉欣似乎并不想怜惜自己的朋友，又问：

"那你看，我们现在该怎么办呢？"

穆哈伊转动着眼珠，好像他相信只有一个办法，而易卜拉欣也清楚地知道这一点，就说：

"说实在的，随你的便吧！"

易卜拉欣思忖着说：

"你看，我现在是不是就该动身从这家里出去？"

好像这是唯一行得通的办法，穆哈伊低声地问：

"那你到哪儿去呢？"

"我可以随便到一个地方去。不过关键问题是,你们要为我受连累了。"

穆哈伊不作声了。

易卜拉欣又接着说:

"你想,阿卜杜勒·哈米德会为五千镑钱出卖他的叔叔、堂弟、婶子和堂妹们吗?"

穆哈伊挖苦地说:

"这个人会为了半个里亚尔就把我们卖掉!"

易卜拉欣用肯定而尖锐的语气说:

"我想不会!"

穆哈伊抬起头,两眼露出惊奇的目光,好像感到奇怪:易卜拉欣为什么要为他堂哥辩护呢?就问:

"为什么你认为不会?"

易卜拉欣似乎可以清楚地预料到未来可能发生的事情,说道:

"像阿卜杜勒·哈米德这种人,总是自作聪明。他只打算出卖我一个人,好在全家人面前掩饰自己的嘴脸。他会只告发我一个人,而不会告发你们中的任何人。"

穆哈伊还没弄懂易卜拉欣的用意,就问:

"那又怎么样呢?"

易卜拉欣陈述自己的推论说:

"我们知道了阿卜杜勒·哈米德已经看到了我,他现在将等着我从家里出去。我一出去,他就会跟着我,盯着我往哪儿去,然后去告发我。他会对警察说:他是在大街上看到了我,并盯上了我的,而不会把你们牵扯进去。"

穆哈伊低头沉思起来,像是发现了一个他未曾想过的新天地。

易卜拉欣接着说:

"你若是不相信我说的话。可以起来,下楼去。我敢打赌,你准会碰到他站在街口!"

穆哈伊似信非信地问:

"若是你不离开这个家,阿卜杜勒·哈米德将会怎么办呢?"

易卜拉欣唯恐控制不住自己同伴的思路,赶忙说:

"他肯定我将离开这个家,他会等待着。我今天不走,他会等到明天!"

穆哈伊沉思地说:

"这话有道理。也就是说,只要你同我们在一起,阿卜杜勒·哈米德就不会去告发我们!"

易卜拉欣说:

"我并不是光为自己着想,也是为你们着想。若是阿卜杜勒·哈米德告发了我,警察就会刨根究底,直到最后搞清,我原来是在这里,藏在你们家里!"

穆哈伊的脸惊恐得抽搐起来,上气不接下气地问:

"那怎么办呢?"

易卜拉欣镇定地答道:

"我现在不仅要躲避警察,还必须避开阿卜杜勒·哈米德。我从家里出去时,必须不让他瞧见,不让他跟在我后头。"

易卜拉欣止住了话。穆哈伊也沉默了一会儿,皱起眉头,陷入了沉思,然后,像是在恳求自己的同伴似的说:

"我想你今天晚上就别离开家了。我们等些日子,直到让阿卜杜勒·哈米德等得不耐烦了再说。"

易卜拉欣暗自笑了,感到自己已经达到了目的。随之,他又严肃、认真地说:

"我保证明天一定要离开家。关键是,你要在学校里看见法赫米·阿卜杜勒·阿齐兹,同他讲我们约好了的那两句话。在你回来之后,再过半个小时,我就可以离家而去了!"

穆哈伊微笑了,暗自庆幸:"但愿如此!"

易卜拉欣接着说:

"你看,你父亲会同意让我今天晚上在家里再住一宿吗?"

穆哈伊好像对未来充满了信心,说:

"最好是我们现在不去管他,他不会撵你走。吃封斋饭的时候,我再宽慰他一下。"

穆哈伊又看了看书,接着说:

"我光记着那两句话了,考试快到了,从昨天到现在,我连一个字都没读呢。"

两位朋友又沉默了。这就使全家都陷入了沉寂中。不过那是一种喧腾的沉寂,家里所有人的头脑里都在喧腾。在这一家各个屋子里断断续续发出的相互之间的耳语正流露出他们头脑中杂乱的思绪。

母亲盘腿坐在床上,不想躺下来。父亲侧着身子躺着,睁着眼,背朝母亲。母亲对父亲低声耳语道:

"怎么办呢,扎希尔?"

父亲自言自语般地答道:

"说实在的,塔希娅,我也不知道!"

母亲抱着头说:

"我对阿卜杜勒·哈米德这孩子不放心!"

父亲感到心中堵得慌,长叹了一口气,说:

"安拉保佑吧!"

母亲似乎在进行思想斗争,犹犹豫豫地说:

"说实在的,易卜拉欣先生该再找一个地方了。他即使不为我们担心,也应当为他自己担心!"

父亲说:

"他爱怎么办就怎么办吧!是留下来,还是出去,我都不说什么。托靠安拉吧。"

母亲咂咂嘴,说:

"一切都托靠安拉了,他会保佑的。"

她伸开腿,挪动一下她那肥胖的身躯,侧着身子躺了下来。她脸朝着墙,两眼睁着,脑子里出现了一些影子,那些影子映在墙上,她在黑暗中几乎亲眼看见了这些影子,是些鬼影。她闭上眼睛,以免看到鬼,但她

一闭上眼,那些鬼反而越来越多了。她赶紧又睁开眼,把身体转向丈夫,弄得整个床都摇晃起来。然后,她用胳膊搂着丈夫,说:

"扎希尔,我怕!"

丈夫伸出手,轻轻地、温柔地按着那搂着他的胳膊,说:

"别怕,塔希娅!安拉同我们在一起。"

妻子颤抖着说:

"我真不知道安拉为什么要把易卜拉欣先生送到我们这里来。我们一辈子也没干过这种让人提心吊胆的事情!"

丈夫朝她转过身去,把自己的胳膊轻轻地移开,说:

"你知道我在想什么吗?我在想:如果这个易卜拉欣是我的儿子,我会怎么办呢?"

母亲赶紧说:

"老头子,别说那种不吉利的话吧!"

父亲接着说:

"或者是,若是穆哈伊从监狱中逃跑出来,要求躲在易卜拉欣家里,他父亲又该怎么办呢?"

母亲在责备自己的丈夫,说:

"你就不想想,阿卜杜勒·哈米德会干出什么事来?他现在会让我们倒大霉的!我吓得浑身都发抖,警察马上就会闯进来。"

父亲发愁地说:

"问题不在于是想着阿卜杜勒·哈米德还是想着别的,而是想也想不出个结果来。起先,我倒想对易卜拉欣说,让他离开这个家,可我又没有勇气说出口。因为是我对他说过,让他留在我们这儿的。当初我就不应该答应他住在我们家。现在是不行了,一切后果我都必须忍受。如果说阿卜杜勒·哈米德会让我们倒霉,那么易卜拉欣也会让我们倒霉。现在我们最好是一切托靠安拉!塔希娅,你别怕!阿卜杜勒·哈米德总归是我的侄儿。他不管怎么坏,根子还是好的。易卜拉欣也是良家子弟,是个男子汉大丈夫。你自然用不着怕,你一生都是刚强的。"

他说这些话，也是用来安慰自己。原来，面对着未来，面对着他作为一家之主的义务，面对着作为一个慷慨侠义的人的义务，他也是又担心，又恼火，又不知所措。

妻子把头埋在丈夫的胸口里，哭了起来。随着潸然泪下，她那肥胖的身躯也颤抖不止。然后，她强忍住啜泣，呜咽变成了低声的呻吟。

哭泣的不只是母亲一个人。

在隔壁屋子里，娜娃勒也在哭泣。她默默地流着泪，辫子偏在枕头的一边，像是一条服丧的黑纱。

沙米娅忍了好久，克制着不让泪水流出来，随后望着娜娃勒，用一种尖刻的语调来掩饰自己对妹妹的怜悯和焦虑，说：

"请你告诉我，你现在为什么要这么哭哭啼啼的？"

娜娃勒两手紧扯着自己的辫子，似乎是想要把它从头上揪下来，说：

"这不公平，不公平，姐姐！"

沙米娅不耐烦地问：

"什么不公平呀？"

娜娃勒眼睛也不瞅着姐姐，说：

"对他所有的这一切都不公平！他倒是有什么罪呀？！"

沙米娅故意装作不懂妹妹的意思，问道：

"他是谁呀？"

娜娃勒用梦呓般的声音答道：

"易卜拉欣。"

沙米娅似乎责怪妹妹提到他，说：

"不错，他是有罪。可是我们倒是犯了什么罪呢？"

娜娃勒神经质地望着姐姐，用拳头捣着枕头，说：

"他就是没罪！政府应当给他树一座塑像。他是一个英雄。他杀死了一个英国走狗。他杀人不是为了图财害命，也不是作为一个罪犯去行凶，他杀人是为了祖国，这就像军人在战场上杀敌一样。"

沙米娅沉默了一会儿，睇视着妹妹的脸，想要透过她的两眼，直看

到她的心扉。然后嘲讽地说:

"那好啊!那就没有杀人这一码事了。我们这儿出了个最好的魔鬼了。"

娜娃勒转过身去,胸口朝下地趴着,两只胳膊伸到头上,手指无力地抓着枕头边儿,用微弱的声音说道:

"看他那样子,谁也不会相信他能杀死一只鸡。他是那样温文尔雅,那样腼腆,见了我都怕羞!"

沙米娅要把妹妹从梦幻中唤醒,说:

"他那两只眼可是让人害怕。主啊!你没注意他那两只眼吗?"

娜娃勒又翻了一下身,仰面朝天地躺着,透过昏暗望着天花板,说:

"他的两眼……他的两眼……是的,我看到了他的两眼!"

沙米娅生气了。她咬紧嘴唇,憋住火气,然后,抓住妹妹的一只胳膊,使劲地摇着说:

"娜娃勒,你朝我这儿看!让我看看你的模样!"

娜娃勒仍旧沉浸在自己的梦幻中,冷淡地把脸转向姐姐。沙米娅两眼直盯着那朝她仰视的面孔,厉声说道:

"从昨天晚上起,你那副样子我就有些看不过去。我看你轻飘飘的,有些忘乎所以了。你好好告诉我,究竟是怎么回事儿?"

娜娃勒把脸转了过去,冷淡地说:

"不用你管!"

沙米娅叫了起来,声音嘶哑:

"我非管不可!你别忘了,他没有前途,是个判了死刑的人!"

娜娃勒像被什么蜇了一下,不禁一抖。在从窗户中透过的朦胧的月光下,她的两眼闪闪发亮,说:

"你别这样说!当心,不许你再这样说!你听见了吗?"

随后,她把脸趴在枕头上,眼泪又重新涌了出来。这次不再是默默的流泪,伴随眼泪的是断断续续的急促的抽泣。

沙米娅伸出一只胳膊,搂着妹妹的肩头,又偏过身,把脑袋放在枕头上,紧挨着那颗受折磨的脑袋,把自己的脸紧贴着那一个沾满了泪水的脸，痛心地说：

"我是为你担心哪，娜娃勒！为全家担心，为爸爸和穆哈伊担心！你搞不清，我们究竟该怎么办！"

娜娃勒转过头，搂着自己的姐姐，放声哭了起来。

沙米娅拍打着娜娃勒的背，把她当成怀里抱着的小娃娃，又说：

"若是有人对你说，要么是要爸爸，要么是要易卜拉欣，你选哪一个？"

娜娃勒没有回答。她蜷缩在姐姐怀里，哭泣的声音更大了。沙米娅不停地拍着妹妹的脊背，温柔地嘀咕着：

"行了，娜娃勒！好了吧，好妹妹。再不止住声音，爸爸都该听见了。"

夜，过去了。这一夜全家谁都没睡着。有的是一直睁着眼，有的只是眼皮在泪水的重压下合上了。

清晨到来了。

父亲没见到易卜拉欣就去上班了。他出门的时候是忧心忡忡，可怜巴巴的，好像一下子老了十岁，又似乎已经退休养老，出了家门，竟不知要上哪儿去了。

穆哈伊上学校的时候，易卜拉欣对他说：

"穆哈伊，你可要记着，见到了法赫米，就赶紧回来，好让我放心。不用等上完课了。"

穆哈伊闷闷不乐地点了点头，两眼在镜片后发呆，说：

"好吧！"

他浑身发抖：手脚在发抖，面颊在颤动，两个鼻孔也在发颤。他仿佛是迈步走向监狱一般地走了出去。

家中的生活如同昨天早晨一样地进行着。

娜娃勒进屋请易卜拉欣去卫生间洗脸。她殷切地注视着他，安慰他，或者是自我安慰：不必担心。他也看着她，然后，又赶紧把目光移开，仿佛他是一个罪犯，不能与自己的受害者的面孔相遇。接着，他走进卫生间。出来的时候，没有遇到母亲或沙米娅。他想，她们准是故意要躲避他，故意不向他道早安。也许并不是这么回事儿，但他感觉到了自己使这个家庭面临着多么严重的局面。这种感觉使他相信,这个家已经开始对他敬而远之了。

过了一会儿,娜娃勒端着一个放着早饭的托盘走了进来。她没有像昨天那样请他去餐厅用餐。一定是全家决定要把他圈在这里,在这里吃,在这里睡,不能出去,除非是上街。他不禁心中暗笑,他对这一家的这些做法是谅解的。

娜娃勒在他身旁磨磨蹭蹭地不肯离去,两眼热切地望着他,像是要保护他,保护他不受这整个世界的危害。他在想些什么,她并不知道,但她要保护他,使他别再那样苦思冥想、自己折磨自己了。

他一直默无一言,也不抬起眼来看看她。

她慢腾腾地走了出去,每迈一步,都想找一个理由,借以回到他跟前。

他吃了一口,两口,然后就什么也吃不下去了。他发觉自己仿佛坠入了五里雾中。他试图把思路集中到一件事上。他要想想下一步的逃跑计划,他要想想这个为他背上了沉重包袱的家庭;他还要想一想阿卜杜勒·哈米德这个人及其可能会做出的事情。可是他办不到,他无法集中思路去考虑一件事。他的种种企图都毫无结果,他发现自己的思路仍是围着自己兜圈子。他想着自己的过去,想着自己的现在,也想着自己的未来。他的思路已深入到内心深处,使他可以剖析自己的心灵。在未入狱前,他从不知道自己的心灵,不知道它有深度、有感觉、有情意。

你看,假若他当初考虑到监狱、逃跑、绞架和所有这些折磨,那么,他还会去杀死阿卜杜·拉希姆帕夏吗?

他在入狱之前,从未想到监狱;只是当绞索开始套上了他的脖子时,他才想象绞架是个什么样子。当初,他只看到自己面前有政治警察,他研究他们的思想、他们的手段,但却没看到在这些人背后还有监狱、绞架。也许这正是他战胜他们的奥秘,因为当时他觉得自己与他们不相上下,与政府也是旗鼓相当,甚至比政府还强一些。与政府相抗衡,只要精明些就成了,就好像他们是在下象棋,两位棋手双方都没有对方所不掌握的武器:他们一方并没有监牢、集中营和绞架,而另一方则只有他的精明和一把揣在口袋里的小手枪。

也许这就是他同任何一个别的青年的区别，比方说，他同穆哈伊的区别。穆哈伊的爱国心并不比他差，但是穆哈伊眼里却总是看到监狱、绞架，因而对爱国事业采取消极的态度，以此来躲避监狱和绞架。而他，易卜拉欣，则无视监狱和绞架，因此也不用去躲避它们，而采取了积极的爱国主义的立场。若是他看到了监狱和绞架，说不定也会避开去，从而变得消极起来。

不，这不对！穆哈伊是在监狱和绞架面前感到恐惧，是把自己囚禁在恐惧中，并用恐惧绞杀了自己。而他，易卜拉欣，却从这种恐惧中挣脱出来，从种种监狱和绞架的形象中解放出来。他并不害怕监狱和绞架会毁掉自己的前途，他已从对自己的前途的顾虑中解放出来，他从未考虑过这个前途，他从未梦想过自己会当部长、议员、富翁，也从未设想过自己会是个穷人、囚徒或绞刑犯。

正是这种解放，这种从恐惧中得到的解放，从个人的未来中得到的解放，给他以力量，并推动他去进行暴力行动。尽管如此，他在今天、现在、在这个家里，却并不感到自己强而有力，并不觉得自己是一个自由自在的英雄。今天，他要让自己从"我是一个逃犯"的感觉中解放出来，他想要轻松、愉快，想要笑。是的，他想要笑！

他惨然地微笑了一下。他想起来自己已经有一年的时间没笑了。从被捕以来，他从没有打心眼儿里笑过。在监狱中，他也曾干笑过几次，那是为了应酬难友的。可是在这里，在这个家里，他却连干笑都没有过。

娜娃勒进来收拾早饭托盘了，他却还在沉思。他感到了她的脚步声，却没有抬起头来。也许他把它想象成是狱警的脚步了。他是不习惯抬头去看看狱警的。

娜娃勒迟疑地看着他，随后，从他面前端起了托盘。她想把盘子端回去，但却回过头，向他转过身，打招呼道：

"易卜拉欣先生，你有什么不顺心的事吗？"

他如梦初醒般地抬起了头，怅然地说：

"不！没有，没有！"

她那温柔的目光扫视着他的脸，好像要把受折磨的痕迹从那张脸上擦掉。她又说：

"你需要什么吗？"

他揶揄地说：

"我要笑！"

托盘在她手中颤抖了一下，上面的杯、盘发出叮叮当当的颤音，就好像挂在一只逃跑的小猫颈上的一串小铃铛发出的声音一样。她感到了他是在受着折磨和痛苦，这种折磨和痛苦直刺她的心田，使她心如刀割，她说：

"明天你会好好笑的，易卜拉欣！"

她醒悟到，自己头一次毫不客气地喊起了他的名字。

他也注意到了。

她的脸红了，托盘在她手中又颤抖了一下，杯盘又发出了小铃铛般叮叮当当的响声。

他的眼神显得惶惑不安，嘴唇也显得困惑，不知是闭紧嘴巴好呢，还是咧嘴微笑，或是开口讲话好。随后，似乎是为自己在她面前显出的懦弱进行辩解，他说：

"我刚才在想，我有一年多没笑了，觉得很想笑一笑！"

娜娃勒笑了。她挖空心思想逗他笑，羞怯地说：

"你要我给你说一个笑话吗？"

他嘴咧得大大的。不等她讲笑话，他已经想要放声笑了，他说：

"那当然最好不过了！"

她转着眼珠子想了一会儿，然后，羞答答地笑着说：

"真糟糕，连一个都想不起来了！"

她端着托盘，转过身朝门口走去，还未走到门口，又回头看了看，还是羞答答地说：

"我一想起一个笑话来，就来讲给你听好了。"

可是她发觉他脸上的微笑已经消失了，于是她的笑容也随之烟消云散。她看着他，好像在恳求他怜惜自己。她不安地走了出去。

屋子里又剩下他孑然一身了。他读不进书报，也无法思考。他受不住这种空寂。时间一秒一秒地过去，像一根根针扎进他的肉里。终于，他听到了外面开门的声音，随之又听到了穆哈伊的脚步声。时间已近一点半了。

穆哈伊气急败坏地走了进来，没有握手，只打个招呼，点点头，嘴里咕哝了两句，易卜拉欣用探询的眼光迎接着他，两颗眼珠几乎要从眼眶中跳出来，急忙问：

"怎么样？还好吧？"

穆哈伊把书本往书桌上使劲一丢，说：

"一无所获！"

易卜拉欣一下子跳了起来，几乎要喊起来了，说：

"怎么会是一无所获？"

穆哈伊打断了他的话，激动得几乎要哭了：

"我没碰见法赫米·阿卜杜勒·阿齐兹。我去找他，可是毫无用处。后来我向别人打听，才知道他被捕了，他们把他抓走了。"

易卜拉欣的眼睛瞪得大大的，本想保持自己惯常的镇静，但却没有用，他问：

"他怎么被捕的？什么时候？"

穆哈伊坐在床上，两手抱着头说：

"昨天天刚亮的时候。他们说是他帮助你越狱的！"

易卜拉欣沉默不语了。他开始集中自己的意志力，以恢复镇静，重新开始思考。他沉默了好长时间，最后还是穆哈伊抬起头来，用一种不无恼怒的语气说：

"现在我们怎么办？"

易卜拉欣镇定地看着他说：

"我们要重新考虑！"

穆哈伊好像对思考已经绝望了，说：

"我想我们必须尽快考虑。没有时间了。现在，全国到处都弄得鸡犬不宁，警察无孔不入，到处搜查。他们说，已经逮捕了五十个人。"

易卜拉欣无动于衷地说：

"要紧的是我们要好好考虑考虑。"

他有意在"我们"二字上加重了语气，好使穆哈伊意识自己要同他一起进行思考。随后，易卜拉欣开始在房间里踱来踱去。穆哈伊不时地用惶惑的眼光看着他，这眼光中有怜悯，有恐惧，有憎恨，也有恳求。

第六章

外面又传来了开门的声音和父亲的脚步声,随后,可以听到父亲急匆匆地问沙米娅:

"你妈妈呢?"

穆哈伊三步并作两步地从屋子里跑出去迎接父亲。可是父亲却没有向他回过头来,也不看他的脸,只是把手伸给了他,又问了一遍:

"你妈妈呢?"

母亲赶忙从厨房里跑出来,跟随在丈夫后面走进了他们的房间。父亲有意地关上了身后的门,没等摘掉红毡帽,也没坐下来,就气急败坏地说:

"阿卜杜勒·哈米德到办公室去找我了。"

母亲像是准备要听一个长篇故事,问道:

"啊,他对你怎么说的?"

父亲好像是在挖苦自己,用一种揶揄的口气说:

"他说我是一个伟大的爱国志士。"

母亲仍旧是准备听一个长篇故事的样子,说:

"谢谢他吧!还有呢?"

父亲的脸痛苦地抽搐着说:

"他要娶沙米娅!"

母亲好像没听明白，睁大了眼睛说：

"他不是去年向她求过婚，我们告诉他不行吗？"

父亲茫然，欲哭无泪似的说：

"这一回我们不能说不行了！"

母亲坐倒在沙发上，好像遭了雷击，目瞪口呆，低声地嘀咕着：

"沙米娅又有什么错呢？"

父亲默然。他已经在心中暗自决定把女儿许给阿卜杜勒·哈米德了。他这是迫不得已，或者，他是这样认为的。

他觉得自己就像是一只将要沉没的船的船长，不得不把一部分船上载的物品扔进海里，以挽救其余的部分。他决定要抛弃沙米娅，以拯救这个家庭的其他成员。尽管如此，他在未为她准备好救生艇之前，是不会把她丢下去的。

母亲仍然感到喘不过气来，惘然若失地望着前面，念叨着：

"安拉啊！沙米娅有什么错呀？主啊！她倒是有什么过错？"

父亲木然地说：

"安拉要这样，这是安拉的意志！"

他又想起了阿卜杜勒·哈米德今天早晨到办公室去看他时讲的那番话。当时，阿卜杜勒·哈米德说话声音很小，就像蛇在咝咝作响。他说，他是这个家庭的一员，爱国心并不比这一家其余成员差。他对自己的爱国心大谈特谈了一通，谈起他做学生时参加的那些游行示威……然后，才谈起——顺便地——他要同沙米娅结婚。他是用一种特别的腔调谈的，好像是说，要把他看作是这个家庭的一员的条件就是，让他娶沙米娅；他的爱国心是与实现这桩婚事联系在一起的。

他想要通过威胁达到成婚的目的，真是个下流坯子，坏蛋，流氓！他当时真想给他一记耳光，想把他从办公室里轰出去，同他以及他的父亲脱离关系。可是他办不到。他是处于一个弱者的地位，只能屈服。他当时也曾想过所有能拯救沙米娅的解决办法。他首先想到的就是马上赶回家，把易卜拉欣撵走，他不能再把这个包袱背下去了。可是撵走易卜拉欣于事无补，不能改变这种处境。阿卜杜勒·哈米德仍将一直威胁他，直至娶了沙米娅……

妻子的声音打断了他的沉思。她好像是为女儿号丧似的大哭大叫着说：

"这不成！绝对不成！这是我们家的第一桩喜事呀！连那个大夫向她求婚我们都没看中，如今倒要把她丢给阿卜杜勒·哈米德那个家伙！"

父亲摘下眼镜，按着鼻梁，抑制住几乎要流下来的泪水，说：

"理智些吧，塔希娅！你要理解我……把话说明白些，阿卜杜勒·哈米德是在威胁我们。我们若是不把沙米娅嫁给他，他就要去告发我们。"

母亲大发雷霆地叫嚷起来：

"他爱怎么告就怎么告好了！反正我不能把自己的女儿就这样往火坑里推。让她那样活着还不如死了好！让易卜拉欣见鬼去吧！我的女儿绝对不能结这门亲事！"

"若是易卜拉欣一走，事情能一了百了，那倒好办了。问题是穆哈伊和我……"

母亲又惊得张开嘴巴，脑袋耷拉在胸前，哭得直哆嗦。她好像一个不知所措的女孩儿，泪潸潸地说：

"可真是倒霉呀！平白无故地遭受这样的祸事，这可是从没有过的事呀！安拉也不会忍心的！扎希尔，你给我想个法子吧！老头子，你可不能亲手把自己的女儿往火坑里推啊！"

父亲伸出胳膊，拍着妻子的背，温情地看着她，说：

"好啦，塔希娅！我的话还没说完呢。你要听吗？"

他拍打着她的背，使她不再战栗。然后他的两眼露出幼稚而狡黠的神色，像是要头一次试验自己的聪明似的接着说：

"我的太太，你瞧，现在我们就答应这门亲事。不过我们也就是这么答应下来罢了。当然，现在不能办喜事，不能请客，甚至不能正式订婚，不能请我哥哥来。只是你我同阿卜杜勒·哈米德之间在口头上说说就是了。我们的理由也很充分：易卜拉欣在我们家里，阿卜杜勒·哈米德是不能要求我们做什么的。过几天,或是几个月以后,让安拉解决这件事儿好了!"

母亲瞪着两眼听他说。她的睫毛颤动着,显出惊奇的样子,又似乎她是用两眼的睫毛紧搂着她那头脑中的聪明。

父亲接着说:

"我的太太,你懂了吗?"

母亲要让他相信,自己的聪明并不比他逊色,就说:

"你的意思是让我们办一场假喜事?"

父亲像责备她的愚笨似的说:

"不是办喜事,不过是说说而已,只是口头上表示同意!"

她赶紧说:

"过后我们再反悔?"

他苦笑了一下,说道:

"对!"

母亲沉默了一会儿,然后,又像要哭出来似的说:

"主啊!这可不行!那样一来,就丢了女儿的名誉了。人家会说,她订了婚,又悔婚,亲友邻居也会对我们说三道四的!"

似乎父亲无法使她满意了,他不耐烦地说:

"我的太太,没有人会说什么的。这事除了我们几个人之外没人知道。阿卜杜勒·哈米德进进出出,因为他是我的侄儿。他会跟我们一起担事的。在这之后,他如果想告发我们,人家就会问他,你当初为什么一声不响呢?"

母亲对这一切都不满意,都无法忍受,说:

"安拉保佑吧!谁也不知道明天会出什么事儿!谁能相信,我们这种人家竟会办出这样的事儿!"

父亲似乎没听见妻子的评论,又自言自语道:

"即使人们谈起沙米娅来,又能说些什么呢?没有哪个姑娘订了婚又悔婚会死掉的。这不比让人家议论她父亲和哥哥都关在监狱里好吗?

好像为了丈夫和儿子就得牺牲女儿,母亲叫嚷着:

"你别这么胡言乱语吧!你要这样说,我就完了,就没命了!安拉呀,我不活了！我用煤油烧死自己算啦！"

父亲打算宽慰她，说：

"我的意思是说……"

母亲打断了他的话：

"你别说了，够了！"

他们又沉默了一会儿，随后，父亲说：

"我们是不是把沙米娅叫来，把事情对她说明白？"

母亲扭过脸去，摆摆手，像是要把全部责任都推到丈夫一个人身上，说：

"你叫她，你自己对她说吧！"

父亲站起来，说：

"我要把孩子们全都叫来。"

他打开屋门，用沙哑的低声喊道：

"沙米娅，沙米娅……"

沙米娅从厨房里出来，向他走去。他慈祥地打量了她一会儿，似乎是在看一个就义的烈女：

"去把你哥哥和妹妹都叫过来！"

娜娃勒从姐姐身后探过头，刚一听到父亲的话就赶紧跑了出去。她敲敲穆哈伊房间的门，又拉开门，把脑袋伸进去，两眼一边寻找着易卜拉欣，一边说：

"穆哈伊，来！爸爸叫你！"

穆哈伊站起身，向外走去。易卜拉欣望着他的背影，两眼充满了疑惑。他马上想起来了，按照习惯，父亲是一下班就睡觉的，那么他为什么不睡呢？一定是出了什么严重的事情，使他不能入睡。未等他开始猜测，穆哈伊已经一边推着妹妹，一边走了出去，又随手关上了身后的门。

全家人都聚集在老两口的寝室里。沙米娅和娜娃勒靠着床栏杆站着；穆哈伊则站在门旁，倚着墙；父亲和母亲坐在沙发上，两人都不敢正眼去看哪个儿女。

父亲清了一下嗓子，又清了一下，好似要把什么东西从胸口里吐出来。然后，他瞅着两只手掌，说：

"阿卜杜勒·哈米德今天吃过开斋饭后将要来看望我们。"

穆哈伊不耐烦地打断了他的话，说：

"还有呢？"

父亲看着他，怪他打岔，接着说：

"今天他到我们局里去了。我从他的话里知道，他已经看到了易卜拉欣在我们家。"

娜娃勒马上问：

"那他要干什么？"

父亲两眼含怒地朝她望去，他是用这种目光斥责她。他又接着说：

"当然，你们也都知道，我们的境况很不妙。在这种情况下，每个人就得多担待些，我们大家都得相互包涵些。"

他望着自己的孩子们，想要看看自己的话对他们产生了什么影响；想要揭开他们内心深处，看看他们对他将要说出的话会容忍到什么程度。他看到他们全都一声不响，他们的心情已经开始忐忑不安了，于是他又清了清嗓子，继续说：

"你们都知道，阿卜杜勒·哈米德是个坏家伙。像这种人，我们必须要对他耍点手腕，免得他使坏……"

母亲回头怜悯地望着丈夫，打断了他的话：

"老头子，你要对他们说什么就直截了当地说好了，我们大家一起来分担这心事吧！"

父亲说：

"你别急呀，塔希娅！"

他从心口窝里深深吸了口气，借以鼓起勇气，谁也不瞧地接着说：

"阿卜杜勒·哈米德去年曾经向沙米娅求过婚。当然，你们也知道，我们没答应。今天他又来求婚了。当然了，我们还是不会答应。"

沙米娅耸了耸肩，说：

"真是笑话,他就再也没有别的姑娘好找了还是怎么的!"

父亲没有朝她看,说:

"不过,我们得绕个圈子来回绝他。就是说,我们先让他以为我们是答应了他,然后再回绝。"

穆哈伊欠了欠靠在墙上的身子,愤然地说:

"他这是想逼婚,浑蛋!我生平还未看到这么卑鄙下流的家伙!"

沙米娅两眼露出惶恐的目光,跺着脚说:

"我一天、一个钟头都不能接受!不行,这办不到!逼不逼,反正不关我的事儿!"

娜娃勒朝姐姐跟前走去,同她并肩站在一起,像是在保护她。

父亲又说:

"若是说你一个钟头都不能接受的话,那我连一分钟也不能接受。不过这是迫不得已的事啊!我所能答应的就是,他不能把你娶走。就是枪毙我,也不能把你嫁给他。"

沙米娅不禁眼泪夺眶而出,说:

"那么要我怎么办呢,爸爸?"

父亲说:

"要你随和他。要把他糊弄过去!"

沙米娅不相信自己的父亲竟会要求她做这种事,就说:

"随和他?怎么随和?"

父亲眼也不瞧着她,似乎是不好意思指点她,答道:

"我是说,你要让他以为我们答应了他。"

女儿故意要难为父亲似的说:

"那怎样做呢?"

父亲冲着她喊了起来,他要用这种喊声来为自己辩解:

"我也不知该怎样做。不过你要明白,这话可不意味着阿卜杜勒·哈米德对你有什么权利。他要是动手动脚,你就把他的手剁下来,懂吗?!"

然后,他压低了嗓门,恳求似的说:

"我的担子太重了,实在压得太重了。你们帮帮忙吧!"

沙米娅一边用手掌揩掉腮上的泪水,一边说:

"这一切都是为了坐在里面的那位先生。我算完了,我烦透了。我不能一声不响,我要走出这个家门,上姨妈家住去。我一分钟都不想在这里待下去。你们倒是想个办法呀!这样下去,我们全都要遭殃的!"

母亲站了起来,把女儿搂在怀里,轻轻地拍着她的背。娜娃勒低下了头,好像姐姐的话是对着她说的。

穆哈伊脸色阴沉,朝着父亲说:

"您想,阿卜杜勒·哈米德不会算计到我们会玩弄他吗?"

父亲有气无力地说:

"老实说,孩子,我也不知道。你说,此外还有什么好法子呢?"

穆哈伊沉默了一会儿。他在想还有什么办法可以用以避开阿卜杜勒·哈米德这个祸害。随后,他仿佛觉得脑子里空空如也,就动身想从这间充满他妹妹沙米娅的啜泣声的屋子里走出去。

父亲叫住了他,说道:

"别对易卜拉欣说起这件婚事,光我们自己知道就行了。"

穆哈伊用手指按了按眼镜夹鼻,阴郁地说:

"好吧!"

他又想动身走开,父亲接着说:

"你只跟他说,阿卜杜勒·哈米德今天晚上要来,会见到他的。让他有个思想准备!"

穆哈伊顺从地说:

"好的!"

父亲又喊住他说:

"不知易卜拉欣同他的那些朋友联系上了没有?"

穆哈伊烦躁地回答:

"还没有!"

父亲一筹莫展地垂下了头。穆哈伊怒气冲冲地走出去,就像是要去杀死易卜拉欣或者阿卜杜勒·哈米德似的。

易卜拉欣抬起眼睛迎接他，但是穆哈伊避开了那双眼睛，以免碰到那询问的目光。

穆哈伊脸色阴沉地坐在那里，噘着嘴，搓弄着手指头。

易卜拉欣的双唇之间露出一丝微笑，想使朋友宽慰一些，说：

"怎么了？出了什么事情啦？"

穆哈伊悻悻地吐了口气，说：

"没什么！只是阿卜杜勒·哈米德今晚要光临这里。"

易卜拉欣感到一阵心悸，但却未动声色，仍旧故作镇静，只简单地问了一句：

"为什么呢？"

穆哈伊马上站起身来说：

"为的是再一次见到你，同你认识认识。我父亲的意思是你要同他见见面，这样更好一些。要让他同我们一道担心，而不是让我们怕他！"

易卜拉欣低下头说：

"行！"

穆哈伊恼火了，愤愤地问：

"什么行啊！"

易卜拉欣并未受朋友恼怒的影响，说：

"我是说，既然大叔同意我见他，我就去见他好了。"

穆哈伊翻开一本书，想把自己的恼火埋进书本里，说：

"爸爸问，你是否还能同你的那些朋友联系上？"

易卜拉欣抬头看着朋友，好像着手工作似的说：

"有一个人，我们现在可以马上同他联系！"

"谁？"

"有一个人，名叫法塔希·马里吉。"

穆哈伊仿佛想对易卜拉欣的朋友都加以嘲笑似的说：

"我不认识。"

易卜拉欣平静地说：

"这个人同我们不在一个学院，是文学院的学生。"

穆哈伊也不抬眼看他，说：

"也许他们早就把他抓起来了。"

易卜拉欣自从进这个家门，头一次沉不住气了。他面对着穆哈伊，好像要用力控制住他，说：

"你听着，穆哈伊！我们所能做的事就是什么办法都要去试一试。在这种情况下，谁也不能把什么事情都说死了。法塔希·马里吉可能被捕了，但也可能没有被捕。要紧的是我们要想方设法同他联系。若是办不到，我们再想别的办法。"

穆哈伊面对朋友的恼怒，顶嘴道：

"我们这样想方设法，什么时候才算到头？"

易卜拉欣把语气缓和下来道：

"我知道，我给你们带来了麻烦。我在这里过了一天，这才是第二天，就已经感到你们再也容忍不下去了。你父亲答应过，我最多可以在这里躲四天，如果他还守信用，我打算在第四天，哪怕就是向警察投案自首也要从这里出去！"

穆哈伊的目光柔和了下来。他同情地看着自己的朋友，想起了他的处境，表示歉意地说：

"我很抱歉，易卜拉欣！我不是有意的。只是你知道，这种处境不只是关系到你我两个人！"

易卜拉欣没有说话，像是故意要使穆哈伊更加感到歉疚。过了一会儿，穆哈伊又说：

"我们同你的这位朋友怎样联系呢？"

易卜拉欣佯装思考地说：

"不知道……你看呢？"

穆哈伊狡黠地笑了笑，觉得他已经看穿易卜拉欣在实行自己计划时所

用的启发法了,然后说:

"当然,只有我去了!"

易卜拉欣使劲地看了他一眼,平静地说:

"不,你不行!"

穆哈伊仍旧嘲弄地说:

"那么谁去? 爸爸?"

易卜拉欣严肃地说,似乎他没有时间去讨论,也没有时间再去运用他那一套启发别人说出自己的计划的老方法了:

"不! 娜娃勒!"

穆哈伊怔住了,惊奇地问:

"我的妹妹娜娃勒?! 你是在开玩笑吧?"

易卜拉欣决然地说:

"因为我担心法塔希正在受监视。如果你去了,警察会监视你。而娜娃勒则可以当作是他妹妹的朋友去的。"

穆哈伊一声不响地思考着,然后,他用拳头敲着写字台边,说:

"不过,我不能让我的妹妹参与这种事。有我一个就够了。"

易卜拉欣瞅着穆哈伊,好像在为他打气,说:

"我们大家都已经参与了这件事……"

穆哈伊好似一个执拗的孩子,说:

"不行! 我的妹妹不能参与这件事! 你再想个别的办法吧!"

易卜拉欣好像在宣告自己的绝望,说:

"你想,如果我还有别的办法,能想到娜娃勒吗? 我生平就没依靠过一个女孩子,也没相信过一个女孩子。可是这件事却只能靠一个女孩子去办!"

穆哈伊愤愤地说:

"可这个女孩子却不能是我的妹妹。我们出的事儿已经够多的了!"

易卜拉欣不以为然地看着他,说:

"好吧,那你再出个主意吧!"

一阵长时间的沉默。那是一种紧张的沉默，那种沉默在他们每人的头脑里都掀起一阵喧腾。

突然，穆哈伊开口了，好像他是在把自己的一段内心独白说完：

"我怎么知道这个法塔希是个什么样的人？我又怎么能答应让自己的妹妹到他家里去呢？他也可能是个小流氓，事后会到处去说三道四的！"

易卜拉欣的眉头舒展开来了。他已经开始感到自己的计划近乎成功了，就说：

"娜娃勒到他那里，是在他家人中间见他。她将与他妹妹相见。她不必说出她的名字，不必提你的名字，也不用说我在哪里。这种事儿是无可非议的。法塔希若是说长道短的话，即使他不为你妹妹着想，至少也要为他自己担心的！"

"只是爸爸不会答应的。他会把我们都宰了。他可马虎不得！"

易卜拉欣好像在发一道不容争议的命令，说：

"你爸爸不会知道这件事！"

穆哈伊没再和他争论下去。他已经被说服，又一声不响了。沉默了好长一段时间后，他突然开口问道：

"她什么时候去？我想是半夜吧！"

易卜拉欣要他的朋友别再胡思乱想下去，而要开始行动了，就严肃认真地说：

"她现在就去。现在才三点半，她可以在开斋饭前赶回来。他们家离我们这里不远，在杜基区！"

穆哈伊把那本打开了的书合上，又神经质地把它卷起来，好像是要用它去捆命运一个耳光。然后他朝门口走去，打开门，大声喊道：

"娜娃勒，娜娃勒！"

娜娃勒从自己的屋子里慢腾腾地走了出来。姐姐的眼泪使她心头很沉重。她忧郁地问：

"干什么？干吗这样大喊大叫的？"

穆哈伊面无笑容地说：

"你来，只一会儿！"

他退进屋里，娜娃勒跟在后面走了进去，两眼落在易卜拉欣身上。她用一副可怜的目光望着他，好像在哀求他把她搂在怀里，让她为自己的命运，为他的命运，也为全家与他俩共同的命运而大哭一场。易卜拉欣避开了她的目光。他不好意思面对她，说出自己的心思。

穆哈伊一面关门，一面说：

"易卜拉欣要跟你说件事儿！"

易卜拉欣抬眼望着他，似乎在责怪他把这个开场白推给了自己。然后，他把眼睛转向娜娃勒，很快地瞥了她一下，又垂下了两眼。他还是不敢正面对她看。

娜娃勒望了望哥哥，又向易卜拉欣看去。她很惊异。她想象不出易卜拉欣会对她说什么。她想象中，只有一件事，可是易卜拉欣又不会说！

易卜拉欣叹了一口气，又从胸中深深地吸了一口，借以使自己开口，说道：

"是这么回事儿：我有一个朋友，我现在必须马上同他联系。除你以外，又没有人能去……"

他说得很快，似乎是要把压在胸口上的一件沉重的负担推开。

一丝微弱的笑意从娜娃勒内心跳出来，这笑是那样微弱，竟无法到达嘴角。然后，她默无一言地望着哥哥，默默地问他，易卜拉欣所说的是不是真的。

易卜拉欣觉察到了她的目光，就接着说：

"穆哈伊和我都找不出别的办法了。"

娜娃勒的感情开始活跃起来，从心中驱走了姐姐的眼泪所留下的抑郁。她感到自己将要前去进行一件重大的工作。她并没有想到这件工作是为了埃及，为了一个英雄，而只是感到，这是为了易卜拉欣，一个她遇到的男子汉。她感到自己与他靠得更近了，靠得非常近，以至感到了他呼吸的气息。她马上说：

"我怎么去呢？"

易卜拉欣还是不肯向她望去，好像是要让自己相信，这不是那个参与他的计划的娜娃勒，而是他的秘密小组的一个战友。他说：

"他的家在杜基区，伊斯梅尔大街十五号。如果是别人给你开门，你就说，你是他在文学院里的一个同学，来向他借课堂笔记本的。他见到你时，你不必同他讲你是谁，也不用讲我在什么地方。你只要告诉他，我要一套军官服，还要一辆汽车，要他在尼罗河大街划船俱乐部前面，靠吉扎那头等我，要在开斋炮放过十分钟时等我。这一切都必须在明天完成，太晚了不行。你要对他讲清楚，我不能再这样下去了。"

娜娃勒听着他讲。她全部的聪慧都集中在两只大眼睛上。她的嘴唇颤抖着，好像是把他的话咽了下去。她面颊上的两个酒窝时隐时现，好似两颗辰星。

她声音温柔，毫无激动的样子，只是显出顺从，似乎在问他："你还要什么？"又好似是她的情人在下命令，而她又乐于俯首听命。她为顺从他而感到幸福，问道：

"我怎么对妈妈说，好让她放我出去呢？"

穆哈伊说：

"你就对她说，你去看法吉娅或是别的什么女朋友好了。"

娜娃勒还是平静地说：

"她不会同意的！"

沉默了一会儿，易卜拉欣说：

"那就对她说，你必须先去看她，免得她来这里看你，惹出事来。"

娜娃勒非常钦佩地看着他说：

"这倒是个好主意！……他叫什么名字？"

易卜拉欣惊奇地抬起眼睛，看着她，问道：

"谁呀？"

她笑着说：

"我要去找的那个人呀！"

他自己也不由得感到好笑地说：

"法塔希·马里吉!"

"我现在就去吗?"

她笑着瞅着她,心甘情愿地把自己的生命和前途都托付给她了,说:

"马上就去!"

她用眼神吻着他,说:

"好的!"

她正想离去,穆哈伊叫住了她,走到她跟前,安慰她说:

"娜娃勒,自己要当心点儿!别像你平常那样,什么都不在意。若是你感到出了什么事,有人盯梢,或是有人跟你捣乱,你就马上回来!"

她乐得说不出话来,说:

"好的!"

她走出了屋子,却仿佛是向易卜拉欣走去,而不是离开他。

第七章

娜娃勒以去看女朋友为借口，没费什么事就说服了母亲，答应让她出门。她故作镇静地换起衣服来。

尽管她竭力做出沉着的样子，可是却止不住手指颤抖，在往腿上提袜子的时候，竟把袜子扯破了。她用手指沾了口唾沫，往袜子上抹了抹，以免把那个破洞扯得更大。

她一面提袜子，一面笑，像是在为自己竟然会耍花招、装镇静而得意。

她颤抖倒不是因为害怕。那是一种要投身一场新的冒险的颤抖，那是一种站在一个茫然未知的天地面前的颤抖。她一只眼看到这个天地的光明，另一只眼却看到了它的黑暗；一只耳朵听到了这个天地里百鸟鸣啭，另一只耳朵却又不禁听到群兽的吼叫。

在这个天地里，她只看到一个人——易卜拉欣。好像她是朝他走去，去赴初恋的第一次幽会。她所看到的光明与黑暗，都是从易卜拉欣那里发出来的；她所听到的鸟鸣和兽吼，也都发自易卜拉欣的周围。她想朝他走去，但又感到迷惘，她对他还是茫然无知。这种茫然的感觉更使她为他焦虑，更使她坚决要寻求他，她希望他能安全。仿佛他是一个病人，而她不知什么药可以治好他，于是为他东奔西走找寻着医生。她现在就是到医生那里去。

她乌黑的辫子在背后一甩一甩地走出了门。她朝着公共汽车站走去，心里并没有想到自己是去完成一件爱国任务。她没想到警察，也没想到监狱，一心只想着那能救易卜拉欣的医生。她所担心的一切，就是找不到那位医生，或是看到那医生在她面前绝望地摇头。虽然如此，她也不禁不时地想起哥哥对她的叮咛："娜娃勒，自己要当心点儿！别像你平常那样，什么都不在意。若是你感到出了什么事，有人盯梢，或是有人跟你捣乱，你就马上回来！"她记起了哥哥的话，于是警觉起来，眼睛闪动着怀疑的目光，在公共汽车上的乘客中探视着。过了一会儿，她觉得全车人都知道了她的秘密，易卜拉欣的秘密。她仿佛觉得他们全都是秘密警察，不等她走到医生那里，就会逮捕她，把她关进监牢里。她的心忐忑不安地跳着。但是她很快地驱散了这些胡思乱想，眼神平静下来，心也镇静下来了。她又去想易卜拉欣，想医生了。

她在英国大桥广场下了车。

她走在伊斯梅尔大街上，两眼挨门挨户地察看着门牌号码。当她走到十三号时，不由自主地向后张望了一眼，好像内心深处有什么东西促使她提高警惕。她没有发现后面有什么人，于是又跨了几步，在十五号门前站住了。她心跳得更厉害了，仿佛整个生命都集结在下一步上了。她犹豫了好久，犹豫中有羞怯，有懦弱。她有如大梦初醒，一下子回到了现实：头一回知道易卜拉欣是个逃犯，而她在这里是帮助他逃跑。她还头一次发现，她将独自一个人走进一个陌生的家庭里，去见一个陌生的男人。

她竭力同自己的犹豫做斗争。她用眼打量起这座房子来。这是一座大房子，是一座别墅，四周是花园。显然主人很有钱。她慌乱地朝里走去，按了按门铃，就好像是按在自己的心上。一个穿着白长衫、皮肤黝黑的仆人给她开了门，一声不响地站在她面前。她声音发颤，小声地问：

"法塔希先生在家吗？"

仆人的双唇很快地动着，洁白的牙齿好像是透过黑夜的晨曦，一闪一闪的，说：

"我跟他说，你是谁呢？"

她仍旧声音发颤地说：

"我是他学院里的同学。"

"请稍等一会儿,我去告诉他!"

他把她领进一间华丽的大厅。但她没注意到大厅的豪华,没看到那些高级沙发,那些摆在描金桌面上的古玩。她不知所措地站在那里,好像整个屋子都空空如也,连张让她能坐下来的椅子也没有似的。

她听到一阵急促的脚步声,在她面前出现了一个同她年纪相仿的姑娘,模样长得很漂亮,但衣服尤其华丽。

姑娘放慢了脚步,走近娜娃勒,伸出手,同她握了握,说:

"你好。"

娜娃勒羞答答地回道:

"你好。"

姑娘打量起她来,好像是在检查她的衣装是用什么料子做的。然后,冷淡地说:

"你和法塔希在一个大学里念书?"

娜娃勒咽口唾沫说:

"是的。"

姑娘一面继续打量她,一面说:

"他在睡觉。你有什么事要转告他吗?"

娜娃勒一时惶惑了,随后,下了决心似的说:

"我希望你能叫醒他。我有一件非常要紧的事要找他。"

那姑娘惊奇地看着她,说道:

"让我叫醒法塔希!那可不行!这不是要我的命吗?什么事都行,就是不能去叫醒法塔希。"

娜娃勒赶紧说:

"我可以肯定,你叫醒他,他一定不会生气。这是一件非常重要的事情。"

"对你当然也重要啦!"

娜娃勒知道姑娘这话是什么意思。她感到血聚到两腮,又涌上头顶,两眼直冒火。她设法把自己的恼怒压下去，以免伸手去搧这个站在自己面前的姑娘的耳光，说：

"我希望你去叫醒他。如果他不愿意起来，你就来告诉我。"

姑娘惊奇地看着她，满不在意地说：

"这样看起来，的确是事关重大，你可真走运！"

未等娜娃勒发脾气，她又问：

"我对他说，您是谁呢？"

娜娃勒火气消了下来，想了想，说：

"泽娜布……"

随后，好像又发现了一招，赶紧接着说：

"泽娜布·哈姆迪！"

姑娘心不在焉地耸了耸肩，走了出去，丢下娜娃勒一个人在那里胡思乱想。她刚才亲口说出的"哈姆迪"这个姓还在她耳际回响。那是他的姓啊，易卜拉欣·哈姆迪。她竟冒用了他的姓吗？她真的有权利称这个姓吗？她的名字有一天会变成"娜娃勒·哈姆迪"吗？她觉得自己有些太痴心了，她在茫然不可知的世界里走得太远了。她感到有些羞涩，一种美滋滋的羞涩。仅仅是一想到她的名字与易卜拉欣的名字连成一个名字，就不由得使她感到一阵心热。

她朝四周看了看，在一张沙发上坐了下来。她舒舒服服地坐着，胡思乱想起来。然后，她想起了自己的任务，于是正了正身，坐在沙发的前端，摆出一个严肃的姿势。她等了好长时间。

她开始注意起四周豪华的摆设，注意到了那些高级沙发，那些摆在描金桌上的古玩。在易卜拉欣的朋友中，竟会有这么阔气，生活过得这么安逸、舒适的青年吗？她原以为他们全都是在四处奔波，过不惯富足、安逸的生活，除了手枪，就一无所有的战士呢。

她听到了脚步声。一个瘦削的青年走了进来。他颧骨凸出，两手青筋毕露，两眼睡意未消，还有些红肿，头发乱蓬蓬的，穿着睡衣，上面罩着一件丝绒长衫。难道这就是法塔希·马里吉吗？她原以为他是个肌肉发达、身强力壮的大力士呢。救易卜拉欣的人应该是个大力士才对。

她好像对他还不相信似的，用惊奇的双眼迎着他，伸出手去同他握了握。他也与她同样感到惊异。未等开口，她看到了他妹妹从他身后走来，于是她用决然的口气说：

"对不起，我能同你单独谈一谈吗？"

她大声地说，故意让那个姑娘听到。

那姑娘耸了耸肩，好像是说："亏你说得出口！"然后走了出去。

娜娃勒走近他跟前，低声地问：

"您就是法塔希·马里吉先生吗？"

法塔希还是满脸惊奇地答道：

"是呀。"

娜娃勒像检查他的身份证似的又仔细地打量了他一阵，然后把声音压得更低，说道：

"我从易卜拉欣·哈姆迪那里来……"

法塔希瞪大了眼睛，急切地打断了她的话，问道：

"他在哪里？"

"我不能告诉你。"

他表示歉意地说：

"我是想问你，他的身体怎么样？他在干什么？"

她确实感到了自己肩负任务的重大，说道：

"他的身体很好。他要我告诉你，他要一套军官制服，还要一辆汽车，让你在放过开斋炮之后十分钟，在尼罗河大街，划船俱乐部门前靠吉扎的那一头等他！这一切都必须在明天或后天做完，不能晚了。"

法塔希低下头，开始思考起来。而娜娃勒则两眼盯着他，期待着从他那里得知自己的考试结果，这结果她是要向易卜拉欣汇报的。

法塔希抬起了头，脸上露出严肃、认真的表情，说：

"军官制服我今晚就能搞到。如果你要来拿的话，明天早晨我就可以交给你。"

她似乎是在催促他做出其余的决定,马上问:

"几点?"

"随便你,比方说,十二点……"

"在什么地方?我还到这里来吗?"

"不!最好不要在家里。我父亲明天不出门。你在大桥广场那个香烟铺附近等我。我会找到你,把衣服交给你。如果十二点整我还没去,你就在三点钟到这里来。因为也可能有人监视我。"

任务好像变得困难了,她说:

"就是说,我得一天出来两次……这可不行吧?"

法塔希似乎不明白她的话是什么意思,惊奇地看着她问:

"为什么不行呢?"

她想对他说,妈妈不会让她出来的,但她马上醒悟到,她不该同法塔希谈这一类问题,就说:

"我是说……关键是……车子你怎么办?"

"车子得在后天才能搞到,再早了不行。"

她打算告辞了,说:

"谢谢了!"

他还握着她的手问:

"你是易卜拉欣的妹妹还是亲戚?"

她莞尔一笑,说:

"都不是,只是熟人。"

她朝门庭走去,发现法塔希的妹妹还是用一种嘲讽的目光看着她,一面目送她到门口,一面说:

"大学里的姑娘倒有福气!这位小姐还是太守旧了!"

她没有搭腔,只是扭过头去,辫子在空中一甩,像是要用它掴她一个耳光似的。

她走了出去,觉得她是在把药带回家去。她心里喜滋滋的,充满了自信。她已经认清了路,那是一条康庄大道,没有什么可怕的,既没有野兽,也没有黑暗。那是一条通向易卜拉欣的道路。

她脑子里印着法塔希·马里吉的形象：瘦削的脸，青筋毕露，睡意未消而显得红肿的双眼；也印着他妹妹的形象：那嘲讽的目光，那比她本人还夺目的华丽的衣着；还有那个家庭的景象：高级沙发，摆在描金桌上的古玩。这一切都印在她脑子里，就好像是一些亲切、珍贵的记忆，如同初恋第一次幽会的记忆。她耳边仿佛还回响着法塔希妹妹的话音："大学里的姑娘倒有福气！这位小姐还是太守旧了！"她这话是什么意思呢？娜娃勒不由得感到好笑。这个姑娘——法塔希的妹妹，还是一个小丫头呢！她还不懂什么叫生活，什么叫爱情！她的评论不过是发泄一下自己的醋意罢了。这就像有些人在马路上一看到一个小伙子在一个姑娘身旁走着，就要讲些怪话一样。那个姑娘看到了她——娜娃勒，在他身边，在易卜拉欣的身边，而不是在她哥哥法塔希的身边。易卜拉欣总在她身边，他的幻影总是显现在她眼前，显现在她的嘴唇上，随着她的辫子晃来晃去。法塔希的妹妹看到了这一切，于是吃醋了。可是她还小呢，还是非常小的小姑娘呢！而她娜娃勒，则是一个大姑娘了，成熟了，懂得生活，也懂得爱情。

她带着喜悦和自信，回到了家。

穆哈伊听到了她的脚步声，迎着她走出来，老远就朝她招手，然后，扯着她的手拉进屋里，小声地问：

"顺利吧？见到他了吗？"

她嘴角挂着微笑，于是整个屋子都充满了微笑。她看着易卜拉欣说：

"嗯，见到他了！"

易卜拉欣喜形于色，他用眼神拥抱着她，不禁要发出欢呼。他不仅为她带回的消息而高兴，更为她的平安归来而欢欣。自她走后这段时间，他一直都在为她着急，仿佛是跟在她身后奔跑，心里忐忑不安地惦念着她。他试图说服自己：惦记她，只是怕自己的计划出什么差错；他不是为她着急，而是为自己着急。他还竭力为自己的这种感情辩解，把它说成是与过去他派地下小组的同志去执行任务时的感情没什么两样。他试图把自己的感情往这方面拉扯,但却办不到。此时他所感觉到的完全是一种新的感情。这种感情集中在一个人身上,而并非包括一个整体,也并非包括整个埃及。仿佛所有的人都变成了一个人,整个埃及也只体现在一个人身上了。

他为这种感情感到恼火,为这种焦急心理感到恼火。可是这种感情他却控制不住,焦急的情绪简直使他受不了,他几乎要去大声呼唤娜娃勒,然后砸烂那些为确保计划实现而不得不将自己囿于其中的无形的栅栏,去跟在她后面跑,去把她追回来。他要把她带回自己身边,再也不让她离开。他一直在同自己的这种感情做斗争。直至她回来,他才停止了这场斗争,脸上每块肌肉都颤抖着,发出欢呼。

他两眼第一次打量着她的周身,而不是把目光避开去,因为他实在没法把目光避开。他的微笑与她的微笑交融在一起,好久好久,好像他们将笑个没完没了,又好像他们之间有位使者在为他们传达着相互间的渴慕之情。

穆哈伊看到妹妹不急于开口,早就耐不住了,急忙催促她道:

"他同你说了些什么,你快说呀!"

她神魂颠倒似的说:

"他同我说,一切照办。"

穆哈伊的问话声已经使易卜拉欣清醒过来。他集中意志使自己的目光从娜娃勒身上移开,他不知说什么才好,只简短地问道:

"怎么?"

娜娃勒在炫耀自己的成就,说道:

"明天十二点,他会把衣服送来;汽车后天可以搞到。"

穆哈伊急忙问:

"他把衣服送到哪儿?"

她说:

"我得在大桥广场香烟铺子附近等他,他经过那里,把衣服交给我。"

穆哈伊嚷了起来,声音几乎传到了屋外:

"好啊!就差你在大马路上同他们碰头了!"

他用手指正了正眼镜夹鼻，又怒气冲冲地说：

"我可不能答应你这么做。行了，就到此为止吧！我去取衣服！"

娜娃勒回头望着易卜拉欣，向他求救。因为哥哥几乎要剥夺她享受胜利的权利，使她无法体会到爱情的欢欣。

易卜拉欣沉默了一会儿，其实他也感到烦恼。他觉得心里有什么东西在反对娜娃勒到马路上去会见法塔希，仿佛他是在吃醋，好像她同别的小伙子会见有损他的自尊心。

他试图说服自己，也说服穆哈伊，就低声地说：

"这个人把衣服一交给她就径直走了，也不过是一分钟的事儿。"

穆哈伊说：

"一分钟、两分钟我不管，反正我要亲自去！我的妹妹可不能在马路上同小伙子见面。"

娜娃勒似乎在维护自己的胜利成果，不禁恼火地说：

"不过他不认识你。他不认识你怎么能把衣服交给你呢？"

穆哈伊不作声了。易卜拉欣抬起头，两眼望着他，好像在向他挑战，让他回答这个问题。

穆哈伊踱了几步，然后，似乎找到了答案，转过身子对妹妹说：

"我同你一道去。我们两个一起去！"

易卜拉欣用老师的口吻说道：

"如果法塔希看到你在娜娃勒身旁，就会装作不认识她，而径直离去。他会认为你是个特务，要不就会以为娜娃勒在捉弄他。"

穆哈伊还是怒气未消地说：

"反正她不能单独一个人去。你再想别的法子吧！娜娃勒就是不能在大街上同小伙子相会。"

易卜拉欣驱走了心中的犹豫，说：

"穆哈伊，我们眼看就要成功了，现在可不该让一点儿小事妨碍我们，使我们停步不前呀！"

穆哈伊恼怒地看着易卜拉欣说：

"这不是小事！你若有妹妹的话，你也不会像支使我妹妹那样去支使她们干这种事的。"

易卜拉欣突然不说话了。他张开嘴巴，似乎想说什么，可什么也没说。他沉默起来，脸上痛苦地抽搐着，压抑着心头的创伤。

娜娃勒感到了易卜拉欣所承受的痛苦，也感到了他的创伤。她回头看着哥哥，恼火地说：

"穆哈伊，你说的都是些什么话呀！我去过法塔希的家，他是个文质彬彬的青年，眼睛都没朝我正面看一下。他妹妹接待我，她也是个有教养的姑娘，同我差不多大……可能稍小一点儿，她听说我是她哥哥的同学，待我挺客气。你怕什么呀？难道还怕他吃了我不成？"

穆哈伊眼不望着易卜拉欣，还是气呼呼地说：

"好，那他为什么不同你约定好，在家里把衣服交给你？"

娜娃勒说：

"他怕他爸爸在家！"

所有的缺口都在穆哈伊面前堵死了，他想打开一个新缺口，就又说：

"不，不是因为他爸爸，是为了想把汽车开到你跟前，对你说：'坐上来吧，我们一道去取衣服！'你不了解这些年轻人，我可是知道得清清楚楚！"

娜娃勒跺着脚说：

"你疯了，穆哈伊！你怎么能对我说这种话！你以为我是个大傻瓜，还是你疯了？"

易卜拉欣抬起头来，痛苦地说：

"你听着，穆哈伊！不必说这种话吧！我现在马上就离开这个家，随它出什么事好了。"

娜娃勒睁大了眼睛，好像是在用两眼焦急地呼喊。

穆哈伊慌乱地退却了。他不知所措地说：

"这是从何说起？"

易卜拉欣站起身来，平静地说：

"如果我现在从这个家门走出去,有百分之九十的可能性,他们会逮住我;如果照我的计划去做,会有百分之五十的可能性。两者也就相差百分之四十,没什么!"

娜娃勒缠着他似的,看着他说:

"不,你不能走,不行!"

然后,她回头望着哥哥,气恼地压低声音喊道:

"穆哈伊!"

穆哈伊低下头去,看着地面,一边按着眼镜,一边说:

"这不是办法,易卜拉欣!我的意思并不是让你走。只是你应当考虑我的处境,我们大家的处境。"

易卜拉欣与朋友心贴心一般地,亲切地说道:

"我出去就是因为考虑到你们的处境。我一进这个家就考虑到这个问题!"

穆哈伊仍旧低着头说:

"我就是为娜娃勒担心。她同我们大学里那些女孩子不一样。早在她中学毕业以前,爸爸就不让她随便出门了。还有……"

易卜拉欣像是在责备自己的朋友,说:

"我也为娜娃勒担心。"

娜娃勒抬起两眼看着他,目光显得犹豫,她真的开始害怕起来。

易卜拉欣接着说:

"如果对她真有什么危险的话,我什么也不会让她去干的。请你放心,穆哈伊!不错,我没有姐妹,不过从我进你们家门那时起,我就希望能成为你们的兄弟。"

屋外,妈妈在大声喊着:

"娜娃勒,娜娃勒!这丫头到哪儿去了!"

娜娃勒起身说道:

"我去看看妈妈要干什么。"

她朝门口走去,未等跨出门去,又转过身来,嘴角露出讨好的微笑,对哥哥说：

"穆哈伊，别为我担心！你是很了解我的。"

她走了出去，又随手把门关好。妈妈站在厨房门口迎着她说：

"你到哪儿玩去了？让我一个人在厨房里忙活。我听你回来足有半个多钟头了。"

"我跟穆哈伊说话呢。"

"好吧！先去把鞋子、袜子脱了再来！你那个好姐姐噘着嘴，动都不愿动一下。"

娜娃勒点着头说：

"好吧！"

然后，她走进自己的屋里，目光四顾，找寻姐姐沙米娅。

沙米娅坐在床角，背靠着墙，两只胳膊抱着膝盖。她穿着睡衣，那是一件细布做的蓝长衫。头发用围巾扎着，那条黄围巾，旧得都褪了色，看来像头巾似的。她的脸也同围巾一个颜色，黄而显得苍白，两眼哭得枯萎了，她身上的一切都干枯了，仿佛她流尽了泪水，然后又流尽了血水。

娜娃勒温情地看着她，一边朝她走去，一边说：

"你怎么了？"

沙米娅生气地回答道：

"没什么！你到哪儿去了？"

娜娃勒装得像没事似的说：

"我去找法吉娅去了，因为我怕她来看我们，我就先看她去了。"

沙米娅两眼露出一道锐利的目光，就像枯萎的玫瑰中露出的刺儿，说：

"哼，不对！跟我何必来这一套！"

娜娃勒看着假装不下去了，就问：

"那你说我在哪里？"

沙米娅斗气似的说：

"我不知道。这家里的事情谁能说得上？"

娜娃勒和颜悦色地问道：

"沙米娅，到底是什么事惹你这么生气?……"

沙米娅气恼地打断她的话：

"别来这一套！你光关心你的易卜拉欣先生就行了，管我生什么气呢。没什么了不起的。我很高兴，比你高兴，你在想着一个被判处死刑的人，我则是摊上一个连学都没上完的二流子。可是至少我比你强。"

娜娃勒伸出手去，想抚摩姐姐的肩头，说：

"沙米娅，别这么说！爸爸不是答应你，不把你嫁给他吗？他不会让你摊上的。"

沙米娅朝着那伸向她的手拍打了一下，嚷着：

"离我远点儿！让我一个人清静些，我谁都不想见！"

她把头耷拉在双膝之间，欲哭无泪。娜娃勒一直用一种温情而又夹杂着怜悯、悲伤的眼光看着姐姐。她开始换衣服，随后走出屋，到厨房帮妈妈干活儿去了，丢下沙米娅独自一个人在屋里，让她第一千次回忆自己往日的种种生活景象，也回忆着阿卜杜勒·哈米德在她的生活中留下的种种印象。

阿卜杜勒·哈米德是同她的整个生活连在一起的。他是堂哥。孩提和少女时代，她就同他整天在一起玩，两小无猜。在那些遥远的日子里，她曾经很佩服他，钦佩他的聪明、勇敢；钦佩他竟敢顶撞父母，不听他们的话；钦佩他竟能从卖蛋卷、冰激凌的小贩那里偷回蛋卷儿，同她一道，一边吃，一边笑。她的这种钦佩随着年龄的增长而发展成一种远比钦佩还强烈的感情，发展成一种特殊的爱情。对于这种像是运算式子般安排好了的爱情的结局，她只能俯首听命。本来家里是准备把她嫁给阿卜杜勒·哈米德的，阿卜杜勒·哈米德也将娶她。人们都知道他们俩互相倾慕，将来会结为夫妇。

她已经顺从了这个结论，好像她就是为此而生的。她也并没有想去讨论一下这个问题。自从她知道这一结论后，也就是从她十一岁起，她就把自己看作是阿卜杜勒·哈米德的妻子了。她见到他会感到不好意思；她听从他的命令，暗中袒护他；碰到什么难办的小事情，她也去找他。

这种关系在她身上造成了一种与她年龄并不相称的感觉。她感到自己比娜娃勒大，比哥哥穆哈伊还要大得多，甚至非常近似母亲的年龄。这种感觉使她在别的女友面前显得有些高傲，使她沉默寡言，显得更加老成持重，也促使她——尽管她懒——装作很喜爱家务和女红，从而显出她是一个能干的妻子。

阿卜杜勒·哈米德比她大五岁。她是亲眼偷偷地看着他长大成人的，就像她看着自己亲手给他打的一件毛衣是如何完成的一样。她观察着他脸上是如何清晰地画出了男性的线条，观察着他的身材是如何长得越来越高，越来越匀称。当她瞧见他鼻子下开始长出小胡子时，她感到他已经离她非常近了，甚至听到了喜娘们为他们唱喜歌时敲击的鼓点声。

可是就在这时，阿卜杜勒·哈米德好长时间不露面了。随后，她开始从父亲嘴里听到只言片语，说他是个"二流子"。此后，这种话就说得多了，全家都在嘀咕。阿卜杜勒·哈米德是个"二流子"这已经变成了众所周知、不容争议的事实了。

开头，她并不相信这件事。她在阿卜杜勒·哈米德身上还没有发现可以把他称为"二流子"的东西。他胆子大，爱多嘴多舌。他十四岁时，有一天就在她面前抽着一根烟卷儿。还有两次，他想吻她，她使劲把他推开了。她推开他是因为据她头脑里所知的运算式子，只有等结了婚之后才能让他亲吻。可是这一切都不足以把他说成"二流子"。他是另一种类型的青年，同她哥哥穆哈伊不是一种类型。她的内心深处是喜爱这种类型的。这是一种富有男子汉气概、很有心计、又敢作敢为的类型，凭心而论，她更愿意同这种类型的人结婚。

甚至当她开始听到人家小声嘀咕说他陪着舞女鬼混，还说他抽大麻烟的那段时间里，她还把自己看作是属于他的。不过她对他的感情已经开始掺杂着很多的忧虑与担心，担心会失去他。直到她听到他中学考试不及格的消息……这时，她头脑里的运算式子的数字才开始乱了。那算式原来是假定阿卜杜勒·哈米德会考及格，会上大学，取得学士文凭，然后娶她。她开始对自己的未来产生了怀疑，不由得在心里嘀咕着："若是他品性好也罢了!"

以后,阿卜杜勒·哈米德又留了一级,于是她确信不疑了。她同家里其余的人一样,承认他是个"二流子",并开始把他当成一个走出了她的生活圈子,远离她的人看待了。

第三次考试他又没及格。于是他就离开了家,到一家公司去当一个小办事员。他离家独自一个人鬼混,……这一切不再使她感到突然,因为她早已经不把自己的梦想与未来同他连在一起了。但那个运算式子还一直装在她脑子里,她以此来衡量每一个前来求婚的人。

可是阿卜杜勒·哈米德在这段期间并没有完全不登家门,他还是来看她。从他的两眼中,她还是会看到她惯于看到的那种目光。他仍把她当作自己的未来伴侣。他对她发号施令,询问她有什么难办的事。他仍认为,自己对她享有某种权利,她对自己存有某种义务。她不声不响地对他装糊涂,全家人也同她一起装糊涂。她对他迎送应酬,是把他作为堂哥,而不是作为未来的丈夫。

所有这一切就这样过去了,家里从来没有谁同她讨论过这些事。决定订婚时,没有一个人对她说要把她许配给他了;决定退婚时,也没有一个人同她说退婚了。当时的订婚是心照不宣的,没有什么公开的正式礼仪,退婚也是一样。

这两年,阿卜杜勒·哈米德登门拜访开始频繁起来,他表示想娶她的话说得越来越露骨,嗓门也越来越高了。全家人都在嘀咕着这件事。他亲自向她父亲表示向她求婚了,于是遭到了拒绝——断然的拒绝。全家人都不答应,甚至就连他自己的父亲也不肯为他说情,让他娶侄女。尽管如此,阿卜杜勒·哈米德利用自己堂兄的身份还是经常登门拜访。他看她的目光没有变,那目光她从孩提和少女时代就早已熟悉,那目光像是从乌黑的臭泥中长出的一朵鲜花。

全家人对他的这种拜访早已厌烦了,都说他是死皮赖脸。至于沙米娅,则对这种拜访并不厌烦。他的穷追不舍和厚颜大胆与她秘而不宣的得意心理相吻合。阿卜杜勒·哈米德一直念念不忘少年时代的梦想,一直爱着她，纵然他是个"二流子"，可是这一点却使她感到满意。她愿意听到自己的妹妹娜娃勒说："请吧，小姐！你的阿卜杜勒·哈米德先生驾到！"于是她耸耸肩膀，扭过头去说："小挨刀的，别瞎胡扯！"

可是，他今天是手中掌握着要挟她的武器，又回来了。他威胁着全家。他是一个求爱的人，他爱她！她可以原谅他吗？面对着一个为了要娶她竟不惜做出大逆不道罪行的人，她是顺从自己的得意的心理呢，还是应当憎恨他、讨厌他呢？

折磨她的是犹豫不决。她在自鸣得意的心理与头脑里的小算盘之间犹豫不决。她倒不是怕阿卜杜勒·哈米德，也并不怕他逼她嫁给他，只是对他拿不定主意，而且对自己也拿不定主意。

她为自己的优柔寡断而哭泣。她哭了好半天。随后，她发现还有眼泪，于是又继续哭泣。

开斋炮响了，她的心像被炮击中了似的，不禁一震。门开了，母亲探进头来，两手端着一盘菜，正要往餐桌上送，说道：

"来呀，沙米娅！来吧，好孩子！已经放炮了！"

吃开斋饭时，大家都一声不响，忧心忡忡。每一个人都仿佛是在为心爱的死者送葬，把一口口饭菜送进肚子里去。

父亲没说话，母亲、穆哈伊、沙米娅、娜娃勒全都一声不响，易卜拉欣也不开口。甚至就连相互交谈惯用的只言片语也没有。大家都避免去看易卜拉欣，好像他们担心如果看他就会用眼光把他杀死。只有娜娃勒除外，她偷偷地看他一眼，两眼，然后停住，以免人家从她眼神里看透她的心事。

第八章

开斋饭吃得很快，似乎大家都要相互回避，每一个人都想送完殡，独自清静清静。

沙米娅的手对盛甜粉丝的盘子连碰都没碰，就站起身来。母亲在她后面喊道：

"怎么不吃点儿甜食？"

沙米娅仿佛在同大家吵架，气冲冲地说了句"没胃口！"就快步向自己的屋子走去，差一点儿摔倒在地上。娜娃勒两眼四顾，好似向在座的人告辞。她站起来，追上姐姐，去安慰她。

随后，父亲与穆哈伊同时站了起来，易卜拉欣也站起身来，并为自己站起来晚了而略有歉意。饭桌旁只剩下母亲独自一个人。她还在吃，眼睛却并未瞧她眼前那盘菜。她也许比平时吃得还多，但吃了些什么，却一点儿都没感觉到。她心不在焉，脑子直打转转，胡思乱想个没完没了，仿佛是在咀嚼这些胡思乱想。

父亲走进了起居室。

穆哈伊站在那里犹豫不决，易卜拉欣站在他身边，等着朋友请他进去，陪父亲坐一会儿。当他发现穆哈伊在犹豫不决，就越过他，惆怅地迈着步子，朝他的屋子——穆哈伊的屋子，走去。穆哈伊跟了进来，随手关上门，说：

"我想我们在这里喝茶更好一些!"

易卜拉欣顺从地低声说:

"随你好了。"

穆哈伊坐在书桌前,打开一本书。他眼瞧着一行行字,却看不进去,过了一会儿,他说:

"我看不妨明天就让娜娃勒去把衣服取回来……只是……不过……"

穆哈伊停下不说了,他要把一切藏在心里。

易卜拉欣问道:

"不过什么?"

穆哈伊眼不看着他,说:

"没什么。"

易卜拉欣笑着说:

"我要你放心,穆哈伊!她肯定不会出什么事情的!"

穆哈伊咕哝着:

"安拉保佑吧!"

说完,他又不声不响了。他皱起眉头,绷着脸,呼吸都发颤,沉默使得他喘不过气来。他在沉默中感到忐忑不安,感到不知所措。他一方面担心妹妹会发生什么意外,另一方面又想帮助易卜拉欣逃出这个家,那样,他就可以轻松了,全家也可以放下包袱了。开斋饭前他就想拿定一个主意,易卜拉欣也想帮助他拿定主意,可是他一直犹豫不决,直到他决定让妹妹去取衣服之后,还是提心吊胆的。

沉默了好长一段时间,穆哈伊佯装看书;易卜拉欣假装在思考,他无法使自己全神贯注地想一件事。他想着娜娃勒,随之又想起自己的逃跑方案,然后,又不禁想起了阿卜杜勒·哈米德。后来,他又想集中精力去想娜娃勒,他想摆脱他本身,摆脱阿卜杜勒·哈米德,摆脱整个世界。他想忘掉一切,而在脑子里只留下一个惦念——娜娃勒,只这一个惦念!

他们听到外面的门铃响了,穆哈伊从书本上抬起头,厌恶地噘着嘴说:

"这准是阿卜杜勒·哈米德先生光临了!"

易卜拉欣沉默了片刻。他正集中自己的全部精力，准备迎接眼前的战斗。他遮住自己的眼睛，以免让穆哈伊看出他的不安。他说：

"我想请你暗示一下阿卜杜勒·哈米德，让他以为我在这里至少还要再住两个星期。"

穆哈伊惊奇得眉毛都高挑过了眼镜框，问道：

"为什么？"

易卜拉欣说：

"好让他放心，知道我在什么地方。免得他想监视我，监视这个家，以防他等我一走出这里，转到别的地方，就去告密。"

穆哈伊的眉毛又回到原位，说：

"言之有理。"

接着他又去读他的书了。易卜拉欣问他道：

"你不去见他吗？"

穆哈伊抬起头，想了一会儿，然后说：

"算了，最好等爸爸来叫我们。"

门铃的响声落在这一家每个人的神经上，使它们变成了一条条通了电的电线。

父亲坐在土耳其式的长沙发上，痛苦地颤抖了一下，像是突然得了腹绞痛。他的手紧攥着《金字塔报》，几乎把报纸都扯破了。然后他又把报纸移到眼前，以免见到阿卜杜勒·哈米德的嘴脸。

母亲听到了铃声，突然焦急起来。她原来并不相信这件事会来得这么快。她把脑袋埋入掌心，忧虑地咂着嘴唇，后来，她好像想起了什么，于是抬起头，用决然的语调对丈夫说：

"我可不说话，一句话都不说！什么话都由你去说！我担心我若是一张嘴，就要讲个痛快，我要把新账老账都给他翻腾出来，好好同他算一算，然后，随它怎么着好了。"

父亲叹了口气说：

"好吧，你一声不响好了。求安拉保佑！"

沙米娅心不在焉地坐在自己的屋子里，根本不去理会妹妹宽慰自己的话。听到门铃声时，她也不禁一震，瞪大两眼，回头望着妹妹，抓过她的手，使劲地攥着，浑身发抖，声音发颤地说：

"我不去见他。你告诉爸爸，就说我不去。不行！杀了我都比这样好受！"

娜娃勒打算保持镇静，说道：

"我的主啊，你得想开一些！这么个混帐东西有什么难对付的。将来我们还要好好嘲弄他一顿，让他再也不敢想那么些鬼花招！我去给他开门，你把头发梳一梳，要不你就这个样子也行，让他看到你这副模样，改变主意，不想娶你才好呢！"

她强颜笑了笑，把手从姐姐手中抽回来，走了出去。她一出屋子，笑容就从嘴角上消失了，而心中的痛苦却浮现了出来。

她去开了门，看也不看地把阿卜杜勒·哈米德迎了进来。她转过身，背朝着他走进屋，让他跟在后面。

阿卜杜勒·哈米德关上了门，说：

"你们怎么不用钥匙把门锁起来？"

娜娃勒没理他。

他又追在她后面，接着问：

"我叔叔在哪儿？"

她看也不看他一眼地说：

"在起居室。"

她撇下他，走进自己的屋里。阿卜杜勒·哈米德在起居室门口站住了，好像在请求准许他进屋。父亲抬起毫无表情的脸，毫无表情的眼睛，一声不响、慢腾腾地把报纸叠起来，然后欠了欠身子说：

"孩子，请，请！"

阿卜杜勒·哈米德走进来，弯下腰吻了吻叔叔的手，又把手向婶婶伸去，她把头扭向一边，把手伸给他，然后，未等他吻，又把手抽了回来，好像怕他的嘴唇蜇着。

他假装斯文，一声不响地坐了下来，想把发自内心的微笑掩饰起来，又想把眼光放柔和一些，免得它们一闪一闪地露出他的狡黠。他还想摆出一副腼腆而谦恭的姿态，于是把头低了下来。后来他感到这种姿势不舒服，就又把脖子往右偏了偏，接着又觉得最好还是往左偏。最后，这些试图使他不耐烦了，于是，他抬起头，面对着叔叔，又低下头。

父亲干咳了几声，盘起腿，重新又把报纸展开来，说：

"你父亲还好吧？"

阿卜杜勒·哈米德彬彬有礼地答道：

"感谢安拉，他挺好！"

父亲翻开一页报纸，又问：

"你对他说什么了吗？"

阿卜杜勒·哈米德摇头晃脑，卖弄聪明地说：

"您的意思是指……"

父亲没好气地打断了他的话，挑战似的盯着他道：

"对！我的意思是指易卜拉欣在我们家这件事，你对他说了什么没有？"

阿卜杜勒·哈米德退却了。他又假装斯文，卖弄起自己的聪明来：

"当然没有，既然您没对他说起过！"

父亲又一面翻弄着报纸，一面说：

"你做得好。"

母亲嘀咕了一句："他可是尽干好事！"可谁也没听到她说了什么。随后，她咂咂嘴，用手掌托着头，好像是怕它从脖子上掉下来。

沉寂了一会儿，阿卜杜勒·哈米德问：

"穆哈伊在哪儿？"

父亲眼不看着他，说：

"在他自己的屋子里。"

然后，似乎要让阿卜杜勒·哈米德相信，他已经不再怕他，也没有什么事要瞒着他，就接着说：

"易卜拉欣同他在一起。"

阿卜杜勒·哈米德不作声了。他从眼皮底下瞅着父亲,窥测着从什么地方向他开刀。然后,他想站起来,也想让这位父亲相信,他绝不会对这件事善罢甘休,就说:

"我是不是去跟他们坐一会儿?"

父亲丢下面前的报纸,说:

"不,你就在这儿吧!"

随后,他朝妻子望了望:

"塔希娅,你去叫一下穆哈伊,并请易卜拉欣先生同他一道来!"

阿卜杜勒·哈米德想让婶婶暂留一步,就赶紧说:

"不过有一件事情,叔叔!我想在穆哈伊来之前先说一下。"

父亲厌恶地说:

"那就说吧!"

阿卜杜勒·哈米德接着说:

"我是指今天早上同您谈的那件事,就是沙米娅的事。我知道现在不是时候,不过我所需要的只是您的一句话。"

父亲的脸板了起来,真想抽他一个耳光才好,说道:

"你想得对,这正是要我说这句话的好时候。我不记得今天早晨我在办公室里同你是怎么说的,不过——"

父亲突然打住话头,他想起了自己制订的方案,想起他是决定假装同意阿卜杜勒·哈米德提出的要求,以免遭到祸害。

阿卜杜勒·哈米德似乎是在背一篇滚瓜烂熟的课文,用一种平静的语调说:

"叔叔,您知道,我很早就想娶沙米娅,从我懂事的那天起,我就想娶她。去年我向她求过婚。我昨天来是想要告诉您,我下午也去工作了①,是在一家保险公司当跑外的,一个月至少拿十五镑钱,外加我还有

---

① 埃及人一般习惯于自早晨开始工作至下午两点结束,吃午饭。下午工作等于另外加班,或另找一件工作。

一个月二十七镑的薪水。只不过我昨天没找到机会同您谈这件事,所以今天才到您的办公室去的。新的情况同这件事没有关系。我不过是要您给一句话,是行,还是不行。您把我想得太坏了。不错,我小时候胡闹过,可是现在我已经改邪归正了,我懂事了。您若是问问我们公司经理,他准会对您说,我是他那里最好的职员。"

父亲听着他讲,好像不是在听一篇辩护词,而是在听一篇起诉书。他竭力保持镇静,使自己脸上不露出痛苦的表情,然后说道:

"不论怎么说,你总是我的侄子,沙米娅是你的堂妹。她同你在一起,我没有什么担心的。愿安拉让你称心如意,也让她称心如意。"

阿卜杜勒·哈米德喜形于色,再也按捺不住心中胜利的欢欣了,说:

"她在哪儿?"

母亲狠狠地瞅着他,似乎要用两眼扼死他,咕哝着:

"真倒霉!"

阿卜杜勒·哈米德没听到她的话,又问父亲道:

"您对她说了吗?"

父亲抬起眼睛,无法掩饰自己的厌恶,说:

"嗯,我对她说了!"

阿卜杜勒·哈米德焦急地问:

"她说什么?"

父亲沉默了一会儿。他无法替自己的女儿说谎,只好说:

"说实在的,女孩子在这种情况下,是什么也不会说的。她们都是一声不响!"

阿卜杜勒·哈米德又问:

"不过……"

父亲再也忍受不住,他厉声地打断侄子的话:

"你这个孩子是审问我还是怎么的?没羞没臊的。这样不好!"

阿卜杜勒·哈米德又退却了。他嘴角上挂着歉意的微笑,以此自责自己聪明过头了,说道:

"我很抱歉。事实上是我高兴得有些忘乎所以,才敢这样放肆。"

父亲又开始恢复了平静,用决然的语气说道:

"这件事在易卜拉欣先生离开这个家之前,你不能把它张扬出去。这件事本身只字片语都不能让别人知道,懂吗?"

阿卜杜勒·哈米德的两片厚嘴唇上还挂着微笑,说:

"好的!你吩咐得对,叔叔!"

父亲回头望着母亲,好像是要找谁帮助他对付阿卜杜勒·哈米德:

"塔希娅,你去把穆哈伊喊来!"

母亲身负千斤重担般地站了起来,说:

"我一起来就困,今天晚上也不知怎么搞的!"

她迈着沉重疲惫的步子走了出去。父亲瞧了瞧阿卜杜勒·哈米德,然后又去看报纸。他把阿卜杜勒·哈米德同易卜拉欣做比较,也不知为什么,他此时此刻却在想,他的侄子若是易卜拉欣该有多好,若那样,哪怕就是坐牢、被绞死也好。在他看来,把自己的女儿许配给一个被处以绞刑的人也比许配给阿卜杜勒·哈米德强。

阿卜杜勒·哈米德清清嗓子,故意装出漫不经心的样子,又问:

"您看,易卜拉欣先生会在这里很久吗?"

父亲从报纸上抬起眼睛,求助于安拉似的,把这个话题封住了:

"我不知道。愿安拉使他顺心如意!"

穆哈伊走了进来,易卜拉欣跟在后面。

阿卜杜勒·哈米德站起身来。父亲坐在那里没动,只是手中的报纸微微一抖,又回到原来的位置上。

穆哈伊把一只柔软冰凉的手伸给阿卜杜勒·哈米德,好像他的血液和神经都不肯同他一道来表示问候。他厌恶地说了一句:

"你怎么样,阿卜杜勒·哈米德?"

阿卜杜勒·哈米德没有答话,只是把自己的手从那柔软的手中抽出来,转而伸向易卜拉欣。他看来很热情,其实并没有什么热力,嘴巴张得大大的同易卜拉欣握着手,好像在迎接一个牙科大夫。他做出一副笑脸说:

"您好，您好！这真是莫大的荣幸！"

穆哈伊看着他，挖苦地说：

"这是易卜拉欣·哈姆迪先生。你当然知道他了！"

阿卜杜勒·哈米德一面继续打量着易卜拉欣，一面说：

"看你说的，有谁不知道他呢。从卖国贼手中拯救祖国的英雄，欢迎您！"

易卜拉欣冷冷地答道：

"很荣幸。"

易卜拉欣两只大眼望着阿卜杜勒·哈米德，好像他的目光要直钻进他心坎里。他一直盯着他，不把目光移开，迫使阿卜杜勒·哈米德不敢正视他，而不得不把目光移开，环顾四周，找自己的座位。

阿卜杜勒·哈米德坐下后，说道：

"我希望你能把我当作穆哈伊一样地看待。你可以认为我总是听您吩咐的，有什么事情，只要我能办到的，尽管说！"

易卜拉欣简短地说了一句：

"多谢了！"

沉默了一会儿，阿卜杜勒·哈米德又说：

"你可要知道：谁也想不到你会在这里。当初我自己也简直不敢相信！"

父亲不耐烦了，朝阿卜杜勒·哈米德转过头去，恼火地说：

"你何必说这些废话。你就再也找不到别的话好说了还是怎的？"

阿卜杜勒·哈米德看着易卜拉欣，不作声了，好像是要请他证明，他叔叔不对。

过了一会儿，易卜拉欣打算对阿卜杜勒·哈米德的为人再做进一步的研究，就问：

"国内有什么新闻吗？"

阿卜杜勒·哈米德要争取易卜拉欣的信任。他满面红光，热情地说道：

"国内情况真是糟透了。那一帮人想使国家遭殃,把国家出卖给英国佬。

对此，大家都束手无策。我组织了几个青年，想为救国做点儿什么。"

易卜拉欣似乎了解了阿卜杜勒·哈米德的真相，只是笑了笑。

穆哈伊讽刺地说：

"主啊！从什么时候起，阿卜杜勒·哈米德先生这样爱国起来？"

阿卜杜勒·哈米德生气地说：

"穆哈伊，你对我不了解。你不了解我干过些什么，现在又在干些什么。我希望你别打岔！"

穆哈伊更加讥讽地耸了耸肩，不说话了。

屋子里所有的人都不说话了。

阿卜杜勒·哈米德开始感到三个人都在盯着自己看，好像他们是在用目光刺戳他；他们把他围在中间，使他感到他们的一呼一吸简直是朝他脸上吐口水。他感到自己在向易卜拉欣做自我介绍时犯了错误；他应当在他面前显得更稳重，更老练，要装出一副样子，好像他对这个家庭处境的严重性有足够的估计。他心里嘀咕着：

"我必须改变方针。我要一声不响，摆出一副愁眉苦脸的样子。我什么都不打听，要让他们不等我问，就把什么事情都告诉我。我得动动脑筋，好好动动脑筋！"

他心里一面嘀咕，脸上的表情也随着他的决定而有了变化：笑容消失了，目光文静了，他显出一副稳重、严肃、深思的样子，好像他正在考虑一个重大的问题。

与此同时，易卜拉欣感到，全家对待阿卜杜勒·哈米德这样冷淡是错误的。必须要让他感到：他们对他是信任的，应该让他对他们放心，纵然他的坏心眼已经暴露无遗，也要假装不知道。他开始考虑要说些什么话，才能使阿卜杜勒·哈米德感到更亲切些。

未等他说什么，阿卜杜勒·哈米德已经站起身来，向屋外走去。父亲的声音追在后面问：

"你上哪儿去？"

阿卜杜勒·哈米德惊讶地回过头看着他，好像是责怪他的误解，做出一副庄重而有礼貌的样子说：

"叔叔，我去喝点儿水。"

阿卜杜勒·哈米德走了出去。

易卜拉欣朝穆哈伊转过脸去，凑在他耳边小声说：

"你是不是待他好一点儿？"

父亲听到他们小声嘀咕，抬头看了看，又埋头看报去了。

阿卜杜勒·哈米德并非真的想喝水，他只是想离开屋子一会儿，好变换一下形象和手法，然后再以一种新的形象和手法回到屋里。他想找沙米娅，对自己梦想之事好安下心来。他还要从她的两眼中感受一下那温柔的感情、纯朴的思想和宁静的心境。这些在自己身上找不到的东西，他都可以从她的眼睛里找到。他好像要把睡觉的人唤醒，一面用脚跺着地板，一面朝厨房走去。娜娃勒听到了他的脚步声，从自己屋子里走了出来，上下左右地打量着他。他站在她面前，一面两眼朝屋里张望，一面小声问：

"沙米娅在哪儿？"

娜娃勒不愿意挡住他的视线，就离开他站远点儿，说：

"她不就在你眼前！"

然后，她走进厨房，故意让沙米娅单独一个人去应付他。

阿卜杜勒·哈米德朝前跨了一步，堵着屋门站在那里，低声地说：

"堂妹，你好吗？"

沙米娅靠着床边，站在屋子中间，头垂在胸前，好像要从心里寻找更多的泪水。她突然抬起双眼朝他一看，不由得一怔：她想生气、发火，可是，她却正好与他的目光相遇，那目光，她从孩提和少女时代就早已熟悉，那目光就像是从乌黑的臭泥中长出的一朵鲜花。她气小了，火消了。她扭过脸不看他，逃避他，逃避自己的孩提和少女时代。面对着这个一味追求自己的人，她尽力掩饰着自己的扬扬得意之感。

阿卜杜勒·哈米德把自己的梦想藏起来，低声地问：

"你为什么不来陪我们坐一会儿？"

她没理他，只是血直往脸上涌，似乎从沉醉中又清醒过来，以保护自己，别忘乎所以。

阿卜杜勒·哈米德朝屋里跨了一步，说：

"你为什么不理我，为什么这样噘着嘴呀？"

沙米娅回头朝他看了看，尽力保持平静，说：

"请你现在让我一个人静一会儿！"

他又朝她跨了一步说：

"可是你生什么气呢？"

她再也忍受不住了，对着他嚷道：

"你给我走开，别缠着我！我跟你说，最好是这样。要不，说真的，我要叫爸爸来了！"

他在使用自己对她的权利，那是他在孩提和少年时代所惯用的权利，他严肃地对她说：

"沙米娅，你怎么啦？叔叔对你说了什么？"

她又低下头，要哭出来似的说：

"若是他没对我说什么就好了！"

他好像在用自己的声音拍打着她的心，说：

"这不是我们生平一直向往的事情吗？"

她受了侮辱似的说：

"我可没想要你，谁对你说我想要你了？我要一个连学都没上完的缺德鬼干什么？！"

他讥笑她的头脑简单，笑道：

"上完学又能怎样？我叔叔倒是上完学了，干了三十年，如今还不只是个五级小公务员！"

她气恼地打断他的话：

"当心爸爸扭断你的脖子！"

他对她的话根本不在意，接着说：

"穆哈伊活到这么大，一直死啃书本，将来也不过是干一个挣十二镑或是十五镑钱的差事罢了。你别傻了！读书并没什么要紧的，要紧的是要能干，要紧的是你和我。我们两人从小就把命运连在一起了。我从来就感到你是我的，你也感到我是你的。你还记得吗? 当年我给你带来冰激凌、蛋卷儿，我们一块儿坐下来吃! 如今我又要给你带东西来了，我要给你带来全套的房子，带来好吃的，我们一块儿吃……"

沙米娅使劲摇着头，想让他住嘴。她脑后的头发一甩一甩的，好像在说："不，不! "她脚跺着地板，打断了他的话：

"你当年给我带来的蛋卷儿是你从卖冰激凌的小贩那里偷来的。你还要从哪里给我偷房子? "

阿卜杜勒·哈米德压抑着心头的伤痛，垂下眼皮道：

"堂妹，别讲这些废话了。我倒是不同你计较，因为我知道这些话并不是你的意思。你是替我叔叔说的，替全家人说的，这一家人都欺负我，也欺负你! "

沙米娅还是顶他道：

"你不拿文凭就离开了学校，那是谁欺负你了? "

阿卜杜勒·哈米德耐着性子说：

"我们又说起文凭来了! 我的好小姐，我准备重新复习功课，给你拿上一百张文凭还不行吗? "

沙米娅不作声了，把脸扭过去，不理他。他靠得更近些，又说：

"不过有一个条件，你得同我一块儿复习，一课一课地念给我听! "

他伸过手去，想握她的手，她气恼地躲开了：

"别碰我! 离我远一点儿! 我不想看到你，一点儿都不想看到! 懂吗? "

阿卜杜勒·哈米德不声不响了。他垂下眼睛，过了一会儿又抬起眼睛，不禁长叹了一口气道：

"沙米娅……"

沙米娅还是气呼呼地说：

"你要怎么样? 你要我干什么? 别缠着我了! "

他失望地笑了笑，说：

"没什么。我要你笑，至少微笑一下也好。"

沙米娅张开嘴巴，龇龇牙，做了副样子，说：

"喏，我这不是笑了。行了，你请吧！"

阿卜杜勒·哈米德想走了，可他两眼的目光还没变，仍显得像是从乌黑的臭泥中长出的一朵鲜花。他说：

"我现在就走。明天再来看你！"

沙米娅似乎为他离去而惋惜，声音微弱地说：

"不管明天、后天，我反正不想再见你。"

他嘴角露出自信的微笑，说：

"明天，后天，你这一辈子，将要每天都看到我。"

他转身走出屋子。她热切地目送着他。

阿卜杜勒·哈米德走向起居室，在门口稍微停了一会儿。他用两眼扫视了一下在座的人。他已经懒得再去注视他们的脸，也对环绕在他们周围的紧张气氛不感兴趣了，于是他向前走去，说道：

"叔叔，我可以走了吗？"

他伸手要去握叔父的手，叔父毫不犹豫地把手伸给他，说道：

"向你父亲问好！"

他弯下身子吻了吻叔父的手，又把手伸给易卜拉欣，庄重地说：

"鼓起劲儿来！"

易卜拉欣尽力笑了笑，答道：

"托靠安拉，会顶过去的。"

穆哈伊似乎要向阿卜杜勒·哈米德表示友好，说：

"再坐一会儿吧，还早呢！"

阿卜杜勒·哈米德仍旧装腔作势地说：

"我还有一个约会。祝你们晚安。"

穆哈伊跟在他身后走了出去，显得对他更加亲近。走到门口时，阿卜杜勒·哈米德对他说：

"穆哈伊，你相信我好了。我现在同你一道负责。不过你得什么事都告诉我，好让我同你站在一起。"

穆哈伊一面为他开门,一面说:

"那当然!你将永远同我们在一起。"

阿卜杜勒·哈米德按住了门,不让穆哈伊开门,然后,小声地问:

"你知道不知道他还要在这里多久?"

"至少两星期。他是这么打算的。"

阿卜杜勒·哈米德点了点头,边出门边说:

"你可别忘了把门锁好!"

他一面继续扮演着他所决定的在这一家人面前要显示的庄重的角色,一面走下楼梯。等他一走到街上,就又恢复了自己的老样子:两眼闪闪有神,显得机灵、狡黠;讥讽的微笑从他那细细的小胡子底下爬上了嘴角。他好像想要赶在别人之前到达生活的最终目的,大步流星地走着。

他一边往公共汽车站走,一边还在想着沙米娅。她想要他拿文凭,真是个小傻瓜。文凭对他和她有什么用呢?他一生都是靠精明过活的。靠着精明,他从生活中取得了一切他所要的东西。是的,只能靠精明。即使他再回到小时候,再去上学,他也不会去考虑拿文凭,也不会想要成为穆哈伊那种人。穆哈伊那种人,不是在生活,只是活着而已。他们只不过等于他们得到的那张叫"文凭"的纸条而已。而他呢,则等于整个的生活,整个生活的乐趣,整个生活的美好,整个生活的活力。他还等于沙米娅。他不拿文凭也要把她弄到手,靠自己的精明把她弄到手。

他爱她,这种爱是同他的自负和自恃混杂在一起的。她是唯一由于他的精明而失去的东西,不过他还将要用自己的精明把她夺回来。他将把她夺回来,并以此战胜她那个不相信他的生活方式的家庭。他要把她夺回来,同时还要把五千镑搞到手。他叔叔手里就有五千镑。可是他要不要放弃这笔钱呢?傻瓜!为什么要放弃它?爱国?!可这与爱国有什么相干?易卜拉欣·哈姆迪是肯定要被逮住的,不是今天就是明天,迟早而已。他叔叔的爱国心也救不了他。问题不是爱国不爱国的问题,而是五千镑钱由谁拿的问题。他若是不拿,别人也会拿去。他更应当得到这笔钱。他可以用这笔钱创办一个大商场,变成一个大富翁,为沙米娅建一座别墅,再为她买一辆小汽车,还有用人,还有金银首饰……而这一切只不过要他给政治警官打上一个电话就行了,或者打给检察长也行。电话一打,一大笔赏金就到手了,五千镑!只要再过两星期,等易卜拉欣·哈姆迪从他叔叔家一出去,他就可以打电话,要求领那五千镑钱。若是他叔叔再精明一些,看破这个世道,那就用不着让他等上这两个星期,叔叔可以同他一道去向警察检举易卜拉欣·哈姆迪,然后,同他平分那笔赏钱。可是这个叔叔是个大傻瓜,这个国家有多少傻瓜呀!

他从公共汽车上下来,一面继续胡思乱想,一面朝苏莱曼帕夏大街走去。然后走进一间他惯常去的咖啡馆,找了张椅子坐下来,叫来跑堂的,要他把电话簿拿来。他一把电话簿抓到手,就聚精会神地一页一页翻起来,当找到"穆罕默德·胡马木上校——政治警察总监"这个名字时,他停了下来,随后从口袋里掏出一个小本子,把穆罕默德·胡马木上校的电话号码记了下来。然后又翻,在检察长的名字那页又停了下来,把他的电话号码也记到了小本子上。

他把电话簿合了起来。这时,他的一个朋友走过来,在他肩头上一拍,说道:

"你今天晚上跑到哪儿去了?"

他高声哈哈大笑起来,好像以此来宣布自己的精明胜利了,说:

"老实说吧,是今宵为着明朝忙啊!"

他为自己的精明庆贺起来。

第九章

又是一天！

从易卜拉欣敲这个家的家门算起，这是第三天了。仅仅是第三天啊，可是这家里的每一个人都感到自己生活在难题中。无论是吃,是喝,是睡觉,还是醒着，一呼一吸，脑子里无时无刻不在想着这个难题。似乎他们时刻都要想到：有一个政府通缉的在逃英雄同他们生活在一起。政府悬赏：逮住这个人将获奖五千镑；并扬言，窝藏他的人则要被处三年监禁。

又一个清晨来了。家里的每一个成员都知道自己的角色，知道自己的感觉和感情，知道自己的所思所想。没有什么新东西，他们也不期待会有什么新东西。再也没有什么能使他们更愁闷的事了，因为他们已经愁绪满怀，再也容不下新的忧愁了。可也没有什么让人轻松的事情，因为除非这位英雄从这个家里出去，否则他们是不会轻松的。

他们每个人的行动都是慢腾腾的，似乎担心动作快了就会惊动警察。他们每个人都合着眼皮，像是对周围的一切和心中想的一切都不愿正视。每个人都听天由命，得过且过。

娜娃勒醒得最早。

也许全家谁也没睡。也许她本来也没睡，不过却是第一个睁开眼的。她睁着两眼，不想再睡了。

她睁开眼的时候是清晨五点钟。她开始把打算做的事情想了一遍：

去法塔希·马里吉那里取来军官服，在大桥广场的香烟铺子旁边同他见面。她开始设想一切细节，她的想象为她描绘出很多细节。她几乎看到了大桥广场，看到了那里的每一寸土地，看到了电车和坐在车里的人们，在那里走来走去的警察，一个捡香烟头的小孩儿，装着蔬菜的马车……一辆凯迪拉克牌轿车①开了过去，车里有一个小伙子，回头向她望着，直吹口哨，对她表示赞赏，一个乞丐朝她走来，她大声呵斥他，一些大学生在她周围晃来晃去……

所有这些景象都在她眼前闪过。她时而皱眉，时而平静，时而发抖，时而微笑。她不是随着想象的场景，而是随着感情皱眉、平静、发抖、微笑。她的感情同她的想象并不联系在一起。她的感情独自在一边萌动，而想象则在另一边变换。她痛苦地要尽力而为的事情，就是把这种想象和这种感情联系在一起。她在想象中看到装满蔬菜的马车时，却感到害怕，可是随后，好像要去参加开心的游戏似的，她又突然轻松起来，几乎要笑了。以后，她在想象中又看到了警察斜眼瞅她的样子，她在这种惶惑不安中，算是把自己的想象与感情片刻连接在一起了。这时她不禁心里纳闷：法塔希·马里吉为什么要约我在这个车水马龙的广场上会面呢？找个更偏僻、更宁静、更安全的地方碰头不是更好吗？随后，她又自我回答：这个地方准是更不容易引起怀疑，更能避开警察的监视！当她找到这个答案时，高兴得笑了，似乎她真的已经成了地下爱国组织的一个成员！这时，她的想象又同感情分开了。于是她又不知如何是好，发起抖来，直到她再次控制住自己的思绪。于是又一个问题闪现在她面前：若是像哥哥警告的那样，马里吉以去取衣服为借口，要我同他一块儿上汽车怎么办呢？要不要听他的，跟他上车呢？她撇了撇嘴，毅然决断：不！我才不同他上车呢，这办不到！接着，她的嘴唇启张了，脸上的肌肉也变得柔和起来。她自言自语道："可是，这是易卜拉欣派我去的呀！易卜拉欣是个高尚的人，他不会派我去找一个不可靠的青年，也不可能让我遭遇到他不愿意发生

---

① 美国产的一种著名的高级轿车。

的事情。他一定是信任法塔希·马里吉的，那么我也就应当信任他。他若是提出要求，我就同他一道上汽车。为了易卜拉欣，如果他需要，我可以和他同去天涯海角。"她就这样想呀想的，直到起床。

她起了床，把似睡非睡的姐姐撇在床上。生活又在这一家的各个角落开始萌动了。这是一种缓慢而又紧张的生活：父亲出门上班了；母亲握着扫帚，弯着腰，慢腾腾地扫着地，看起来有些不舒服，穆哈伊想上学校去；他走到娜娃勒跟前，透过眼镜，忧心忡忡地望着正在整理床铺的娜娃勒，小声地嗫嚅道：

"你自己当心点儿吧！"

然后，未等听她搭话，就转过了身去。

沙米娅总算起了床。她疲惫地、懒洋洋地到厨房去准备盘子、碗。她尚未洗脸，头发耷拉在前额上，也没梳理一下。过了一会儿，母亲也跟着进了厨房。娜娃勒朝穆哈伊的房间走去，在门上敲了敲，以便请易卜拉欣出来，让他上卫生间去洗漱。她嘴角上挂着善良的微笑，那笑意中饱含着她心中的千头万绪，她说道：

"早安！"

易卜拉欣看着她，好像在她脸上看到了晨曦，回答道：

"你早晨好！"

她让他进了卫生间，又回到屋里。然后，她依照他们相遇以来的习惯，把早饭放在托盘上给他送去。他一面在她的双眸中寻找自己的影子，一面对她说：

"让你受累了，娜娃勒！"

她羞答答地回答说：

"不，一点儿都不累！"

他提醒道：

"如果不是肯定不会发生什么意外，我是不会让你去找法塔希的！"

她要让他放心，说：

"我并不害怕。"

他似乎在自己身上发现了一种奇异的胆量，便目不转睛地盯着她的脸说：

"你在十二点差一刻的时候出去，这样你不至于在广场上停得太久！"

他喘着粗气对她说着这些话，仿佛是在同她谈恋爱。

他凝望着她，使她一直羞得心慌意乱，说道：

"只是我不知道该怎样对妈妈说，才能让她放我出去。"

易卜拉欣好像碰到了一个棘手的难题，说：

"啊，是啊！你怎么对她说呢？"

她想了一想，说：

"我什么都不对她说，不让她知道，偷着跑出去！"

他惊讶地说：

"那怎么行？那不合适。你不能像昨天那样，对她说是去看一个朋友吗？"

她好像对什么都知道得很清楚，平心静气地说：

"我若是对她那样说，她会不愿意的，会让我一整天都待在她身边。最好还是什么都不对她说。"

他口不应心地说：

"可是那样一来……"

她笑着说：

"你别担心！我来去都不让她知道！"

她离开了他，他的心紧随着她。她出门之前又回过头来朝他看了看，像是要找一个理由，再多看他一眼，问道：

"还有什么事吗？"

他的目光紧盯着她，似乎要用自己的睫毛拴住她，但没有回答，只是默默地微微一笑。在沉默中，他怀有巨大的期望，她接受了他的期望。她两眼颤抖，双颊像熔化了般的通红，随即带上了身后的门。

她溜进自己的屋子，打开衣柜，从中取出鞋、袜、手提包、上衣和裙子，把这些衣物全都抱起来，悄悄地溜进客房里，把它们放在一张椅子上,又走进了厨房。

沙米娅正在水池子跟前洗家什,妈妈背对着她,站在那里整理碗橱,把样样东西都放好。

娜娃勒在母亲背后偷偷地朝姐姐打了个手势,让姐姐跟着她出来。沙米娅看到这手势,有些惊奇,就把手揩干,跟着妹妹走出厨房,进了她们的屋子。

娜娃勒小声地说:

"我现在得出去一会儿!"

沙米娅来了气,放开嗓门儿问:

"为什么?上哪儿去?"

娜娃勒仍旧细声细气地说:

"你别大声嚷。是穆哈伊求我去一小会儿,办一件非常要紧的事!"

沙米娅不禁受了感染,小声地问:

"是什么要紧的事?"

"以后你就知道了。要紧的是我现在必须出去,再过十分钟,我一定要在街上!"

"你既然不肯告诉我,那还叫我干什么?"

"为了不让妈妈知道我出去了!"

"为什么?"

"因为她是不会让我出去的,你也知道妈妈这个人。"

沙米娅挖苦道:

"那你要阁下的奴仆,也就是鄙人,如何效劳呢?"

娜娃勒好像在说明一项计划:

"我要你对妈妈说,我在卫生间里洗那一堆袜子、手绢儿什么的,你要让妈妈在厨房里,别让她出来,绝不能让她自己来找我。我若是回来晚了,你就对她说,我洗完了衣服,又洗起澡来了。"

沙米娅气冲冲地说:

"不行,我不管!我不是木偶,不是玩具!要么告诉我,你上哪儿去;

要么你走你的，随它怎么着，我不管。"

娜娃勒哀求道：

"沙米娅，好姐姐！看在我的面子上，是穆哈伊要我去的，等我回来，你就什么都知道了。因为我曾经发过誓，绝不告诉别人，是穆哈伊要我按着《古兰经》起誓的。"

沙米娅又挖苦地问：

"是穆哈伊，还是易卜拉欣呀？"

娜娃勒开始顶嘴道：

"凭着爸爸、妈妈的生命发誓，凭着先知发誓，是穆哈伊！"

"行了吧！那就让穆哈伊帮你的忙吧！"

沙米娅说罢，撇下娜娃勒，走回厨房里去。

娜娃勒等了一会儿，气得直喘粗气，然后好像打定了什么主意，目光坚定地跟在姐姐身后走进了厨房，力图用自然的语调说：

"妈妈，我去把那一堆袜子、手绢洗一洗！"

母亲眼也不看她，答应道：

"好吧！不过得快点儿，回头过来同你姐姐择豆角。"

娜娃勒盯着姐姐看，似乎是向她挑战，看她敢不敢说穿她的秘密。沙米娅对这挑战则报以一种软弱的目光，这表明她不能说穿妹妹的秘密。

娜娃勒又溜进客房，动手找衣服穿戴起来。客房几乎是同其他屋子分开的，离门又最近。它一向都是关着的，除非是家里来了生客，才打开门窗。娜娃勒手里提着鞋走出屋子，神不知鬼不觉地朝外门走去。

她小心翼翼，一声不响地开了门。在未出去之前，她想了一想，把手里的鞋放在地上，又踮着脚溜进家里。

她进了起居室，捡起一张丢在那里的报纸，那是昨天的报纸。她走回来，又站在外门前，撕下一小块报纸，用唾沫把它沾湿了，团成小团，塞进门锁里，使得锁舌出不来。然后，她又提着鞋，一面环顾四周，一面跨出门去，又随手把身后的门带上。门关上了，但没有锁上，她穿上鞋，还是下意识地踮着脚尖走下了楼。

现在，她在街上了。她快步朝公共汽车站走去。她并没有考虑她将要去完成的爱国任务，她是在想着自己的母亲。这是她平生第一次背着母亲溜出来，第一次未经许可就走出家门。她有些害怕，怕爸爸、妈妈。她的这种怕中还包含有良心的责备。那是一种很严厉的责备，如同掴耳光一样。她尽力想说服自己的良心，使它平静下来。她对自己说：她这是要去拯救一个人，救一个英雄；是参加一项爱国行动，这种行动是可以为她未经许可就从家里溜出来辩解的。可是她的良心却不肯相信这一套。在她内心深处，有一个声音在对她说："骗人！你去是为了易卜拉欣，是为了易卜拉欣本人，并不是因为他是一个英雄，而只是因为他是易卜拉欣！"她听到这种声音，手脚都凉了，脸也变了色。这是真的，她做这一切都是为了易卜拉欣。她还能为他做些什么呢？有好多事呢。道路是漫长的，她是身不由己地跟着他走下去的。一种强烈的东西在推动着她，那是她无法抗拒的。她又有些怕，怕自己，怕自己的聪明，害怕在这条道路上，她会凭着自己的这种聪明干出什么傻事来。她为母亲担心，为父亲担心，与他们一起为自己担心。她感到对不住他们，好像自己正站在他们面前，低着头，向他们承认自己未经许可就溜出了家门，她辜负了他们对她的信任，违背了她的修身守则。她感到自己在哭，她真的想哭，也许泪水可以使母亲原谅她。

坐在汽车里和下车之后，她一直在这样胡思乱想着。

在大桥广场，香烟铺子旁边，她停了下来。她急着想快点儿办完事情，不等母亲发现她出门就赶回家。她不再在乎谁会看到她。她也不想去环顾四周，看看谁走过她跟前。她没看到电车和坐在车里的乘客；没看到走来走去的警察；没看到捡烟卷头儿的小孩；没看到向她伸手的乞丐；也没看到开着汽车，吹着口哨，对她表示赞赏的小伙子；更没看到装满蔬菜的马车。未到广场之前脑子里想象的那些画面，她一样也没看到。她没看到，在离广场很远的地方，在一个街角上，有两只眼睛正透过眼镜在注视着她。那是两只焦急不安的眼睛在窥视着，担心会发生什么不测。那是穆哈伊，她的哥哥，站在那里。

整整一夜又一早晨，穆哈伊都设法劝慰自己，想对将去与法塔希·马里吉碰头的妹妹放下心来。他企图说服自己：法塔希不会请妹妹上汽车，不会拐骗她的。

可是他并不放心，也没被说服。他不由自主地走出了校门，在据他所知的约定的时间之前就来到了广场。他躲在街角上，找寻妹妹，等着她到来。他并不确切地知道，见到妹妹时，他会怎样做；他也不知道，一旦看到她坐上法塔希·马里吉的汽车，他又会怎样做。如果汽车载着她消失了，他怎么办呢？是叫嚷着跟在汽车后面追呢，还是去报告警察？也许他一样都做不到，只是立在那里哭，直哭到泪水蒙住了眼镜片，使他什么都看不见了罢休。

可是他不应待立不动，不应当哭，他应当准备营救妹妹。他至少可以把汽车牌照号码记下来，去报告警察，说他的妹妹被绑架了。他有笔，有小本子，他摸了摸口袋里的笔和小本子。抄汽车号码的东西他都有。可是汽车号码对他又有什么用呢？不等警察找到他妹妹，她可能已经被糟蹋，他自己的荣誉、尊严也已被玷污。不！让易卜拉欣见鬼去吧！让他被绞死一千次好了，那是他该死。可是他穆哈伊的名誉却不应当被玷污。他将站在妹妹身旁，保护她，不让豺狼伤害她。他在她身边，法塔希把衣服交不交给她都无关紧要，要紧的是不能把妹妹丢给豺狼，豺狼，豺狼！他对他们是知道得清清楚楚的！

尽管如此，当他看到妹妹时，却并没有动。看到她走下公共汽车，走到香烟铺子跟前，站了下来，他还是站在原地没动。他的心慌乱不安地跳着，两只眼睛在眼镜后面瞪得圆溜溜的瞅着她。他更担心了，但还是站在原地未动。

娜娃勒如果注意一下，往广场四周望一望，说不定会看到他正紧贴着街头第一家的墙根，但是娜娃勒并没有向四周看。也许她看了，但并没注意。因为在她的脑海里只有一个形象，即法塔希·马里吉的脸，除了这张脸外，她两眼对任何一副面孔都视而不见。

她的全部感官都集中在时间的流逝上。她很着急，一心只惦记着能在母亲尚未发现她不在家之前就赶回去。时间慢慢地过去,简直慢极了。过了十二点,现在是十二点过五分了,也许他不会来了。她记得他曾同她约好,如果他没来,她要在下午三点到他家去碰头。她现在回家去吗?她还能背着妈妈再溜出来吗?

未等回答自己的问题,她看到了他——法塔希·马里吉。

她注意到一辆汽车在身旁按着喇叭,在她面前慢慢地开着。他在汽车里。他正开着车,从方向盘上举起胳膊,向她打着手势,要她跟着他。然后,他把汽车拐向尼罗河大街。她动身往前走去,心直跳,脚步慌乱。她不想再动脑子想什么。她担心,如果再想什么,就会改变主意。她看到汽车停在街头上,便慢腾腾地走近它,心里忐忑不安,好像是接近狮子笼一般。她一走到汽车跟前,法塔希·马里吉就从车窗里探出头来,两手捧着个大包袱递给她,并匆匆忙忙地说了一句:

"汽车明天可以搞到。"

一眨眼的工夫,他已经把汽车开走了。就这么一秒钟,一切就都结束了。什么事儿也没有。

英雄行为是多么简单!它就像亲吻,姑娘总是先对它害怕,后来却发现它是那样简单、有趣。

她捧着包袱,也不顾身后开来的汽车,只是低着头走着。她嘴角露出嘲讽的微笑,为自己原来的那些胡思乱想感到遗憾。

穆哈伊在广场的另一边。当看到妹妹跟在汽车后面,消失在尼罗河大街上时,他的心都掉了下来。他觉得好像豺狼的牙齿已经在吞噬着妹妹,也在撕咬着他的名誉,他的尊严。他感到自己身上每一块肉都带着牙印,流着血。他感到自己像发了疯,内心深处有什么东西在狂叫。他离开原地向前走,气急败坏却又是慢腾腾地走着。不知道为什么,他觉得不能跑,害怕一跑就会引起豺狼跟在后面追过来。

可是他刚一过马路,还没走几步,就看到妹妹手里抱着个大包袱回来了。她正低着头朝公共汽车站走去。

他停下不走了。他没感到轻松,而是感到失望。他似乎有些怨恨,怨恨自己为什么要胡思乱想,为什么不能在这些胡思乱想浮现时,对它们进行斗争呢?

他本想朝妹妹走去,陪她回家,但又改变了主意,扭过身去,垂头丧气地朝学校走去。其实他并不想到学校去。

妹妹还是没看到他。

她的任务总算完成了,便放心地坐上了公共汽车。她要在妈妈发觉之前赶回家去。她开始回味着刚才那一个个镜头,回味着法塔希说的话:"汽车明天可以搞到!"她像领悟到了什么,两眼一下子亮了。这意思就是说,易卜拉欣明天就要离开这个家了。明天易卜拉欣就将不再在这个家里,她将看不到他,不能再敲他的门,请他到卫生间去洗漱,也不能再给他端早饭了。她将感觉不到他在自己周围的气息,她的心中将不再充满那种令人兴奋的感觉。这个家里的一切又将是像时钟打点一样单调而呆板,谈起话来,话题又将是那样无聊、乏味。她和姐姐之间又将开始小声嘀咕着她的那些求婚者:高的、胖的、医生、工程师……她的想象又将是那些虚无缥缈的东西,而不是活生生地落在一个人身上。她又将要等待,没完没了地等待:等开斋饭,等封斋饭,等父亲出去和回来,等着节日,等着姐姐出嫁,然后再等着有人向她求婚,娶她。这平庸、无聊的生活又将重现。生活中将不再有易卜拉欣。她将看不到他了,永远看不到他了。易卜拉欣是不过这种平庸无聊的生活的。

她的心都收紧了。

她感到公共汽车晃动着,要把生命从她身上弹开,让她成为一具行尸走肉,活着而没有生命。

她下了公共汽车,抱着大包袱向家里走去,好像她是把自己的生命抱在手里,准备把它扔到海里去。

她踮着脚尖上了楼,轻轻地推开门,走了进去。整个家寂静无声。她小心翼翼地把包袱放在地上,把门锁里的纸团儿取出来,然后又轻轻地把门关好。她脱了鞋,提着包袱和鞋走进客房,然后又赶紧换好衣服,把所有的东西都丢在屋里的一张椅子上。她走出客房,关好门,然后又踮着脚尖朝厨房走去。

她站在那里,望了望妈妈,又看了看姐姐,不敢相信自己的眼睛。

妈妈和姐姐还像她离家时一样。沙米娅还在水槽跟前刷洗盘子、碗;妈妈还在收拾碗橱。在这个家里一切都冻结了,甚至连时间也一样。可是她从家里出去只不过半小时,这一切都是在半小时之间发生的。

母亲瞥见了她的影子,也不朝她看就说:

"洗完了吗?"

她声音发颤地答道:

"洗完了,妈妈!"

母亲又用呆板的语气说:

"那好。坐下来择豆角吧!"

沙米娅生气地看着娜娃勒,好像在吓唬她,要说穿她的秘密。娜娃勒温情地看着姐姐,感谢她没有揭穿秘密。随后,娜娃勒走进去,捧了一大纸包豆角,打算往外走,母亲喊住了她:

"上哪儿去?"

娜娃勒说:

"上起居室,坐在收音机边上摘。"

母亲又转过脸去,边收拾碗橱,边说:

"主啊!你可真贪玩。好像不守着收音机就不会择豆角了。我那好孩子赛尼娅呀,一进厨房就不知道出去!"

娜娃勒不等妈妈唠叨完就走了出去。她把装豆角的纸包放在起居室的一张小桌子上,又走回客房,拿起自己的衣服和那个大包袱,她经过自己的屋子,把衣服丢进去,又溜到易卜拉欣住的那个屋子门前,在门上轻轻地敲了敲,提着包袱走了进去。她两眼显露出悲伤的神情,一滴泪水正挂在眼皮上。

易卜拉欣从她手里接过包袱,好像心都要从嘴里跳出来了,高兴地笑着说:

"我真不知该怎样感谢你才好!"

她眼不望着他，说：

"法塔希告诉你，汽车明天可以搞到！"

他在她悲伤的目光前，惶惑地说：

"谢谢！"

她不说话了。

他看到她的忧伤，不禁焦急地问：

"出什么事了？"

她一只手使劲扯着另一只手的手指头，好像是要把它们扯下来，问：

"离开我们家后，你到哪里去呢？"

他也许明白了她忧伤的原因，说：

"说真的，我也不知道。"

她看着他，似乎在向他要求自己的权利，问：

"我们怎么能知道你是否平安无事呢？"

他在嘲弄自己的绝望，说：

"若是他们逮住了我，你们可以在报上知道！"

她用严肃的责备的目光看着他。接着转过身，走了出去，好像生他的气了。

　　她走回起居室，心不在焉，思想怎么也集中不起来。她摊开包着豆角的纸包，一根一根地择起豆角来。她还是心神不定。突然，她觉得泪水从脸颊上流了下来。那是她的思念化成的眼泪。

第十章

穆哈伊在放学的时候回到了家。

他对妹妹和易卜拉欣什么都没说。他没告诉他们，自己曾跟踪娜娃勒，在她等着从法塔希·马里吉手里接过军官服的时候，监视过她。他垂头丧气，一声不响地进了家。他感到自己很蠢，因为他竟怀疑法塔希·马里吉的品德，甚而竟对所有搞政治的青年都抱有怀疑的心理。他平生一直抱有这种怀疑。他一向认为学生搞政治只不过是"胡闹"。他认为，若说他同那些青年有什么区别的话，那就是他们都具有厚颜无耻的特性。他认为他们的爱国热情不过他们追求经过面前的任何姑娘一样，他们大喊大叫的那些口号，也不过像他们在姑娘们耳边低声的调情话语一样，并非出自肺腑。他不认为他们是男子汉，具有大丈夫的品性。不错，他相信易卜拉欣，远在他来避难之前就相信他。可是易卜拉欣一向是另一种类型的青年：他沉默寡言，稳重老成，不爱抛头露面，也不故意装着如何爱国。现在看来，除了易卜拉欣外，还有很多人也都是男子汉大丈夫，也都是有道德的……他感到自己错怪了他们，错怪了他的那些搞政治的同学们。他甚至感到，如今自己对他们的看法同过去对他们的看法大不相同。他们是高尚的、忠诚的。如今听到他们的口号声也将同过去听到时的感受不一样了。那是诚心诚意的、强有力的。那是发自肺腑的一颗颗炮弹啊！

他走进屋子，向易卜拉欣打了声招呼，却没抬起两眼朝他看，好像是为自己感到羞愧似的。

易卜拉欣像是向他报告一件喜讯，对他说：

"衣服弄来了，是娜娃勒搞来的！"

穆哈伊往四周望着，避免目光同他接触，问：

"在哪儿呢？"

"在柜子里！"

穆哈伊没话找话，借以恢复自己的平静，说：

"你试过吗？"

"正合身！就像是照着我的身材做的。安拉保佑，明天我就变成中尉了。"

穆哈伊不声不响了，他连笑都笑不出来。

易卜拉欣微微一笑，试图以此安慰自己的朋友，接着说：

"明天汽车就准备好了。可以大功告成了。"

穆哈伊朝他看着，仿佛要为他原先心中所抱有的怀疑赎罪，他热情而诚挚地说：

"你听我说，易卜拉欣！我真不想让你离开这个家。我爸爸也一样。如果你对明天的行动没有把握，那就算了。你可以再同我们住些日子，直到你觉得可以放心了的时候为止。"

易卜拉欣沉默了一会儿。他看着穆哈伊，似乎在掂量他的诚意。

穆哈伊觉得自己心里热乎乎的，又说：

"再过一两天，风头就会过去的！"

易卜拉欣说：

"谢谢你，穆哈伊！不过我最好还是明天离开这个家。我肯定不会忘记同你住在一起的这两天的。这两天里，你们救了我一条命。我知道自己给你们带来的麻烦，知道得很清楚。我永远不会忘记你们的好处。"

穆哈伊声音嘶哑地说：

"这是应该的。要紧的是你的安全要有保障，我们也好放下心来。"

易卜拉欣耸了耸肩,好像自嘲,又好像在嘲讽自己在世上的命运,说:

"我这一辈子的安全都不会有保障,也没有一个人能对我放心。听天由命吧!"

穆哈伊伤感地说:

"别这么说吧!安拉会保佑你的!"

易卜拉欣不声不响了。

穆哈伊开始换衣服。又过了好长时间,两人都想让对方开开心,他们谈起了学校,谈起了政治大事。他们想笑,那是一种沉重的笑,好像他们是用起重机把它从心里硬拉出来的。

父亲按时回来了。穆哈伊打算走出屋子去迎接他,于是易卜拉欣告诉他:

"明天的事儿不必告诉大叔!"

穆哈伊惊奇地问:"为什么?"

"让一切照常进行,也让大叔能睡个好觉。因为等待释放的时间要比坐牢还要难过。我从家里出去,就等于你们获得释放。"

穆哈伊并不信服地应道:

"好吧,我不告诉他就是了!"

易卜拉欣又说:

"对谁都不用说,不用告诉婶婶,也不用告诉沙米娅。嘱咐娜娃勒也别说!"

穆哈伊一边往外走,一边说:

"好吧!"

他走了出去。过了一会儿,手里拿着一张《金字塔报》回来了,脸上没什么新的表示。易卜拉欣从他手中夺过报纸,开始在字里行间寻找起自己的名字来。他读着有关警察追踪他的活动的报道,还有有关逮捕的消息。他脸上的紧张表情逐渐消失了,显得轻松起来。警察离他还很远,远得很呢!

时间到了下午三点,父亲睡着了。

突然，门铃响了起来。

易卜拉欣的心不由得一阵惊悸。自从他由一位进攻的英雄变成一个逃跑的英雄以来，他就开始感到这种心悸。穆哈伊的眼皮直跳，好像是关在他眼镜后的一只小鸟在扑扇着两只翅膀。他们对视了一会儿，然后商定好了一个对策。于是穆哈伊走出屋子，把门随手关好。他一出门，就碰到娜娃勒，她正从厨房里出来，脸色都变了，辫子几乎绕在脖子上，好像要把她勒死似的。

穆哈伊小声对她说：

"不问清楚是谁别开门。"

"好的。"

她脚步趔趄地朝门口走去，穆哈伊则在原地等着妹妹回来向他报告消息。他听到妹妹打开了门上的小窗，然后又听到她把门也打开了。

她走了回来，身后跟着阿卜杜勒·哈米德。好像有什么东西在胃里翻腾起来，穆哈伊恼怒地噘起了嘴。

阿卜杜勒·哈米德握着堂弟的手，小声地问：

"叔叔睡了？"

穆哈伊站在原地未动，说了声：

"嗯！"

阿卜杜勒·哈米德憋着笑说：

"那好哇！"

穆哈伊没跟着笑，只是一声不响，压着火气。

阿卜杜勒·哈米德又问：

"你们都在哪里呢？"

穆哈伊朝自己屋子走去，打开门，厌恶地说：

"请进吧！"

易卜拉欣已经恢复了镇定，他迎接着阿卜杜勒·哈米德，两眼盯着他，同他握着手，张着嘴笑着。他想通过这笑对阿卜杜勒·哈米德表示欢迎。

三个人坐了下来。阿卜杜勒·哈米德企图装扮他为自己设计的新形象：

端庄、稳重，对处境的严重性有足够的估计。他不想多谈，答话要简短、含糊，以示他还有什么事没有和盘托出。他也试图不要笑得太放肆。

可是过了不大一会儿，他就对自己扮演的这个角色不耐烦了。他发现自己谈起来没完没了，对每一个问题都回答得有头有尾，头头是道；笑起来肆无忌惮，旁若无人。他是那种对自己的才能无法秘而不宣的人。他伶牙俐齿，心眼儿多，能随机应变而讨人喜欢。他已经习惯于炫耀这些本领，并对他碰到的每一个人都试上一番。

有时他发觉自己谈得太多了，已经超出了自己要表现的形象的范围，于是就突然沉默了。可是要使自己沉默不语，把挤满了脑子几乎要跳到舌尖上的那些故事、见解和笑话都憋着不讲出来，那可简直是太难受了。

易卜拉欣不想让他沉默，一见他闭口不讲了，就向他提问题，设法在他面前摆出一个个题目，引诱他争论，以至阿卜杜勒·哈米德耐不住了，舌头一转，又开始讲起来。易卜拉欣让他讲，好像是要通过他的言谈来看他究竟是个什么样的人。

易卜拉欣突然问他道：

"你在警察中有认识的人没有？"

这个问题使阿卜杜勒·哈米德感到很突然，他犹豫了片刻，然后好像又开始了一盘棋局，注意地问：

"你问这个干什么？"

易卜拉欣不在意地说：

"我想打听一下有关我的朋友们的消息，看他们被捕了没有？"

阿卜杜勒·哈米德眼里露出狡黠的目光，说：

"我认识警察局的一个警官，常同我们一块儿在咖啡馆闲坐。"

易卜拉欣低着头，不让阿卜杜勒·哈米德看到他的目光，说：

"不知你能不能从他那里搞到被捕者的名单？"

阿卜杜勒·哈米德的目光更加狡黠地闪烁着，说：

"我想，最好是你告诉我，你要问的是谁，我再替你打听打听。"

易卜拉欣抬头望了望穆哈伊，好像是征询他的意见。穆哈伊脸上显出一个很大的问号，说：

"阿卜杜勒·哈米德管不了这些事。"

阿卜杜勒·哈米德似乎毫不介意，说：

"不管怎么着，易卜拉欣先生有什么吩咐，我都愿意效劳。"

易卜拉欣似乎在沉思，默无一言。他沉默了好久。

阿卜杜勒·哈米德又装出一副笑脸说：

"我希望您能信得过我，易卜拉欣先生！我并不要求知道什么，只要求能得到您的信任！"

易卜拉欣似乎在宣布一件重大的秘密，低声地慢腾腾地一个字一个字地说：

"我要打听的朋友，一个名叫穆罕默德·穆尔台迪，另一个叫赛米尔·艾尤卜。"

穆哈伊不禁不安地叫嚷起来：

"你是怎么搞的？你怎么知道这个人就这么好，竟把这样一些事都告诉了他？"

易卜拉欣望了望穆哈伊，然后低下头，用一种令人感动的声音说：

"我现在需要每一个人的帮助，我信得过阿卜杜勒·哈米德。"

穆哈伊不声不响了。他理解易卜拉欣的用意，尽管理解得还不完全透彻。

阿卜杜勒·哈米德热情地说：

"你放心好了。我明天就给你答复！"

易卜拉欣平静而低声地说：

"不过你怎样去问你的那个警官朋友呢？你可要当心，别让他感到你对这种事过于关心了。你要慢慢地、装作漫不经心地问。两三天、三四天都行，不用着急，免得引起他对你的怀疑。"

阿卜杜勒·哈米德笑了笑，好像为易卜拉欣对他的精明估计不足而感到遗憾，说：

"这件事就包在我身上了。小事儿一桩！"

阿卜杜勒·哈米德热情地握了握易卜拉欣的手，然后告辞。他走出屋时，深信他已经把易卜拉欣放进了自己的口袋。他几乎要额手称庆自己的精明能干。

穆哈伊几乎耳语般地问易卜拉欣：

"你搞的是什么名堂？"

易卜拉欣两眼又避开了朋友，不让他从自己眼中看出心里的秘密，说："我必须取得他的信任，好保证他不监视这个家，不会在我从这里出去时，紧盯着我。"

"他会不会去告发你向他打听的那几个朋友？"

"没关系！"

穆哈伊好像在责怪自己的朋友心太狠，说：

"怎么会没关系呢？"

易卜拉欣微微一笑：

"我没有叫这个名字的朋友，也可能从没有一个人叫过这名字。他若是向警察告发，那倒对我们有利，因为这样一来，他就会帮助我们去迷惑那些警察。"

穆哈伊不禁惊奇得目瞪口呆，然后合上嘴痛苦地说：

"我也估计你是在捉弄他。"

穆哈伊感到痛苦，因为他从未想过英雄也会说谎、骗人。英雄行为在他看来就只能是勇往直前，不怕牺牲，襟怀坦荡。当他看到易卜拉欣欺骗警察时，他并没有感到过这种痛苦，因为他认为欺骗警察是一种英雄行为。可是现在，当易卜拉欣骗他堂哥时，他却感到痛苦。为什么呢？他是在可怜自己的堂哥呢，还是在内心深处并不希望看到堂哥是个受骗的傻瓜，而仍希望他精明能干，任何人，哪怕是易卜拉欣也不如他呢？

他不清楚。他不知道该如何解释自己的这种感情。他只知道有一种苦味从心底往上冒到嘴里。

阿卜杜勒·哈米德并没有走出这个家，而是到处转悠着找沙米娅。他发现她在自己的屋子里，坐在床边。她已经换了衣服，编好了辫子，手里拿着一本杂志遮在面前。

她不是在读,而只是瞅着那些字行。她早就知道阿卜杜勒·哈米德在家里,正等着他来找她,她做好了一切准备。她准备了"噘嘴",准备了嘲弄的目光,准备了挖苦话,准备了那副自负的样子。阿卜杜勒·哈米德越是追她,执意要娶她,她就越是自以为了不起。如果阿卜杜勒·哈米德不来找她就走出这个家门,她一定要伤心死了。不过她是很有把握的,自小时候起,在她的生活中唯一固定不变的东西就是阿卜杜勒·哈米德对她的爱情。

阿卜杜勒·哈米德堵住她的房门站在那里。他带着一副甜蜜的笑意,在这种甜蜜里既没有造作,也没有狡黠。他低声地问:

"还在生我的气吗?"

她放下面前的杂志,对他的出现好像感到很突然,然后耸了耸肩说:

"干吗生你的气,我有那个本事吗?"

阿卜杜勒·哈米德走过去,在她身边坐了下来。她往旁边挪了挪,使自己贴着床架。他平心静气地说:

"堂妹,我要同你推心置腹地谈一谈。我知道你为什么要生我的气。你别以为是这两天的境况促使我向叔叔提亲的,这件事同这种境况根本没关系。你一定要清楚这一点。我向你求婚是因为我能使你幸福,我完全可以成家立业了……"

沙米娅打断了他的话道:

"现在不必说这些话了。爸爸答应了不就得了!"

阿卜杜勒·哈米德坚决地说:

"不!我要让你放心!"

然后,他好像梦呓一般声音柔和地讲:

"我并不像你想的那样卑鄙。我若是真的那么卑鄙,现在五千镑钱早就到手了,我早就发大财了。那样我将不是给你弄一套房子,而是盖一栋别墅;你也不必再靠两条腿走路,我可以给你搞一辆汽车;我还可以为你举办一场盛大的婚礼,把乌姆·库勒苏姆、塔希娅·卡留卡,还有泽塔①……都请来。"

他望着沙米娅的两眼,不声不响了。好像是想通过启发把自己的梦想传到她的脑子里去。

沙米娅眼对眼地望着他,好像已经被这些梦想搞得晕头转向了。她问:

"你从哪里来这么多钱呢?"

他耸了耸肩,好像事情很简单,说:

"这有什么。给检查官或者警察局挂一个电话就行了。只要把电话那么一挂,五千镑钱一下子就可以弄到手。"

沙米娅如临深渊,突然醒悟过来,着急地说:

"啊!是这样!你发疯了!你想为了五千镑钱让我们遭殃!"

阿卜杜勒·哈米德转圈地说:

"这是说,假若我是像你想的那么卑鄙的话。不错,我不认识易卜拉欣,你们也没有谁认识他。但他肯定会被逮住,不是今天就是明天,这也是实情。不过,这种事我当然不会做了。"

沙米娅激动地说:

"这可是罪孽!"

阿卜杜勒·哈米德从小就惯于对沙米娅施加影响,现在他仍想对她施加影响:

"真是的。不过也可以不使我们家里任何人出什么事而做到那一切。"

沙米娅想看看他打算把她引导到什么地方,就问:

"怎么呢?"

"很简单。咱们等着他从这里出去,看他往哪儿走,在后面跟着他。"

沙米娅两眼含怒,显得很激动地说:

"阿卜杜勒·哈米德,你这是什么意思?你对我讲明白了,你是想说什么?现在该不该说这种话?"

阿卜杜勒·哈米德想以自己的精明瞒骗她,眼不瞅着她,说:

---

① 埃及习俗,讲究的婚礼往往请著名的歌唱家、舞蹈家来表演。乌姆·库勒苏姆是近代阿拉伯最著名的歌唱家,塔希娅·卡留卡、泽塔亦为埃及著名歌舞明星。

"我是要跟你说,我并不像你想的那样卑鄙。若说这家里有一个品德高尚的人的话,那么这个人就是我。所不同的只是我单独走了另一条路罢了。我没拿文凭,那是因为我知道我并不需要文凭。我没有文凭挣的钱比他们哪一个挣的都多。我还想告诉你一点,就是易卜拉欣本人都信任我,他比你们所有的人都更信任我,比我叔叔,也比阁下您更信任我。他刚才还交给我一件能挽救他性命的任务。"

阿卜杜勒·哈米德热情洋溢地说着,就像要从一块黑板上,把他写上去的所有的东西都揩掉一样,他想把他对沙米娅所说的一切,从她头脑里全部擦掉。他想把她拉向自己一边,想要说服她,让她相信他对人生的见解。他想把钱财和安逸送到她面前,可是她却那么傻,这个姑娘真像她的父亲和哥哥。可是他却喜爱这个傻姑娘。像他这样精明的人为什么要爱上这个傻姑娘呢?他为什么不放弃娶她的打算呢?不成,他要娶她。不管她怎样,他也要把钱财和安逸送到她面前,而不让她知道他是从哪儿搞到这些钱财的。他并不需要她来实行自己的计划,他要独自一个人实现它。他会达到目的的,他对自己的精明所照亮的道路看得清清楚楚。

阿卜杜勒·哈米德抬起眼睛,听到沙米娅问他:

"易卜拉欣要你干什么?"

他一面望着她,好像还在问自己,为什么要爱她,他又爱她哪些地方,一面说:

"我不能告诉你。这是秘密。"

他从床沿上一下子站起身来,说:

"我得走了,免得叔叔一觉醒来又该不冷不热地唠叨起来了。"

他朝门口走去,然后朝沙米娅转过身来,用一种连他自己都感到奇怪的有气无力的声音说:

"沙米娅,你就听我的吧,你放心好了。"

沙米娅用颤动的双眼向他道别。她不知如何是好:一面是,在她头脑里所信服的那个运算式子使她不愿意让阿卜杜勒·哈米德做自己的丈夫;另一面却是自幼以来她就把自己看成是他的妻子的那种感情。面对两者，她不知所措了。她默无一言，一声不响地送别了他。

阿卜杜勒·哈米德走了出去。

随着时钟的打点声，这一天在继续前进。自从易卜拉欣来后，日子就已经习惯于这样行进了：慢腾腾地，慢极了；又是紧张地，紧张极了。每颗心都是沉甸甸的。其中有两颗心好似被隔开在一道深渊的两边，更感到痛苦。

娜娃勒忘不掉易卜拉欣明天将离开这个家。她无法想象这个家能没有易卜拉欣；而且她也无法想象自己会离开易卜拉欣，他会不在她身旁，她会看不到他，不能再为他忙碌，再也闻不到他的气息。她力图忘掉明天，忘掉易卜拉欣，忘掉自己。她在各个屋子之间走来走去，想要用大大小小的事情来使自己分神。可是她的头、她的心却总是同明天连在一起。她把明天看成是黑暗的一天，就像火狱的大门，张着可怕的大嘴。她想要说服自己：自己的感情只不过是胡思乱想；她想要自己老成一些，理智一些，稳重一些，不去胡思乱想。可是她失败了。几十个念头都涌现在她脑海里，尽是些疯狂的、轻浮的念头。她想同他一起逃出这个家，想撕破她带给他的那套衣服。她讨厌这套衣服，把它看成是一块裹尸布，它将把易卜拉欣裹起来，将把她的爱情裹起来，然后埋葬掉。她想大喊大叫，还想自杀。她不愿看到他离开自己。他并不是她期望很久的梦幻，而是她可以用手触及的实在的人。他是第一个敲击这个情窦初开的处女心扉的人。不，她不能让他走，可是……她的一切思绪都变成了眼泪。泪水倾注在心里，然后，又从心里溢出流到枕头上。四周夜深人静，万籁俱寂，好像是一片无情的黑色荒漠。

另一间屋子里躺着易卜拉欣。他也感到很难受，可又找不到难受的原因。他并不想追索，也不想承认。他徒劳地想要集中意志去考虑他的逃跑计划，考虑明天。他想要为这个明天而激动、兴奋。他逃跑的第一步算是大功告成了。他应当高兴，应当乐观，也应当激动。可是他却做不到。他在迎接自己的明天时，感到提不起劲儿来，感到懒洋洋的，好像他并不想看到明天。他希望永远是今天,而明天不再来临,仿佛他不情愿离开这个家。

家里的一切景物都在他脑子里不断地闪现:穆哈伊的写字台,卫生间的水龙头,他曾藏过一次身的小阁楼,起居室,茶杯……家里人的形象也像过电影似的出现在他面前:父亲的形象已经同他自己父亲的形象混淆在一起了,他无法在他们两者之中加以区分,母亲的形象已经同他自己母亲的形象混在了一起,还有沙米娅、穆哈伊和……不!他不想看到她,他不想看到娜娃勒,哪怕是在想象中。她不是属于他的,他的大脑与心都无权想她。可是他的心与脑却一个劲儿地要想,它们终于战胜了他的意志而遐想起来。这使他更加感到痛苦,那是一种连希望都被剥夺了的痛苦。然后,他又想克服自己的痛苦,企图说服自己:他不是在恋爱,他也不可能恋爱。在他的整个生活中是没有姑娘容身之地的,它现在也容不下娜娃勒。可是他的心与大脑却比他的生活宽敞得多,它们扩张着,开拓着,直到为娜娃勒腾出很大的一块地方,而且,还能把自己想象成是她的丈夫,能看到自己一早出去上班,下午回来,娜娃勒则送他出门,迎他回来。这些上下班的普通老百姓是多么幸福啊!他们是多么安闲,他们的生活又是多么美好啊!

他攥紧拳头,把上面所有的筋络都绷得紧紧的,好像他是想要扼制自己,扼制自己的心与大脑,抑制住他无权抱有的希望。

又一天来到了。

父亲、哥哥都离家出去了,娜娃勒端着早饭托盘进了易卜拉欣的屋子。

不眠之夜在她的眼圈上涂抹上了两个黑晕,好像她整夜失眠,又好像她生平未曾睡过觉似的。她在生气,为自己,为易卜拉欣,也为自己的痛苦生气。

易卜拉欣用绝望的目光拥抱着她,说:

"你怎么了?"

她把托盘放在写字台上,也没朝他转过身来,只说了声"没什么!"

便不作声了。

他也同她一起沉默着。

她犹豫了一会儿,然后转过身子准备出去。易卜拉欣好像要留住她,不想被孤独地撇下,他说:

"我可以求你做一件事吗?"

她背对着他,显得气冲冲地说:

"请说吧!"

他犹豫了一会儿,好像是在寻找那件要求她做的事儿,说:

"你昨天带回来的那套衣服口袋撕破了。你能缝一下吗?因为这是套军官服,有什么地方撕破了不太好。"

他想要笑,但却显出一脸哭相。

娜娃勒向他转过脸,问道:

"衣服在哪儿?"

易卜拉欣打开衣柜,取出上衣,递给了她。娜娃勒接过来,盯着衣服出神,仿佛是在看着她整夜都在想象着的裹尸布。她手里拿着衣服,两眼愣愣地瞅着它,一直站在那里不动。突然,眼泪像泉水般地涌了出来,随之,她的胳膊垂了下来,衣服也落到了地上。她趴到柜子上,头压在另一只胳膊上,流着泪,呜呜咽咽地哭了起来。她想克制自己,别哭出声来,可是却办不到。

易卜拉欣怔住了。

他脸上也显得很痛苦,好像也想哭。

他走近她,举起了两手,似乎是想要把她拥入怀抱,把她的泪水都接在胸口。可是,他又把两手放了下来。他站在那里手足无措,不知该说些什么,也不知该做些什么,只是期期艾艾地说:

"可……这是为什么呀,娜娃勒?"

她望着他,泪潸潸地说:

"当然喽,不关你什么事儿!你会关心什么事儿呢?"

他悲凄地说:

"娜娃勒,怎么会不关我的事儿呢?现在世上没有什么事比你更让我挂念的了。"

娜娃勒看着他,好像不相信他的话,说:

"如果你真关心,就不会连到哪儿去都不对我说一声就离开这个家。我怎么能对你放心呢?你这是不信任我。"

他低下了头,说:

"我是为你担心,担心你受我的连累。我的全部生活都充满了危险,谁进到这个生活圈子里,都要同我一起在危险中过日子。这两天你们已经为我受累够了。"

她抬起头,看着他,温柔地说:

"危险,我不在乎,要紧的是知道你能平安无事,好让我放心,也可能你有什么事,我能替你做。我不是给你拿来衣服了嘛!我也许还能为你拿来别的东西呢。"

他避开她的目光,说:

"我向你发誓,我自己也不知道从这里出去之后,我将到什么地方去。"

她好像又想要哭出来,说:

"没关系!一定有办法能让我同你联系上。你说,你不信任我,不把我放在心上,对吗?"

他沉默了。脑袋又耷拉了下来。他皱起眉头,思考着。时间很紧迫,不容许他安静地思考。于是他的眉头皱得更紧了,好像要把脑汁一下子都挤出来。

她盯着他看了好久,然后像一只受了伤的小鸟,浑身颤抖着,转过身子向门外走去。他在她身后抬起头,好像祈求她似的说:

"娜娃勒……"

她站住了,身子似乎支撑不住了,转过身向他望着。

他好像改变了主意,改变了话头,说:

"你不给我补衣服了?"

她朝着他走了几步,低下身子从地上拾起那件上衣。与此同时,他也同她一道弯下腰来。他们的手在衣服上碰到了一起,两人都不由得一颤,就仿佛生命的活力第一次在他们身上喧腾,用爱情滋润着他们的心田。

触在一起的手迅速地分开了。

他好像再也无法克制住自己了,急促地喘着气说:

"你听我说,唯一的办法就是:我离开家之后,每个星期一和星期三,上午十一点,你在阿卜杜勒·蒙伊姆广场上等着。若是我还在开罗,如果有可能,我将在那里同你见面;要不,我会派一个人去,让你对我放心。他会告诉你,我在什么地方。我们目前只有这个办法了。"

她容光焕发,露出微笑,脸颊红了起来,好像是从夜幕后面露出的黎明的曦光。她向他抬起双眼,随后又赶紧低垂,爱情使她不好意思用双眸顾盼。

他似乎要对自己的计划进行一番解释,说:

"我选择阿卜杜勒·蒙伊姆广场,是因为那里离你们家近一些。你不用在那里等很久,一刻钟就行了。要是我没有如约前往,你就可以知道我没法去。"

她仿佛因为他使自己的希望显得渺茫而责备他,说:

"不!安拉保佑,你一定会去的!"

她抱着那件上衣,似乎沉醉在自己的美梦中。她走了出去,那颗处子之心为第一次爱情的约会而跳动不已。

第十一章

时针在转动。

娜娃勒的心在为生平第一次爱情的约会而跳动不已。她坐在自己屋里的床上，缝补那件易卜拉欣将穿着逃跑的上装——那件军官服。她不再把这套军官服想象成易卜拉欣的或者她的爱情的裹尸布了。她把它抱在怀里，好像是把自己的梦想搂在怀里。她一针一线地缝着，是那样深情、那样小心翼翼，似乎生怕针尖会刺伤那布料。她笑眯眯地瞅着那衣服，好像是在看着自己的结婚礼服。易卜拉欣会穿着这套衣服去与她会面吗？他穿上它会是什么样子呢？她想象着他那副样子，不由得笑了。她仿佛看到了他修长、瘦削的身材，两只大大的眼睛，宽大有力的下巴上面那两片薄嘴唇，那大大的鼻子，像一支矛头，直指向敌人的胸膛……而这一切都以这套军官服做衬托。她笑得更舒展了。随后，她两颊红了起来，好像心中敲起了悦耳的铃铛声。似乎她自身已进入了这一想象中：她仿佛觉得易卜拉欣紧贴着自己，贴得非常紧，胸贴着胸，唇贴着唇，他的气息缭绕在她的耳边。她羞怯地低头俯在那套衣服上，好像俯在易卜拉欣的脖子上似的。她闭紧嘴唇，忍着笑，好像是怕人猜出她的思绪。但是她身上的一切都一直在欢笑。她幸福，非常幸福。没有什么东西可以减少她的幸福。哀怨从她的生活中，从她的思虑中消失了。她心里并没想过易卜拉欣也许不会去与她会面。他也许会被捕，也许会继续奔逃，顾不上她，顾不上那会面的地点……她对他的信任排除了这一切可能。他不会让警察逮住！也不会失约。她将会在星期一和星期三见到他，每个星期一和星期三。虽说如此，在她内心深处却有一个阴影在晃动。她怕这个阴影会破坏她的幸福。那倒不是怕警察，也不是为易卜拉欣的命运担忧，他是不会出什么事的，这是肯定的；而是幸福一旦在握，人们总是害怕会失去它，仿佛命运天生就是这样，给人以幸福，只是为了过一阵子再把它收回去，给予只是为了收回，就仿佛人类是一些铁块，注定要经过千锤百炼，直至死去。命运把我们丢进不幸的洪炉中，然后又把我们提起来，投进清凉的水中淬火，使我们轻松地喷吐出不幸的蒸气，再在我们身上不断地锤击，随后又在炉中重新冶炼，然后又是清凉的水，轻松一下，接着又是锤击，周而复始，直至死亡。在人世间，谁都是这样，谁也逃避不了。人人都有他的一份苦难，也都有他的一份幸福。一切都是称好了的，安拉的社会主义把幸福和苦难都按斤按两分配好了，没有单纯的幸福，也没有单纯的苦难。肉和骨头是连在一起、搭配好了的。

她发现自己朝向安拉，祈求安拉保佑她幸福，免除她苦难。她听到自己内心深处有一个声音在念叨着："安拉保佑他平安吧！"然后她又幻想开了。那幻想是清净的乐园，没有恐惧和怀疑去扰乱它。

缝好了衣服，她捧着它到隔壁屋子找易卜拉欣去了。她敲了敲门，好像是向他报喜似的腼腆地走了进去。她把手中的衣服向他递过去，抬起眼睛看着他，于是他俩的目光交织在一起。他仿佛在用两眼温情而爱怜地拥抱她。

他们谁也没说话。

他伸出手去，接过衣服，连一句感谢的话都说不出来，似乎他已经把自己的舌头、心和脑子全都置于自己的双眼，那温情而爱怜地拥抱着她的双眼。

她似乎无法使自己摆脱他的双眼，慢慢地转过身去，朝门口走了两步，然后站住了。她的唇上露出微微一笑，好像胸中悦耳的小铃铛又响了起来。她想了一会儿，然后又转过身去，脸朝着他，羞答答地小声问了一句："你有笔吗?"便朝哥哥的书桌走去,在桌子上寻找白纸。

易卜拉欣惊奇地笑着,看着她,然后,也不问她到底想干什么,就也跟她一起在桌面上找起笔来。

娜娃勒从哥哥的一本笔记本上扯下一张白纸,然后把它放在易卜拉欣面前。他握着笔,她笑得更甜了,好像她是在用这笑容贿赂他,说:

"你在这里写上:'除安拉外,绝无任何主宰'!"

易卜拉欣更加惊奇了,他眉毛挑得高高地问:

"为什么?"

她还是笑着说:

"你写就是了,为我写好了。"

易卜拉欣低下头,写着"除安拉外,绝无任何主宰"。

娜娃勒拿过纸,又从他手中拿笔,弯下身子,接着往下写"穆罕默德是安拉的使者"①。

她什么也没说,把笔放在桌上,然后抓起那张纸,把它分成两半,一半上面是他手写的"除安拉外,绝无任何主宰",另一半上面则是她手写的"穆罕默德是安拉的使者"。

然后,她把那半张有她手写的"穆罕默德是安拉的使者"的证词的纸交给他,并笑着说:

"你把这个经常带着,可要当心别丢了。"

她把另半张写有"除安拉外,绝无任何主宰"的证词的纸自己保存起来。她眼也不看着他,一面仔细地把那张纸叠起来,一面害羞地接着说:

"因为爸爸每逢出门,就同妈妈写这种纸片,以祈求平安返回。"

易卜拉欣并没有注意这种念头有多么天真,对这种念头本身也没有什么特别的感觉。他所感到的只是一种巨大的爱情,他的两眼亮了,好像闪烁着爱情的光芒。他下意识地伸出两只手,放在娜娃勒的肩头,慨叹般地说了一句:

---

① "除安拉外,绝无任何主宰,穆罕默德是安拉的使者"是伊斯兰教的证词,亦称"认主词"。

"娜娃勒……"

她没有答话，眼皮也没抬起来。她没有感觉到他的两只手掌落在自己的肩头，只是感到身上的血在一个劲儿地往脸上涌，好像争着要从血管里溢出来。她感到自己的爱情的力量是如此巨大，以至自己的心都容纳不下了，她的身体也因为承受不住而颤抖起来。

她如醉如痴，同时感到必须克制自己，免得爱情溢出心房，也免得血液从血管里溢出来。

她为什么要克制自己呢？她不知道。但是她必须克制。

她温和地从他的两只手掌下抽出身来，快速而慌乱地朝门口走了几步，仿佛她想要飞去，而又身不由己。然后，又回头看了他最后一眼，发出像小铃铛一样清脆的声音问道：

"还要什么吗？"

他满怀期望地看着她，两眼好像在问她："你为什么要离开我呢？"然后，这问题又返回到他自己心里。他神情沮丧地自问："我为什么要离开她？为什么要离开这个家？我何不留在这里，留在她身边？什么时候我才能安定下来，不再东奔西走呢？我为什么不能像这些千百万人一样，也过过安稳、舒适的日子，成为这个家庭的一员呢？她不知道，不知道将会失去我，我也会失去她。"

他看着她，好像怕自己的命运会连累她，小声说了一句：

"谢谢！"

随后，好像一个反叛的巨灵神在他胸中醒了过来，正是这个巨灵神把他造就成为一个英雄，于是他声调变了，变得更有力了，他接着说：

"还有，我今天离开这个家的事儿对谁也别说，要等大叔回来睡过午觉之后才能说。"

她笑着说：

"好的！"

然后，她又用眼神示意他还捏在手里的那张小纸片，说：

"当心，别把你的那张纸丢失了啊！"

他又用温柔的声音说：

"哪能呢？"

娜娃勒走了出来，急忙回到自己的屋里。她简直要飞起来，只是办不到。她打开自己的衣柜，取出一个小金匣子，里面放着一小本《古兰经》。她拿起小匣子，坐在床上，又把易卜拉欣写的那张纸片摊开，读了起来："除安拉外，绝无任何主宰"，似乎她是在把一份情书读上十次，用两眼把那上面的每个字母都亲吻一下。她又把那张纸片，叠好，打开小金匣子，把纸片放了进去，压在《古兰经》下面，然后把匣子关好，把它挂在自己的脖子上，让它垂在自己的心口上。

时针在转动……

这一家的生活像平时一样地进行着。妈妈在厨房里。沙米娅还是像惯常那样，干什么都懒洋洋的，一会儿在厨房里，站在妈妈身边，一会儿又想起自己还没梳头，于是走进自己的屋子，站在镜子跟前。可是，没等梳完头，她又手里拿着梳子回到厨房，用牙咬着梳子，去掀煤气炉上的一个锅盖，翻动着锅里煮着的东西，随后又回到镜子跟前，继续梳头。接着，她又想起该换衣服了，于是又去打开衣柜。可是她并未把要穿的衣服取出来，而是坐在柜子跟前的地上，动手整理起柜子里的衣物来。

易卜拉欣关在自己的屋子里，手里拿着那张小纸片。他读着，仔细端详着娜娃勒的字体。"艾里夫"写得很大，"哈"①显得很好笑，他不由得笑了。然而一阵绝望的情绪袭上他的心头，接着他又下定决心要同政府、警察、英国佬战斗到底，为了她，他要活下去。最后，他叹了一口气，好像是在绞索下呼吸似的。

娜娃勒正陶醉在自己的幸福中。她手脚不闲，在各个屋子转来转去。她手碰过的地方，一下子都变得清洁、雅致、井然有序。她走进厨房，开大了煤气炉火，锅子烧得更热了。那盛着她的信念和梦想的小金匣子在她胸口晃来晃去，一会儿贴着衣服，一会儿又在她的乳房间抖动，好像

---

① "艾里夫"是阿拉伯文二十八个字母中的第一个字母名称，"哈"是第六个字母名称。

是要寻找一个可以钻入心扉的孔隙。

穆哈伊按时回来了,没有带来什么新消息,可却显得更加不安,似乎时钟是一下一下敲击在他的神经上。他想要掩饰自己的不安,掩饰他急于想让易卜拉欣早点儿离开这个家的情绪,可是越想掩饰,就越显得六神无主,讲起话来也前言不搭后语。

易卜拉欣嘱咐过穆哈伊,他离家出走的消息要等父亲回来睡醒午觉之后才能告诉他。易卜拉欣这样做的用意只不过是要尽量缩小影响,只让这个家庭的极少数人知道,以免消息透露出去,传到阿卜杜勒·哈米德那里;或者怕打乱了这个家庭的生活规律,从而引起阿卜杜勒·哈米德的注意——一旦他来了的话——使阿卜杜勒·哈米德产生怀疑,并再次对这个家庭进行监视。

穆哈伊好像面临着一个棘手的难题,问道:

"万一爸爸问起你怎么同你的朋友接上头的,我该怎样对他说呢?"

易卜拉欣想了想,说:

"你就告诉他,你在学校里遇到了我的一个朋友,你同那个人说定了,他开车来接我。"

穆哈伊只简单地说了句:

"有道理!"

易卜拉欣接着说:

"你要对大叔讲清楚:我的朋友谁也不知道我躲在你们这里。"

穆哈伊点了点头,然后像想起了什么,又问:

"若是他看到你穿着军官服出去怎么办呢?"

易卜拉欣说:

"你就告诉他,制服是你从我的朋友那里搞来的。"

穆哈伊不言语了,似乎他只能一声不响了。

父亲也按时回来了,他挪动着两脚,慢腾腾地走着,就仿佛他是把易卜拉欣藏在自己的衣服底下,生怕衣服滑落,易卜拉欣从下面露出来似的。他显得更加不安。他痛苦、愁楚,对整个生活都感到烦恼。他一直在思索着眼前的难题，想得疲惫不堪，于是他宁肯横下一条心，听天由命，而不再去苦思冥想了。他倒是要拼命努力来停止自己的思索，对周围发生的一切佯装视而不见，充耳不闻。

他向孩子们打过招呼，把《金字塔报》交给穆哈伊，让他转交给易卜拉欣，然后，走进自己的屋子，顺手关上了门。

不出易卜拉欣所料，阿卜杜勒·哈米德来了。他是来向大家卖弄自己的聪明的，并没过多久。他进了屋，同易卜拉欣和穆哈伊坐了一会儿。他再三告诉易卜拉欣，他已经同他那位在警察局工作的那位警官朋友联系过了，他明天就会从那位警官那里得知被捕者的名字。

易卜拉欣庄重地说：

"但愿如此。抓紧点儿！你这可是给我帮了大忙了！"

阿卜杜勒·哈米德并没有同那警官联系，也还不想同那人联系，不过他想要拴住易卜拉欣，让他感到自己的忠诚。然后，他站起身来去找沙米娅。他两眼笑眯眯地望着她，说：

"你好呀，妹子！"

她撒娇般地故意把脸扭向一边，说：

"又来了！"

他笑着说：

"想你呀！"

她瞥了他一眼，说：

"哼，贫嘴！"

他好像从她嘴里听到她供认了对他的爱情，不禁笑得更开心了。他踮着脚尖走出家门，免得惊醒叔叔，也免得让叔叔知道他在家。

父亲在五点钟醒了。他一醒就等于全家都醒了，活动恢复了，开始准备开斋饭了。

父亲走进卫生间，出来做了晡礼①，然后，惆怅地坐在起居室的沙发

---

① 穆斯林按教法规定，每天应做五次礼拜：晨礼，晌礼、晡礼、昏礼和宵礼。晡礼应在下午五点前后做。

上。他不是在沉思,而是企图逃避各种念头。

穆哈伊拿着《金字塔报》走过来。父亲从他手中接过报纸,两眼一下子就盯在上面了。穆哈伊一直站在他面前,犹犹豫豫地不知所措,父亲只好抬起头来,不禁有些紧张地问:

"怎么了?出了什么事?你为什么这样站着?"

穆哈伊好像是想要甩掉一个沉重的包袱似的,赶忙说:

"易卜拉欣今天要走了!"

父亲两眼瞪得大大的,以至眼镜都显得变小了。他好像呛了一口水,不禁惊叫起来:

"你说什么?"

穆哈伊又说了一遍:

"易卜拉欣要走了……"

父亲打断了他的话:

"什么时候?几点走?"

"放开斋炮的时候。"

父亲感到心里一块石头落了地,不禁有些喜气洋洋。可是他考虑到,这种场合不该露出笑容,要抑制住自己的轻松感。于是他控制住自己的表情,保持着严肃。他做出一种着急的样子,问:

"他都安排好了吗?能保证他离家后不出什么问题吗?"

父亲并非只是在儿子面前,也是要在自己面前装出这副着急的样子,想使自己能心安理得,使自己的感情、道义和固有的高尚品德都能说得过去。因此,他并没有太留心穆哈伊对他的答话:

"是的,他搞了一个方案,一切都是照着那方案办的。"

父亲还是故作着急地问:

"他从这里出走之后,到哪儿去呢?"

穆哈伊还是站在父亲面前,恰似一个正在向上司做汇报的官员,说:

"说实在的,我也不知道。我所知道的就是他有一伙朋友在等着他。"

父亲抬头望着儿子,好像审讯般地问道:

"他怎么会同他的那些朋友联系上的呢?"

穆哈伊把目光移开了,说:

"我在学校里见到了他的一个朋友,同他说好了。"

父亲瞪了他一眼,目光中混杂着愠怒和惊恐。穆哈伊好像在为自己申辩,未等父亲开口,赶忙接着说:

"不过,他们谁也不知道他藏在咱们这里。"

父亲用愠怒而惊恐的两眼看了儿子一会儿,然后,把目光移开了。好像是考虑到现在不是责备儿子的时候,又好像他为易卜拉欣要离开这个家而暗自庆幸,从而饶恕了穆哈伊这种越轨的行为。他咂了咂嘴唇,说:

"唔,就这样吧!"

他不言语了。

他的沉默使穆哈伊大胆起来,于是又说:

"我还从他们那里给他拿来了一套军官服,好让他穿着出去。"

父亲又惊奇地看起儿子来,好像不相信自己的儿子竟会如此之深地涉足其间。他憋了好一会儿,才避免当面大声斥责儿子一番。他沉默了一会儿,然后说:

"安拉保佑他平安吧!"

在为易卜拉欣祷祝时,他觉得自己并不是口是心非,而确实是诚心诚意的,易卜拉欣的安危与他个人以及全家的安危是连在一起的。他开始轻松愉快起来,觉得自己总算是平安无事地尽完了一份义务,同时一种骄傲和自豪感充满了心头:难道不是他救了一个民族英雄吗?难道不是他在自己的家里保护了一个来避难的人吗?这难道不算讲义气?不是一种男子汉大丈夫的行为?他已经立下了一件值得铭记终生的功勋,即使不名垂青史,至少也可记载在他个人的功劳簿上。这可以成为教育儿子的一份教材,教他懂得爱国主义并非就是喊口号,也不只是什么游行、散传单、搞暗杀,而是一种品德,一种男子汉大丈夫的侠义行为。

穆哈伊迈了两步,坐在他最喜欢坐的那张躺椅上。可是他刚一坐下,父亲就站起身来,边用脚趾摸索着放拖鞋的地方,边说:

"跟我来!"

穆哈伊跟在父亲的后面,走进他的屋子。然后,父亲找到放在床头柜上的一串钥匙,就朝高低柜走去。他打开一个抽屉,拿出一个旧的小钱包打开来,里面露出一小叠钞票。他从中抽出一张五镑的,递给穆哈伊,说:

"把这交给易卜拉欣。他可能用得着。"

穆哈伊惊奇地看着他,似乎不敢相信父亲竟会如此慷慨大方。然后,他好像是想起了父亲的好心,不禁莞尔一笑,说:

"安拉保佑您长命百岁!"

父亲转过脸去,装着忙于把钱包放回抽屉里,以免让儿子看到他抑制不住的感情,说了一句:

"这事儿你妈妈知道吗?"

"还不知道呢。你是头一个知道的。"

"你还不去告诉她?"

"好的。"

母亲从厨房走进屋来,脸上挂着一颗颗汗珠,晶莹发亮。她匆匆忙忙地问道:

"你们在卧室里干什么?"

她不等回答,又接着说:

"今天你们可别挑剔,什么都没有做,只有小扁豆拌凉面。厨房和这一摊家务事,我可受不了了,赶明儿,你们可得想法子解决。听见了没有,扎希尔?"

父亲笑着说:

"告诉她吧,穆哈伊!"

穆哈伊嘴上也挂着微笑,犹豫着。母亲又说:

"告诉我什么呀?你们倒是说呀!你们有什么事瞒着我吗?"

父亲温柔地看着她,说:

"易卜拉欣就要离开这个家了!"

母亲赶紧说：

"那可好！"

她发觉自己竟脱口而出地表露了真实想法，于是改口说：

"他急什么，就留在咱家好了。莫不是他生什么气了？"

穆哈伊说：

"他什么气也没生，也不为别的。他早就这么安排好了。"

母亲坐在自己床对面的一张沙发上，好像要使自己的感情平静下来。她沉默了一会儿。在沉默中，她发觉内心深处有一种伤感的成分，一种遗憾和惆怅，就好像她的生活喧腾了一阵，引起了她的关注和忙乱，而这之后，周围的一切却突然沉寂下来，就好像那些参加婚礼或者吊唁的人一下子离去了，留给她的只是为举办这种婚礼、丧事而忙乱的回忆。她不禁伤心地念叨着：

"说实在的，可真难为他了。"

穆哈伊打算离开屋子，可母亲叫住了他：

"穆哈伊，你说，易卜拉欣带没带《古兰经》？"

穆哈伊说：

"我想他可能没带。"

母亲站起身来，打开床头柜的抽屉，拿出一本袖珍《古兰经》，递给穆哈伊说：

"孩子，拿着！把这本《古兰经》送给他！愿安拉保佑他得救，平安地回到他母亲身边！啊，安拉！"

穆哈伊接过《古兰经》，说：

"妈妈，您的心真好！"

他走出屋子，快步向自己的房间走去，急切地要把手上的礼物赶紧交给易卜拉欣。

易卜拉欣穿上了军官服。他这样一打扮，显得分外年轻英俊。他对着镜子打量着自己，嘴角不禁露出一丝微笑。这笑倒不是出自自我欣赏，而是更近于自我嘲讽，好像在对自己的命运表示伤感。

穆哈伊走进了屋,易卜拉欣转过身子看着他。穆哈伊把五镑钱递给他,笑着说:

"这是爸爸给你的,说你可能用得着。"

易卜拉欣犹豫着,不知是伸手好,还是不伸手好。

穆哈伊朝他跟前又凑了凑,说:

"你肯定用得着这些钱,易卜拉欣!这可不是讲客气的时候!"

易卜拉欣相信他的确需要这些钱。而且他在制订逃跑方案时,想到的一个重要问题就是钱。在狱中时,他可以通过父母搞到钱,如今他逃奔在外,上哪里去找父母和钱呢?

他犹豫地伸出手,接过那张五镑的钞票,看也没看一眼就揣进了口袋,同时激动地说:

"我真不知该怎样感谢你们才好。我一辈子都不会忘记你们的恩情……"

穆哈伊打断他的话,把手中的《古兰经》递给他道:

"这是妈妈送的!"

易卜拉欣接过《古兰经》,把它举到唇边,吻了一下,然后放进上衣口袋里。他仿佛是想起了自己的母亲,深情地说:

"愿安拉保佑她!"

他沉默了一会儿。好像他无法用话语来表达谢意,而只能沉默。然后,他抬起头,叹了口气,问道:

"离放开斋炮还有多少时间?"

穆哈伊看了看手上的表,说道:

"还有五分钟。"

易卜拉欣朝写字台走去,打开抽屉,把他的那支小手枪拿了出来,伤感地望着它,好像是在为自己不得不带上它而感到遗憾,甚至好像是在为他当初结识了这些手枪而感到遗憾。他如今对它的看法,与入狱前它的看法可不一样了。他的目光中,已经没有那种对它的喜爱、殷切的感情,也没有那种强有力的感觉。在他看来,它仿佛是一个靠婚约而与他维系在一起的妻子。他把弹匣从枪上卸下来,瞅着它,好像一个牙科大夫在检查病人的牙齿。然后，他扳了一下枪机，又扳了一下，随后，把弹匣重装上去，把枪藏进外衣口袋里。穆哈伊站在那里小心而畏怯地看着他，似乎是在看着一个玩蛇的人在玩弄毒蛇。

易卜拉欣回头看了看他，说：

"放开斋炮以前，我能向大叔打个招呼吗？"

穆哈伊站在那里看着他，就像在等着一列载着他的火车即将开动时好向他挥手告别。他说了一声"请……"

易卜拉欣摸了摸装着娜娃勒亲笔写的那张纸条的口袋，生怕它丢了，然后同穆哈伊一道走出屋子。在往起居室走的路上，他们碰见了沙米娅。她先看见了那套军官服，而没看清易卜拉欣，于是不禁尖叫了一声，把手放在胸口，低声地说了一句：

"啊！我的主啊！求安拉保佑！"

易卜拉欣在她面前站了一会儿，微笑着伸过手去，一边握着她的手，一边怀着温情与谢意看着她说：

"希望你一切都好！"

沙米娅困惑地同他握着手。妹妹娜娃勒跟在她身后，贴着她耳朵，小声地说：

"他马上就要走了。"

沙米娅叹了口气，说：

"这我可没想到。你瞧，这套衣服他穿起来正合身，神气极了！"

娜娃勒莞尔一笑，好像那是在赞美她，赞美一个为她所有的人。她惊奇地看着穿着军官服的易卜拉欣，心几乎要从嘴里蹦出来，落在他的肩头，落在肩章上那些星的旁边。

姐妹俩跟在两位青年后面向起居室走去。收音机里诵经师①正在念着《古兰经》的一些章节。

易卜拉欣弯下身子，想要吻扎希尔的手，扎希尔把手抽回来说：

---

① 《古兰经》是用韵文体写的，读起来颇有音乐感。穆斯林中有专职的诵经师，在清真寺或公众集合时诵读《古兰经》。

"求安拉饶恕！请坐吧，孩子！"

易卜拉欣又弯下身子，想吻塔希娅的手，她也把手抽回来，说：

"别客气，孩子！愿安拉保佑你平安无事！"

易卜拉欣腼腆地坐了下来，有些不知所措。他仿佛要发表一通演说，咽了一口唾沫，又咽了一口，说：

"实际上，大叔，我不管说什么，也没法说出对您的感谢。您可知道，我到这里来的时候，曾经担心你们会把我撵走，可是我在这个家庭里却见到了这样的爱国热忱，这样的豪爽、侠义，这是我生平在任何别的地方从未见到过的……"

父亲眼不望着他，打断他的话道：

"孩子，不必说这些了。这都是该做的。再说，照顾得也不周到。要紧的是你的安全。你可要当心些。你的处境很困难，很困难啊！"

易卜拉欣慌乱地说：

"托安拉保佑吧！"

母亲说：

"安拉同你在一起，孩子！安拉总会保护好人，饶不过坏人的。"

易卜拉欣默无一言，更加不知所措起来。他百感交集，不知说些什么才好，可又不能一声不响。他抬起双眸，一个挨一个地看着这个家庭成员的一张张面孔，似乎想从中找出自己要说的话。他的视线在娜娃勒脸上停了一会儿，好像是要向她求救，可是他在她的两眼中看到的只是爱情，一种使他更加痛苦的爱情。他竭力克制自己，以免在她的面前垮掉。他把目光从她身上转向沙米娅，也许她会说句什么话，他就可以搭话了，可是她也一言不发。她的两眼中含着深切的哀伤好像是在看着一具烈士的尸体。穆哈伊低头瞧着地。父亲呢，也在尽力找话说，最后找了一句他自己也相信是多余的话：

"孩子，你还有什么事要办？我能办到的，你就说好了。"

易卜拉欣诚恳地说：

"谢谢您，大叔！这就够麻烦您的了。"

父亲说：

"别客气。"

开斋炮响了，收音机里宣礼员的声音响了起来。

母亲站起来说：

"我去把汤盛出来，大伙儿快吃饭吧！"

全家人都站了起来。穆哈伊站在沙发的扶手上，从柜子顶上把拜毯抽下来，铺在地上。父亲面向安拉站着①，做起礼拜来。

穆哈伊、沙米娅和娜娃勒都等着易卜拉欣带头走向餐室，但他却一直站在那里不动，说：

"你们请去吃饭吧！我现在就算向你们告别吧。你们吃饭的时候，我就下去。"

他们谁也未动，你看着我，我看着你，都希望别人开口。易卜拉欣接着说：

"我希望你们……你们还是请吧！一切都必须照常进行，显得自然些。谁也料不到最后一刻会出什么事呢。"

沙米娅怜悯地看着他说：

"你不吃吗？"

他用两眼向她表示谢意，说：

"不。"

她殷切地说：

"可你从早晨起床到现在就没吃东西。"

他说：

"没关系，我没把斋！"

娜娃勒说：

"好吧，我给你搞点夹心面包带着。"

他深情地笑着说：

---

① 穆斯林把麦加"禁寺"内一座方形石殿称作"天房"。礼拜时都要面朝"天房"的方向，称为"正向"。此处系指面向"天房"。

"谢谢了。不过军官在马路上是禁止吃夹心面包的。"

母亲从厨房里走回来,端着一盆汤,望着他们。她已经听到了易卜拉欣的话,就说:

"不行!你不能饿着肚子离开我们家,那可不像话!"

他彬彬有礼地说:

"没关系,婶婶,我不饿。"

然后他向她走过去,抓起她的手,握在自己手里,以免她再抽回去。他低下头吻着它,好像是把自己的生命放到这只高贵而纯洁的手掌上。

她说:

"安拉保佑你,孩子!保佑你每步都平安无事。"

易卜拉欣热情地同穆哈伊握着手。他们互相对视着,好像在他们的眼睛里有着他们要说的话。随后,易卜拉欣同沙米娅握手,向她开朗地笑着,她却近乎要哭地说:

"安拉同你在一起!"

然后,易卜拉欣把手放到娜娃勒的手上,他真希望永远不把它抽回来。他闭上了眼睛,似乎不想看见自己的愿望。他听到她小声说:

"自己要当心些!"

接着用更微弱的声音说:

"为了我。"

全家人一个接一个地走出去,走向餐厅,一步一步地,悲伤而缓慢,好像他们是在为一个死者送葬。易卜拉欣坐在椅子上,叹着气,好像他在这一刻,这告别的一刻中,正忍受着生平所受到的最残酷的折磨。父亲终于做完了礼拜。他刚才也只是身体在礼拜,头脑和心灵则一直关注着身边屋子里发生的一切。他在礼拜时,听到了易卜拉欣要求全家到餐厅去,使一切都显得很自然的话。他做完礼拜后,就没同他争论,只是伸过手去同他握着,说:

"一路平安!你可以永远把这个家看成是你自己的家,把我看成是你的父亲!"

易卜拉欣弯下身去，吻着他握着的那只手，说：

"我还要等一会儿再出去。谢谢你，大叔！太谢谢了！"

父亲默默地点了点头。他走了出去，跟全家人一道，围着餐桌坐了下来。他们谁也没开始吃，谁也不说话，一直愣着。然后，他们听到了易卜拉欣的脚步声，看到一个身影走过去了，接着，听到门被小心翼翼地打开了，又一声不响地关上了。易卜拉欣走了出去。

全家人还在愣着。突然，娜娃勒的头垂到了餐桌上，啜泣起来。沙米娅俯到她身上，拍着她的背，不料也同她一道哭了起来。

娜娃勒神经质地用腿推开椅子，站起身来，向自己屋子奔去。泪水早就像开了闸似的淌了下来。沙米娅也跟在她后面跑去。

父亲、母亲和穆哈伊都一声不响，沉默着。

母亲伸出手，握着汤勺，在盆里搅动着，然后，停了下来，用手腕抹着已经顺着腮帮子往下流的泪水，随后，又握着勺子说：

"主啊！这种事可真让人揪心！"

第十二章

　　全家人都回到各自的屋里，在床上躺了下来。经过了易卜拉欣在这个家庭度过的整整四天之后，他们一直处于紧张状态的神经总算松弛下来了。每个人都有某种轻松感，就仿佛是经过了一段千辛万苦、跋山涉水的旅行之后平安地回来了，又好像是安然地度过了重病的危险期，而进入了疗养期。这种虚弱、松懈而又坦然的感觉真是别有一番滋味。

　　父亲仰面躺在床上，眼睛望着天花板，嘴角露出善良的微笑。他的呼吸均匀而平稳，不慌不乱，心头总有一种自豪感，那是一个能在惊涛骇浪中熟练地驾驶着船使它平安抵岸的一家之长的感觉。随后，他在脑海中又回顾了一下这过去的四天。他清楚地看到了自己和全家曾面临着多么大的危险。他更加笑逐颜开地摇了摇头，不禁对自己感到惊奇起来。当初他怎么肯让他一家人冒这么大的风险呢？他不明白。也许在他允许易卜拉欣藏在他家里的时候，自己还不清楚这有多危险吧！当时他并没有多花脑筋去考虑，也没有把这种种境况都仔细地算计到。他之所以让易卜拉欣藏在自己家，是出自一种感情。这也许是一种同情，或是一种义气，或是一种爱国心。这种感情蒙住了他的眼睛，使他看不到自己可能遭遇的种种危险。只是在易卜拉欣藏进了他家，他从收音机广播中听到了政府悬赏五千镑通缉易卜拉欣，并严惩一切帮助他逃跑者的通令之后，才真正感到了这种危险。他并没采取什么措施来防止这种危险。他所做的一切都是听天由命,但是安拉救了他,救了他一家,全都是安拉……

他发现自己正面向安拉,心中祝祷着:"感谢安拉! 安拉啊! 赞美你,感谢你! "

不过他又难以抑制自己的自豪感。难道不正是他在知道了易卜拉欣是越狱潜逃,政府正在追捕他的情况下,把他收容在家的吗? 难道不正是他对悬赏置之不理,对坐牢的威胁置之度外? 难道不正是他面对阿卜杜勒·哈米德厚颜无耻的要挟而同他玩弄花招吗? 他何必要克制自己的这种自豪感呢? 他为什么不可以自豪、骄傲呢? 他平生对于爱国运动只是一个旁观者,从没投身进去。他曾背诵过柴鲁尔的讲演,但他对这些讲演词的热心只不过是把它记在心里,同少数同事议论议论而已;他一直关注报纸上刊登的各个爱国事件的消息,并对这些事件做出各种判断,但他既不宣布自己的判断,也不参与执行;他读过哈菲兹·易卜拉欣和邵基①的诗,读过一些爱国主义作家的文章,感到这些诗和文章说出了他的心里话,好像是他本人的创作,但他却从来没有想亲自表达一下自己的感想:他总是需要别人来替他表达,借助别人写、别人革命、别人牺牲,来抒发他的感情。有积极的,就有消极的;有行动的,就有旁观的。尽管如此,他的爱国心却并不比所有这些人差,不比那些游行示威者差,也不比那些作家差,甚至于不比那些烈士差。机会来了,证明他的爱国心确实并不比别人差。他何必否认这一点,他又怎能不感到骄傲,不感到豪情满怀呢?

他更加开心地笑了。他躺在那里,翻了个身,把脸转向妻子。她背对着他,躺在他身旁。他笑眯眯地看着她那丰满的隆起的身躯,好像是为她有这样一个好丈夫而向她祝贺。

妻子对这一天的事不再操心了。她不再去想易卜拉欣,他不过是一个客人,住了几天又走了。伴随易卜拉欣的到来而产生的一切难题,以及由于他而使这个家庭面临的一切危险,很快就从她的脑海里消失了。她

---

① 哈菲兹·易卜拉欣(1872—1932)、邵基(1868—1932),埃及近代最著名的爱国诗人。前者被誉为"尼罗河诗人",后者被尊为"诗王"。

不再害怕什么了，好像也忘记了为未来担心，只不过是像平常那样，考虑着明天该干些什么。

明天她要把家彻底收拾一下，把窗户通通打开，把床单都换洗一下，还要请门房阿里大叔帮她拍打地毯的灰尘。

随后她似乎又想起了什么，她躺着未动，低声地说：

"扎希尔，扎希尔，你睡着了吗？"

丈夫也平静地小声说：

"没，还没呢。"

她还是躺在那里没动窝儿，说：

"我想明天打发个人把赛尼娅那个丫头叫回来，快过节了，里里外外除了她谁能应付得了！"

他笑着说：

"我不反对。"

她背对着他说：

"不过，就怕她妈又给她找了别的主，她贪心，等不得。"

他还是笑着说：

"她上哪儿能找到比咱们家还好的人家，又上哪儿去找比咱家的太太还好的太太？"

母亲娇嗔地笑了。她暗自得意，外表却一点儿都没显露出来。然后，她幸福地闭上了眼睛，只一会儿工夫，便鼾声大作起来，就仿佛她是从那肥胖的身躯的重压下，使劲儿把那些粗重的气息往外拽出来一般。

父亲也闭上了眼睛想睡，但突然又很快地睁开了两眼。他想起了一件让人操心的事，很不安。那就是穆哈伊，他的儿子，他会不会在易卜拉欣把他推上去的那条道路上走得太远了，他会不会同其他那些搞政治的学生一样，也要搞起政治来了？他会不会也去参加那些密谋、暗杀的活动？他会不会也出去参加游行示威，可能受伤，或者成为烈士被抬回来？他会坐牢吗？他会像易卜拉欣那样，被政府追捕而东逃西奔吗？不，不会的！……可是穆哈伊却瞒着他与易卜拉欣在学校里的朋友接头，同他们一起策划逃跑方案。这是儿子头一次做事瞒着他。过去，儿子有什么事情，他的脑子里想些什么，他的一举一动他都知道。可是如今，儿子却把暗中接头的事瞒着他。他还有什么事儿瞒着他呢？他将来还可能有什么事儿会瞒着他呢？易卜拉欣往他脑子里都灌了些什么见解和计划呢？谁知道呢？说不定他们策划好了，让穆哈伊同易卜拉欣一直保持联系，听他驱使。不，不行！这当然不行！他不能让自己的儿子拿前途去冒险，听凭这些胡闹的学生摆布。是他为自己的儿子安排好了前途，这前途是他一天一天安排的，就好像他是为儿子织那生活的礼服，他不能让这礼服在即将织成时却被撕烂。他要让儿子在他为他划出的道路上前进。今年他将名列前茅，拿到学士学位，然后留校当助教。什么差错都不能出。他要把易卜拉欣可能已经塞进儿子头脑中去的东西通通连根剔除掉。他收留易卜拉欣可不是让他把自己的儿子从身边抢走。他当初怎么那样傻啊！收容他时怎么竟把他安置在穆哈伊身边，住一间屋，睡一张床呢？这无疑是把一瓶毒药放在儿子跟前嘛！他们俩整宿都谈些什么呢？当然是政治、密谋、各种计划、方案……易卜拉欣准是往穆哈伊脑子里灌了很多什么英雄主义的空想和那些孩子式的胡闹。可是穆哈伊是有头脑的——他对儿子是了解得很清楚的——他很稳重，不会轻易让别人牵着鼻子走。时间还来得及，得好好同他谈一次。明天早晨就同他谈，不，吃过封斋饭就谈，要当机立断。他要好好看管儿子，可不能让他毁了。

他想闭上眼睛睡一觉，可是眼睛闭上了，却没睡着。他一直心神不定地等着闹钟响，等着宣告封斋的时辰来临。

另一间屋子里睡着穆哈伊。在易卜拉欣走了、不再睡在他身边之后，他感到自己的床变得太宽了，好像这张床从来没这么宽过。他合不上眼。他倒嚼似的一次又一次地回忆着这逝去的四天，使自己得以满足。他想不去回忆这些事，但却办不到。他想以温习功课来忘却它们，但往事却从书本的字里行间向他袭来。于是他合上书本，躺在床铺上，放自己一会儿假。他想睡，却又睡不着。尽管如此，他却没有不安的感觉。这些天来一直伴随着他的那种害怕、恼怒的感觉消失了。他不再去考虑自己经历的这场危险,那已经是往事了。英雄气概可真是了不起! 你刚立下丰功伟绩,就会忘掉那些危险。这就好像分娩一样,母亲刚生完孩子,就忘记了痛苦,准备再生一个。生孩子是一种英雄壮举,母亲也是英雄。他为自己在哲学上的这一发现笑了。随后,他发觉自己有一种英雄的自豪感,于是更加笑逐颜开了。同学们会知道他是一位英雄,会知道在政府通缉、追捕易卜拉欣的时候,是他把他藏在家里,会有这样的一天吗?

他仿佛看到了同学们围着他的情景:他在向他们追述往事,讲述中不免有点儿夸张,同学们正在为他鼓掌,自己被举了起来,骑在别人的脖子上;身下都是同学,有的他认识,有的他不认识,大家都在高呼:"向全校的英雄穆哈伊致敬!"

随着这些想象,他的眼睛失神了,嘴笑得更加合不拢了,心也跳得更剧烈了,就好像他无法应付这么多围在四周的群众。他感到自己正从床上被举起来,放在同学们的肩头上。

蓦地,他醒悟过来了。像是害怕这种幻影,他在枕头上摇着头,好像在说,不,不,同学们什么都不应该知道。他们若是一知道,政府也知道,他就会被捕,就会坐牢。不,他不想坐牢。他不会坐牢的。他应当守口如瓶,什么也不能对同学们说。他不要他们为他鼓掌,不要他们把他抬在肩上,也不要他们高呼他的名字,因为他不想坐牢。

然后,他又听任自己的想象驰骋去了……

隔壁屋子睡着两姐妹。

娜娃勒闭着泪眼沉浸在梦幻中,那好像是一些雨过天晴、风和日丽、鸟语花香的梦境。易卜拉欣穿着军官服的形象占满了她的脑海。她的想象已经使她提前到了下星期一。星期一她将在阿卜杜勒·蒙伊姆广场同他会面。广场的景象展现在她面前。她仿佛看见自己站在广场中间环视四周,在等着易卜拉欣。她穿什么衣服呢?咖啡色的?不要白色的。手上戴着白手套,提着白手提包。不,要提黑色的手提包,穿黑皮鞋。她站在广场中央,穿着白衣服在等着易卜拉欣。啊,他从阿卜杜勒·蒙伊姆大街那头走来了,穿着那套军官服,戴着墨镜。他同她握着手,然后,他俩肩并肩地走在广场分岔出去的一条狭窄的有荫蔽的街道上。不!他是亲自开着一辆汽车来的。汽车停在她面前,他朝她微微一笑,那笑容挂在他嘴角上,细微而强烈。她犹豫了半天:要不要坐在他身旁呢?她的心很慌乱。坐上去吗?要是她答应坐在他身旁,他会对她怎么想呢?他也许会认为她是一个轻佻的姑娘。不,易卜拉欣不是这种人,他不会把她往坏处想的。她应当听他的话,坐在他身旁。汽车一溜烟地开走了,真是风驰电掣,要把她带向一个遥远的地方。突然,汽车在一个地方停下了。那里阒无一人,而且连大地都没有,好像那汽车是载着她停在天空中。他朝她回过头来,同她谈了起来。他同她谈起了结婚。然后父亲的形象冒了出来,他会同意这桩亲事吗?她想象着父亲摇头拒绝的样子,不禁微微地皱起了眉头。但是她又微笑了,她相信爸爸的心地善良,他终究会同意的!

她陷入幻想中,一幅幅景象出现在她眼前,变换着。她手里紧紧握着那只装着《古兰经》和易卜拉欣亲笔写的那张纸片的小金匣子。小金匣子还挂在她胸口上,贴着她的心窝,好像她是把易卜拉欣本人装在匣里,带在身上。

姐姐沙米娅的声音把她从梦幻中惊醒过来:

"娜娃勒,娜娃勒!你在想些什么呀?"

娜娃勒脱口而出道:

"你看易卜拉欣现在会在哪儿呢?"

沙米娅好像要安慰自己的妹妹,说:

"你不用为他担心,这种人根本用不着为他担心!"

姐妹俩谁也不开口了。未等娜娃勒再次沉入想象中,沙米娅又说道:

"你知道我在想些什么吗?我在想,阿卜杜勒·哈米德若是知道易卜拉欣离开了家,准会发疯的。我要好好看看他的那副狼狈相。"

娜娃勒知道姐姐绝不会对阿卜杜勒·哈米德幸灾乐祸的,就说:

"他不会发疯,也没什么事儿。都是自己人嘛!"

沙米娅好像没听见妹妹的话,问道:

"你想,明天他要是来,爸爸会把他撵出去吗?"

娜娃勒说：

"我想不会。为什么要撵他呢？"

沙米娅不说话了，她又想到了阿卜杜勒·哈米德。自从易卜拉欣出了这个家门，她就在想他。她仿佛觉得出去的是阿卜杜勒·哈米德，而不是易卜拉欣。他从她的生活中走了出去，不会再追求她，死缠着要同她结婚了。爸爸将把他赶出家门，她的生活又将死气沉沉，她又将听到一个个毫不相识的求婚者的名字，看到他们的模样。他们中没有一个可以让她撒娇，可以满足她的虚荣心，可以把她的孩提时代同她的青春时代联系起来的人。她不感到幸福。为什么？难道这不是她的心愿吗？难道她不是要阿卜杜勒·哈米德远离她的生活吗？是的，她并不希望他走出她的生活圈子。易卜拉欣出去的时候，她哭得好伤心，她同妹妹一道哭。但她自己明白，她不是为易卜拉欣哭，而是为阿卜杜勒·哈米德哭。

好像是透过一层围绕在头脑四周的云雾，她又小声地问妹妹：

"可是，你想阿卜杜勒·哈米德会怎么办呢？"

她本来希望妹妹会回答她说，阿卜杜勒·哈米德会采取什么行动来同她成亲，可是娜娃勒却说：

"我看他不会怎么着，他能干什么呢？"

沙米娅好像还抱着希望地说：

"你说，他知道我们放走了易卜拉欣，捉弄了他一通之后，会不声不响地善罢甘休吗？"

娜娃勒朝姐姐转过脸去，笑眯眯地温柔地说：

"沙米娅，你知道我怎么想的吗？我觉得你好像还像从前一样爱着阿卜杜勒·哈米德。"

沙米娅好像要为自己的秘密辩护，恼怒地说：

"好好睡你的觉吧！别胡说八道了。"

她神经质地转过身，把背对着妹妹，把头埋进枕头里，好像她是要把自己的爱情、把自己那颗心都藏进枕头里去。

娜娃勒又想象起来，一幅幅景象变换着，在她眼前闪现，一丝甜蜜的惶惑的微笑挂在她的嘴角上。

闹钟的铃声响了,宣告封斋的时间到了。

母亲是第一个醒来的,但她却没睁开眼。她仍然闭着两眼,躺在那里一动不动地说:

"扎希尔,扎希尔!喂!扎希尔,封斋了!"

她不声不响了,好像又睡着了。过了一会儿,还是身子没动地叨咕着:

"扎希尔,起来呀!扎希尔!喂!你快起来吧!封斋了!"

父亲从不安的睡梦中醒过来,说:

"你去热饭去吧,让我再躺一会儿。"

母亲眼睛还未睁开,懒洋洋地爬了起来,坐在床上,然后又慢慢睁开眼睛,懒洋洋地下了床,好像浑身难受似的说:

"唉,也不知怎么的了,这浑身简直像刀扎似的难受。"

然后,她艰难地迈动两脚,朝两个女儿的屋子走去。她在门上敲了敲,听到娜娃勒在屋里嚷了一句:

"醒了,妈妈!"

她没有催她们,离开了屋门,又朝餐厅走去。她还是浑身难受,没精打采地坐了下来,点着了酒精炉,把盛焖蚕豆的盘子放了上去。

过了一会儿,全家人都醒了,聚集在她周围,开始懒洋洋地吃起封斋饭来。他们好像是在尽一种迫不得已的义务,强把食物往嘴里塞着。大家谁也没说起易卜拉欣,好像那一切尚未成为可资谈助的往事,而仍旧是他们置身于其中的现实,他们在默默地听之任之。

穆哈伊喝了一杯果子露,打算起身回自己屋里去。父亲迟疑地看着他,好像不忍心侵占他的睡眠时间,然后顺嘴说了句:

"穆哈伊,你等一下,我有话和你说!"

穆哈伊两眼画了个问号,看着父亲,然后在原位上坐了下来。两个姑娘交换了一下眼色,动身朝她们的屋子走去,母亲好像在催促她们快走似的说:

"你们一人拿两个盘子，放进水池子里，放上点儿水，让它泡到天亮好洗。"

姐妹俩走了出去。母亲难受地叹着气，也跟在她们身后走了出去。穆哈伊望着父亲，好像在催促他开口。

父亲又从杯子里呷了一口果子露，然后用平静的语调说：

"你还没告诉我，你怎么会见到易卜拉欣的朋友的？"

穆哈伊一面神经质地用手指按着眼镜夹鼻，好像担心眼镜会掉下来，一面低头望着桌面。他预料到父亲会同他谈起这个问题，但未料到他会在现在、在这个时候同他谈。他小声地说：

"我在学校里见到了他们中的一个，就告诉他说易卜拉欣要一辆汽车等他，并要一套军官服好穿……"

父亲打断了他的话：

"他没问起易卜拉欣躲在哪里吗？"

穆哈伊赶紧说：

"他问起过。我对他说，我不能告诉他。"

"你这么说，他满意了吗？"

穆哈伊感到了这被追根究底的压力，说：

"是啊，他好半天没说话。"

"你是怎样把那套衣服从他那里带来的？"

"第二天我在校外见到了他，就从他那里拿了来。"

穆哈伊好像咽下了自己的谎话似的，咽了口唾沫。

父亲两眼直盯着儿子的脸，问：

"你怎么知道就没有人在监视你们？"

"整个过程只不过是一分钟的事儿。"

父亲不声不响了，好像在埋怨儿子太傻了。然后又生气地说：

"你去之前，怎么也不对我讲一下？"

穆哈伊有点儿慌了，然后，他眼不看着父亲说：

"我不愿意打扰您！"

父亲不无讽刺地说：

"你还有什么别的不愿打扰我的事儿吗？"

"再没有别的事儿了。真的，爸爸！"

"谁知道呢？说不定你同易卜拉欣合计好了，还要搞什么名堂吧？"

穆哈伊沉默不语了。

父亲生气地说：

"你怎么不说话呀！"

穆哈伊吃力地说：

"什么也没合计，也没有什么事情瞒着您了。"

父亲打量着儿子，沉默了一会儿，然后故作平静地说：

"你听着，穆哈伊！要说我答应易卜拉欣躲在咱们家，那并不意味着我在搞政治，我也不允许你搞政治。这个人是向咱们求救的，咱们救了他。不过咱们同他可不一样，咱们也不打算去干他干的那些事，懂吗？"

"我懂，爸爸！"

父亲又斩钉截铁地说：

"你还剩两个月就毕业了。在这之后，你愿意干什么就干什么。不过在未毕业之前，我得为你负责。现在我要你向我保证，你不再去同易卜拉欣的任何一个朋友联系，有什么事儿也不再瞒着我。"

穆哈伊想要结束这场谈话，就说：

"我向您保证，爸爸！"

"你向我保证什么？"

"我向您保证，有什么事儿绝不瞒着您，不参与政治，也不管易卜拉欣朋友的事儿。"

父亲好像要用自己对儿子的信任来约束他，说：

"你是个男子汉，我相信你的话。"

然后，他挪开了椅子，站了起来，对儿子说：

"好好睡一觉吧。"

他朝自己的屋子走去。穆哈伊跟在后面，也朝自己的屋子走去。

第十三章

翌日早晨。父亲做的第一件事就是打发看门的去买一份《金字塔报》。他这是第一次没出家门先买报。他急切地接过报纸，倒好像他预料会在头版头条上读到易卜拉欣被捕或者被击毙的消息，但他什么也没找到。他把报纸丢在沙发上，准备上班去了。

除了母亲外，全家人都一个接一个地溜了进来。每个人都背着父亲偷偷地看着报纸。娜娃勒发现自己看过第一版后，又去翻其余的版，然后眼睛又盯在讣告栏上，并开始读着那些名字。未等读完所有的名单，她醒悟过来了，心不禁为之一缩。她随手丢开报纸，好像是在把一件不祥的危险从自己头脑中驱赶掉。

父亲出门上班去了。

穆哈伊出门上学去了。

窗户全都打了开来，全家大扫除开始了。看门的阿里大叔被请来帮助拍打地毯的灰尘。他们让他在屋子里四处走动，好像故意要让他证实，这个家确实没外人。

娜娃勒走进哥哥穆哈伊的屋子。她已经把它看作是易卜拉欣的屋子了。她在这个屋子每一块地方都看到了易卜拉欣。这儿是易卜拉欣吃早饭的地方，那儿是易卜拉欣睡觉的地方。她感到他仿佛离她很近，近极了。她在屋子四处慢慢地、不知所措地走着，就好像易卜拉欣的眼睛正盯着她。

她打开衣柜,发现了易卜拉欣穿过的裤子和衬衣。他穿着那套军官服出去了,就把旧的裤子和衬衣丢在了这里。

她急切、温柔地把衬衣抓在手里,好像打算贴胸拥抱它,拥抱易卜拉欣。然后,她把衬衣放在一边,又拿起裤子,仔细地叠好,挂在衣柜里的衣架上。随后她又拿起那件衬衣,把它带回自己的屋子,放在自己的柜子里。她暗自决定,要亲手把它洗一洗、熨一熨,并把它同自己的衣服一起保存在自己的衣柜里。

大扫除在十二点结束了。看门的阿里大叔去到女用人费尼娅的母亲那里,要找她回来。

窗明几净,一切都显得井井有条,清洁而整齐。好像经过一番辛苦之后,一家处处是笑脸。

快到一点了,门铃响了起来。

娜娃勒去开门。

阿卜杜勒·哈米德匆匆忙忙地走了进来,眼不看她打了个招呼:

"你好!"

娜娃勒嘲弄地笑着回答了一句:

"你好!"

他没看见她的脸,只是抢在她前面,三步并作两步地走进屋里去,好像带来了一件什么重大新闻。娜娃勒跟在后面走着,偷偷地发笑,想象着他在听到那突如其来的消息时将是一副什么模样。然后她拐进厨房,帮妈妈忙去了。

阿卜杜勒·哈米德在过道上碰到了沙米娅。她还是穿着那套家常便服。他也没向她问好,就问了句:

"易卜拉欣在做什么?"

他想越过她,朝那个他通常能见到易卜拉欣的屋子——穆哈伊的屋子走去,可是这时他却听到了沙米娅的答话:

"他出去了。"

他转过脸瞧着她,好像不相信自己的耳朵。他还没有完全领悟这件

突如其来的消息,就追问道:

"你说什么?"

沙米娅悲伤、怜悯地看着他,用一种微弱的、好像要安慰他的声音说:

"易卜拉欣出去了,离开家了!"

阿卜杜勒·哈米德瞪大了眼睛。如今他已经完全明白了这一突如其来的事变。他显得好像发了疯似的。他凭着自己的鬼聪明和总往坏处猜疑的习惯,一下子就发觉了对他玩弄的这个花招。他像一头受了伤的野兽,嗖嗖地叫着:

"出去了?怎么会出去了?真是岂有此理!"

他撇开她,立刻朝穆哈伊的屋子奔去。他使劲撞开了门,用疯狂的两眼在屋子里扫视着。他的两颊颤动着,两只鼻孔翕动着,连声音也颤抖了,说:

"他上哪儿去了?告诉我!他上哪儿去了?"

沙米娅被他的狂怒吓慌了,说:

"我不知道。向伟大的安拉发誓,我真的不知道。"

那气急败坏的声音越来越高,以至最后几乎变成一种狂喊:

"当然了,你不知道。只有我才是个大傻瓜!别人谁都不知道。你们可以笑我了,是不是?行了,请吧,阿卜杜勒·哈米德先生!您请自便吧!这里没有什么亲事,也没有什么钱。不过,等着瞧吧!向安拉发誓,我要让你们全都倒霉!这可是你们自找的!这可不能怨我,要怨你父亲,他想嘲弄我。不过我也不是那么好耍弄的。我不是好惹的!我要让你们倒霉!不会让你们过舒坦日子的!"

他边说边朝门外冲去。

沙米娅跟在他后面,边跑边喊:

"阿卜杜勒·哈米德!阿卜杜勒·哈米德!"

他没有停下来,开了门,走了出去,没等她赶上他,便把门哐啷一声关上了。

沙米娅急忙跑回自己的房间,打开了衣柜,也顾不得照镜子就匆匆忙忙地换起衣服来，嘴巴里还在小声念叨着："阿卜杜勒·哈米德，阿卜杜勒·哈米德……"好像那是发自她胸口里的惊慌的呼喊在她嘴里的回响。她的脑子已经乱了，怎么也集中不起来，不知该如何是好。她脑子里只想到了阿卜杜勒·哈米德前两天同她说过的话，他曾谈起他要向警察告发易卜拉欣。她换完了衣服，没穿袜子就把脚塞进了鞋里，然后，拿起手提包，头发也没拢一下就急急忙忙地跑出了房间。她碰见妈妈正从厨房里出来，问她道：

"阿卜杜勒·哈米德为什么那样大吵大嚷的？"

沙米娅没有答话，直朝大门跑去。

娜娃勒追上了她，喊道：

"沙米娅，沙米娅！你上哪儿去？"

沙米娅没有睬她，走了出去，把身后的门关上了。

娜娃勒又打开了门，从楼梯栏杆上探下身子，喊道：

"沙米娅！等一等，我跟你一道去！"

沙米娅没有听见她的话。她现在来到了街上，用惊慌的眼睛东张西望，找寻着阿卜杜勒·哈米德。她的两眼朝她们家所在的那条街的尽头望去，却没看到他。她慌忙急促地朝吉扎大街奔去。她的一切都是惊慌不安的：她的心、两眼、嘴巴、两条腿、两只手……几绺头发被风吹乱了，耷拉在脸上，好像也在惊慌地呼喊。她心里还在叨咕着："阿卜杜勒·哈米德，阿卜杜勒·哈米德，阿卜杜勒·哈米德……"

她不知道找到了阿卜杜勒·哈米德要怎么办，只知道她应当找到他。他是去向警察告发易卜拉欣的，她知道这一点，她感觉到了，她的感觉达到了一种坚信的程度。她应当阻止他。倒不是为了救易卜拉欣，也不是为了救她的一家，而是为了救阿卜杜勒·哈米德，不让他自讨苦吃，要挽救她对他隐而未露的爱情，要挽救她在自己心中为他勾画出的形象。她似乎怕他露出他的卑劣，她内心深处的希望就将随之破灭，他的追求给她带来的那种扬扬自得的感觉也将被破坏殆尽，她作为一个讨人喜爱的姑娘在全家面前的那种骄傲和自豪也将化为乌有，不是吗？阿卜杜勒·哈米德喜爱她呀，喜爱到一种缠人的程度，死乞白赖地缠着。

她来到了吉扎大街，用惊慌的两眼东张西望地找寻着阿卜杜勒·哈米德。随后，当她看到他正在对面人行道上，站在一家香烟铺子前打电话时，不由得尖叫了一声。

他是不是打电话给警察告发易卜拉欣？

她发疯般地叫了起来：

"阿卜杜勒·哈米德！阿卜杜勒·哈米德！"

阿卜杜勒·哈米德离得那么远，根本就不会听到她的叫喊。她跳下人行道，打算过马路去找他，可是一列电车挡住了她的去路。她在马路中间站了下来，等着电车开过去。她还想用眼从车厢间的空隙中盯着阿卜杜勒·哈米德。她仿佛觉得这是一列她生平遇到的最长的电车，又仿佛觉得那电车在她面前经过的每一秒钟都简直等于一个钟头。

电车过去后，她瞧见阿卜杜勒·哈米德正放下电话听筒，朝吉扎广场走去。她跑着追他。突然，一辆汽车几乎要碾着她了，她不由得叫了一声。接着，她又差点儿撞到了一辆自行车上，手提包脱手掉到了地上。她拾起了手提包，大口喘着气，不顾一切地穿过了马路。她跟在阿卜杜勒·哈米德后面紧追，两眼一直盯着他。她看到他朝广场边上的出租汽车站走去，随后上了一辆出租汽车。

汽车载着他开动了，经过她面前。于是她的心简直就像要从嘴里蹦出来似的，她喊了一声：

"阿卜杜勒·哈米德！"

可是阿卜杜勒·哈米德没有听见她的喊声，也没回头朝她望一眼。那一瞬间，她看到他两只恼怒的眼睛盯着司机的后脑勺，皱着眉头，脸色苍白。

沙米娅往出租汽车站奔去，上了一辆车，几乎要哭出来似的对司机说：

"追上前面那辆车！"

汽车载着她开动了，她还是一个劲儿地恳求：

"快！看在安拉的面上，师傅，开快点儿！"

司机把车开得像跳舞似的，在汽车与穿越马路的人之间扭来扭去，说道：

"小姐，你放心好了。咱们一定能追上他，连他的老子都能追上，要不我也不配称为'快车师傅'了。"

司机哈哈大笑着，又把车子扭来扭去，追着那辆汽车。

沙米娅惊愕地坐在汽车里，不知如何是好。她的一切行动都是不由自主的，连她自己都感到奇怪。她若是想一想，就不敢那样做了。

这是她生平第一次未经母亲的允许，就跑出了家门。自己的去向她谁也没告诉，因为她自己也不知道自己的去向。

这是她头一次单独乘出租汽车。但是她并没感到自己是坐在汽车里，而只感到自己在跑。她的胸口起伏，大口喘着粗气，就仿佛她真的在跑。她透过汽车窗户寻找阿卜杜勒·哈米德乘坐的那辆汽车，眼睛都发花了。她每逢看到了那辆汽车，就死盯住它，直到它再次在她眼前消失，于是她又开始寻找，嘴里一直念叨着：

"快！看在安拉的面上，快！师傅！"

随后，她开始机械地反复念叨着"快！"自己也意识不到那是什么意思了，就好像一个发高烧的人在谵语一般。

司机把车子扭来扭去，靠近了那辆汽车，于是高兴地喊了起来：

"追上你了，哈斯奈尼师傅！"

两辆汽车往前开动着，一辆在前，一辆在后，开上了阿拔斯桥，又上了阿尼宫大街，然后又开到了阿布丁广场、侯赛因素丹大街、赫列格门广场。然后，第一辆汽车朝警备公署大楼的后门开去，在大门前停了下来；而第二辆车还在广场那头，但司机仍紧盯着第一辆车，追了过来，停在它旁边，哈哈大笑着说：

"哈斯奈尼师傅，我又赶上你了。"

沙米娅还坐在汽车里，两眼朝那辆汽车里张望着，但却没见到阿卜杜勒·哈米德，就叫嚷起来：

"他在哪儿？刚才坐你车的那个人上哪儿去了？"

第一辆汽车的司机吃惊地看着她，用手指了指警备公署大楼说：

"到里面去了。"

沙米娅用慌乱发抖的手打开了车门，跳了下来，直往警备公署大楼跑去。"快车师傅"跟在她身后跳过去，追上了她，抓住她的胳膊，威胁似的问：

"小姐，钱呢？"

她一边想从他手中把胳膊挣脱出来，一边说：

"你等我一会儿，等一等！"

司机看着她头上那乱蓬蓬的头发，看着她那惊慌的眼睛，又看了看她那胡乱穿在身上的衣服，丢开她的胳膊，却拦住了她的去路，说：

"我不能等！"

她恳求着：

"师傅，做做好事！我马上就回来！"

师傅冷冷地说：

"你还是先付了钱好，十八个基尔什！"

她看着他，几乎要哭出来了。她在他的眼睛中瞥见一道吓人的坚决的目光，于是委屈地低下头，用发抖的手指打开手提包，把手伸进去，找着钱包。随后，她好像想起了一个主意，眼睛一亮。她把手提包重新关好，把它递到司机面前，咬了咬牙，断然地说：

"给你！你拿着这个手提包等我回来，再把我送回家！"

司机的眼神变了。他用同情、怜悯的目光看着她。他伸出手想接手提包，可是又放下了手，为她让开了路，说：

"不必了，我等着你好了。不过你可别耽搁得太久了！"

沙米娅走进警备公署大楼。她发现眼前是一个平坦的大院子，里面停着好多小汽车和警车。她紧张而犹豫地往前走着，就仿佛她是闯进了一个强盗窝。她的两眼睁得更大了，眼神更加惊慌不安了，好像她在院子里看到的那些司机和见到的人长得都不像人样，面孔都是稀奇古怪的。

她发现左边有一扇大门，通向一个只有几级台阶的宽大的楼梯，于是她小心翼翼地迈步朝那里走去。她登上了台阶，往里瞧着，仿佛在期待着阿卜杜勒·哈米德会站在她面前等着她。

她不知所措地站在那里。她没见到他……

人们、警察走过她身边,可是谁也没理她。她那慌乱的样子,那两眼流露出来的惶惑的神情也没引起任何人的注意。

一个警察坐在门旁的一张椅子上,正同站在他面前的一个人在谈话。沙米娅向他转过身,声音沙哑而颤抖地说:

"劳您驾……"

她等着他注意到她。那警察朝她抬起头,很快地瞟了她一眼,然后又继续同那个人谈下去,好像他什么也没看到。

沙米娅又朝他走近一步,声音更加慌乱地说:

"老总,劳您驾……"

警察傲慢地看着她,问:

"什么事啊?"

她满怀希望地说:

"劳您驾,您看没看见一个高个子、穿一套咖啡色衣服的人刚才从这里进去了?"

那位"老总"坐正了,摆出一副官架子问:

"那位先生叫什么名字啊?"

她赶忙答道:

"叫阿卜杜勒·哈米德·扎希尔。"

警察举起手抚弄了一下他那浓密的胡须,闭紧了嘴唇,又想了一会儿,仿佛想要想一下这个名字,说:

"嗯,这位阿卜杜勒·哈米德·扎布尔是你什么人哪?"

沙米娅答道:

"是我堂哥。"

"老总"低下头,又仰起来,用一种好似审案子的检察官的命令口吻问:

"你为什么到警备公署大楼里来找你的堂哥呢?"

她差点儿放声大哭起来:

"他约我在这里会面。"

"老总"说:

"噢,是这样。那好吧!"

沙米娅几乎要绝望了,说:

"说实在的,'老总',您见到他了吗?"

警察一声不吭地坐在那里,一动不动,一副无动于衷的模样。过了一会儿他才说:

"他是不是长得黑乎乎的,还留着小胡子?"

沙米娅急切地说:

"对,就是他!他朝哪儿走了?"

警察指了指对面的门,说:

"进去了。"

她忙问:

"我能见他吗?"

他冷冷地说:

"不行。"

她恳求道:

"他非要找我不可,有非常要紧的事儿!"

警察又用手抹了抹胡子,说:

"你有公文吗?"

她焦急地说:

"你只对他说一声就行了,他知道!"

警察好像自言自语地说:

"我去报告帕夏?"

她说:

"什么帕夏?你对他说就行了!"

警察好像在卖弄自己的聪明,说:

"他是在帕夏那里,一个大官哩!"

她恼火地像命令他似的说：

"行啊！你就报告给帕夏去吧！"

警察又仔细打量了她一眼，然后懒洋洋地站起身，说道：

"好吧，你等一会儿！"

警察进了屋子。沙米娅抬眼一看，正好看到一块牌子上面写着："政治处"。

过了一会儿，警察回来了。他用客气得多了的语气讲了一声：

"您请吧！"

沙米娅走了进去。她迈着犹豫而胆怯的步子，那颗忐忑的心就像执行死刑前敲出的鼓点，在胸腔里一个劲儿地怦怦直跳。

她发现自己走进了一间不大不小的屋子。屋内安静而凉快，里面放着两张办公桌，一个警官坐在其中的一张后面，另一张后面则坐着一个穿便衣的。

她不知所措地站在屋子中间，过了一会儿，才听到那个穿便衣的人彬彬有礼地问：

"请坐，小姐！有何公干？"

她像一个犯了过失的小学生一样朝他走去，像要哭出来似的说：

"阿卜杜勒·哈米德在哪儿？我找阿卜杜勒·哈米德！"

那个人看了一眼面前的一张纸，问：

"你是说阿卜杜勒·哈米德·扎希尔先生？"

她高兴地说：

"对，就是他！"

他说：

"不过他刚进处长办公室去了！"

她又哀求地说：

"行行好，让我也进去吧！我现在一定要见他，现在，马上！"

那人用查询的目光看着她，说：

"您是……"

她好像等不及了，赶忙抢着打断他的话说：

"我是他堂妹，是他的未婚妻！"

那人又用查询的目光看着她，看着她那不知所措的样子，看着她两眼流露的惶恐不安的眼神。然后他从办公桌上抓起红毡帽，戴在头上，又用心地让它微微偏斜一点儿，一边懒洋洋地从椅子上站起来：

"好吧，你先坐下休息一会儿。"

沙米娅在他指给她的那张椅子边上坐了下来。她祈求的双眼好像望着苍天似的盯着那人。

那人推开一个侧门，消失在了门后。过了一会儿，他回来了。他仍站在那个他走出来的门旁，说：

"请吧，小姐！"

他打开门，让她走了进去。

阿卜杜勒·哈米德在盛怒之下，感到一切都完了。他曾把一切希望寄托在易卜拉欣在这个家里。如今这一切希望算全部落空了。他满心希望捞到手的那笔丰厚的赏金没了；沙米娅也吹了，他娶不成她了。他失去了那种稳操胜券、能左右局面的感觉。他们骗了他。他们竟让他相信易卜拉欣会在这个家至少两周。他感到自己的聪明受到了蔑视，自己受了捉弄。这种感觉使他昏了头，瞎了眼，不能去冷静地思考，也无法运用他的聪明。他近乎发疯了。他以为自己还能捞回点儿希望，哪怕就是毁了这全家！

他急忙奔到街上，给政治处长穆罕默德·胡马木贝克挂了个电话，告诉他，他有可以捉住易卜拉欣·哈姆迪的确切情报。于是胡马木贝克要他马上来见他。

阿卜杜勒·哈米德乘上了出租汽车。一路上，他没有考虑要对胡马木贝克讲些什么，而只是在想他那个失败了的计划。恼怒和绝望在他脑袋里烧起了一团火。透过这团火，他看到了那欺骗了他的一家人的一张张面孔：叔父、婶母、穆哈伊和娜娃勒，甚至沙米娅。然后，他又看到了易卜拉欣嘴角挂着平静的微笑的样子，于是，他头脑里那团火烧得更旺了。

他心里真是恨得要死。随后,这种仇恨渗进了他的神经,于是他坐在汽车里,举起拳头捣着膝盖,就仿佛是捣在易卜拉欣的头上,叫他再也无法有那样令人恼火的微笑!

当走进警备公署大院时,他才开始把自己的怒火压下去,感到有些惶惑、不知所措起来。他问起自己来:他到这儿来干什么?可是他被恼怒推动着,继续往前走。他走进秘书室。当秘书让他坐下来等政治处长接见的时候,他才开始在头脑里准备要讲的话。他突然发现他什么也不能说。他不知道易卜拉欣藏在哪里。因此,他无法领着警察去找他。

也许穆哈伊或者他叔父知道易卜拉欣到什么地方去了。可是难道他真能向警察告发他叔叔或者堂弟吗?在他胸腔里有着什么在动,像刀子一样划着他的肉。他不能!他知道他不能那样做。这个在他胸腔里动的东西经常阻止他去干好多事。若不是这东西,他今天早就变成一个大富翁了,或者早就被关进监牢里了。他讨厌这东西——他的良心,但他却无法抗拒它。他有时对它佯装不知,可是这该死的东西却在最后的时刻动了起来,总是在最后的时刻。当它动起来的时候,他是无法抗拒它的。

也许他可以向警察告发易卜拉欣曾要他去调查是否被政府逮捕了的那两个朋友,通过这两个朋友,警察可以找到易卜拉欣。

可是……警察会问他,他是从哪里知道这两个名字的。如果他说他是从易卜拉欣本人那里知道的,警察就又会问,他是在哪里遇见易卜拉欣的。他不能说他是在叔叔家里见到易卜拉欣的,否则,叔叔的家就毁了。他的良心——在他胸腔里像刀子一样搅动的东西,不肯让他毁掉叔叔的家。

他后悔到警备公署来了。他想要逃,不见胡马木贝克了。可是他却不能逃了,否则就会引起警察对自己的怀疑。

他决定编一套谎话,在这之后,即使证明他说谎也没什么了不起。

秘书请他进去。

他走进一间宽敞的、光线很暗的屋子。屋子尽头是一张大办公桌,后面坐着胡马木贝克。他温文尔雅,但表面装出的这一套却无法掩饰他两只小眼睛中露出的那股阴险劲儿。

胡马木贝克站起身来，从办公桌后绕过来，极其热情地向他伸过手去，倒好像他俩是老朋友了。

阿卜杜勒·哈米德用颤抖的手同他握着，惊慌失措得简直心都要跳出来了。

胡马木贝克让他坐在身旁的一张皮沙发上，同他无拘无束地拉扯起来。他没有同他谈起易卜拉欣·哈姆迪，而是同他随便聊着，就好像是两个人坐在咖啡馆里谈天、下棋似的。他要取得他的信任，使他不感到紧张。事实上，阿卜杜勒·哈米德的确开始平静下来，开始把他那散乱的思想集中起来。

刚过几分钟，他们还没开始谈到易卜拉欣·哈姆迪，秘书就走了进来，在胡马木贝克耳边小声地嘀咕了几句话，于是胡马木贝克笑了笑，大声说：

"请她进来好了！"

沙米娅走了进来。

她一动不动地站在屋子中间，两眼死死地盯在阿卜杜勒·哈米德身上。

阿卜杜勒·哈米德吃惊地看着她，仿佛看到了那把在他胸腔里搅动的刀子插在他面前，他看到了自己的良心！

他惊奇地问：

"你怎么来了？"

沙米娅想要控制自己的感情，小声地说：

"我跟在你后面追来的。谁能这样丢下自己的夫婚妻不管不顾……"

她把"未婚妻"三个字说得很用劲，好像是要用这个来买动他。

胡马木贝克用两只狡黠的眼睛在他俩之间转动着。然后，故作彬彬有礼，站起来对沙米娅说：

"小姐，请坐！"

沙米娅在阿卜杜勒·哈米德身旁的一张沙发上坐了下来，而胡马木贝克则坐在一张宽椅子上，说：

"这太好了！你们两人订婚有多久了？"

沙米娅光顾着看阿卜杜勒·哈米德，头也不朝胡马木贝克转过去，说："才一个星期！"

她的两眼一直盯着阿卜杜勒·哈米德，好像她要用自身、用他对她的爱情、用他要娶她的愿望来提醒他，要他保守她的秘密、她一家的秘密。

阿卜杜勒·哈米德抬头看了看她，然后又赶紧低下头去。他的脸变了色，两只手神经质地使劲捏在了一起，好像要把手上的血卡住，免得从手指尖上流出来。他生气了，他是在生沙米娅的气。她怎么能跟在他后面追？又怎么可以独自一个人就进了警备公署？她怎么能让自己就这副样子出门上街？她哪来这么大的胆子？她真是发疯了，太不顾体面了。他感到自己丢了面子，不光彩，因为他的堂妹、他的情人竟然独自一个人就进了警备公署。

可是，他随即就转而生起自己的气来了。促使她这样胡来的原因不正是他自己吗？让她在大街上、在警备公署里丢人现眼的不正是他吗？谁知道那些警察在放她进来之前对她都搞了些什么名堂？

他越想越恼火。他越想压住这股火，脸色就变得越难看，也显得更加神经质，手也哆嗦得更厉害。

胡马木贝克两只阴险的眼睛还在这对青年男女之间转来转去，想要探清楚他们的秘密。他仍旧保持一副温文尔雅的腔调问：

"我们刚才说到哪儿了？"

阿卜杜勒·哈米德的声音高了起来，好像是再也憋不住火了，再也受不了胡马木贝克同他谈话时的这种故作温文尔雅的态度了。沙米娅两眼一直盯着阿卜杜勒·哈米德的脸。可是他却看也不看她，用一种简直是尖叫的声音说：

"先生，我是来向你报告有关那个杀死了阿卜杜·拉希姆·舒克里帕夏的易卜拉欣·哈姆迪的情报的……"

从沙米娅胸膛里发出的一声尖叫打断了他的话。她接着又小声嘀咕着：

"阿卜杜勒·哈米德。"

胡马木贝克警觉地注意到了这一尖叫声。阿卜杜勒·哈米德很快地接着说,好像他想要让沙米娅住嘴,不要打岔:

"我今天早晨看见了他走在……走在……走在阿巴西亚街上!"

他不声不响了,好像是已经说完了他想要讲的话,心安理得了,因为沙米娅已经知道了他是不会说穿秘密的。

沙米娅深深地松了一口气,就仿佛她把那些充满她胸腔的浓重的蒸气、那又急又怕的蒸气全都放了出来。

胡马木贝克注意到了显露在沙米娅脸上的轻松表情。他嘴角挂着一丝阴险的微笑。他想把这笑容掩饰起来,问:

"后来呢?"

阿卜杜勒·哈米德惊奇地挑起了眉毛。这个问题提得好像出乎他的意料,他还未编完这段谎话呢,就说:

"后来……后来,我跟在他后面走……"

他不响了,像是要喘一口粗气。胡马木贝克催促他道:

"好极了。后来呢?"

阿卜杜勒·哈米德心都颤抖了,说:

"后来,我看到他坐上了一辆汽车,我马上就给您打了电话!"

"你看到车号了吗?"

"没有,向安拉发誓。因为我是从远处盯着他走的,没法看清车号。再说那个车号牌子都锈得破破烂烂的了,数码也都磨掉了。他的腿一跨上去,车马上就开跑了。"

胡马木贝克不相信他的话,问:

"你一个数码也没看到吗?"

阿卜杜勒·哈米德咽了口唾沫,说:

"噢!我看见了一个'八'字,还有一个'一'字!"

胡马木贝克笑了笑,好像要让他相信,尽管他撒谎,他还是信他的。于是又问他:

"那辆汽车是什么颜色?"

"黑色的！"

"你的未婚妻当时同你在一道吗？"

阿卜杜勒·哈米德好像决心不让沙米娅沾这件事的边儿，就激烈地说：

"不，不！她没同我在一起！"

沙米娅把脑袋转向胡马木贝克，表示同意地点了点头，两眼露出天真的神情。胡马木贝克对她笑了笑，又问阿卜杜勒·哈米德：

"您住在阿巴西亚区吗？"

"不，我住在舒卜拉！"

胡马木贝克想要让他把谎话扯得更大一些，就问：

"那一定是你的未婚妻住在阿巴西亚区喽？"

"不，我当时是在阿巴西亚区。因为我去找一个朋友，给他办保险。"

胡马木贝克仍旧心平气和，笑容可掬地问：

"你的朋友叫什么名字？"

阿卜杜勒·哈米德迟疑了一会儿，好在头脑里找一个他的朋友的名字，然后说：

"他叫穆罕默德·努维勒！"

然后，他好像害怕警察会到阿巴西亚区找他的朋友——这当然是找不到的——就接着说：

"事实上，他是住在新开罗。可是我却在阿巴西亚下了车，好从那里换乘白电车！"

阿卜杜勒·哈米德不言语了。

胡马木贝克站了起来，按了按摆在办公桌上的一只小铃，然后仍旧站在那里，说：

"事实上，这是些很有价值的情报，可能对我们真有帮助。"

未等阿卜杜勒·哈米德搭话，秘书走了进来。胡马木贝克在屋子中间迎着他，然后把他扯到一边，小声地在他耳边嘀咕了几句，说完之后，秘书马上就出去了。胡马木贝克又坐到自己的座位上。阿卜杜勒·哈米德对他说：

"我一向愿意为您效劳。"

胡马木贝克嘴角挂着笑,说:

"无论怎么说,我们还是非常感谢你的。你若是还知道什么别的事,一定要来告诉我。或者有什么你刚才遗忘了、过后可能又想起来了的事,也径直来找我好了。我们就是要多依靠你们这些有爱国心的人!"

阿卜杜勒·哈米德感到胡马木贝克是在故意嘲弄他。他站了起来,沙米娅也随着他站了起来,他问:

"我可以走了吗?"

胡马木贝克站起身来,说:

"多谢,多谢!再见!不过,把你的地址给秘书留一下。我们也可能需要把你刚才说的那些话记在卷宗里,也可能不必了,我听过的话全都记在脑子里了,我的脑子里就装着千百万份卷宗呢。"

胡马木贝克扬扬得意地指了指自己的脑袋,然后伸出手,同阿卜杜勒·哈米德、沙米娅握了握,把他们一直送到办公室门口。

坐在隔壁屋子里的秘书极为尊敬地向他们致意送别。他们走了出来,又见到了阳光。沙米娅高兴地转过脸朝阿卜杜勒·哈米德望去,好像他离去后又回到了她身边,像英雄一样平安地回来了。可是她却碰到了他恼怒的目光。他抓住她的手,使劲地攥着,怒气冲冲、声色俱厉地说:

"你竟敢这个样子就跟在我后面追?你疯了还是怎么的?真是一点儿家教都没有!你就这个样子上大街?从什么时候起,大姑娘也竟闯进警备公署去了?"

她微笑着,倒好像为他的生气而得意,说:

"我是怕你生气。"

他恼火地说:

"得了吧!你是怕我生气?才不呢!再说我何必生气呢?你来是为你们家担心,为你们那位易卜拉欣先生担心,才不是怕我生气呢!"

她说:

"绝不是!向伟大的安拉起誓,我是为你担心。"

他又激烈地问：

"担心什么，我的大小姐？"

她羞答答地说：

"担心你再也不回来了。你说的话不对，阿卜杜勒·哈米德！即使世上的人都耻笑你，我也不会的。"

他拉着她的手朝赫列格门广场边走边说：

"好吧，你来！我算完了！我也不想娶亲了，也不想进你们家门了！"

沙米娅迈着大步，以免落在后面。她望着他说：

"别这样说，阿卜杜勒·哈米德！"

把她载来的出租汽车司机"快车师傅"拦住了她，向她招了招手说：

"我在这里，小姐！"

她停下了，对阿卜杜勒·哈米德说：

"这就是我坐着来的那辆出租汽车，我出门时忘记带钱付车费了。"

阿卜杜勒·哈米德踌躇了一会儿，好像在盘算他身上带有多少钱，然后边朝汽车走去，边对沙米娅说：

"上车吧！"

她问：

"咱们何不坐公共汽车或是电车回去呢？"

他推了她一把，说：

"叫你上车你就上车好了。"

沙米娅坐了上去，阿卜杜勒·哈米德坐在她旁边。她又高兴地用两眼望着他，觉得自己好像是在婚礼之后同他一起到新房去似的。阿卜杜勒·哈米德在生气，一个劲地往外吐着粗气。他回想着自己刚才对胡马木贝克讲的每句话，琢磨着是否有破绽和说明他撒谎的漏洞。他感到自己粗俗，感到自己的蠢笨，感到自己是个糊涂虫。他蔑视自己，这种感觉使他心如刀绞。

沙米娅羞怯地伸出手去，放在他手上说：

"阿卜杜勒·哈米德，别自寻烦恼了！事情总算过去了。安拉保佑，往后就一顺百顺了。"

他从她的手中抽出自己的手，说：

"你不用管我！我现在顾不上你，也没时间说这些废话！"

沙米娅顺从地不响了。她还是一个劲地用欢欣的两眼看着他，那眼里闪烁着爱情的光芒。她不再去费劲掩饰自己的爱情了。她相信，他对警官说谎全是为了她，因为他爱她。

汽车把他们拉到了家。他们下了车。阿卜杜勒·哈米德看一下计程表，然后又看了沙米娅一眼，好像要把这次的倒霉事归罪于她。然后把手伸进口袋，付了车费。

司机说了声"谢谢！"开着车走了。

沙米娅看着阿卜杜勒·哈米德，好像要为他而献身，说：

"你不跟我一块上去吗？"

他简短地说：

"不了！"

她说：

"我对谁也不说我们到哪儿去了！"

他眼不看着她说：

"那好。"

她哀求般地问：

"你什么时候来呢？"

"不知道！"

"你一定要来，好让大家都安心！"

"看吧。好，祝你幸福！"

他背对着她转过身，向吉扎大街走去。他没有发觉有人正跟着他。他没有察觉到自己已经成了警察监视的对象了！

第十四章

星期一。

娜娃勒对着镜子，不知怎样才好，她刚打扮好就又从头再来。她把辫子搭在胸前，然后把它甩到背后，接着又把它在脑后盘起来，最后还是让它垂了下来。她拿一支黑笔描眉毛，然后又用手指沾着唾沫，把画在眉毛上的道道擦去。她两手戴上一副白手套，然后又脱下一只，拎着手提包。稍微离开镜子远一点儿，打远处端详着自己，然后又走到镜子跟前，重新开始打扮。她的装束朴素、大方而不花哨，两只大眼黑亮黑亮的，皮肤黑里透红，焕发着青春的活力。

她一直不知如何是好，直到听见收音机里的钟声宣告十点半，她才慌了，以为自己要误时了，要误了同易卜拉欣的约会。她赶紧朝镜子瞥了一眼，撇了撇嘴，好像对自己这副样子并不满意。她一把抓过手提包，急急忙忙往外走，嘴里嚷了一声：

"妈妈，我走了！"

母亲坐在隔壁屋子里，头也不抬地说：

"早点儿回来！十二点前一定要到家。向塔费黛太太问好，请她有空来玩儿！……"

娜娃勒没等听完妈妈还说了些什么话，就带上了门，三步两步跳下楼梯，来到了街上，上了公共汽车。

她不再想着自己，也不再想着自己的装饰打扮了，一门心思想的全都是易卜拉欣。她将看到他是穿着那套军官服呢，还是会像她头一次见到他时那样穿着衬衫和长裤？他将乘汽车来呢，还是步行来？他来时会像有的时候那样笑眯眯的呢，还是像他惯常那样在认真严肃地思考着什么呢？

她随着自己想象中的易卜拉欣的不同状况，时而高兴，时而忧愁。她高兴时，嘴巴上不知不觉地就露出了微笑；她忧愁时，额头也不知不觉地皱了起来。随着她的情感变化，她的脸也显得时而展眼舒眉，时而皱眉蹙额。仿佛她是在同心中的另一个人在交谈。她的这种感情在控制了她的时候，就几乎变成了一种耳语，这耳语越来越强烈，以至于几乎变成了清晰的话语，在她的面孔上反映了出来。

她下了公共汽车，心跳得厉害起来。她是一步一步走近……

一步一步走近易卜拉欣。

她慌乱地向阿卜杜勒·蒙伊姆广场走去。她的头低着，两颊羞得又红又烫，眼皮直跳。她谁也不瞧，什么也不看，好像人们、墙壁、马路上的柏油路面……所有的一切都知道她是去会见易卜拉欣，会见一个男人！

她在广场上一棵树荫下站住了。头还低垂着，两眼从眼皮下瞅着自己的脚尖，好像她是一个新娘，在等待自己心上人来揭下脸上的盖头，那遮掩羞涩、腼腆的盖头。

当她听到一辆汽车朝她开来的声音时，心跳得更厉害了。她没抬起头，只是浑身战栗了一下。她试着挺直了身子，站好了，然后又故意把头扭到另一个方向，不让易卜拉欣看出她的那副迫不及待的样子。一丝微笑跳上了她的嘴角，好像她是要借以掩饰自己的羞涩和慌乱。

汽车声清晰地传到了她耳朵里，她等着听它停下的声音、车门打开的声音、易卜拉欣对她说"你早"的声音……

可是车并没有停，它不减速地从她面前驶去。她惊奇地抬起头，两只急切的眼睛望着远去的汽车，好像是在望着一个失去的希望。她又惆怅地低下了头，开始新的等待……

她站在那里，开始踱步，就好像一匹驾辕的马，站在那里长时间的等待已经使她不耐烦了。

她瞧了一眼手腕上的小银表。她偷偷地瞧着它,似乎是怕让人看见她正在看表。

十一点十分了。

他怎么还不来呢?!

她小心翼翼地环顾起四周来。她看到那里有一个穿着长衫的人,而在另一头,有一个母亲正拉着自己孩子的手。可是她却没看到易卜拉欣。

她叹了口气。

走了几步,在另一棵树荫底下站住,又开始朝四周张望。

他怎么还不来呢?也许他是绕圈子走远路,好迷惑警察吧!

她一想起警察,就不由得打了个哆嗦。她从一早醒来时起,就已经忘了易卜拉欣是一个在逃的人,忘了警察正在追捕他,她光是急着同他会面,而把这码事儿全忘了。

警察会逮住他吗?不,不可能!谁也逮不到易卜拉欣!

她又听到一辆汽车朝她开来。这次她全身都朝汽车转去,两眼注意地盯视着汽车里面。然而她却不得不失望地收回了目光。她没见到易卜拉欣在车里。

她又瞧了一下表。十一点二十分了。

她开始感到有些耐不住了。她走动起来,慢腾腾地迈着小步,围着宽阔的广场走了起来,仿佛她是要用踱步来驱散心中的烦闷。她向自己经过的由广场射向四周的每一条侧街望去,似乎期待着易卜拉欣会藏在这一条街上,或从那一条街上走来。然后,她两步一回头地走着。仿佛生怕易卜拉欣会不期而然地从后面冒出来吓她一跳。

她绕着广场转完了一圈,又回到了她原先站着的那棵树荫下。她感到很沮丧,身上的一切都松懈了。胳膊耷拉下来,不再像刚来那阵儿故意潇洒地拎着手提包了,只是马马虎虎地提着它,那手提包几乎要掉到地上了;目光也晦暗了,不再那样炯炯有神;两片嘴唇也松弛了,不再挂着羞答答的微笑,而像一个"奶嘴儿"似的噘着,她的身躯也松软下来,不再紧绷着，控制着一举一动；她的背弯了，两膝几乎像要瘫倒在地上。

她又瞧了一眼表。

差一刻十二点了。

他是不会来了。

她感到胸中有一个声音在向她呼喊："他不来了！"然后又反复一个劲儿地重复着"他不来了，他不来了，他不来了……"好像这声音在故意气她，摧毁她的希望，使她的生活陷入一片黑暗。她想哭。她身上的一切都帮衬着：神经拧着她的心，要挤出泪水来，两眼也开始感到火辣辣的。她抬起头，好像在克制自己的眼泪，不让它流出来。

她环顾了一下四周，似乎是在绝望中向人们求救。她这一望，正碰到一张黝黑的脸用嘲弄的目光看着她，嘴角上露出不怀好意的微笑。

那人靠着一辆汽车站在那里。他也许是个司机，也许这样看着她已经有好长时间了，也许他猜测她是来会见一个男人的，而那个男人抛弃了她，没有来……

她由失望变为生气，然后又变成满腔怒火。她感到自己的尊严受到了侮辱，她竟变成街头人们嘲笑的对象了！

易卜拉欣怎么能让她陷于这种境地？他怎么能让她受到人们这样的嘲笑？她迈开了脚步，决定回家了。

她快步朝公共汽车站走去，随即又放慢了脚步，向后望着，好像还抱着最后一线希望。但是，她见到的只有那张黝黑的脸用嘲笑的目光看着她，嘴唇上挂着不怀好意的微笑。于是她转过脸，又快步朝公共汽车站走去。她带着一肚子火坐上了公共汽车，竭力抑制着泪水。

她再也不来了！她不能再让自己像今天这样去丢人现眼了。她要克制自己，克制自己的爱情，克制对易卜拉欣的感情。她一想到这里，眼前马上就浮现出易卜拉欣那副严肃而慌乱的面容；他的目光躲避着她，怕她看出他的慌乱和情感。于是她又思念起他来了，这是一种既有怜悯又有钦佩的思念，好像是一种母亲对走上战场的儿子的思念。她开始为他辩解起来。也许他要躲避警察，不能来，但他一定是想要来见她的，也许……她的两眼中忽然露出恐慌的神色。她想象着他也许一直在奔逃，也许已经离开了埃及，远离了她，她将永远看不到他了。不！他不会丢弃她，不会离开埃及。他藏身的地方一定就在她身边。

她听任自己胡思乱想着。她的手指不禁举起来，紧握着那只挂在她心口上的小金匣，那金匣里装着《古兰经》和易卜拉欣亲笔写的字。随即，她又醒悟过来。她想起了那张用嘲笑的目光望着她的黝黑的脸，于是她又决定克制，克制自己，克制自己的爱情。

她一会儿自我克制着，一会儿又任感情奔流，不知如何是好。就这样，直到返回家中。这一天剩余的时间过去了，星期二也过去了，她更加不知所措。这种不知所措简直成了一种折磨，使她不禁想哭。她想克制自己时，想哭；放任自己感情时，也想哭。

她在这种不知所措的情况下，同家里所有的人都疏远了。她无法同沙米娅交谈，也不能与妈妈商量。在开斋饭后的家庭聚会时间里，她在起居室里坐不下去，她怕见到自己的哥哥穆哈伊，每逢见到他，她就更加难受，更加不知所措。他之所以使她更加难受，一方面，是因为她得把自己与易卜拉欣之间的情感瞒着他，因此不能向他打听有关易卜拉欣的消息；另一方面，是因为他并不知道她受的折磨，从而也不会想到要安慰安慰她。她也不愿见到阿卜杜勒·哈米德，他倒是每天都往这个家里跑。由于她处于一种不知所措的状态，她看不出阿卜杜勒·哈米德反常的表现。她既没注意到他比往常话少得多了，也没注意到他不再向爸爸提婚姻的事了。他不再谈起易卜拉欣，谈到时也是含糊其辞地一带而过。她没注意到他常和姐姐沙米娅在一起交头接耳嘀嘀咕咕，好像他们俩有什么事瞒着别人。她什么都没有注意到。

她也不愿意陪那些来串门的客人坐。来串门的客人开始多起来了，好像父亲故意要请所有的亲戚朋友来家看看，证明他家里确实没有外人。她也不愿意见到那个已经回来帮工的女用人赛尼娅，她一见到她，就要对她叫嚷，好像要拿她来撒气。

她在不知所措中最注意的就是看《金字塔报》和收听广播新闻。

她想，也许会读到或听到有关易卜拉欣的消息。

星期三早上，她发现自己又打开了衣柜，穿上了外套，站在镜子前修饰、打扮起来。她对此并没有多加考虑，只是身不由己，好像有一种声音在召唤她上他那里去，上易卜拉欣那里去。

但她没有像头一次那样多加修饰、打扮时也没有那样犹豫不决。她只是照着镜子，好像是从镜子里看着另一个人，那人她不认识，也不能决定她的举止行动。

到了十点半，她对妈妈说：

"妈妈，我去找娲法去！"

母亲断然地说：

"不行，别出去了！"

娜娃勒感到自己要进行一场斗争了。她原先似乎根本没想到母亲有可能阻止她出去。她向母亲摆出一张最美的笑脸，犹犹豫豫地说：

"妈妈，你瞧人家已经穿戴好了。"

母亲不那么严厉地说：

"跟你说，别出去了！"

娜娃勒朝母亲跟前凑去，好像要贴近她的心似的说：

"好妈妈，安拉保佑您。我不多耽搁，就一刻钟！我要向她学学新式连衣裙的裁法。"

母亲打量着她，好像在与自己的温情做斗争：

"你这个姑娘，成天出去，你爸爸该生气了！"

娜娃勒说：

"我在家里整整两天一直没出过门。你说我到哪儿去过？"

母亲扭过脸，以免显出自己的软弱，说：

"你可听好，要是耽搁半个小时，就把你的脖子给拧下来！"

娜娃勒为自己的胜利而高兴，说：

"好吧！"

她朝门口走去。

一上了街，她那股高兴劲就消失了。她好像是被人带向一场悲剧，身不由己地走着。下了公共汽车后，她不再故意回避人了，而且，打心底里嘲笑那些以为她去赴男人约会的人们。不，她才不去见他呢！他也不会来。喂，诸位，你们还是歇着吧！她才不会见到易卜拉欣呢。

她还是在阿卜杜勒·蒙伊姆广场上的那棵树荫底下站住了。她感到非常绝望，好像她是在执行一件肯定要失败的任务。

十一点过两分了。

她心中暗自决定等到十一点过五分。然后，她又把期限延长至——自然也是心中暗自的——十一点过十分。

可是她刚放下那只戴着表的胳膊，就冷不防看到一辆汽车突然停在她面前。车轮在地上蹭着，发出尖锐的声音，倒仿佛是地球本身停止了转动。

她用两只惊了的眼睛往车里张望着。没见到易卜拉欣。但他的朋友法塔希·马里吉坐在里面。他微笑着向她打了一声招呼。她来不及理会他的微笑，就急忙问道：

"易卜拉欣在哪儿？"

接着她好像对自己这样迫不及待感到后悔，又羞答答地小声问：

"你好吗，法塔希先生？"

法塔希嘴上还是挂着微笑，说：

"安拉保佑你！易卜拉欣来不了。情况……"

她焦急地打断了他的话：

"他怎么样？"

法塔希笑得更开朗了，说：

"赞美安拉，他挺好。他向你问好，说……"

她又打断了他的话：

"他在哪儿？他躲在哪儿？"

他温和地看着她，好像很体恤她的天真，说：

"他在一个安全的地方。他告诉你，他设法下次来。下次你别在这里等了。你认识咱们旁边那个法尼广场吗?下次你就在那里,靠阿努斯医院那头等好了。"

她特别顺从地说:

"好的!"

法塔希又说:

"你告诉阿卜杜勒·哈米德,让他当心些。好像有警察在监视他。告诉他,别在咖啡馆里多说话!"

"阿卜杜勒·哈米德?他怎么了?"

法塔希两手握着方向盘,说:

"我也不知道。我们接到情报,说警察在监视他,他走到哪里,后面都有一个人跟着!"

娜娃勒瞠目结舌,惊讶得不知说什么好。不等她开口,法塔希就说:

"真对不起,我得马上走了。你就放心吧!"

然后,未等她从惊诧中醒悟过来,也没等她打声招呼,他就把车开跑了。

她呆呆地愣在那里,一动也不动,好像一座褐色的石像。慢慢地,她从麻木中清醒过来,感到一股细微的欢欣慢慢流入心田。易卜拉欣很好,他还记着她,很想同她会见……她感到自己的一切惶惑和痛苦顿时都云消雾散了,她又重新见到了光明,她的生活又是朝气勃勃地充满了活力和激情。她伸手紧抱着那个小金匣,好像她正握着易卜拉欣的手,祝贺他平安回来,回到了她身边。

她想起了那些有关阿卜杜勒·哈米德的话。警察为什么要监视阿卜杜勒·哈米德呢?为什么是阿卜杜勒·哈米德,而不是他哥哥穆哈伊?

她急匆匆地赶回家去,以便完成易卜拉欣交给她的任务,去告诉阿卜杜勒·哈米德,警察正在监视他,要当心!

可是怎么对他说呢?若是他问起,她怎么知道警察正在监视他,她怎么回答呢?她绝对不能告诉他,她每个星期一和星期三都要去会见易卜拉欣;也不能告诉他,易卜拉欣派了法塔希·马里吉,要她提醒她的堂哥留神警察。

她进了家门,还一个劲儿地在动脑筋,想寻找一个什么方式把那事告诉阿卜杜勒·哈米德,以至于她显得像丢了魂儿似的。行动像丢了魂儿,看人像丢了魂儿,说起话来也像丢了魂儿。

下午三点钟,阿卜杜勒·哈米德来了。像往常一样,正是爸爸睡着了的时候。

娜娃勒一见到他进了家,就赶紧上凉台朝下望,找法塔希告诉她的那个跟在后面盯梢的警察。她的目光在她看到的马路上的几个男人中间转来转去。对面看门的奥斯曼大叔,洗衣匠哈奈菲师傅,卖香烟、糖果的小贩马哈茂德……还有一个人在离他们家老远的地方靠着电线杆站着,穿着一身便衣,读着一张报纸。这是一个她在这条街上从来没见过的挺怪的人,他的外表挺怪,站的姿势挺怪,时不时地朝她们家投来的目光也挺怪。

她离开了凉台。阿卜杜勒·哈米德正同沙米娅坐在起居室里,娜娃勒从他身旁走过去,什么也没对他说。

她等阿卜杜勒·哈米德出去,又赶紧跑到凉台上,朝下望着。她盯着离家走去的阿卜杜勒·哈米德,也盯着另一个人。那家伙叠起手中的报纸,然后同阿卜杜勒·哈米德保持着一大段距离,远远地跟在他后面。阿卜杜勒·哈米德走到街头向右拐去,那个人也跟着他向右拐去。

娜娃勒离开了凉台。她的心吓得乱跳,好像她看到警察正在宰割阿卜杜勒·哈米德。但她没有作声。她强忍着不开口。她本来想把一切都告诉沙米娅,让姐姐知道她的这一重大秘密,可是她又怕沙米娅会把她的秘密泄露给阿卜杜勒·哈米德。沙米娅倒是个守口如瓶的人,可是她爱阿卜杜勒·哈米德呀!最近这些日子,她不再掩饰自己的爱情了。听到这个消息她也许会惊慌失措,于是她的舌头就会在爱情面前控制不住了。因此,娜娃勒宁肯独自一个人保守这个秘密,忍受着它对她的胸口、她的神经的压力。

阿卜杜勒·哈米德第二天又来了。娜娃勒从凉台上朝下望去,于是她又看到了那个人,还是那个姿势,靠着电线杆站在那里,还是穿着那套便服,手里拿着报纸。

娜娃勒离开了凉台,站在阿卜杜勒·哈米德面前,一面推敲着词句,以免泄露了她的秘密,一面说:

"你听我说,阿卜杜勒·哈米德,我注意到一件非常奇怪的事儿!"

阿卜杜勒·哈米德抬起那颗充满了心思的头,他是在最近这些日子才显出心事重重的;他低声地(也是最近他才开始低声讲话的)问:

"但愿是好事儿?"

娜娃勒说:

"我注意到,你每次上这儿来,总有一个人跟在你后面,他在街上等着你,你一出去,他又跟在你后面。你认识这个人吗?"

阿卜杜勒·哈米德瞪起两眼,惊慌地问:

"一个人?什么人?"

娜娃勒还是一面推敲着词句,一面说:

"我认识他。他好像是一个警察,不过穿的却是便服!"

沙米娅似乎竭力要否认一个罪名,突然说:

"警察?我们跟警察有什么关系?我们才不认识这些当兵的呢!"

阿卜杜勒·哈米德几乎发起抖来,说:

"这个人在哪儿?他现在在下面吗?"

娜娃勒说:

"可不是。你来看看!"

阿卜杜勒·哈米德起身来到凉台上,离栏杆老远地站在那里。娜娃勒指给他看那个靠着电线杆站着的陌生人。

阿卜杜勒·哈米德赶紧走进屋,问娜娃勒:

"你看到这个人有多长时间了?"

她体恤地看着他:

"有四天了!"

阿卜杜勒·哈米德不作声了。他开始使劲地搓弄着两手,在屋子里走来走去。沙米娅用祈求的目光看着他,好像是求他讲一句话,使她得以宽慰。

娜娃勒还是体恤地看着他,说:

"你想他会是警察吗?"

阿卜杜勒·哈米德恼火地说:

"我不知道。"

然后,他快步走出房间。沙米娅跟在后面喊:

"阿卜杜勒·哈米德,你上哪儿去?"

阿卜杜勒·哈米德一面朝门口走去,一面回答她道:

"我去看看这个人为什么要跟着我。"

他走了出去,把门"砰"的一声关上了。

沙米娅好像心被门夹了似的尖叫了一声。

阿卜杜勒·哈米德朝娜娃勒指给他看的那个人瞥了一眼,然后朝吉扎大街走去。他朝后一瞥,只见那个人远远地跟着他。他在电车站跟前停下了,只见那个人也赶了上来,站在车站的另一头。他上了十五路电车,往后一瞧,只见那个人也跟在他后面,上了同一辆车。他在阿泰伯广场下了车,看见那个人也在他后面下了车,跟着他。他乘上了开往舒卜拉的八路电车,那个人也同他一道上了车。他在希库拉尼大街下了车,那人也跟在后面下了车。他朝自己家走去,那个人还是跟着他。他进了家,透过百叶窗向外望,只见那个人在他们家对面,打开了手中的报纸,靠着墙站在那里。

他离开了窗口,瘫倒在了座位上。他双手捧着头,心中泛起一股非常苦的滋味,他几乎用舌头尝到了这种味道。

从他到警备公署见到胡马木贝克那时起,他就一直感到了这种苦味。这是一种失败的苦味,是对他的精明双倍地轻蔑的苦味。不是吗? 易卜拉欣骗了他,不让他知道就离开了家,然后,他匆匆忙忙去见胡马木贝克,却发现什么也不能对他说,而只能对他编一套假话。

他想克服这种苦味,想把这种苦味咽下去,消化掉。他一生犯过好多错误,不都被他消化掉了吗? 他想说服自己,他不是一个失败者而是一个有良心的人，是他的良心战胜了他。他需要沙米娅，比过去任何时候都更需要她。她使他相信，他没有失败。只有她，才能使他自信，使他得意。她不再向他撒娇，不再顶撞他，也不再说他坏话了。而且，自从她追着他到警备公署之后，她就把他看成一个了不起的人。他相信，他是为了她，为了她的爱情，才对胡马木贝克讲谎话的；他是看在她的面子上，才拯救了全家的。从那天起，她就对他极力表示亲昵友爱。她对他的关怀、体贴，胜过过去任何时候。她推动他下定决心去娶她。她是用一些羞羞答答的话语去推动他的。但是，尽管如此，他的决心却动摇了。他不再感到自己具有那种使他能不达目的不罢休的力量和精明了。他感到了自己的软弱无能，并由此开始承认自己是有缺点的，开始悔恨自己整个的一生。他为自己的胡闹而悔恨，为自己没有上完学、没有获得毕业文凭而悔恨。他对沙米娅的爱也因此变得更细腻了。他开始为自己的不争气而可怜她，可怜她同他的命运连在了一起。他在自己的爱情中，不再那么无事生非、那么粗暴、那么耍心眼儿了。他越感到自己软弱无能，就越感到需要沙米娅。于是他服服帖帖地、规规矩矩地到她那里去。他不想强迫自己闯入她的心扉，也不想同叔父谈起结亲这件事。自从易卜拉欣走出这个家门之后，叔父对这件亲事也佯装不闻不问，好像他压根儿未曾许诺过他什么似的。

阿卜杜勒·哈米德以为他的失败就到此为止了，不会再有什么别的后果了。他只是要等一段时间，等着岁月把他感到的苦液吸收掉，等着他同沙米娅的命运定下来。

他没有想到警察会盯他的梢，会监视他，也没有想到胡马木贝克已经识破了他的谎言。这家伙当时在他面前显得那样温文尔雅，那样诚恳，好像他们是老朋友一般。这只老狐狸，这个坏蛋，这个刽子手！

他感到自己正面对着一个敌人，一个穷凶极恶的敌人——胡马木贝克；面对着警察，所有的警察、宪兵……

他放下手，抬起头，站了起来，开始在房间里走来走去。这是他独自一人住的一套小房间，家具灰暗而简陋。他在考虑如何摆脱胡马木，如何摆脱警察。现在竟是他，而不是易卜拉欣要摆脱警察了。一张凳子挡在路上，他禁不住用鞋尖踢了一脚，然后，脑袋靠在墙上，开始用两只拳头往墙上捣着。好像他发现自己是在监狱里，监狱四面的墙紧贴在他身上，几乎把他的肋骨都要挤断了。

仆人走了进来。从阿卜杜勒·哈米德离开亲人单独住时起，这个仆人就同他在一起胡混。仆人是当地的一个小伙子，精力特别充沛。你会觉得他什么都能干：扫地、做饭、洗衣服、补袜子，准备抽大麻烟的家什，同那种下贱女人拉关系！他柔顺，好像是个阴阳人；他厚颜无耻，在他看来，生活中就好像没有什么可耻的事；他身上有着令人可疑的鬼聪明，也有着并非建立在道德基础上的忠心和义气。你经常可以在学生和独身的小职员的住处见到这种仆人。

仆人不安地看着主人在捣着墙，于是像女人一样殷勤地柔声细语地说：

"阿卜杜勒·哈米德先生，这是怎么啦？愿安拉保佑您平安无恙！到底出什么事了，先生？"

阿卜杜勒·哈米德抬起头，冲着他喊：

"去你一边的！你给我滚开！"

仆人低声下气地问：

"可是，先生，是怎么回事？出什么事了？"

阿卜杜勒·哈米德一边朝他走去，好像要把他从面前推开，一边又大喊大叫道：

"我不是对你说了吗？你给我滚开，滚！"

仆人站在原地没动，只是低下了头，然后又抬起头说：

"阿卜杜勒·哈米德先生，你不吃开斋饭了？开斋炮都快响了。咱们今天没做饭，您出门的时候没留下钱！"

阿卜杜勒·哈米德举起手掌，打在仆人的面颊上。他心里有一种感觉，使他见什么想打什么：墙壁、仆人、自己、任何东西……

他叫嚷道：

"我今天不想服毒，也饿不死，懂吗？你给我滚一边儿去！我叫你滚你就滚，要不我宰了你！"

仆人挨了一耳光,像狗一样垂头丧气地从屋里退出去了。

阿卜杜勒·哈米德决定不出家门。他一直感到不知所措。

开斋炮响了。他喊仆人,让他拿一块奶酪和一张饼来。他食不甘味,胡乱地把这些食物填进了肚子里。

他在家里待不下去。不管花多大代价,也不管出什么事,他还是决定要出去。他若是不同警察、胡马木贝克斗一斗,一定会憋死的。

他走进卫生间,打开了莲蓬头,好像要借水来浇灭胸中冒起的火。他穿上衣服,下了楼,上了街,朝舒卜拉大街走去。他朝身后望了一眼,发现还是那个人在跟着他。

他在舒卜拉大街的人行道上走了好长时间,突然跳下人行道,追上了一辆电车,攀了上去。他朝后望去,只见那个便衣警察站在人行道上,看着他,微笑着。他觉得自己骗过了警察,逃脱了胡马木贝克。可是那个警察为什么笑呢?他满不在乎地耸了耸肩,心想:"那个警察准是个大笨蛋!"

他朝咖啡馆那个平常习惯坐的座位走去,没再回头朝身后张望。他同在咖啡馆里的一个伙伴握了握手,要了一副牌,和他坐在一起,玩起牌来,但满脑子仍然在想着警察。突然,他抬起了头,不由得抽了一口冷气。

那个警察站在那里,离咖啡馆非常近。那警察瞧着他,嘴角露出傻里傻气的微笑。

那么说,警察已经掌握了所有他常去的地方。他已经走投无路了。

他咽下了那口冷气,对他的朋友托词说,他不能继续陪他玩了,然后,站起身来,垂头丧气地朝家走去。

他没有朝身后望。因为他早已看见了那个警察的影子在他的前面。他看到一团黑影,从他那乱得一塌糊涂的脑海里冒出来,伸展在他面前的路上。

第十五章

阿卜杜勒·哈米德一夜没睡。

种种可怕的念头使他辗转反侧,彻夜难眠。他感到眼前是一片黑暗。他像一个被扼死的人一样,眼睛瞪得大大的。随后,他又闭上了两眼,想逃避这黑暗,但他发现眼皮底下仍是黑暗!冒出来的每一个念头都像刺儿一样扎在他身上,他又气又恨又怕,几乎叫喊起来。

他想再到胡马木贝克那里去一趟,把这件事从头到尾都讲给他听,求他取消对他的监视和围困。可是他又不能那样做。阻止他告发易卜拉欣,告发他的叔叔和他的堂弟妹的不仅有他的良心,而且还有仇恨,对胡马木的仇恨。他对这个人感到特别憎恨,好像他把一生的火气都储存了起来,如今变成一腔仇恨,要发泄在胡马木身上,发泄在警察身上。如今,胡马木在他面前,成了他的失败和愚蠢的见证。他想杀死这个证人,杀死胡马木,这样就再也没有谁能证明他是一个失败的、贪婪而软弱的人了。可是他却软弱无能,没有勇气去杀死胡马木。

他想彻底逃离开罗,藏在一个远远的、胡马木的耳目找不到的地方。可是他为什么要逃呢?警察又为什么要监视他呢?最让他生气和恼火的是,他无法说服自己,他应该受到警察监视;他也无法使自己相信,他是一个警察追踪的爱国英雄。他既不是一个英雄,也不是一个爱国者。相反,如果说他近似于爱国英雄,倒不如说他更近似于警察。他感到后悔,因为他无法享有一个英雄的感受。他并没有什么自己信仰的、可为之忍受警察监视的事业。

一清早，他眼皮红肿、昏头昏脑地爬了起来站在窗前，两只慌乱的眼睛朝下望着。他在找那个监视他的人，却没找到。他没有看到昨天看到的那个人。怎么回事儿？他上哪儿去了？是不是他们不再注意他了？是不是他们已证实他是清白无辜的，不应受到监视？他没有高兴，也并不安心，仍然提心吊胆，眼前还是一片黑暗。

他洗完脸，穿好了衣服，心神仍是那样不定，以至于忘了对仆人骂上几句以代替问候。他每天早晨都习惯于这样问候他。

他出了家门，向他工作的那个公司走去。他不由自主地回头望了一眼，没看到有人盯在后面。走了几步，他又回头望了望，感到好像又有人在后面盯梢了。不是昨天盯他的那个人，而是另一个人！他第三次回头望了望，只见那个人穿着长衫，外面罩着外套，头上戴着一顶警察常戴的那种高高的红毡帽。他在电车站上停了下来，那个人也在车站站台的另一头停了下来。这个人肯定是盯他梢的。胡马木贝克不过是换了一个特务而已。

他开始感到一阵非常强烈的心慌意乱。血液开始在血管里颤动，然后好像凝住了，变得冷冰冰的。他仿佛看到了死亡。

他上了电车，然后又在车行进间跳了下来。那个人也跟在他后面跳了下来。

阿卜杜勒·哈米德没有那种在警察监视之下的革命青年的经验。他不知道，对于警察来说，企图逃脱对他的监视正好证明他有罪，而涉嫌有罪的人假装若无其事，装作没感到警察的监视，反倒表明他是清白无辜的。道理也很简单，因为他没感到自己犯了什么罪，从而也不会感到他是被监视的，因此，他是清白无辜的。

阿卜杜勒·哈米德不知道这个道理，因此他试图摆脱盯他梢的人。他从一辆电车跳下来，又跳上另一辆电车，他乘上一辆出租汽车，然后又下车；他走进一座公司大楼，然后又走出来朝吉扎走去，然后，又回头转向新开罗。一旦那个人在他眼前消失了，他仿佛感到还有别的人，感到路上任何一个人都在盯着他，所有的人都在盯他的梢，他们全都是在胡马木贝克控制下来对付他的警察！

他像发疯似的在路上跑着，一刻也不停歇。他惶恐万状地喘息着，好像前后左右全是一片火海。

到了晚上，他已经精疲力竭，满脸灰垢，一绺绺头发在头上乱蓬蓬地挖挫着，好像它们比他还惶恐，衣服乱糟糟地贴在身上，领带飞到了一边，衬衫领子被汗渍弄脏了，上衣皱得一塌糊涂。他感到疲倦，非常疲倦；他感到全身一点劲儿也没有了，再也拖不动两条腿了，再也站不住了，连眼睛都睁不开了；他感到胸口里上气不接下气，似乎喘不过气来。他已经一整天没回家了，他怕一回家就会发现胡马木贝克正等着他。他一整天什么也没吃，只吃了一块焖蚕豆馅儿的夹心面包，那还是他站在那里，两眼转着找那些盯他梢的警察，狼吞虎咽地吃下去的。

他想要去找沙米娅，好歇息一下。他感到自己需要把头依偎在她的肩头上，哭上一通。只有她才是唯一能理解他、爱他的人。整个世界都厌恶他、误解他，只有沙米娅例外。他可以在她的理解和爱情中得到慰藉，重新找到自信和他的男子汉气概。她是他生活中唯一保持着纯洁、安静而没被他的狡黠玷污的圣地。

他决定到叔父家去。他乘上电车，在杰拉广场下了车，步行着。他总是感到有人跟着他，老是回头向后看，两眼总是流露出惶恐不安的神色。他在吉扎大街上走了好久，然后追着一辆公共汽车，攀了上去。到了叔叔家门口，他又朝身后瞧了瞧。他相信没有人跟着他了，才进了家。

沙米娅体贴地看着他那慌乱的样子，凑近他耳朵跟前，小声地问：

"你怎么的了？"

他想笑一笑，说：

"没什么……"

沙米娅不相信地问：

"出了什么事了？"

他抬起双眼，向她求救般地说：

"不，没什么事！"

沙米娅仍旧小声地说：

"你搞清楚了那个跟在你身后的人到底是怎么回事了吗？"

他把目光转向一边，以免让她看出他的慌乱，说：

"他跟在我后面又能怎的？让他跟好了，看能怎的！"

沙米娅看着他，感到他是言不由衷。然后她低下头，好像是在压抑着痛苦。阿卜杜勒·哈米德又抬起头，朝她看着，好像是在乞求她别再增添他的烦恼，又像在乞求她，让他把头依偎在她的肩头上，哭上一通。随后，他悲伤地摇了摇头，像是把要哭一通的念头驱赶掉。他走进起居室，全家人习惯于在开斋饭后聚集在那里。

母亲惊奇地看着他，问：

"阿卜杜勒·哈米德，我的孩子，你是怎么了？怎么搞成这副狼狈相？"

阿卜杜勒·哈米德弯下身子吻着婶婶的手，企图从沉郁的胸中扯出一丝微笑，说：

"我今天没回家，整整干了一天的活儿！"

母亲问：

"吃过饭了吗？"

阿卜杜勒·哈米德转过身去，同叔叔握着手说：

"吃过了。我是在街上吃的！"

父亲正在读报，头也没抬地把手伸给他，于是阿卜杜勒·哈米德抓过他的手，低下头，不声不响地吻了一下。

穆哈伊从坐着的宽大的躺椅上站起身来，边朝屋外走去，边打招呼：

"你好啊，阿卜杜勒！"

然后转过背去，又说：

"我得去复习点儿功课。"

娜娃勒急切地望着阿卜杜勒·哈米德。她是想从他那慌张的脸上读出他的消息。随后，她不作声了，好像她所读到的使她不禁瞠目结舌。

阿卜杜勒·哈米德在穆哈伊刚离开的宽大的躺椅上坐了下来。他觉得舒服，非常舒服。好像他那被火熔炼了的灵魂吐出了热气，又变得冷静起来。他感到放心、安全，似乎这个善良、淳朴的家庭可以保护他不被自己的错误所害。

他想睡觉。长长地、沉沉地睡上一觉，不让胡马木贝克的阴影来打扰，他把背朝后仰去，闭了一会儿眼睛，好像他真要睡了。随即，外屋门铃声使他惊醒过来，他又睁开了眼。

听到铃声响，全家谁也没动。父亲在埋头看报；母亲把手中的一件旧衣服摊开来，又叠起来，她正在考虑如何把这件衣服再翻改一下。沙米娅望着阿卜杜勒·哈米德，叹着气；娜娃勒沉醉于对易卜拉欣的幻想之中，醒悟过来后，又去翻弄一本杂志，接着，又沉醉于幻想中，后来，想得累了，便伸手从放在空茶杯旁边的一个小碟里捡起几颗榛子，用牙把它们咬碎。

大家听到了女用人赛尼娅朝门口跑去的脚步声，随后，他们听到门开了，有人在粗声粗气地讲话，可是说了些什么，却听不清楚。后来，赛尼娅回来了，她经过起居室，向穆哈伊屋子走去。可是这时母亲却眼望着那件旧衣服，头也不抬，把赛尼娅喊住了：

"丫头，谁来了？"

赛尼娅向他们探进小脑袋，说：

"来了一伙人，要找穆哈伊少爷！"

父亲推开了面前的报纸，吃惊地问：

"一伙什么人？"

赛尼娅说：

"我不认识，老爷！三个彪形大汉，他们那副样子我也说不上来！"

阿卜杜勒·哈米德瞪大了眼睛，坐起在躺椅的前端。母亲也丢开旧衣服，抬起了头。全家人都慌乱地、不知所措地你看着我，我看着你，然后又不约而同地把目光朝向父亲。父亲沉默了一会儿，皱起了眉头，目光似乎要穿透层层墙壁。这会儿是谁在门口呢? 穆哈伊的朋友惯常是不到家里来看他的；女用人赛尼娅把他们说成是彪形大汉，可是穆哈伊并没有这种彪形大汉的朋友呀!

赛尼娅继续朝穆哈伊屋子走去,但是父亲却从慌乱的思考中发出低沉的声音,止住了她。

"你到厨房里去吧!"

然后,父亲又对娜娃勒说:

"娜娃勒,你去看看是谁,要问清楚!"

娜娃勒站起身来,刚跨出屋门,就冷不防见到一个高个儿汉子,穿着一件长衫,上面罩着黑外套,头上戴着红毡帽,在那扇把外厅与通向各屋的走廊连接起来的门前站着,厚颜无耻、肆无忌惮地朝里张望着。

娜娃勒尖叫了一声,往后退了一步。然而,她把叫声咽了下去,哆哆嗦嗦地往前迈动着脚步,心里一个劲儿地直打鼓,眼睫毛也随之不断颤动着。

她想控制住自己发颤的声音,问道:

"您找谁?"

那个汉子没答话。他站在那里,从上到下打量着她,然后抬起一条胳膊,用手指朝另一个汉子指了指。那人站在外厅中间,穿着一套挺讲究的西服,手插在上装口袋里,好像是握着一件什么东西。

娜娃勒用询问的眼光朝另一个人走去。那人用故作文雅的腔调对她皮笑肉不笑地说:

"穆哈伊·扎希尔先生在家吗?"

娜娃勒竭尽全力抑制着自己的战栗,说:

"对他说是谁找他呢?"

那人似乎怜恤地端详着她,手仍插在上衣口袋里,说:

"警察!"

娜娃勒禁不住尖叫了一声,一下子举起手,捂在嘴巴上,好像要堵住自己的呼吸,然后,上气不接下气地说:

"警察……警察……为什么?"

那人嘴巴上仍旧挂着假笑,说:

"没什么，只请你对他说一声就是了！"

娜娃勒像是衣服着了火似的朝屋里跑去，跑进起居室，好像报丧一样嚷了一声：

"警察？"

父亲一下子站了起来，两手抓着金丝眼镜，以免它从鼻梁上滑下来。他几乎喘不过气来，问道：

"你说什么？警察！"

母亲捶着胸，像是跟在一口棺材后面号丧，嚷着：

"主啊！警察！主啊！主啊！扎希尔，到底惹出事来了！扎希尔，我当初就对你说过……"

父亲低声斥责她：

"行了吧，塔希娅！做做好事，别唠叨了，你是想让咱们都完蛋还是怎么的？不会有什么了不起的事，咱们怕什么？"

他挺起胸膛，把长衫的领口弄平整，又伸手把头顶上戴的睡帽正了正，好像他是要用自己的勇敢、镇定为全家人树立一个榜样。

阿卜杜勒·哈米德一直坐在那里，在躺椅上缩成一团，自言自语般地小声说：

"这些人是找我的。我知道，他们是找我来的！"

娜娃勒听见了他的话，伤心地说：

"不，他们是来找穆哈伊的！"

沙米娅开始一个一个地看着全家人，听着他们的话，然后脑袋耷拉在胸前，啜泣起来，断断续续地说：

"我……心里……早就感到了，我就知道……咱们会摊上……这种事！"

父亲小声然而却是严厉地呵斥她道：

"行了，别哭了！谁也不愿出事！大家都装作什么事也不知道！"

然后，他穿上拖鞋，对娜娃勒说：

"去，你去叫你哥哥去，让他来见我！"

随后，他走出屋子，遇见了那个站在外厅与内廊之间的门前的高个儿汉子，他停了一小会儿。他觉得仿佛这个人打了自己一个耳光，仿佛他受到了侮辱，仿佛他的体面和尊严都被剥夺了。这个人怎么胆敢这样厚颜无耻地往人家屋里张望？他有什么权利来侵犯这个家庭？

他把自己的这种感觉藏在心头，向前迈了几步，眼睛寻找着另外两个人。他走过那个人的身旁而没打一声招呼，仿佛是对他的侮辱予以回敬。他来到门厅，看到面前另一个穿着讲究的西服的人，一扭头，又看到了第三个人站在外门旁，穿着一件土里土气的长衫。

那个穿着讲究的人嘴巴上还是挂着假笑，手还是插在上衣口袋里，说：

"您是穆哈伊·扎希尔先生的父亲吧？"

父亲力图显得镇静，答道：

"是啊，有何贵干？"

"那么穆哈伊在哪儿呢？"

他毫不客气地直呼穆哈伊的名字，好像他们是老朋友。

"他在温习功课，马上就来！"

穆哈伊来了，脸色苍白，走路哆哆嗦嗦、犹犹豫豫的，目光在眼镜后显得惊慌失措，好像双眼被关在一个玻璃笼子里似的。他紧挨着父亲站着，好像是在求他保护。他瞧着那个人，一言不发。

那个衣着讲究的人想使自己讲的话也讲究一些，就说：

"穆哈伊，你好呀！"

穆哈伊显得呆头呆脑地答了一句：

"安拉保佑你！"

那个人朝父亲看着，用一种更严肃的口气说：

"我们可以对这个家搜查一下吗？"

父亲好像是从胸口上卸走了一件沉重的包袱，松了一口气。他相信他们是不会在这个家里找到什么人的，就急忙说：

"请吧！"

随后，他发觉自己太性急了，于是又问：

"为什么呢？"

那个人笑了笑,说:

"只不过是个手续,例行公事!"

父亲好像是在维护自己的家,说:

"您是……"

那人傲慢地打断他的话:

"我是马哈茂德·达巴格上尉,政治处的。"

穆哈伊不禁打了个寒战,父亲也低下了头。马哈茂德·达巴格的名字可是一个非同小可的可怕名字,它经常是同胡马木贝克的名字连在一起的,在每次爱国运动中,它总是作为学生和人们的敌人被呼喊着。

父亲仍旧低着头,说:

"你们是不是可以先从客房查起,我好去告诉女人们一声?"

那位警官故作斯文地说:

"那就请吧!"

父亲向客房指了指,并打开了门,警官走过去,毫不在意地往里望着,没有进去。这时,穆哈伊则壮了壮胆,朝他望起来,好像他是在看一篇活的神话。这就是马哈茂德·达巴格呀!这就是每次示威游行中,他的同学们都要他的脑袋的那个人呀!他比他想象的矮,又比他原在脑海中勾画的那个形象粗胖一些。他还笑,穆哈伊没想到他会笑,会平心静气地讲话。他原以为他一讲话不是破口大骂就是打人耳光。

穆哈伊心中感到有一种愿望,想同这个警官——马哈茂德·达巴格斗一斗。他心中有数,这个达巴格在这个家里是什么东西、什么人也找不出来的。他找不到易卜拉欣·哈姆迪。尽管如此,这种安心的感觉并不能使他满足,他还有一种感情也促使他去同这家伙斗一斗,好像他要证实自己并不害怕,又好像他希望有一天,自己也可以有资本向同学们绘声绘色地炫耀一番。

怎么同他斗呢?

他心中暗自想到,为什么我不向他要搜查令呢?警察没有检察署的命令是不能闯进民宅进行搜查的。马哈茂德·达巴格从检察署里搞到这份命令了吗？他如果没有这种命令，我就有权阻止他搜查。我要问问他，要求他出示那个命令，要书面的，盖着检察署公章的。

穆哈伊不禁暗自得意起来。他发现了这一法律程序。他把自己看作法律权威，他依靠法律保护，谁也骗不了他。

他抬头望着马哈茂德·达巴格上尉，正巧碰到那家伙一脸假笑，用肆无忌惮的目光望着他，好像根本不把他放在眼里。

穆哈伊两眼不禁一抖。他用手指按了按眼镜的夹鼻，没有开口。有什么东西使他张不开嘴，好像他怕自己一讲话就会惹恼了达巴格上尉，打他一耳光，或者向他开枪似的。可是他应该讲话，不应当害怕，要讲！他正想要讲话，父亲回来了，对警官说了声：

"请吧！"

那三个人往屋里走去，穆哈伊跟在后面。他还是希望能讲话，想要一有机会就讲。

达巴格上尉走进父亲的房间，问道：

"这是您的房间？"

父亲的脸涨得通红，好像他的血全都涌了上来：一个生人竟进了他的房间，进了他同妻子睡觉的卧室！可是他只能无可奈何地说了声：

"是的。"

达巴格两眼放肆地往房间四处转着，然后不置一词地很快走了出去。

一伙人走过厨房。厨房是在其余房间的对面，于是达巴格朝两个人中的一个挥了挥手，那人就独自一人进去搜查去了。达巴格继续往前走，来到了起居室。他站在门口，厚颜无耻地朝母亲和两个女儿望着，又朝阿卜杜勒·哈米德望了望，说了声："对不起！"母亲扭过脸去，没理他；沙米娅看了他一眼，然后赶紧低下了头，她费了好大的劲儿才忍住了眼泪；娜娃勒靠着凉台的门站着，转过头去望着天，她不想让那伙男人看到她的眼睛。阿卜杜勒·哈米德站了起来，犹犹豫豫地举了举手，一声不响、哆哆嗦嗦地打了个招呼。他显得苍白无力，惶恐不安，好像已经魂不附体了。

达巴格上尉咧开嘴笑了笑，嘲弄地说：

"你好哇，阿卜杜勒·哈米德先生！"

父亲猛地转过头向警官望去，好像是在问他，他怎么会知道阿卜杜勒·哈米德名字的？

警官没有回答他那询问的目光，还是露出那副令人讨厌的笑容，好像父亲的惊诧使他很开心。然后，他转过身朝陪他来的另一个人小声地说了句。

"去看看他！"

那个人跨进屋里，向阿卜杜勒·哈米德伸出两手。阿卜杜勒·哈米德躲着他，惊慌地问：

"干什么？你们要干什么？"

达巴格还是站在门口，说：

"阿卜杜勒·哈米德先生，让他检查一下好了。这是小事一桩嘛！"

那人摸着阿卜杜勒·哈米德的衣服，从腋下直摸到膝盖。全家又惊又怕地看着这个场面。经过搜查，那人发现阿卜杜勒·哈米德身上确实没有武器，就撇开他，又站到警官身后，而阿卜杜勒·哈米德则一屁股跌坐在椅子上，仿佛再也站不起来了。

众人转而朝两个女孩子的屋子走去。那位警官站在门口，问：

"这是谁的屋子啊？"

父亲无可奈何地答道：

"姑娘们的屋子！"

众人又往前走去。穆哈伊还是跟在后面，自己给自己鼓劲，想把心里想到的法律程序问题提出来。他不再奢望自己能阻止搜查，而只是希望能在达巴格上尉面前炫耀一下自己的法律知识，并用它来同他斗一斗。同时他对搜查这个家庭竟会这样简单和漫不经心感到奇怪。他读到有关警察闯进一个家庭进行搜查的描述时，曾想象那一定是翻箱倒柜，无所不至。他没想到搜查竟只是达巴格老远地望上这么几眼。

达巴格上尉在穆哈伊屋子跟前停了下来，说：

"我想这大概是穆哈伊的屋子吧？"

父亲吐了口气，答道：

"是啊。"

达巴格说：

"那好，我们就在这里坐一会儿吧！"

达巴格还未进屋，受命去搜查厨房和卫生间的那个助手跟了上来，向他的上级递了个眼色，好像是告诉他，示意他没搜查到什么东西。

达巴格走进了屋子。他让那两个陪他来的人随便乱翻着，自己则坐在穆哈伊的书桌跟前亲自检查起来。

达巴格并没期望能找到什么东西，他也不是在搜查易卜拉欣·哈姆迪本人。通过前两天的调查已经证明，这个家里没有外人，他只是在查找究竟是什么动机促使阿卜杜勒·哈米德向胡马木贝克提供了有关易卜拉欣·哈姆迪的假报告。这个报告引起了胡马木贝克的怀疑，相当大的怀疑，以至于他的助手马哈茂德·达巴格也无法说服他。尽管达巴格对他上司的疑心不以为然，但还是对阿卜杜勒·哈米德进行了监视。后来，当阿卜杜勒·哈米德开始企图逃脱这一监视时，他才开始怀疑起来。对阿卜杜勒·哈米德监视到最后，是趁他不在，闯进了他在舒卜拉的家进行搜查，然后又来到这一家，决定对它也进行搜查。他倒不相信会找到什么东西，只不过是觉得不妨搞一通。有益无害嘛！

他把书桌的抽屉一个一个打开来，又用一个精通搜查技术的专家的手指，把一本本书和笔记本翻开来。也许会找到一张学生们常在抽屉里保存的传单；也许会找到一些笔记；也许会找到一件什么东西，说明穆哈伊同一个政治团体有联系……

穆哈伊犹犹豫豫地朝警官走去，鼓起勇气，突然开口问道：

"您有检察署的搜查令吗？"

达巴格已经查完了抽屉，正翻弄着放在书桌上的一些纸，说：

"我的先生，你别太书呆子气了吧！"

穆哈伊的舌头已经开始好使一些了，说：

"不过法律规定必须……"

达巴格嘲笑地打断他的话，说：

"嘿！还有法律？"

穆哈伊胆子壮了起来，说：

"是呀，有法律。"

达巴格瞧着手里摆弄的纸，说：

"那只是在你们那里，在学校里，在讲义、笔记里；而国家则是没有法律的。不管怎么着，你可以放心，没什么问题！"

穆哈伊感到他也没法多说什么了，就气鼓鼓地一声不响了。

达巴格上尉又翻弄了一通摆在书本上的一些纸张。

突然，他手中抓着一张纸头，朝穆哈伊把眼一瞪，就像放开斋炮似的厉声问道：

"你从谁那里认识杰米勒·伊扎特的？"

警官这声色俱厉的一问，不由得使穆哈伊感到突然，他惊慌失措地答道：

"谁叫杰米勒·伊扎特？我不认识！"

达巴格用恶狠狠的目光打量了他一阵子，好像是要用他的两眼敲破他的脑袋，看看里面有些什么东西。然后，他转过脸，再次读起手中的那张纸头来。他小声地读道：

亲爱的杰米勒·伊扎特中尉：
　　你好！我应当给你写信，向你解释一下我的所作所为……

达巴格上尉把脸转向书桌，翻开穆哈伊的一本笔记本，对起他的笔迹来。然后，他一手拿着笔记本，另一手抓着那张找到的纸，回头望着穆哈伊，把笔记本举到他面前，问：

"这不是你写的字吗？"

穆哈伊举起手指，按了按眼镜夹鼻，答道：

"是我写的。"

达巴格把笔记本从他面前移开,又把另一只手中握的纸举到他跟前,问:

"这是谁写的字?"

穆哈伊脸色变得苍白,颤抖着说:

"不知道……不知道……不是我写的!"

达巴格直盯着他的脸,问:

"我知道不是你写的,可是这是谁写的呢?"

穆哈伊好像打算溜掉,躲开他一点儿,说:

"我不知道……我过去没见过这字体!"

父亲眼中露出惊恐不安的神色,走近他们跟前,问:

"是怎么回事儿?"

达巴格朝他瞪着眼睛说:

"现在还没弄清楚是怎么回事儿,不过,是会搞清楚的!"

他又用充满了蔑视的目光看着穆哈伊,惊奇地摇了摇头:

"怪事!谁信这一套!"

然后,他把找到的那张纸揣进上衣口袋里回头望了两个助手一眼,用命令的口吻说:

"上士,给我好好地搜!"

一刹那,两人扑向了屋里的家具,开始翻了个底朝天。他们翻箱倒柜,把所有抽屉打开来,把地毯揭了开来,把床也挪了窝。他们用手敲着墙壁,也许里面有秘密的夹层呢。然后,他们两人中的一个从口袋里掏出一把小刀,把床垫子割破,伸进手去,把里面的棉絮翻了个一塌糊涂,又用小刀割开椅子面。后来,两人还用脚跺着地板,试探虚实。

这一切都是用极快的速度进行的,残酷无情,肆无忌惮。

父亲由于事出意外,目瞪口呆,怔怔地站在那里。

穆哈伊站在那里浑身发抖,嘴里咕咕哝哝地听不清在说些什么,就好像他是在做一个可怕的噩梦,想要醒来。

达巴格好像脸上长了一千只眼,奸狡而警觉地主持着这一搜查行动。

其他人听到这一片嘈杂声也跑来了。母亲一见那个人正在用小刀割破床垫，就全身扑了过去，叫道：

"你们这不是成心破坏吗？这是我的家，我的东西呀！你们都给我滚开，狗东西！"

那人被她撞了个趔趄，随后用胳膊使劲推开了她。他的手一直抓着她的肩膀，于是父亲扑了过去，一面把妻子往自己胸前夺，一面颤声地叫着：

"你这个没有教养的东西，放开手！"

那家伙瞪着他，然后又去用小刀割破床垫。

母亲从丈夫的胸前挣脱开，站在屋子中间战栗着，两手一个劲儿地批着面颊，像一个执拗的孩子跺着地板，嘴里喊着：

"你们毁了我的家呀！你们毁了我的家呀！"

娜娃勒朝她走过去，两手搂着她，想把她拉到屋外去，说：

"行了吧，妈妈！别这样，好妈妈！一切都会搞好的。安拉保佑咱们！"

沙米娅头抵着胳膊靠在墙上，害怕得不禁放声大哭起来。

母亲不再叫嚷，也呜呜咽咽地哭了起来。

娜娃勒再也受不了了，一头扎在母亲的怀里，一面同她一起流着眼泪，一面还再三念叨着：

"行了吧，妈妈！别这样，好妈妈！"

好像她不是要让母亲，而是要让自己平静下来。

阿卜杜勒·哈米德脸色苍白，瞪着两只眼睛站在那里，不知如何是好。

达巴格上尉主持着这场搜查。他一声不响，然而却是无孔不入，毫不放松，好像所有这些叫喊声根本没传到他耳朵中去，所有这些泪水也丝毫没有湿润一下他那颗冷酷的心。仿佛只有在痛苦的曲调伴奏下，他才能行使他的任务。他没有呵斥谁，也不要求他们安静。他嘴角上始终挂着狞笑。假如引不起这样的哭泣、叫嚷、痛苦，他也许倒会觉得是莫大的缺憾。

他把手伸进打开的衣柜，用那行家的手指扯出了一条单独挂在一个衣架上的裤子。他一眼就看出了那裤子的尺寸要比穆哈伊穿的长，他拿着那条裤子走到穆哈伊跟前，问道：

"这条裤子是你的吗?"

穆哈伊惶恐地看着那条裤子,颠三倒四地讲:

"是……不是……是……可……"

达巴格打断他的话道:

"是,还是不是?"

穆哈伊有气无力地说:

"不是。"

"那么是谁的?"

穆哈伊叫嚷起来:

"我不知道……我不知道!"

达巴格露出更加狰狞的笑脸,盯着他说:

"这条裤子是灰色的。你记得不记得,你有一个朋友,非常重要的朋友,曾经穿过一条灰裤子!"

穆哈伊惶恐地说:

"不,我不记得了……我没有什么朋友!"

达巴格又盯着他,嘲弄地说:

"噢!你没有什么朋友!哼,好极了!"

他用心地把那条裤子叠好,夹在腋下,又给他手下的那两个人递了一个眼色,他们就跟着他走出屋外,进了两个女孩子的卧室。然后,他又向那两个人递了个眼色,于是又像刚才一样搜查起来。屋里的一切都被翻了个底朝天,好像一张犁,来来去去把屋里的一切都翻了个遍。有一个家伙从沙米娅的衣柜里翻出一个乳罩,举在手里,厚颜无耻地翻来覆去地看了起来。阿卜杜勒·哈米德胸中好像刮起一阵狂风,推动着他,向那个家伙扑过去,从他手中夺过乳罩,丢进衣柜里。他朝那家伙瞪着眼,说:

"你放规矩点儿好不好!"

达巴格对他说道:

"何必发这么大的火呢,阿卜杜勒·哈米德先生!别生气嘛!"

娜娃勒两眼盯着那件她保存在自己衣柜里的易卜拉欣的衬衣,心里直打鼓。他们的手越挨近那件衬衣,她的心就跳得越厉害。她闭紧了两眼,心里不禁"安拉啊! 安拉啊! 安拉啊! ……"地念叨着。

他们的手没碰到那件衬衣。达巴格在这个屋子里也没找到什么使他感兴趣的东西,于是他们转向另一间屋子……全家各处被搜查了个遍,伴着搜查的是眼泪、呜咽声、苍白失色的脸……

快要搜查完了的时候,达巴格贴近穆哈伊的耳朵,似乎表示亲切地小声说:

"你去穿好衣服,跟我们走一趟!"

穆哈伊抬起眼镜后面的两只惊恐的眼睛,声音发颤地问:

"我跟你上哪儿去?"

达巴格狞笑着说:

"我们只问你两句话。请放心! 只不过是例行公事! 你是搞法律的,当然懂得这些!"

穆哈伊垂下了眼睛。他不感到害怕。他似乎已经怕够了,以至于感到再也不会有更加可怕的事了。他感到自己好像变成了一具僵尸。听凭达巴格任意摆布吧!

他看了父亲一眼,未等到他回答的目光,就离开众人,回到了自己的屋子,糊里糊涂地穿起衣服来。他什么都考虑不下去,也无法想象可能会发生什么事,脑子里只是充满了各种他无法理解的乱七八糟的念头,一些他辨认不清的模模糊糊的景象。

他穿完了衣服,自己也弄不清都穿了些什么。他又同大家伙儿聚到了一起。父亲惊恐不安地看着他,问:

"你穿上外衣做什么?"

他没有回答,只是瞟了达巴格一眼。于是父亲望着警官,好像准备豁出老命去了,说:

"你们为什么要把穆哈伊带走?"

达巴格不动声色地答道:

"只问他两句话,好写个报告!"

父亲一面打算往自己屋里走,一面说:

"那好,稍等一下!让我跟你们一道去!"

达巴格断然地说:

"不,你别去了!这不关你的事儿!"

父亲大声地说:

"怎么会不关我的事儿?警察抓走了我的儿子,你却说不关我的事儿!"

达巴格语气更加坚决地说:

"你算了吧,别自讨苦吃!"

一个家伙抓住了穆哈伊的胳膊,把他朝门口拽去。母亲看到了周围发生的一切,她那丰腴的身体扑过去,把儿子搂在怀里,叫嚷着:

"我的儿子!他们要抓我的儿子!这不行!救人哪!快来救人哪!他们要抓走我的儿子了!"

穆哈伊从母亲的怀里挣开身,说:

"妈妈,别怕!我还会回来的!"

达巴格没理会母亲的叫喊,望着阿卜杜勒·哈米德说:

"阿卜杜勒·哈米德先生,请跟我们走吧!"

阿卜杜勒·哈米德已经从忧伤变为反抗,说:

"为什么?我又不住在这里!"

达巴格说:

"我都清楚。我刚才还在你那里呢!"

阿卜杜勒·哈米德惊讶地问:

"在我那里?在哪儿?"

达巴格冷笑了一下,说:

"在舒卜拉!我也像这种拜访一样,登门拜访了你。不过,可惜你不在。下次拜访,我再同你约好时间!"

他向手下的人递了个眼色,于是那家伙走向前去,抓住阿卜杜勒·哈米德的胳膊,把他朝门口拽去。

阿卜杜勒·哈米德从那家伙手中挣脱开,怒气冲冲地说:

"放开我！你的爪子别碰我！我自己走！"

沙米娅叫了起来：

"阿卜杜勒·哈米德！"

随即她就收住了嘴。好像她对泄露出自己的爱情的顾虑，胜过对阿卜杜勒·哈米德本人的担心。

阿卜杜勒·哈米德一声不响地看了看她，然后绝望地把脸转了过去。

达巴格走在前头，出了房门，顺嘴说了一句谁也没听见的话：

"对不起，再见！"

他的后面是穆哈伊，随后是一个便衣警察，再后面是阿卜杜勒·哈米德，最后是另一个家伙……

父亲气急败坏地追到走在阿卜杜勒·哈米德后面的那个家伙跟前，几乎要哭出来似的哀求着说：

"孩子，你积点儿德。告诉我，你们这是到哪儿去？"

那人颇有点儿怜悯地看了看他，然后，好像是怕让自己的上司听到，小声地答了一句：

"警备公署。"

他们走了出去。

母亲好像被人揪走了心似的尖叫了一声，倒在地上，全身像着了火，颤抖着，翻滚着。父亲赶忙奔向自己的屋子去穿外衣。沙米娅大声哭了起来，扑倒在母亲身边，抚摩着她，轻轻地捶拍着她，但却说不出话来，好像舌头被泪水的监牢禁闭住了一般。娜娃勒的脸上泪如泉涌。她向母亲俯下身去，好像要用自己的泪水浇熄母亲的火。她不停地念叨着：

"别这样，妈妈，好妈妈……"

然后，她突然住了嘴，脑子里闪现出易卜拉欣的名字。易卜拉欣！对，只有他才能救出她的哥哥。

怎么办呢？她不知道。可是他是能做到的，他什么事都能办到。他是一个英雄，什么事他都知道。他能战胜警察，能战胜这个该死的警官。

可是易卜拉欣在哪儿呢？她怎么能够找到他呢？

他在哪里?

她垂下了双眼,好像只有当她望着自己那颗心时,她才会找到易卜拉欣。

第十六章

穆哈伊同阿卜杜勒·哈米德坐在警车——"闷罐车"靠后边的座位上。两个警察同他们坐在一起。

马哈茂德·达巴格上尉在驾驶室里，坐在司机旁边。

穆哈伊在发抖。他的一切：心、膝盖、眼睛、嘴唇……都在抖。可是他却没意识到，好像这种颤抖是他原本就有的，成了他的本能而感觉不出来了。

他的神经也在颤抖。他竭力想控制住自己的思想，想要清醒地想一想他的命运将会如何。

警察将会审问他有关易卜拉欣·哈姆迪的事情。他们也许会指控他把易卜拉欣窝藏在家。达巴格手里握有确凿的证据，说明易卜拉欣曾在他们家住过。他手里有易卜拉欣丢在衣柜里的裤子，还有那张易卜拉欣亲笔写的纸条。穆哈伊记起来了，在易卜拉欣到他们家的第二天，他曾向自己要过一张纸和一支笔，坐在那里写了起来。可是并不知道他当时写了些什么。易卜拉欣什么也没有对他讲过，没对他提起过达巴格问起他的这个杰米勒·伊扎特中尉的名字。这个杰米勒·伊扎特是个什么人呢？易卜拉欣怎么会丢下一张亲笔写的纸条呢？这张纸在落到达巴格手里之前，全家人怎么都没见到它呢？

他对警察怎么说呢？他要承认吗？他不知道易卜拉欣的去向，即使他承认了,他们也逮不着易卜拉欣!

可是他却能向警察告发法塔希·马里吉——易卜拉欣的那个朋友,那个为易卜拉欣准备了军官服,准备了逃跑用的汽车的人。通过法塔希·马里吉,警察就会找到易卜拉欣,并把他逮到。

可是他为什么要承认呢?他为什么要为警察效劳呢?若是那样,以后,他还有什么脸面去见同学呢?他的良心又怎能过得去呢?他不禁浑身打了个寒战,好像仅仅是脑海中闪过这样一个向警察自首的念头,都不由得使他对自己感到恶心。

可是他们会把他关进监牢里呀!他不能参加考试了。他当不成优等生,也不会任助教了。他的前途将会丧失掉……若是他坦白了,能挽救自己的前途吗?谁知道呢?说不定他的供认更可能导致他坐牢!

他慌乱不安,不知如何是好,什么事都决定不下来。他的这种不知所措比恐惧更使他心烦意乱、六神无主。也许他最好是听天由命,把自己交给安拉安排吧!

他一想到安拉,并决定听凭安拉安排时,不由得顿时轻松起来,好像他是把自己的全部烦恼和沉重的包袱都一股脑儿卸到了一个强有力的肩膀上了。但当他再细琢磨时,这种轻松之感随即又烟消云散了。安拉为什么要让他有这种遭遇呢?他讲义气,救助一个逃跑避难的人,这又有什么过错呢?他平生一直竭力要脱离政治,以免遭遇到他的那些搞政治的同学的命运,可是安拉为什么要把易卜拉欣推到他面前,然后让他坐牢,把他的前途毁掉呢?若是他回绝易卜拉欣,不让他在自己家里避难,安拉就会使他免于遭遇这种命运吗?难道安拉要惩罚爱国者吗?难道这个达巴格就是安拉派来惩罚和追逐爱国者的使者吗?否则,安拉为什么让这些警察随便折磨人们呢?安拉又为什么不在现在,在警察未审问他之前,立即拯救他呢?

他为自己这些想法感到害怕,身上抖得更厉害了。他在祈求安拉宽恕,又暗暗地念起"库尔西"那节经文来了,仿佛他是害怕自己唯一的希望——安拉,会离开他!

随后,他的思路又转向阿卜杜勒·哈米德。

阿卜杜勒·哈米德会招供吗?他抬起两只茫然失措的眼睛,看着他。他感到有些安心,感到自己不是独自一人。他第一次对阿卜杜勒·哈米德产生一种极为亲切、喜爱的感觉。他从未像现在这样感觉到他是自己的堂兄。他仿佛觉得阿卜杜勒·哈米德是一个能保护他的强有力的人。阿卜杜勒·哈米德不会招认!他聪明、大胆,知道怎样去对付那些警察……

他那些害怕的感觉消失了,可怜巴巴地叫了一声:

"阿卜杜勒·哈米德!"

阿卜杜勒·哈米德低着头坐在汽车里。他用牙齿咬着手指,好像要把自己撕碎似的。他听到穆哈伊的呼唤,抬起了头,朝他用力看了一眼。他似乎知道堂弟的心境,说了声:

"别害怕。"

一个警察用命令的口吻说道:

"喂,禁止!"

阿卜杜勒·哈米德不服气地还嘴道:

"禁止什么?"

那警察蛮横地说:

"禁止说话!"

阿卜杜勒·哈米德又顶撞道:

"不,并不禁止嘛!"

警察惊奇地看了他一眼,说:

"你最好少废话!"

阿卜杜勒·哈米德挺了挺腰板,说:

"你说话客气点儿!"

那警察嘘了口气,表示不愿投入一场"战斗",说:

"好吧!先生,就算你有理!不过还是劳您驾,别说话了。我们这里有命令,禁止交谈!"

阿卜杜勒·哈米德一直挑战似的瞪着那个警察。那家伙好像不愿招惹是非，把头转向一边。随后，阿卜杜勒·哈米德又低下了头，咬起手指甲来。

他落到了警察手里之后，疲劳与恐惧一下子就变成了一种公开明显的挑战。他在内心深处感觉到了，这一切都是由于他急忙去会见胡马木贝克引起的。他想要摆脱这种感觉，掩盖这种感觉，于是就拼命地向那些警察挑战，他希望这种挑战或许会弥补自己的过错。

阿卜杜勒·哈米德抬起头，从汽车后缝里向外看。他发现他们正通过娜姬莉王后大街朝车站广场飞驰，这同到警备公署是两条路。他自言自语地问道：

"我们这是到哪儿去？"

另一个警察答道：

"你马上就会知道的！"

穆哈伊说：

"他们说，要把我们带到警备公署去。"

阿卜杜勒·哈米德一边打算辨清楚那条路，一边说：

"这不是往警备公署去的路……"

汽车一直快速地向开罗车站广场驰去，然后，未等开到广场，就向左拐进一条狭窄的街道里，在一座灰暗建筑的铁栅栏前停了下来。

阿卜杜勒·哈米德抬头一看，脸色都变了，说：

"这些家伙把我们带到外国人监狱来了。"

穆哈伊眼睛瞪得大大的，几乎要把眼镜片撑破了。他透过车门往外看着，说：

"监狱？也不先审问就关进监狱！"

阿卜杜勒·哈米德没有答话。

那两个家伙从车上跳下来，做了个手势，让阿卜杜勒·哈米德和穆哈伊下来。

达巴格上尉走在众人前头，穿过铁栅栏，在一扇包着铁皮的大木门前站住了。他伸手按了按装在墙上的电铃,于是门上开了个小窗,从中探出一张粗鲁而死板的面孔,两撇胡子乱蓬蓬地挓挲着,好像是一堆毛毛虫聚集在两片血淋淋的嘴唇上。

那张粗俗的面孔一看到达巴格上尉,马上就关上了小窗口,拉起铁门闩来,于是响起一阵吱吱嘎嘎刺耳的声音,仿佛是铁器在喊叫。然后,大门之中打开了一扇小门。卫兵像一尊塑像,站得笔直,举手行了个军礼。

达巴格上尉穿过了小门,跟在后面的是他的珍贵猎获物和两个助手。门马上又关上了。当门闩再一次被拉动的时候,又响起了铁器的吱吱嘎嘎的尖叫声。穆哈伊和阿卜杜勒·哈米德两人不由自主地向身后望去,眼睛中露出惊恐的目光,好像他们是在向人世告别。

达巴格径直朝紧挨在门后靠右边的一间屋子走去。屋子里有一张办公桌,后面坐着一个政治警察,还有几把椅子,一张长沙发,靠墙有一个立柜,屋子里还有一些镣铐和枪支。那政治警察站起来,举手行了个军礼。达巴格挥了下手,算是还礼。他又打了个手势,让穆哈伊和阿卜杜勒·哈米德两人分开坐下来,并对他的两个助手用命令的口吻说:

"让他们俩相互离远点儿!"

然后,他离开屋子,朝对面的另一间门口挂着一块"典狱长"牌子的屋子走去。他急匆匆地进了屋。这间屋子要比前一间屋子更加安静、整洁、考究。屋子中间是一张宽大的办公桌,桌后坐着一个青年警官。他一见达巴格,立即跳了起来。

警官从办公桌后走出来。达巴格边走过去坐在那里,边问:

"典狱长在吗?"

那警官好像要为典狱长辩解,说:

"不在。他回家去了,刚走五分钟。要去叫他吗?"

达巴格把手里拿的那条裤子放在办公桌上,嘲讽地说:

"不必了。让他休息去好了,只要我们不睡大觉就行!"

他坐在办公桌后的那张椅子上,抓起电话,拨起号码来。随即他的腔调变了,彬彬有礼地说:

"是的，大人！我想我们是需要您到这里来的。您看得真准，您的眼光可真是从来都没错。"

在听到另一头的回答之后，他又说：

"没有！不过我们发现了极为重要的证据……我们会找到的！"

他放下了听筒，然后，背靠着椅子，从口袋里掏出他从穆哈伊纸张堆中找到的那张纸条；又读了起来。他边读边搓揉着额头，仿佛要从自己的头脑中开辟新的能源。随后，他抬起头，朝那个仍旧笔直地站在他面前的警官说道：

"你去给我们要点儿咖啡来。看来今天晚上要搞个通宵了！"

那警官招呼来一个警察，命令他去端一杯咖啡来。

咖啡还未端来，铁器吱吱嘎嘎的尖叫声又响了起来。监狱的门打开了，胡马木贝克迈着急促的步子走进了屋。年轻警官举手致敬，达巴格上尉一跃而起，从办公桌后退了出来，把座位让给了新来者。

胡马木贝克没有还礼。他急急忙忙地问：

"好啊！你们发现什么了？"

未等达巴格开口，胡马木贝克转过身向那位小警官意味深长地瞥了一眼，于是小警官知趣地说了声"我告辞了"，就从屋里走了出去。

胡马木在办公桌后坐了下来。达巴格对他讲起抄阿卜杜勒·哈米德的家与穆哈伊的家的详细经过来，然后又把他找到的纸条和裤子拿给他看。胡马木问道：

"他们没招吗？"

达巴格狞笑了一下，说：

"没有。不过他们会招的。他们看来是些好人！"

胡马木对达巴格的笑报以更阴冷的一笑，说：

"好吧！你把穆哈伊带去，把阿卜杜勒·哈米德交给我！他是我的朋友嘛！"

胡马木打着哈欠，哈哈大笑了几声。

达巴格出了门，向对面屋走去。他招呼了一声阿卜杜勒·哈米德和穆哈伊，于是两人站起来，向他走去，后面跟着两个警察。达巴格对阿卜杜勒·哈米德说：

"你进那个屋去，胡马木贝克在等着你。他要问你两句话。当然，你们是老朋友了。"

然后，他又回头对穆哈伊说：

"穆哈伊，你跟我来吧！"

达巴格朝监狱里面走去，穆哈伊喘着粗气跟在后面。他心里怦怦跳得像打鼓，使得他的耳朵连自己的脚步声都听不到了。

他们在一道细密的铁栅栏前停了下来。那铁栅栏从地面直连到高高的天花板，把监狱分成内外两个部分。铁栅栏中间的一扇门开了。穆哈伊发现自己是在一个围着一座小院的走廊里，走廊的旁边是很多铁门，都关着。其中只有一扇门打了开来。达巴格走进去，穆哈伊跟在后面，一个警察陪着他们。这是一间小屋子，非常小的屋子。地是水泥地，墙壁下半截涂成黑色，上半截刷了白石灰。屋里有一个很高的窗户，上面装着铁条，还有一张小桌、三个凳子。穆哈伊明白了，他这是在牢房里！

自从易卜拉欣·哈姆迪越狱后，政治处就把外国人的监狱作为审理他越狱一案的地方。所有可疑的青年都被抓到这里来，对他们进行审讯，让他们相互对质。审讯是在典狱长的办公室进行的，当需要对几个青年同时进行审讯时，他们就腾出一间牢房，作为另一间审讯室。

达巴格在小桌后面坐了下来，向穆哈伊做了个手势，让他坐在对面的凳子上。那个陪着他们的警察也拽过一张凳子，靠在桌子一边坐了下来。

达巴格拿出几张白纸放在那个警察面前，极力装作亲切的样子对穆哈伊说：

"穆哈伊，我们开诚布公地谈好不好？我请你放心，你帮助我，我也会帮助你的！"

穆哈伊开了口，他这些话是早就准备好了的：

"我只在检察官面前才说！"

达巴格冷笑了一声，说：

"何必要检察官呢？你可以把我们的谈话看成是私人之间的交谈，连记录都不要。"

他朝那个警察说：

"上士，不用记了。"

他两眼直盯着穆哈伊，说：

"说吧！你怎么会认识杰米勒·伊扎特的？"

穆哈伊照实说道：

"杰米勒·伊扎特是谁？我不认识！我这是头一次听到这个名字！"

达巴格两眼直盯在穆哈伊的脸上，说：

"我们还是讲点儿交情，怎么样？这个名字是写在我从你书桌上找到的那张纸上的！"

穆哈伊坚持说：

"我不认识！"

达巴格似乎相信了他的话，说：

"你想认识他吗，先生？杰米勒·伊扎特就是易卜拉欣·哈姆迪从他手中逃走了的那个警官！"

穆哈伊感到出乎意外地睁大了眼，重复着一句他自己也不明白是什么意思的话，说：

"我不认识……不认识……"

达巴格两眼仍盯着他，又问：

"好吧。你认识易卜拉欣·哈姆迪吗？"

穆哈伊马上叫了起来：

"不认识……我从来没见过他！"

达巴格更加狰狞地笑着说：

"那你何必这样大喊大叫呢？"

他把那张易卜拉欣亲笔写的纸条在穆哈伊眼前晃了晃，又问：

"这张纸条又是怎么回事儿？"

穆哈伊头上开始冒汗了，说：

"我没见过……这张纸我一点儿都不知道!"

达巴格似乎颇有耐性地问:

"那么我怎么会在你的书桌上找到它的呢?"

穆哈伊吃力地喘着气,说:

"它原来没在我的书桌上……可能是你拿来放在上面的。"

达巴格头一次忍耐不住了,冲着穆哈伊咆哮着:

"你也跟他们一样搞那一套吗?现在这些学生都爱耍这一套花招:我们在他们那里找到什么东西,都说是我们带去的。老花样了,穆哈伊先生!看看你还有什么新玩意儿?我本来还以为你是个好学生,不想把你同他们混在一起!"

穆哈伊没有开口,只是抖得更厉害了。

达巴格憋住了火气,用一种更加平静的语调说:

"当然了,这条裤子也是我从我们家带去的了,是不是?你知道这条裤子是谁的吗?是易卜拉欣的。易卜拉欣逃跑的时候正是穿着一条灰裤子,尺寸也与这条正相当!"

穆哈伊没有答话,他一直在发抖。

达巴格点了一支烟,深深地吸了一口,又把烟徐徐地吐了出来,好像他是把自己的怒气往穆哈伊的脸上喷吐。然后,他抑制住自己的神经,说:

"你听着,穆哈伊!我们并不要你怎么样。你只要告诉我,易卜拉欣在哪儿,或是他到哪儿去了,我用我的名誉向你担保,你今天晚上就可以在自己的家里睡安稳觉了!"

穆哈伊脸涨得通红,说:

"我不知道……我什么都不知道!"

达巴格开始失去了耐性,叹了口气,说:

"穆哈伊,你这是跟我过不去呀!你还是说了好,何必要这样呢?到目前为止,你还没在我们这里立过案。据我们了解,你生平也从来没过问过政治。你不要让那些家伙耍弄你,让你倒霉。你要怜恤怜恤你的父亲、母亲嘛!要听我的话!"

穆哈伊想起了自己的父亲、母亲，仿佛一滴滴露珠落到了干枯了的枝叶上，他不由得抖了一下，不禁自问："爸爸要我招认吗？爸爸如果现在在我身边，他会吩咐我招认吗？"他的嘴唇翕动了，精神恍惚，好似接到了父亲从远处传来的命令，念叨着：

"我不知道……我不知道……我没有什么好说的！"

他听到外面走廊上传来了脚步声，随后，胡马木贝克的脑袋伸进牢房的门里，向达巴格做了个手势，于是达巴格站起身来走过去。两人在一起嘀咕了好长时间后，胡马木贝克走掉了，达巴格又坐到了小桌子后面，嘴唇上挂着狡猾的微笑，说：

"行了，我的先生！阿卜杜勒·哈米德都招了！"

穆哈伊的脑袋往上一挺。这突如其来的消息使他说话都结结巴巴起来：

"招……招了？他……他招了！……他说了些什么？"

达巴格得意地欣赏着这意外的消息对穆哈伊造成的影响，说：

"他什么都招了，现在早就回家了！"

穆哈伊的脑袋耷拉在胸口上了。阿卜杜勒·哈米德真的招认了吗？还是这家伙在骗他呢？如果是招认了，警察为什么还一定要他也招认呢？为什么阿卜杜勒·哈米德的招认还不够呢？

达巴格在鼓励穆哈伊，就又说：

"你也说说吧！好同他一块儿回去嘛！为什么不说话呀？还等什么呢？"

穆哈伊有气无力地说：

"我没有什么好招认的！"

他说这话时，心里正展开了思想斗争：一种念头使他想招认，但另一种更强烈的力量却使他闭紧嘴巴。他心里正在抗拒一种罪行，他怕犯这种罪，如同教徒害怕火狱一样。他倒不是考虑到易卜拉欣，也不是考虑到他的爱国主义立场。阻止他招认的不是这些。阻止他的是，他感到招认就是一种罪孽，他不能去犯这个罪，他的道德原则和他纯洁的良心都使他不能去犯这种罪行。正如一个不肯从学校的院墙上跳出去逃学的学生，倒不是因为他爱学习，而只是因为他父亲从小就在他的心中灌输了一种思想：逃学是可耻的！

达巴格又开始耐不住了。他厉声地说：

"你要表现得比你的堂兄好一些！你说吧！告诉我，易卜拉欣到哪儿去了？！"

突然，从监狱外部传来一阵高声喧闹声。在那一片闹闹嚷嚷中，穆哈伊听出了阿卜杜勒·哈米德的声音，他正高声叫嚷着："啊！……你们这些狗崽子……别打了！……救命啊！……你们这些该死的，你们这些狗崽子……啊！……"

穆哈伊笑了。他不由自主地笑了起来。他们打阿卜杜勒·哈米德……他并没有招供……

穆哈伊抬起了头，面对达巴格微笑起来。达巴格更加恼火了。他对坐在旁边的警察说：

"去，上士，把这扇门关紧了！"

上士站起身来，还未等走到门口，达巴格又改变了主意，叫住了他：

"等一下！"

他从小桌子后面站起来，在上士耳根底下小声说了一句：

"你来同他试试！"

达巴格走出去后，上士去关上了门，然后回转身，站在穆哈伊面前，从牙齿缝中挤出一丝狞笑，说：

"你不戴这副眼镜就看不见东西吗？"

穆哈伊坐在凳子上，抬头朝他望着，不明白他这句问话是什么意思。上士又说：

"让我瞧瞧怎么样？"

他伸出手去，想从穆哈伊两眼上摘掉那副眼镜，于是穆哈伊颤抖起来，脑袋往后躲闪着。上士两手直伸到穆哈伊面前，说：

"非得让我看看不可！"

穆哈伊没有摘下他的眼镜，于是那个家伙很敏捷地一下子把眼镜摘了下去。他一面咬牙切齿想发火，一面说：

"我本来就不欣赏我们这些当官的玩的那一套，可你们又不识相，不给你们点儿厉害，你们就不说。你说！你到底说不说？！"

穆哈伊嘴唇发颤，眼里露出乞求的目光，看着上士，好像在防御一件他还不知道的祸事。

那家伙朝他嚷道：

"你倒是说话呀！"

他举起沉重而干瘪的手掌，往穆哈伊的太阳穴打去，于是响起了一记耳光声，如同一个受伤的母亲在喊叫！

穆哈伊目瞪口呆，失魂落魄地怔住了。他举起一只颤抖的手，那手指像干树叶一样哆嗦着。他用手捂着挨打的地方，还是失神地愣着。他不是感到被打的地方痛，而是感到浑身都像被火烫了，这些烫灼又都集中在他胸中，他感到胸中有什么东西在流血。那是他的尊严，他的人格，他的体面。他感到胸闷。闷得他快要憋死了。随后，泪水在他的眼眶里打转转。他哭了起来。

上士扬起了另一只手，说：

"哼，让你哭吧！看你再充好汉！好，来吧！"

他的手掌像一只铁锤，又落到了穆哈伊的另一边太阳穴上。这一记耳光从穆哈伊的太阳穴往下一扫，打裂了他的下嘴唇，血从中冒了出来。

那家伙第三记耳光打得更重，于是穆哈伊坐的凳子一歪，连人带凳子都倒在地上。

他在哭。他无可奈何地默默地哭泣着。

他倒在地上，上士过去踢了他一脚，朝他叫嚷着：

"你怎么这么废物？还不快像男子汉那样站起来！你们这些人也配做男子汉？"

说着，他拽着他的衬衣，把他拖了起来。穆哈伊两手捂住脸，免得再挨耳光。他还在哭着，并开始啜泣着。

上士叫喊道：

"你倒是开口说话呀！怎么弓着腰像大虾米似的？你在家里没吃饭还是怎么的？"

然后他又在他的肋骨上重重地捣了一拳。穆哈伊尖声地叫了起来：

"啊！……"

他胸口抵着膝盖，身子一歪，就倒在地上了。他的脸色变得苍白，好像所有的血都流尽了，他已经死了似的！

正在这时，达巴格上尉急匆匆地走了进来，朝着上士装腔作势地喊道：

"上士，这是怎么回事儿？谁让你打的？你们是些什么东西？野蛮，畜生！愿安拉让你们全家遭殃！"

达巴格朝穆哈伊弯下腰去，用胳膊把他搀扶起来，又让他坐在凳子上，然后对上士说：

"去！快去拿点儿药棉和红药水来。愿安拉惩罚你！我一定要把你关进监狱！"

那警察从屋子里跑了出去。

达巴格转过脸来朝穆哈伊说：

"真对不起，穆哈伊！弄来了一群畜生跟我们一道工作。他以为你也同别人一样呢。不过这也得怪你。你若是早讲了，就不会发生这些事了！"

穆哈伊抬起失神的蜡黄的脸，一面流着泪，一面念叨着：

"我不知道……我不知道……我不知道！"

接着，他的声音高了起来，以至于变得像疯狂的叫喊。他反复嚷着：

"我不知道！……我不知道！……我不知道！"

上士拿着一团沾着红药水的棉花走了进来。达巴格用它在穆哈伊那流着血的嘴唇上抹了起来，嘴里说着：

"别说'我不知道'这句话了。让我们好说好散吧！你总不能说一点儿都不知道吧？"

穆哈伊把脸从达巴格手中挣脱出来，长长地尖叫了一声。他是要从敌人的胸口把自己的灵魂解放出来。他尖叫着"我——不——知道"，双手抱着头，想大哭一场。

达巴格轻蔑地朝他瞧了瞧,说:

"你看起来是身体很不舒服呀!快去休息一会儿吧。"

穆哈伊坐在凳子上没动,也没抬头。达巴格扶着他腋下,想把他拉起来。可是穆哈伊却站不起来了。他垮了。他一直在哭。他的一切都同泪水一道流掉了,以至于他身上再也没有什么硬实的东西了。

达巴格说:

"过来,上士!帮我搀他一把!"

上士站在穆哈伊的另一边,把手伸进他的腋下,同达巴格一道把他拽了起来,他的两只脚拖在地板上,那两个人就像拖一具死尸似的把他拖出了屋子。在门口碰到一个狱警,于是达巴格朝他喊道:

"把八号打开!"

他们两人拖着穆哈伊,在长廊里走着。沿着长廊,是一扇扇关着的门。穆哈伊眼前一片漆黑,什么都看不见了。他垮了。两腿发软,浑身无力,他感到自己的胃都翻了个个儿。但他是清醒的,整个神志都很清楚。

他听到从一扇关着的门后传来一个声音:

"要挺住!坚强些!"

从另一扇关着的门后又传来一个声音:

"老弟,你是什么人?叫什么名字?"

第三个声音也在大声喊叫:

"放开他!你们这些坏蛋、流氓、胆小鬼!"

他听到第四扇门后的呻吟声。他仿佛觉得那是阿卜杜勒·哈米德的呻吟。

他听到第五扇门后有人在慷慨激昂地念着几句诗:

> 你们把一支支笔折断,
> 但这岂能止住一只只手在石头上铭刻诗篇?
> 你们把一只只手折断,
> 但这岂能阻止一双双眼睛对你们冷眼相看?

他听到所有这一切声音，觉得仿佛是朋友们在向他表示欢迎，仿佛他走进乐园，天使们正向他吟唱诗歌，向他贺喜。这些声音触及了他的神经，使他坚强起来。他感到自己浑身又有了精神，仿佛有一个温柔的幻影擦去了他受伤的嘴唇上的血迹，在他挨耳光的脸颊上轻轻地抚摩着，为他揩干泪水。他感到自己与很多人在一起，他们钦佩地看着他，向他欢呼，为他撑腰打气。

他开始想挣脱那些抓着他的手。他挺起了腰杆，两脚在地上站稳了，独自走了起来。

他们在一扇关着的门前站住了。狱警打开了门。

突然，响起了一片震耳欲聋的喧闹声，监狱的四壁都不禁为之颤动起来。那是在关着的铁门上猛烈的敲击声，好像是用一只只铁拳在敲打。这是被监禁的青年对他们还不认识的新难友的致意。他们用马口铁做的盘子、汤匙和杯子在敲打着牢房的铁门。

达巴格赶紧把穆哈伊推进牢房，然后赶忙走出监狱。他浑身发抖，要逃避开这可怕的喧闹。

狱警用钥匙在锁眼里转了一下，锁上了门。

穆哈伊伸开两手，在黑暗中摸索着。他向前走了几步，碰到了一张小床。他一头栽在床上，什么都看不见。他摸了摸自己的脸，自语道：

"我的眼镜……"

他站起身，用脚在地上摸索着走到了关着的门前，两手敲起了门，喊道：

"我的眼镜！我的眼镜！……"

他的叫喊声在从其他的门后不断地传来的喧闹声中消失了。随后，喧闹声也逐渐地平息下来。

穆哈伊仍旧紧贴着门站在那里。他又敲门，并竭尽全力大喊着：

"我的眼镜！我的眼镜！"

没有人回答他。

寂静。一片可怕的沉寂。

于是他又用脚摸索着走回来，一头栽倒在那张硬邦邦的小床上。

他开始感到疼痛。他从来没这样疼痛过，他感到有一把刀子在割破他受伤的嘴唇。他那挨了耳光的两颊火烧火燎地疼痛，又好像有什么东西在他那挨了一拳的肋骨上扭动着，收缩着。他不禁呻吟起来。他身体好像被铁链子拴到了床上，动弹不得。

他想睡觉，休息一下。他合上了两眼。

他刚一合眼，就听到了钥匙在锁孔里转动的声音，于是一下子抬起了头。门并没有打开，他抬起头了好长一段时间。可是门并没有开。

他的脑袋又挨到了床上。他闭上了两眼。累了，实在是累极了，他想睡一觉。

突然，他又听到了钥匙在锁孔里的转动声。他缓慢无力地抬起了头，等着门被打开，但是门仍没有打开。他等了好长一段时间，门还是没开。

他的脑袋又无力地落到了床上。他感到恐惧。他无法抗拒这种恐惧，于是他像突然发疟疾似的，浑身发起抖来。他想合上眼睛，心里感到痛苦，简直难以忍受。

突然，牢房里的灯亮了。他的眼皮颤抖起来，像两只受惊的小鸟的翅膀。他向四周望了一下，这是他头一次看清自己的牢房：阴暗而凄凉。他看到了自己的床，还有两只桶：一只盛满了水，另一只则是空的。

门仍旧锁着。灯光又熄灭了，像刚才那样突然。他们是在折磨他，不让他睡觉。他们要摧毁他的神经。

他真想哭一通，但没有哭出来。他已经没有足够的力气让泪水从眼眶中洒下来了。

不知道过了多久，周围还是一片黑暗。后来，门突然开了，牢房的灯光又亮了起来。透过颤抖的睫毛，他看到了达巴格上尉站在自己面前，嘴巴上挂着狞笑。他听到他用故作亲切的语气说：

"穆哈伊，你还没睡呀？我是临走之前来看望看望你。你不需要什么吗？"

穆哈伊躺在那里，有气无力地看着他，用低而发颤的声音说了一句：

"我的眼镜!"

达巴格故作和气地问:

"就这点儿事吗?"

他回头朝牢房外喊道:

"喂,去个人把穆哈伊丢在审讯室桌子上的那副眼镜拿来!"

然后,他又看着穆哈伊问道:

"我把门给你开着,好吗?"

"谢谢!"

"我让灯给你亮着,好吗?你可能怕黑吧?"

穆哈伊嘀咕着:

"谢谢,不要!"

达巴格在床沿上,挨着那个受折磨的身躯坐下了,说:

"你知道,我真不忍心走开去,丢下你一个人在这里。我还是想让你今天晚上就回家。"

穆哈伊没有答话。

"我只是要知道,易卜拉欣·哈姆迪在写了那张纸条,又换下那条裤子以后,到哪里去了。我只要你告诉我这些就行了。我并不想知道你同他之间究竟是什么关系,也不想知道你在什么地方见到他的,只要你说出他到哪儿去了。"

穆哈伊呻吟般地说:

"我累了。做做好事,别缠着我了。"

"我倒是不想打扰你,不过,只要你说一句话。"

穆哈伊的头在脏枕头上扭过去,他说:

"我不知道……我什么都不知道!"

达巴格叫了起来:

"你不要说'我不知道'。我再也不想听到你这句话了,懂吗?"

然后,他稍微沉默了一会儿,克制着自己,又说:

"穆哈伊,让我们交个朋友吧!好,我来告诉你一件事。你知道是谁向我们告发你的吗？是阿卜杜勒·哈米德，你的堂兄。"

穆哈伊吃惊地从枕头上抬起头来，又低了下去，他想起来了，达巴格的嘴里是不会讲真话的。

"你不信吗？好，你来看！这不是阿卜杜勒·哈米德的本子吗？你再看看上面都写了些什么！政治警察处长胡马木贝克的电话号码，还有，检察长的电话号码。你不认识阿卜杜勒·哈米德的笔迹吗？你看，是不是他的？"

达巴格把那个阿卜杜勒·哈米德原来揣在口袋里，入狱后被搜出来的小笔记本凑近穆哈伊的鼻子跟前，于是他看到了上面的确有阿卜杜勒·哈米德亲笔写的胡马木和检察长的电话号码。他不由得目瞪口呆了。他抬起两眼看着达巴格的脸，打算反驳，然而却什么也没说出来。

达巴格接着说下去：

"我的先生，他给胡马木贝克打了电话，并去见他，他告发易卜拉欣，好拿到那笔赏钱。五千镑啊！你不是比别人更应当领这笔赏钱吗？再说，你的堂兄既然想让你倒霉，你何不把事情说出来，保住自己，免得所有倒霉的事儿都摊在你一个人头上！"

穆哈伊感到自己的心在收缩，除了头脑，身上的一切都在紧缩。

真的是阿卜杜勒·哈米德向警察告密的吗？他向他们告发了些什么呢？他们为什么不在阿卜杜勒·哈米德告密之后就把他逮捕起来呢？他们为什么同打他一样也打阿卜杜勒·哈米德呢？

可是那又的确是阿卜杜勒·哈米德的笔记本，那个笔迹也是他的笔迹，还有胡马木贝克的电话号码！

他感到脑子里乱糟糟的理不出个头绪。他需要独自清净一会儿。他想睡一觉。

他用更加软弱无力的声音说：

"我什么都不知道……我求你做做好事，我累了……我要睡觉……"

他把脑袋在枕头上扭过去。

达巴格从床上跳了起来，伸手抓住穆哈伊的衬衣，把他从床上揪起来，拽到地上，吼着：

"看来你是个傻瓜！蠢驴！你什么都不懂！对你这种蠢驴，我们也有办法对付！"

然后，他把穆哈伊丢在一旁，大喊大叫地招呼着那些站在门口的警察：

"你们进来，把这张床抬到外面去！牢房里什么东西也不要留，再泼几桶水！"

两个警察走了进来，把床抬到了牢房外面，把两个水桶也提了出去。整个牢房变得空空如也，只有黑乎乎的地板。然后，那两个警察提着满满一桶水，泼到了水泥地上。两人走出去，又提了一桶进来，又泼了下去，又是第三桶……直到牢房的地面变得像一片潮湿的沼泽。

达巴格站在牢房门口，说：

"我倒要看看你说不说！喂，把门锁上！"

牢房的门锁上了。牢房里又是一片黑暗。

穆哈伊两脚浸在水里，靠着墙壁站着。他对水毫无感觉，只感到疲惫。他要睡觉。

他闭上了眼，倒在地上，倒在那潮湿的沼泽地上，昏了过去。

第十七章

　　早晨五点半，外国人监狱又开始动了起来。
　　政治处做出的、并要在审查易卜拉欣·哈姆迪越狱事件的整个期间严格执行的指示规定：被审查的犯人互相不得碰头，不能见面；每个人都要昼夜被单独囚禁在牢房里，直到他发疯或经受不住而招认、供出可以逮到易卜拉欣·哈姆迪的情报；每间牢房早晨有十分钟的放风时间，让犯人在狱警的看押下上厕所，但两间牢房不能同时放风，要在第一间牢房里的犯人被关起来之后，第二间牢房才能打开。
　　包着铁皮的门打开了，犯人们开始上厕所。一个回来，另一个再去。
　　犯人们开始从狱警的嘴里探听昨天的消息，消息在监狱里要比在监狱外传得还快。通过关紧的门底缝，通过一个个小窟窿，一切消息都渗进了各个牢房，不管是有关典狱长老婆的新闻，还是有关一个被告招供的消息。这是一个小天地，什么事都瞒不住。
　　这天早晨囚徒们传递的消息可是一件惊人的颇为轰动的新闻：警察逮住了一个青年，谁也不知道他的名字，是达巴格上尉把他带到监狱里来的，然后又对他行刑逼供。青年被折磨死了，尸体还扔在八号牢房里。
　　还没轮到关在十六号牢房里的囚徒放风上厕所，十六号牢房里却有一个强有力的声音在喊：
　　"喂，九号！喂，九号！你听到那件事了吗？"

从九号牢房里,一个声音在回答:

"什么事啊?"

十六号牢房的人又大声说:

"那些家伙在八号牢房弄死了一个人。你没听到你隔壁的牢房有什么动静吗?"

过了一会儿,九号牢房高声地说:

"没有!我什么也没听见。里面倒像是有一个死人!"

十六号牢房的人叫嚷道:

"就是那帮狗东西干的。下次就该轮到我们头上了。我们在这里不被折磨死就不用想出去。你知道他们昨晚弄来的那个人是谁吗?"

九号牢房说:

"不清楚。你等我来问一问十一号……"

看守长站在各个牢房之间的小院子里,大声喊着:

"喂,你这个犯人,还有那一个,法塔哈和阿里姆,你们别说话了!"

九号牢房根本不理他,继续喊道:

"喂,十一号!喂,十一号!你知道他们带到八号去的那个人是谁吗?"

十一号牢房的门后传来一个浑厚有力的声音:

"不,我不知道。都说,那些家伙把他杀死了。"

九号牢房说:

"我昨晚听到他们夜里开门进去了。"

突然,从十二号牢房里传来一个发颤的声音,大声喊叫着:

"他们把他杀死了?把穆哈伊杀死了?"

然后,在那扇牢门上响起了猛烈的敲打声,那个发颤的声音在呼喊:

"开门哪,你们这些坏蛋!开开门!我要喝你们的血!我要让你们不得好死!"

从十六号牢房里传出一个尖锐的声音打断了他的话:

"喂,老弟,穆哈伊是谁?他的全名叫什么?"

那个颤抖的声音从牢房门后叫嚷道:

"穆哈伊是我的堂弟。他们把他杀了。达巴格把他杀死了……杀死了……"

随后,从那包着铁皮的门后发出大声的啜泣声。

十一号牢房高喊道:

"杀人偿命!"

其余的牢房也跟着喊:

"杀人偿命!"

另一间牢房又喊:

"誓为埃及而死!埃及万岁!"

其余的牢房也随着喊:

"誓为埃及而死!埃及万岁!"

第三间牢房喊道:

"让胡马木见鬼去吧!我们要达巴格的狗头!"

一间间牢房都响应着:

"让胡马木见鬼去吧!我们要达巴格的狗头!"

第四间牢房喊:

"打倒真正的罪犯!"

各个牢房响应着:

"打倒真正的罪犯!"

在一扇铁皮门上响起了猛烈的敲打声。这是事先约好了的信号。于是每个囚徒都抓起那只放在牢房里的桶,开始有节奏地使劲敲打起门来,似乎要把门砸破。这敲打声响彻监狱的四面八方,引起强烈的震动和一片可怕的喧闹声,仿佛天空都在怒吼。

值日官急急忙忙跑进监狱的院子里。他一面整理着自己的上装,一面朝着看守长嚷道:

"喂,看守长,出了什么事?是怎么回事儿?"

看守长走近他跟前,小声地说:

"他们说,有一个人死在八号牢房了。"

那警官眼中显露出关注的样子，说：

"把所有的牢门都锁上！不要让他们上厕所！什么时候给他们开饭要等我通知你。"

然后，他迈步朝狱中走去。他回头望了一眼看守长，压制着开始袭上心头的恐惧，说了句：

"你随我来吧！"便朝八号牢房走去。

一个个囚徒都站到床沿上，透过那门框与墙壁之间的细缝朝外望。他们看到那位警官正朝八号牢房走去，于是大家停止了喧闹，每个人都把眼睛紧贴着小窟窿眼儿，注视着他的一举一动。这种注视掩盖了他们的愤怒。

警官打开了牢房的门。他看到了穆哈伊。他看到了一个尸体蜷伏在黑乎乎的地上，倒在那一片达巴格上尉制造的"沼泽地"中间。警官慌忙向那躯体弯下身子，听听他的心跳。那颗心还在跳动。他没有死。警官抓起那只手。手是凉的，像一块冰。脉搏很微弱，微弱极了。

警官站起身来，匆匆向牢房外走去。他把那奄奄一息的躯体关在门里，快步朝监狱外院他的办公室走去。

"他们把他害死了！他们把他害死了！……"

一扇扇铁门上又不断地响起了猛烈的敲打声。

一个狱警朝自己的同伴看了一眼，一句话没说，只是朝地上吐了一口唾沫。

那位警官回到自己的办公室，把红毡帽戴到头上，急忙抓起电话听筒，拨通一个号码。他惊慌地问：

"胡马木贝克在吗？……我希望你把他叫起来……这里是外国人监狱。"

在听到了胡马木贝克的声音之后，他说：

"报告大人，昨天到的那个八号牢房的犯人很危险，要死了……还没死。"

他边听着胡马木贝克的指示，边答应着：

"是……是，大人！是……好的，大人！"

他放下听筒，又急忙跑回监狱里，打开八号牢房的门，朝站在他身旁的看守长大声地发号施令：

"看守长，快去弄一张床来！找两个警察把这些水擦干！"

只几分钟的工夫，狱警们就把一张床抬进了牢房，然后又抬起穆哈伊，放到床上，两个狱警开始用拖布把汪在地上的水擦干。昨晚往地上泼水的也正是这两个人。警官又弯下身子听穆哈伊的心跳。心还在跳，他还没有死。他抓起了他的手。手凉得像一块冰；脉搏很微弱，微弱极了。他把一团蘸着氨水的棉花凑近穆哈伊的鼻子，穆哈伊没有动。他又把棉花团再凑近些，几乎要塞进穆哈伊的鼻孔里了，只见他的脑袋稍微晃了一晃，又僵在那里不动了。警官不敢第三次把药棉挨近穆哈伊的鼻子了，只好茫然失措地站在他身旁。

一个狱警紧贴着九号牢房的门站着，在这一片喧闹声中，用一种几乎刚够透过铁皮门的声音说道：

"没死，还有气儿！"

喧闹声平静下来，门上的敲击也停了下来，以表示对受尽折磨的重病难友的尊敬。

过了一刻钟。监狱外院的大门打开了。达巴格上尉匆匆忙忙走了进来，直奔那位值日警官坐在里面的典狱长的屋子。他手指一举，冷冷地打了个招呼：

"你们好。他怎么了？"

值日官站得笔直，说：

"他的心还跳，不过是昏过去了！"

达巴格点了点头。然后，抬起头看着那位警官。看到他惊慌不安得脸色都变了，不由得笑了笑：

"别害怕，他不会死的！"

他在一张安乐椅上坐了下来，问道：

"典狱长还没来吗？"

警官说：

"他马上就来，大人！"

达巴格讥讽地说：

"他不用着急，什么事儿都由我们担着就行了！"

大门又开了。胡马木贝克走了进来。他同达巴格握了握手，又用手指尖同警官打了个招呼。然后，警官退到了另一间屋子，那是典狱长助理的办公室。达巴格说：

"若是他未招供就死了，可就糟了！"

胡马木贝克故作温和、自我解嘲地说：

"这些人真让我难以理解，他们怎么就是不肯讲呢？"

大门开了，狱医走了进来，满面怒容，一脸横肉，显得冷冰冰的。必须要有人告诉你这是一个医生，否则你准会以为那是一个屠夫。

胡马木贝克和达巴格上尉站起身来欢迎他。达巴格出去又叫来了警官，让他陪着医生到监牢里去。胡马木贝克在他们身后说：

"对不起，医生，打扰你了。不过对这种例行公事又有什么办法呢？"

医生进了监狱的院子，一双双他看不见的眼睛正透过牢门与墙壁之间的小缝儿盯着他。他走进了八号牢房，在穆哈伊身边站了下来，连摸都未摸一下，只是远远地站在那里瞧着。他看到了那张死人一般蜡黄的脸，那蜷曲瘦弱的身体，那打裂了的嘴唇，打肿了的面颊。他还看到了满地是水，听出那很费劲地吐出来的微弱的呼吸已近乎是奄奄一息了。他像避开一股恶臭似的急忙走出牢房，回到典狱长办公室。胡马木和达巴格正在那里等着他呢。他在面前摊开一张纸，一面写着诊断书，一面说：

"急性阑尾炎。我想最好是转到医院去，免得你们担责任！"

达巴格问：

"医生，非送医院不可吗？"

医生张开嘴，露出满口黄牙，说：

"不管怎么着，你放心好了。我将诊断他是得了阑尾炎。到了那里，由我亲自处理！"

胡马木贝克笑了笑说：

"那好，医生！说真的，这些人真不值得待他们这么好。"

过了一会儿，一辆救护车停在监狱门前。那个警官又走进了八号牢房。两个狱警跟着他一起进去，用手把穆哈伊的身体抬了出来，到了监狱外院，放到一个担架上，由两人抬进了救护车。

救护车开动了，沿着狱墙向前开着，在快到娜姬莉王后大街的地方，与一个疲惫的老人擦身而过。那老人手里提着一个对他说来显得很沉重的小提包，慢腾腾地迈着颤巍巍的步子，向大门走去。他不知道经过他身旁的那辆汽车里正载着一个半死不活的人——他的儿子。

第十八章

儿子和侄子被捉走以后,父亲就赶忙穿好衣服,走出家门,撇下了躺倒在地上的神志不清的浑身颤抖的老伴,让两个女儿在旁边照看着。他穿过黑夜,慌忙地朝警备公署奔去。那个跟来逮他儿子的警察曾告诉过他,他们是往那儿去的。

他看见警备公署大楼笼罩在一片夜色中,在赫列格门广场中间显得像一个幽灵。只有两间屋子发出一丝微弱的光线,如同一个醒着的魔鬼的两只眼睛。

父亲忐忑不安地走了进去,去寻找那一丝光线,那魔鬼的眼睛。他遇到了一个警官,从他那里打听到,他儿子不在警备公署,再具体的情况就打听不到了。他搞不清他们究竟把他儿子带到什么地方去了。

他走出警官办公室,在警备公署大楼里的一条黑暗的长廊里,在一个警察身旁的木凳上坐了下来,没有回家。他等着儿子,他们也许会把他带到这里来。但是他们并没有把他带到这里。

他们把他带到哪儿去了呢?

头一次,他把开罗想象成是一座可怕的、神秘的大城市。开罗并非就是那些他所熟悉的街道,也并非那些有着门牌号码、名称的楼房和建筑。它要比那大得多,危险得多。这城市里有他不知道的地道,有谁也没听说过的秘密的地方,有的是在地下,有的是用高墙围了起来……他开始想象着他熟悉的每条街的下面都有地道，他们把他的儿子弄到了那里。也许这个警备公署大楼底下就有一个潮湿、黑暗的地窖，他们把他的儿子丢在那里，四周都是毒蛇和蝎子……也许他的儿子是在这堵邻近警备公署大楼的高墙后面吧。那高墙上架着铁丝网，还有一些武装士兵站着岗的岗楼。

在这种种的胡思乱想中，他又是害怕，又是焦急，以至于差点儿哭了出来。随之，他又有一种怒不可遏的感觉，于是他的两手不由自主地伸了出去，要揪住达巴格上尉的脖子，抹死他！他又觉得光抹死达巴格还不够，他伸出两手要抹死内政大臣、首相以至国王本人……他要毫不留情地把他们全部抹死。他使劲抹着他们的脖子，叫喊着：“我的儿子在哪儿？把他还给我！穆哈伊在哪儿？”

他从这些幻觉中醒了过来，发觉自己是那样渺小、卑微。他从来未像现在这样渺小、卑微过。他一向觉得自己很有个性，既明确又清晰。他整个一生都在刻画自己的个性。在家里，在亲人中间，他有自己的个性；在工作中，在同事中间，他也有自己的个性。但现在他却感到自己没有什么个性了，感觉不到自己的存在。他感到自己从来就没有这种个性，从来就不像这个样子，感到无论是在家里还是在工作中，他从来就没有过个性，有的只是个性的一种表面现象，而不是一种真正的、固定的、可以让他心安理得的个性。在这个国家里，没有一个人有个性，没有一个人有权利或义务。在埃及，人们只不过是一些畜生，被拴在水车上，为它们限定好了圈圈，让它们围着转，并用鞭子抽打着它们的脊背。在这个国家里，没有一个人会有个性，警察能随便绑架人们的孩子，把他们秘密地关押在地牢里或是高墙后，而人们却无权知道他们的孩子被弄到了什么地方。

他更加感到自己的卑微和软弱，不由得蜷曲成一团，愁眉苦脸的，像一只惶恐不安的老鼠。坐在他身旁的警察看到他那样子很可怜，就同情地看着他，对他说：

"老先生，你这么坐着也没有用，最好还是回家去吧！你这样子看来也不会是干出什么不体面事情的人嘛！"

扎希尔仿佛是硬要坐下去似的，说：

"我要知道他们把我的儿子抓到哪儿去了。我不知道他的下落就不能回去。哪怕就是坐到天亮也罢。"

警察叹了口气，说：

"你知道了又能怎么样呢？没有用！最好还是回家去吧！"

那警察盯着他看了一会儿，用行家的口气问：

"他是犯了什么事儿？"

扎希尔赶紧说：

"我也不清楚，那帮子人是在一个钟头以前刚抓走他的！"

警察又用哲学家的口吻讲：

"事情总是这样，当父母的平白无故地要操心，可自己却又什么都不知道……不过你能肯定是政治警察逮走他的吗？说不定是为了贩毒或是偷窃抓走他的呢，谁知道呢？"

"不！不可能！抓走他的那个当官的叫马哈茂德·达巴格上尉……"

那警察仿佛听到了一个非同小可的名字，不由得惊得眉毛一扬，问道：

"他亲自去的？"

那警察环顾了一下四周，凑到扎希尔的耳朵跟前说：

"你现在到外国人监狱去找你的儿子吧！就在车站附近。这位上尉大人总是在那里搞他的事情的。他把他的那些嫌疑犯都是从外面直接抓进监狱里去的。"

父亲的心不由得一沉，心痛似的叫了起来：

"监狱！也不提审就关监狱？"

警察小声地说：

"你还是小声点儿吧！提审也是在那里！"

父亲方寸已乱，不知如何是好，问：

"你能肯定吗？"

警察不免自鸣得意地说：

"怎么不能肯定？老先生，干我们这一行的，什么事不知道？我们是基础嘛!"

父亲一边嘟嘟囔囔地说了几句什么,一边站起身来摸黑向外走去。他坐进了一辆出租汽车,向外国人监狱奔去。他下了车,刚走到监狱的围墙跟前,就听到迎面一个哨兵从肩上摘下枪,对着他吼道:

"站住!"

那吼声足以让他远离开那堵墙,只站在远处向监狱望去。他想象那里面每一块地方都可能关着他的儿子,他几乎踏遍了每一块石头,向里面望着。

他打消了去敲监狱大门的念头,又坐上出租汽车回家了。

他垂头丧气,感到自己是那样微不足道。没找到儿子,使他很痛苦。绝望,更使他感到对不起儿子。是他使儿子落入了警察的虎口;是他允许易卜拉欣·哈姆迪藏在家里;是他给儿子带来了这一连串的灾难……警察为什么不把他逮起来,而要逮走儿子呢?他为什么不向警察去投案自首,向他们招认,是他答应易卜拉欣·哈姆迪藏在他那儿的呢?警察是多么蠢啊!他们以为只有青年才会胡闹,热衷于他们的爱国主义。他们想不到一个像他这样的糟老头子也会跟儿子一道去胡闹。作为一个父亲,他应当代替儿子去牺牲!他应当挽救自己的儿子!儿子是他为之而生的未来,而他自己则是往昔。他可以牺牲往昔,但不能放弃未来!但是警察会接受他的这种牺牲吗?若是他去投案自首,他们会释放穆哈伊吗?他应当考虑考虑……

他考虑了好久。

他走进了家。警察搜查之后,很多被破坏了的家具东一件西一件地扔得到处都是。他穿过这些家具,走到自己房门口,停了下来。他挺直腰杆,竭力不使自己显出一副愁眉苦脸的样子,他尽力保持着平静,然后蹑手蹑脚地走了进去。

老伴躺在床上,两眼瞪着天花板,一串串泪水凝在脸颊上。她用一条头巾紧紧地缠绕着额头,似乎要保护脑袋以免爆炸开。沙米娅坐在床边上,揉着母亲的脚;娜娃勒站在床的另一侧,按摩着母亲的手和胳膊。

三个人沉闷而愁楚,一声不响。屋子里有一股强烈的香味,但却被酒精的气味盖过去了,因而显得像一间病房。

两个女儿抬起头来望着父亲,眼中流露出急切询问的目光。

母亲感到了丈夫的气息。她那沉重的身体不由得猛烈地抖了一下,床也跟着吱吱嘎嘎地发出呻吟。她在床铺中间坐了起来,愣愣地瞧着丈夫,还没听到他说话,就叫嚷起来:

"他在哪儿? 你怎么没把他带回来? 他们都怎样对待他了?"

父亲挤出一丝惨淡的微笑,挂在嘴上,温柔地说:

"我的太太,你放心吧! 一切都挺好……"

她仍在叫嚷着:

"你看到他了吗? 你亲眼看到他了吗?"

父亲垂下眼睛,免得让人看出他在撒谎,说:

"看到他了。我跟他坐了一会儿;算是放心了!"

母亲又嚷道:

"你怎么不把他带回家来? 你别骗我了,扎希尔! 我的心告诉我,你在骗我!"

父亲力图显得不那么吞吞吐吐地说:

"塔希娅,我何必要骗你? 相信我的话,放心吧! 他现在坐在那个当官的屋子里,等检察官来问他几句话……"

母亲看着丈夫的脸,说:

"扎希尔,你把他独自一个人丢在那儿了? 你怎么能忍心把儿子独自一个人丢下?! 我的儿子,我的好儿子啊,不知他们现在又怎样折磨你了!"
她又开始要哭起来了。

两个女儿弯下身,捶着她的背。娜娃勒说:

"行了,妈妈! 别再哭了吧!"

沙米娅按着母亲,想让她仰卧在床上,说:

"躺下吧,妈妈! 别再折磨自己了。爸爸不是说穆哈伊没事吗?"

父亲转过脸去,说:

"别这样了,塔希娅!别像个孩子似的。你这一辈子都是挺理智的,挺能沉得住气的。我这两天还要请你多照管呢。你别哭,让我们一块儿合计合计。你要相信我的话,穆哈伊挺好的。只不过是检察官打了个电话,说他要到早晨才能去,穆哈伊只好等着……你放心好了,谁也不知道底细,谁也不会知道。"

母亲又哭又号……

"我上穆哈伊屋里睡一会儿。明天一早我再去!"

他从屋里走了出去。一跨出门,他就控制不住了,脸上不由得又显出一副愁眉苦脸的样子。

母亲老泪纵横地说:

"好女儿,去看看你爸爸,去照应照应他。我没事了,挺好的。娜娃勒,把长衫给你爸爸拿去!还有你,沙米娅,看看你爸爸要是想吃封斋饭,就给他端去。"

两个女儿犹犹豫豫地望着母亲,估计到母亲如果不能对父亲的安适放下心来,她自己也是不会舒服的,于是两个人都站起身来。娜娃勒捧着父亲的长衫,同姐姐一道向另一间屋子——穆哈伊的屋子走去。

父亲在那些东倒西歪的家具中的一张椅子上坐着,一声不响地向四周转动着眼睛,好像他正从他所能见到的地方寻找着穆哈伊。在他的睫毛之间挂有几颗泪珠,他的意志实在无法承受了,于是任凭这些泪珠滴落。

娜娃勒看到父亲的泪水,不禁焦急地问道:

"怎么啦,爸爸?难道你也像妈妈那样想不开?"

父亲恳求她似的,说:

"你小点儿声!就怕你妈妈听不见还是怎么的?"

沙米娅伸手扯着他上衣,说:

"脱了吧,爸爸!你得歇息一会儿!"

父亲从肩头推开沙米娅的手,神色严肃,小声地说:

"听着,我要告诉你们一件事,可别让你妈知道。穆哈伊在监狱里……"

两个女儿惊叫了一声。

她们的惊叫延续了好一会儿。

沙米娅似乎要让自己的胸口再挨上一刀,问:

"阿卜杜勒·哈米德呢?"

父亲耷拉着脑袋说:

"跟他在一块儿。"

娜娃勒问:

"那些人知道了什么吗?"

父亲还是低着头,说:

"我不知道。我没能见到穆哈伊。我只知道他们把他抓进监狱里去了,是外国人监狱!"

悲伤的沉寂笼罩着父女三人。每个人都在脑海里看到了那所监狱,看到了身陷囹圄的穆哈伊。

过了一会儿,沙米娅说:

"我知道我的朋友赫蒂彻的表哥是个警官。我们倒不如跟他说一下,说不定他能帮点儿忙!"

谁也没答话。父亲一直一声不响;一筹莫展,不知所措。娜娃勒一直在想入非非。她在想着易卜拉欣。她必须找到他。只有他才能救出她哥哥。他知道该如何救他,他什么都知道!

父亲叹了口气,说:

"你们把穆哈伊的睡衣,还有换洗的衬衣、衬裤、毛巾、肥皂都找来,装进一个小提包里,我可能明天一早就把这些东西给他送去。"

两个女儿开始忙碌起来。

全家是一片沉寂、不安的气氛,仿佛一家人都在等死。

清晨六点钟,父亲提着那个装着穆哈伊衣物的小提包走出了家。他路过一个水果摊,买了三欧克①的香蕉,然后,坐上通向娜姬莉王后大街的电车,在车站广场的前一站下了车。他朝着监狱的围墙走去。一辆救护车同他擦身而过。他不知道车里躺着一个受尽折磨的躯体——由于受的折磨太多了,那人已经说不出话来——那就是他儿子的身体!

他在大门前,茫然地站了下来,伸出一只瘦弱的手,按了按装在墙上的电铃。

门上打开了一个小窗,从里面探出一张粗鲁而死板的面孔,他粗声粗气地问道:

"嗯——你是什么人哪?"

父亲低声下气地说:

"您早!我是穆哈伊·穆斯塔法的父亲,给他送点儿衣服来。"

那个警察把脸贴近窗口,看了看扎希尔提着的提包,又瞧了瞧那一包香蕉,然后咂了咂嘴。似乎他所看到的东西足以让他开门了,于是厉声喊了声:"你先等着别动!"随即关上了窗口。

扎希尔一直站在那儿,站了好长时间。他把手提包放到地上,坐在包上。他等啊,等啊,等了好长时间,半个钟头,一个钟头,最后,小门打开了,那个警察对他说:

"请吧!"

扎希尔先生站起身来,慌里慌张地把提包和那包香蕉抱在怀里,走了进去。他脸上有了喜色,似乎他一跨进门就会遇见自己的儿子。

警察把他领进了典狱长办公室。他走了进去,两眼四处望着,寻找穆哈伊。但他没见到他。他只看到三个警官,其中的一个就是达巴格上尉。

他用哀求的目光看着达巴格,恳求他把儿子还给他。达巴格皮笑肉不笑地伸出手,表示欢迎,并向他跟前走去:

"欢迎,欢迎!你早啊!你好啊!扎希尔先生!"

他的手碰到了小提包和那包香蕉,于是一面笑着,一面说:

---

① 重量单位,一欧克约等于1.5千克。

"这都是给穆哈伊带的吗?好!你请休息一下!"

他把扎希尔先生拉到屋子的一个角落里,让他坐在一张大皮沙发上,自己也在他旁边的一张藤椅上坐了下来。其余的两个警官对他们毫不理会。

"老先生,你放心好了。穆哈伊挺好!"

父亲一下子移到沙发前端,急切地问:

"我能见见他吗?"

"别性急嘛!说实在的,穆哈伊可真有些让我生气。看来有些孩子捉弄了他,叫他什么也别说出来。我是想叫他说清楚就把他放回家去,好温习功课。"

父亲又往沙发背上一靠,显得很失望。他愁楚地问:

"要他说什么呢,长官?"

"说出他所知道的一切有关易卜拉欣·哈姆迪的事。我们在他屋子里发现了一些易卜拉欣·哈姆迪的东西,我们只要知道易卜拉欣到哪儿去了。要不,你来说说,这两天你注意到穆哈伊有些什么反常的地方没有?他是不是从外面回来得很晚?他是不是常和一些朋友会面?以及诸如此类的事情……"

父亲叹了口气,说:

"从来没有过这种事,长官!穆哈伊从来不搞这些事儿。他长这么大,一直是同政治不沾边的。他不认识易卜拉欣·哈姆迪或者别的什么人……"

达巴格似乎感到遗憾,说:

"我也感到有些纳闷。说实在的,我们从来没听说过穆哈伊,我们这里也没有他的档案。不过谁知道呢?也许他瞒着我们呢!"

"绝不会的,长官!他跟政治从来都不沾边,这是我教他的。"

沉默了一会儿,达巴格又说:

"你听我说!我让你见见他,让你劝劝他,把事情说出来。你可要知道,他现在担的罪名可是非同小可呀!至少要坐三年牢。若是说出来呢,还可以领到五千镑的赏钱。"

父亲急切地问：

"我现在可以见到他吗？"

达巴格想起穆哈伊身上可能会露出受折磨的痕迹，就说：

"不，现在还不行。必须要得到军事长官的批准。我将努力去为你争取。你后天到警备公署来找我吧！"

"我只要见他一面，也好放心！"

达巴格嘴巴上仍挂着微笑，说：

"你尽管放心好了！这事包在我身上，你不必担心！后天来找我吧！"

父亲沮丧地说：

"我可以把这些东西留给他吗？"

达巴格想了一想。他本想告诉这位父亲，他的儿子已经被送到医院去了，可是后来却改变了主意，说道：

"当然可以！我将亲自把这些东西交给他！"

父亲有气无力地说了句：

"谢谢！"

他站起身来，颤抖的手同达巴格的手握了握，走出了大门。他走着，好像每走一步都可能摔倒在地上。他坐上了电车，到部里去。

他站在那里，在职员上下班签到簿上签了到。他抬起眼，发现已经是十点半了。他迟到了半小时。

这是他平生第一次迟到。他感到自己的整个生活都乱了套。

第十九章

娜娃勒想着易卜拉欣，把希望寄托在他身上，但却不知道他究竟怎样才会把她的哥哥穆哈伊从狱中救出来。也许他会帮助穆哈伊越狱？也许他会为穆哈伊提供证据，证实他的确是无辜的？她不知道，但她却深切地感到易卜拉欣是能承担起拯救穆哈伊这个责任的。

她让他负起这个责任，丝毫没有怨恨、责怪的意思。她让他负责，只是因为她把他看成是一个英雄，一个领袖，一个大哥哥，一个她的心由于爱他而跳动的人。

她曾想不等到约定的日子就去找他。她曾想到他的朋友法塔希·马里吉那里去，告诉他穆哈伊和阿卜杜勒·哈米德被捕的消息，求他带她到她的心上人那里去。但她又害怕去，怕去了会破坏易卜拉欣的计划，说不定警察正监视着法塔希·马里吉，也说不定他们正监视着她本人呢。她惶惑了，不知如何是好。她不知道这些青年小伙子在想些什么，也不知道如何能到达他们身边。但她还是按照她从易卜拉欣那里了解到的思想，按照他们的思路去考虑问题。她觉得最好还是等到第二天。

第二天是星期一。她在镜子前没花费多长时间。这次，她没感到是去赴幽会。对哥哥和堂哥的惦念占据了她的全部心思和感情，以至于易卜拉欣本人在她心中，也只成了一个拯救他俩出狱的角色。

她没费多大的事，就得到了母亲的准许。对儿子的焦虑和担忧已经把她折磨倒了。她下不了床，下地也只能由一个女儿搀扶着走几步。她把整个的家都交给两个女儿去管了，两眼无精打采地瞧着她们去操持。让她们去负起这种全家只有她才能担得起的重担，她似乎感到有些怜悯她们。

娜娃勒勇敢地朝着公共汽车站走去。每走几步就要朝后望望，以便肯定没有警察像过去监视阿卜杜勒·哈米德那样监视着她。

一路上，她只是在想，易卜拉欣究竟能为她的哥哥做些什么。也许他会决定去杀死那个把穆哈伊逮走了的警官……不！不能让他再去杀人了。她为他担心。尽管如此，她在内心深处还是希望能把这个警官杀掉，把所有的警官、警察都杀掉，如果这样做能救出她哥哥的话。不过只是别让易卜拉欣去杀死他们，她希望他平安无事。她要哥哥，也要易卜拉欣。

她肯定易卜拉欣会来见她，心中驳斥着不会来的种种疑虑。不！今天他不会丢下她不管的，他不能就这样让穆哈伊坐牢而撒手不管。他不会不来安慰她，让她知道他将为她的哥哥做些什么，好使她放心。

她下了公共汽车，朝法尼广场走去。对人们向她投来的目光，她并没感到尴尬。她什么都不在乎了，一心只想着能见到易卜拉欣，救她的哥哥。喂，大家要知道，她不是去赴幽会，而是去救哥哥的呀！

她在法尼广场阿努斯医院旁边停了下来，向四周环顾着，两眼闪烁着坚强、勇敢的目光。几分钟过去了……一刻钟过去了……她疑惑起来。坚强、勇敢的目光也垂了下来。

又是几分钟过去了……半个钟头过去了。疑惑开始近于确信；希望几乎成为泡影。她不由得开始恼火了。

又过了几分钟……三刻钟过去了。他是不会来了。他逃避责任。她的哥哥被捕，坐牢，或是被绞死，同他有何相干？即使他们都被捕了，或是全家连人带房子都被火烧了又关他什么事？他所关心的就是逃跑，奔命……

她感到恼火。她为什么要爱上这么个自私的家伙呢？她爱他什么呢？

也许她错爱了他，把他错当成英雄了。可是他算什么英雄呢？他只顾自己逃命，丢下她的哥哥和堂哥坐牢不管。她从来没想象过英雄会为了自己安全逃命而牺牲别人！

她为什么不上警察那儿去，亲自去救她的哥哥呢？她何不对警察和盘托出，告诉他们法塔希·马里吉的住处，让法塔希告诉他们易卜拉欣在哪里呢？易卜拉欣比起她的哥哥和堂哥来，更应当坐牢。他是个英雄！而监牢就是为英雄而设的呀！至于她的哥哥和堂哥，他俩根本就不是英雄嘛！

她感到一阵心痛……不，她并没有错爱他！她爱的是那个曾在她家里生活过的男子汉，她爱的是那些事实。那些事实都是她看在眼里，记在脑子里，活在她心里的呀！她感到自己的火气消了。她回忆着他的形象：大眼睛、高鼻梁、薄薄的嘴唇、强而有力的下巴，谈吐文静而腼腆，神宇间透出高尚、侠义、富有男子汉的气质。

她感到心乱如麻。好像一面是易卜拉欣在扯着她，而另一面则是哥哥在拽着她。她不知所措了。在情人与兄长之间，她不知该如何抉择。这两者她一个都不能忍痛割爱。可是一把他们全放在心里，他们又互相拽扯起来了：她一方面惦记着被监禁的哥哥，另一方面又挂念着在逃命的情人。

她感到失望了。那唯一的希望之门，那易卜拉欣站在里面向她的哥哥伸出拯救之手的大门，如今也在她的面前关闭起来了。

失望使她束手无策，一切都听天由命吧！她发觉自己一面从内心深处悲叹着，一面往家里走，嘴里还在念叨着：

"啊，安拉啊，啊，栽娜卜……啊，侯赛因！①"

她到了家里，同全家一起悲愁着，那是一种一筹莫展的沉闷的悲愁。只有当母亲和一个女儿独自一人时，才会听到低声的啜泣声。

父亲整天都在设法托人求情，好救出自己的儿子。他找上司，上司答应得支支吾吾；他又去找一个在内政部任职的朋友，那人答应得含含糊糊；他还去找过一个同某国会议员有些沾亲带故的本家，那人也敷敷衍衍地

---

① 栽娜卜是伊斯兰教先知穆罕默德的长女，侯赛因是穆罕默德的外孙，都为穆斯林所崇敬。

答应着。此外，他还听取了他的一些同事的意见，他们都为他出主意想办法。

他的办公室里的一个同事穆罕默德·安提勒说：

"老实说，你只有那么两个钱。你要是有五十镑的话，那就谁也不用求了。你把这些钱往阿卜杜拉贝克手心里一放，就万事大吉。这个人是一个议员，他的话比什么钥匙都灵，什么门都能打开，监狱的门也能开。"

父亲在脑子里算计着自己所有的钱财，打算豁出去五十镑钱来救儿子。可是随即他又失望了，因为另一个同事向他肯定地说，这个阿卜杜拉贝除了接受他的五十镑钱装进自己的腰包里外，什么事也不会为他做。

到了傍晚，他又碰到了一个难题。

他如何再对妻子编一套谎话，瞒着她，不让她知道儿子遭遇的真情呢？他心不在焉地对她说道：

"审问延期了，今晚他们又只好让他再在那儿一宿了！"

母亲叹着气，说：

"扎希尔，你没对我讲实话。你别骗我了。是怎么回事儿都告诉我好了。他们到底拿我儿子怎么着了？是把他关进监狱里了，还是把他给弄死了？"

父亲扭过脸去说：

"哪里那么容易就关监狱？还要调查好长时间哩！"

母亲在枕头上感情冲动地扭动着头，说：

"你说不容易？他们什么事情干不出来？！这些坏蛋！安拉啊，他们让我们母子不能相见，您也拆散他们的骨肉，让他们尝尝是什么滋味吧！安拉啊，他们折磨好人家的孩子，您也给他们降灾降难，让他们不得好死吧！"

父亲撇开她，逃到起居室里，以免让她看到他脸上的绝望神情。

开斋饭后，家里挤满了人。

邻居们闻讯而来。他们脸上带着诧异的神情，谁也不相信穆哈伊会同政治有什么瓜葛。他们有些人认为他可能不是因为政治案子被捕的。谁知道这个腼腆、懦弱的青年会干出些什么事呢？说不定他同他堂哥合伙搞了一桩盗窃案，也说不定他们贩毒让人家抓住了。他堂哥是个吸毒、不务正业的人，连学都没上完……这些人尽管对这一家表示同情、怜悯，却又忍不住好奇，想听听究竟是怎么回事儿。

母亲躺在床上，接待着女邻居们。两个女儿在她身边，向女邻居们讲述她们的哥哥是怎样被捕的。她们时断时续地用悲切的声音讲述着。

每逢一个女邻居问起究竟为什么要抓人时，其中一个女儿就说：

"我们也不知道。直到现在，谁也弄不清楚究竟是怎么回事儿！"

另一个女儿就会接着说：

"这些日子，这些家伙就是乱抓人，碰到谁逮谁！"

女邻居们同情地咂了咂嘴。母亲叹了口气说：

"安拉保佑，逢凶化吉吧！"

父亲坐在"会客室"里，耷拉着脑袋，接待着邻居们。他也一遍又一遍地讲述着事情的经过。每次都增添点儿新的细节，又省略些已经讲过的细节……

他的哥哥——阿卜杜勒·哈米德的父亲，也来了。哥哥比弟弟还要软弱，还要优柔寡断，而且生来就比他软弱，比他优柔寡断。这位哥哥的一生都是游移不定、稀里糊涂的。他是那种类型的人，当没有别人可依赖时，就依赖妻子，听从她的主张。当他听到儿子被捕的消息时，比自己的弟弟更感到不知所措。他什么都不会做，甚至不会到警备公署去打听一下。只是为了应付妻子，他才走出家门。他在咖啡馆里坐了一会儿，又来到弟弟这里，从他那里打听些细节，准备回家讲给妻子听，好像这些细节都是他亲自了解到的。

他听完了弟弟对邻居们讲了一遍又一遍的事情经过之后说：

"我们早就说过阿卜杜勒·哈米德是个坏家伙，谁知道他会搞些什么名堂呢？只是穆哈伊这孩子可一直都是知情达理、规规矩矩的，他又会有什么罪呢？"

父亲说：

"都没有罪。连阿卜杜勒·哈米德也没有罪。都怨我们的命！"

他的朋友阿卜杜勒·法塔赫说：

"我们的命怎么啦？谁道安拉就愿意我们过这样的日子吗？这就是欺压人！这个刽子手政府！"

赫利勒·艾比·伊兹先生说：

"说实在的，这个国家不能再这样继续下去了，再这样下去，谁知道他们会把国家糟蹋成什么样子呢？难道就没有什么法子把这些家伙搞掉吗？！"

阿卜杜勒·法塔赫搭上腔说：

"再这样他们就会把我们都给整死了！"

阿拔斯·穆尔台迪说：

"说实在的，真怪不得有些青年人去搞政治。要是我还年轻力壮的话，也会像他们那样去干，而且还要搞得更厉害些！"

父亲听着邻居和朋友们的这些看法，一声不响，然而却很惊奇。这是第一次在他家里谈起这样的话语，也是他第一次从朋友嘴里听到这种话。但是他感到这些话早就憋在心里了，他早就在心里嘀咕着，只是没说出来而已。

他感到心里有一股强烈的愿望，要同他的朋友们一起论短道长，一起发泄胸中的怒火，同他们一起痛骂政府、国王和英国佬。但他却竭力克制着这种愿望，对儿子的担心使他不能发泄胸中的怒火。他想，对政府最好还是言不由衷好一些——哪怕就是在同朋友的谈话中，甚至是自言自语时——但愿政府会怜悯他的儿子。

邻居们开始散了。他哥哥也要回去了，他一面握着弟弟的手，一面对着他的耳朵俯下身来说：

"你想，这事儿怎么了结呢？"

扎希尔低下了头，说：

"说实在的，大哥，我也不知道。我是一切听凭安拉安排了。"

全家一宿没合眼。

扎希尔一大清早就走出家门，想再设法见见儿子。他决定到上司那里去请一天假，去见达巴格上尉，求他行行好，让他见到儿子。这事儿是达巴格答应过的。

母亲和两个女儿留在家里。她们一举一动都似乎是在痛苦地呻吟。

十一点时，门铃响了。沙米娅开了门，随后不禁用手捂着胸口倒退了几步，又是惊慌，又是恼火地问道：

"你有什么事儿？"

她一直瞪着两只大眼睛瞧着那个敲门的人，似乎担心他会朝她的脖子伸出手来，抹死她。

敲门的人只不过是个穿着制服的警察。他客气地笑了笑，有礼貌地垂下了眼睛，小声地说：

"我是从阿卜杜勒·哈米德那儿来的！"

沙米娅仍旧是两只大眼睛瞪着他问：

"阿卜杜勒·哈米德？哪个阿卜杜勒·哈米德？"

"这不是穆斯塔法·扎希尔先生的住处吗？"

沙米娅开始想要搞明白了，说：

"是呀！"

警察小声地说：

"我是从外国人监狱来的。阿卜杜勒·哈米德先生让我带一封信给你们！"

说罢，他从口袋里掏出一张叠起来的纸，递给了沙米娅。

沙米娅用颤抖的手接过来，一声不响地看着那个警察。然后，她打开了那张纸，凑近眼前看着。那的确是阿卜杜勒·哈米德的笔迹，她在成千上万种笔体中也能认出他的笔迹，她平生一直熟悉这个笔迹。

亲爱的叔父：

吻您尊贵的手。告诉你们，我们都很好。没有发生什么可能让你们不安的事。我们也没受到虐待。他们今天早晨把穆哈伊转到医院里去了。据我所知，他很好，只是由于潮湿，有些不太舒服。

无论如何，医院对他来说总此监狱好。你们不必挂念。叔父，我希望您信任我们。我们所需要的全部东西就是忍耐。你们要忍耐，我们也要忍耐。望您转告我父母，让他们放心。请通过持条者，将你们的消息转告我们，使我们也放心，向大家问好！

信尾没有签名。沙米娅抬起头，焦急地问：

"穆哈伊为什么在医院里？他出了什么事？"

那警察往四周瞧了瞧，提醒她注意，他还站在门口呢。他说：

"没出什么事，只不过是他有些不舒服！"

沙米娅几乎要喊起来了，说：

"不舒服？他是怎么不舒服的？"

那警察又向四周瞧了瞧。沙米娅注意到了他的不安，于是给他敞开门，说：

"请进来吧！"

然后，她在他身后关好了门，说：

"做做好事，有什么话尽管说，让我们放心。"

警察望了一眼椅子，目示她请他坐下来，说：

"小姐，您就放心吧！谁要想上医院还得找关系呢……"

沙米娅指了指椅子，说：

"请坐！"

她撇下他，朝屋里走去。她小声地把妹妹喊过来，瞒着妈妈把她拉到那个连接各个屋子的走廊的一个角落里，让她看了阿卜杜勒·哈米德的信，又把警察的话转告她。然后，两个人一块儿走出来，娜娃勒两眼露出焦急的神色，说：

"请问，您知不知道他们把他转到哪所医院去了？"

警察坐着说：

"老实说，我也不敢肯定。不过据我所知，他们都是上阿尼官医院去的！"

母亲在屋里大声地问：

"孩子们，是谁在那儿？"

两个女儿交换了一下眼色，然后娜娃勒走进去说：

"是个从穆哈伊和阿卜杜勒·哈米德那儿来的人，给我们报信，让我们放心。"

母亲在床上一下子坐了起来，很敏捷地下了床，好像她又恢复了青春，说：

"从他们那儿来的？我得看看！"

娜娃勒有些慌乱地说：

"可是，妈妈，你也得拢一拢头发，这不……"

母亲打断她的话道：

"把我的头巾，还有围巾递给我。"

娜娃勒把头巾和围巾递给她，然后赶忙撇开她，出来走到警察跟前，小声地对他说：

"你做做好事，什么都别告诉她，只说正在对他们进行调查就行了。可别对她提监狱或医院的事。她病了，我们都瞒着她呢。"

母亲快步走了进来。好像她是把全部的痛苦和丰腴的身体都丢在身后了。当她看到穿着一身制服的警察时，不由得怔了一下，然后问道：

"孩子，你看到他们了吗？你亲眼看到他们了吗？"

警察站了起来，说：

"是呀！他们都挺好，挺舒服，身体也都很好。"

"他们什么时候能回来呀？孩子，你告诉我个信儿，也好让我放心。"

"老太太，没事儿。"

母亲不安地说：

"没事儿？怎么会没事儿呢？你有什么话就说，别瞒着我！你们什么时候把他们放回来？"

警察慌了神。他望着两个姑娘，向她们求救似的说：

"也就是一两天就调查完了。"

母亲把这个警察看成她面前的头号负责人了,说道:

"凭先知起誓,孩子!这两个人可是冤枉啊!你信我的话好了,他们可是冤枉!冤枉好人的人,安拉也饶不过他们。孩子,你们可要当心安拉呀!"

然后,她像倒下来似的坐在沙发上了。

那警察感到很尴尬。他咂咂嘴,对这个淳朴的家庭的遭遇表示很同情。然后,他没话找话地念叨着:

"您放心吧,太太!很快就万事大吉了。不论怎么说,你们要是想给他们带些什么东西,我可以效劳!"

母亲似乎没听见他的话,又问:

"你们向他们调查什么呢?他们干了什么了?"

警察又瞧着两个姑娘,说:

"无论如何,您就请放心好了,太太……"

"不知他们睡觉怎样?"

"睡在床上,同当官的床一模一样!"

母亲又咂咂嘴,抬头望着天,问:

"不知他们吃得怎样?"

"开斋饭有肉、米饭、蔬菜……说真的,连我们的长官都丢下他们从家里带来的饭,愿意吃监狱里的饭菜呢!"

母亲拍打着胸脯,叫了起来:

"监狱?难道他们都关进监狱里去了吗?"

警察怔了一下,然后用内行的口气说道:

"不,太太!他们那些人还在进行调查呢!"

说罢,他站了起来,好像是要逃脱开这种尴尬的处境,问道:

"你们要给他们捎什么东西吗?"

母亲说:

"是呀,孩子!老实说,我早就想给他们送点儿过斋月的东西去了。穆哈伊从小就爱吃榛子和巴旦杏。还得给他送点儿衣服去,他该加添衣服了,我的心肝宝贝。还得给他们买点儿水果,滋补滋补。还有他的书,他得温习功课呀!过不了几天就快考试了。"

警察觉得没法能让母亲理解,回头望着两个姑娘,说:

"这些东西不经批准是带不进去的。不知你们有没有什么小东西,一个人可以带进去的。"

沙米娅问:

"比如什么东西?"

警察再次对这个朴实的家庭感到惊诧,说:

"比如钱哪!他们在那里也得要花钱呢!"

娜娃勒搀扶着母亲说:

"你过来,妈妈!我同你到屋里说句话!"

母亲感到一切痛苦又回到了身上,呻吟着站了起来,同女儿朝自己的屋子走去,灰心丧气地躺倒下去。乘兴而去,败兴而归,她已经听明白了警察说的话,就指点着女儿说:

"你把跟前的那个抽屉拉开,里面有条手绢包着一镑钱,你把这镑钱拿去交给那个好心人,让他带给穆哈伊。说不定,他真的需要钱呢。"

娜娃勒拉开了抽屉,解开了手绢的结,拿着那一镑的钞票回到警察跟前,慌乱地把钱交给他,说:

"要是他再需要什么,你就来找我们,爸爸也会回来的!"

警察望着那张钞票,说:

"这是给阿卜杜勒·哈米德先生的吗?"

"是的。"

警察又瞧着钞票,站在那儿没动,说:

"凭安拉起誓,为这种事,一个人可真是拿自己的前程冒险呢。像这种事,即使不要我的命,也得坐监狱……"

沙米娅说:

"你真好。"

警察看着娜娃勒,又瞧了瞧钞票,说:

"不过说实在的,像这种人可真该……"

他站着没动,也没显出要走的意思。

娜娃勒好像明白了什么,眼睛一亮,朝姐姐看了看,说:

"沙米娅,你听我说!"

说着,她一面扯着姐姐的胳膊往屋里走去,一面对那个警察说:

"劳您驾稍等一会儿!"

然后,在她们的屋门口,她对姐姐悄悄说:

"你拿出二十五个基尔什,再加上我的二十五个基尔什,我们一块儿送给警察这点儿意思吧。"

"他也可能不肯收,还会生气的!"

"或许不会!大家都是这样干的……我们还要请他帮忙呢!"

沙米娅并不信服地摇了摇头。然后,姐妹俩各自拿出了钱包,把里面的硬币都掏了出来。娜娃勒把这笔钱握在手里,回到警察身边。她一面像犯了什么罪似的心怦怦直跳,一面把钱放在警察手里。

那警察没有瞧着钱,瞎子数钱似的用手摸索着,然后问道:

"这些是给谁的?"

娜娃勒结结巴巴地说:

"这些是给您的,做盘缠。"

那警察一面手里紧握着钱,一面说:

"这不必了。说实在的,不用了!"

沙米娅信以为真地睁大了两眼。

娜娃勒嘴里也不知咕哝了几句什么。

警察把钱揣进了口袋,嘴里说着:

"谢谢!"

然后,他朝门口走去。娜娃勒对他说:

"常来给我们透个信儿……每天都来!"

警察说了声"好的,你们多加保重吧!"就走了出去。

娜娃勒思考着,皱着眉头进了厨房。

沙米娅打开了阿卜杜勒·哈米德的信,又读了起来,好像在字里行间见到了他。读罢，她把信蒙在眼睛上哭了起来，仿佛是趴在他的胸口上哭泣。

父亲回来的时候已经是下午三点钟了。他这次回来显得更加垂头丧气，疲惫不堪。他到警备公署达巴格上尉办公室那里去过，没找到他。他就在他的办公室门口，同那些听差的坐在一起，等了三个钟头，直等到达巴格回来。达巴格回来后，又让他在门外等了三个钟头，然后拒绝见他，甚至于不肯透露任何有关他儿子的消息。他只好拖着两条腿走回家来。他感到眼前一片漆黑，什么也看不见，心中有的只是仇恨和拼命压制着的怒火。

两个女儿迎接着他，并把来过一个警察的消息告诉了他。他读了阿卜杜勒·哈米德的信，感到有一丝微弱的光线透进了他的心窝。至少他知道儿子现在是在什么地方了。他仿佛听到了他的声音，听到了穆哈伊和阿卜杜勒·哈米德的声音。他朝自己的屋子走去，想安慰安慰老伴儿，但又突然停了下来。他仿佛听到有人在大声呼喊，那是穆哈伊的呼喊。他躺在医院里，在呼唤他，向他求救……

他急忙转过身去，也没等安慰一下老伴儿，就又走出家门，坐上了一辆出租汽车，让司机朝阿尼宫医院开去。要快！开快点儿，劳您的驾了，师傅！

可是他没见到儿子。

他在医院里东一头西一头地转了好几个钟头。他所能看到的只是一间屋子，门口站着两个荷枪实弹的警察。他知道自己的儿子就在屋里；但所能了解到的只有一句话（一位年轻医生对他讲的）：对儿子的身体不用担心，他只是虚弱，非常虚弱。这就是他此行的全部收获。

晚上六点，他忧心忡忡地回到了家里，同全家一道迎接又一个漫长的黑夜……

星期三的清晨。

娜娃勒准备去赴约。她还从来没在约好的时间、地点见到易卜拉欣呢! 她也不知道自己为什么要去，为什么没有绝望。但事实上，她绝望了，心里不抱一点儿希望了。他觉得自己仿佛是去看一座坟墓，埋葬着她的希望的坟墓，她自己曾经许下愿，每周星期一和星期三上午要去看看这座坟墓。

她像去参加葬礼似的走出了家门——那是她心中的葬礼。她在法尼广场停了下来。没有环顾四周。她低垂着头，好像是在念诵着《古兰经》的"开端章"①，求安拉怜悯她那死去了的希望。

一辆汽车在她身旁停了下来。她慢慢地抬起了头，看到汽车里是法塔希·马里吉，于是急切地向他扑过去，也没顾得上寒暄，就说：

"你知道出了什么事吗？"

"知道，我们什么都知道了。易卜拉欣派我来就是要让你放心。他告诉你，他们肯定不会有什么事的！"

娜娃勒低下头，使法塔希看不到她的双眼。她轻轻地问了一句：

"易卜拉欣好吗？"

法塔希嘴角露出一抹甜蜜的微笑，借以向这种伟大的爱情致敬，说：

"好! 他挺好！"

沉默了一会儿，娜娃勒又问：

"可是他们却怎么出狱呢？"

"监禁倒无关紧要，重要的是他们不要招认。到现在为止，他们谁也没招认。谁能相信穆哈伊和阿卜杜勒·哈米德竟能受得住这一切！他们真是硬挺下来了，好样的！"

娜娃勒惊慌地问道：

"他们对什么硬挺下来了？"

法塔希从这话推论出她还不知道她哥哥和堂哥所受的折磨，就岔开话题说：

"要紧的是易卜拉欣要你放心，问题只是需要时间！"

---

① 又称"法谛哈"章，是《古兰经》的首章，穆斯林在喜庆或追悼亡人时，都念这一章经文。

娜娃勒不解地问：

"什么问题呀？"

"释放他们的问题。"

"要很长时间吗？"

"不，不要很长。不过，重要的是他们不要招认。"

她挖苦地说：

"你们关心的就只是他们不要招认，是不是？"

他平静地答道：

"他们若是招认了，就要被带到法院，进行判决，至少是三年。可是他们若是不承认，那么关上一两个月就会出来……"

娜娃勒羞愧地低下了头。

法塔希说：

"我现在得走了。打起精神来！可要当心，谁也不能说！"

娜娃勒再也忍不住了，问道：

"我不能见见易卜拉欣吗？"

法塔希脸上挂着善意的微笑，说：

"他要来看你就又会惹出乱子来。你是知道他的处境的。不过，你将来准会见到他就是了！"

娜娃勒低下了头，脸上发亮，双颊泛起一层淡淡的红晕。这是她第一次面对爱情。他没有忘怀她，想要看到她，为了她而甘冒危险，他是爱她的……

法塔希·马里吉开着汽车走了，丢下她一个人惆怅地站在那里。

法塔希把汽车开到爱资哈尔清真寺广场，停在商人们的汽车中间。那些汽车平常总是停在那里，等着主人。法塔希步行着，沿着爱资哈尔清真寺向右拐去。他一直向前走，直走到巴提尼亚街上。

他在一座四层楼前停了下来。那座楼显得比周围的房子都要坚实些。他吹了几声特别的口哨。

二楼的一扇窗户打开了，一个穿长衫的青年从里面探出头来。他一看到法塔希就问道：

"你好呀，法塔希！你把课堂笔记本带来了吗？"

法塔希站在那里，没有环顾四周，就说：

"当然了。我们一起温习一会儿怎么样？你现在有空吗？"

那青年犹豫了一下，说：

"有空。请进来吧！"

法塔希从楼门走进去。一个女人迎门坐在狭窄的庭院里，他向她打了个招呼，然后登上几级台阶，上了二楼。门开了，出现那个刚才从窗口探出身子的青年。那青年又粗又矮，粗粗的脖子和上面的大脑袋看起来就像一座铁砧子。

两人默无一言地交换了一下眼色。

那青年走出屋子，随手把门关上，然后一声不响地一步一步顺着石阶慢慢地往上走，后面跟着法塔希。

两人走到了四楼。那青年从长衫口袋里掏出一把钥匙，开了门，走了进去，法塔希紧跟在后面。两人还是默无一言。

那是一套很暗的房间。所有的百叶窗都关得紧紧的。只从窗户的木缝里透进一丝丝光线。他们朝一间屋子走去。那青年打开了门，让法塔希先进去。

从屋子的一侧发出了一个声音，听起来像是一个累乏了的人的叹息声：

"看到她了吗？"

法塔希笑着说：

"易卜拉欣，等一下！总得让我先向你说一声：你好呀！"

易卜拉欣在沙发上调整了一下姿势。他显得消瘦了，脸色苍白，不过两眼却炯炯发亮，好像他的全部精神都集中在两只眼睛上了。他留起了胡子，因此显得老相一些。他的下巴颏儿也没刮，有点儿像个病人。

易卜拉欣有些神经质地说：

"你好！她对你说什么了？"

法塔希在他身旁坐下，说：

"她为她哥哥担心。我尽可能地安慰了她，让她放心。当然了，她要看你！"

易卜拉欣不说话了。他沉默了好半天。法塔希微笑着望着他。他对这种情况已经习以为常了。随后，易卜拉欣低下了头，说：

"我想去自首。除非我去自首，否则没别的办法能救穆哈伊！"

法塔希还是平静地说：

"你别发疯了！"

易卜拉欣两手捧着脑袋，说：

"看来我真的要发疯了！"

第二十章

易卜拉欣在越狱前曾和他的战友们制订了一个方案,决定由他们想方设法使他逃离埃及。他们定好的策略就是,同他们在亚历山大的一个战友、一个装卸船承包商的儿子联系好,让他帮助易卜拉欣溜到一只停在港口的船上隐藏起来,一直随船到马赛,再在那里制订一个新的计划。

易卜拉欣穿着军官制服从穆哈伊家走了出来。当时正是开斋的时间,看门人正忙着吃开斋饭,没瞧见他。他快步朝尼罗河大街走去。马路上空无一人。他看见一个巡逻兵坐在河岸的围墙边上,正吃着开斋饭:一张大饼,一块奶酪,还有一把小萝卜。他的脚步不禁有些慌乱,但他很快就控制住了,继续往前走去。巡逻兵瞧见了他,赶紧站起身来,向这位军官阁下行了个军礼,慌得连那把小萝卜都掉到了地上。易卜拉欣从那个士兵身后走过之后才意识到他的敬礼,于是举起手来还礼,但没敢回过头去看他一眼。

不远处,汽车正等着他。那是法塔希·马里吉的汽车,他认识它。当年他们搞暗杀活动时经常用它。他加快了步伐,走到汽车跟前时,也没放慢步子,看上去不像会坐上去。他用眼角扫了一下,看到了战友法塔希,旁边是马哈茂德·阿拉法,也是他的战友、商学院的学生。这时他才突然朝汽车转过身去,打开后车门,钻了进去。

汽车引擎转了起来。法塔希和马哈茂德都没回头望易卜拉欣一眼,三个人谁也没开口,车一下子就开走了。易卜拉欣坐在那里一直朝前倾,使自己的脸离汽车的窗子远一些。

汽车只几分钟就穿过了吉扎广场,像火箭似的在金字塔路上飞驰着,然后,猛地拐向通往亚历山大的大道。

法塔希好像在接着谈一个没有间断的话题,说:

"我们要在十一点差一刻以前赶到亚历山大。阿卜杜勒·阿齐兹十一点整在特里亚嫩咖啡馆等我们!"

易卜拉欣平心静气地问:

"现在是几点?"

马哈茂德·阿拉法也没有朝易卜拉欣望一眼,答道:

"七点差一刻。"

易卜拉欣说:

"我们可以从从容容地赶到。稍微开慢点,法塔希!在界卡那里,他们很可能要让我们停下来!"

法塔希没有争辩就把车速减低了一些。然后,三个人开始谈起他们制订的方案的细节来;谈起他们那些关在监狱里、集中营里以及尚未被捕的战友们;谈起了政治新闻和有关胡马木贝克和达巴格上尉的新闻。易卜拉欣没有谈到他藏身的那一家人家,也没有人问起他这一点。易卜拉欣在谈话中,显得不像他平时那样热情,那样精明,也没有像往常那样提出一些关键性的微妙的问题,能触及事情的要害,并把它们揭示出来。他看起来好像有些沮丧,愁眉不展。汽车越往亚历山大开去,他就越没精打采。他心不在焉,没有思考出逃方案的细节,对于他们谈起的那些战友,他听到的那些政治新闻,他也显得无动于衷。他满脑子想的就是,他快要离开埃及了。这是一种可怕的、骇人的感觉,像一股凝重阴冷的空气在他胸中翻腾。远离埃及,他将做些什么呢?他在那里,在法国又有什么价值呢?他将是一个活人:能吃,能喝,能走路,可是他有什么价值呢?在异国他乡过的这种生活又有什么价值呢?他在那里没有目标,没有前途,也没有他所热爱的一切。他将再也看不到这片诞生他、哺育他的土地了；再也看不到父母和战友，再也不能同他们一起并肩战斗了。娜娃勒……娜娃勒，他的心为她而跳动，她是他生活中静静地新展现出来的希望，他也将永远见不到她了。他要等二十年以后，当他的罪名失去法律效用时才能回来。二十年，他将要像一个瘫痪的废人，度过这漫长的岁月，没有爱情，没有祖国，没有奋斗目标，有的只是心中对往事的回忆，在她与他之间远隔着地中海。

他不由得苦笑了一下。少年时代，他曾希望到法国去，曾梦想周游全世界，他常常做梦也会梦见自己离开了埃及。但如今，在他少年时代的梦想已经开始变为现实时，他却看到了这些梦想的丑恶和残酷。他感到那是恶魔，而不是美梦。

他透过车窗向公路两旁的沙漠望去。啊，多么美呀! 好像那沙漠也含情脉脉。他真希望把这沙漠看个痛快，哪怕他从此将双目失明，沙漠成了他这辈子所看到的最后的东西，也在所不惜。他把这片沙漠中的每一个沙丘都看成是自己的坟墓，对这些坟墓产生一种眷恋之情。他希望将自己埋葬在这里，埋葬在埃及的任何一块地方!

汽车在临近十千米界卡时，更加放慢了速度。士兵挥手让车停下来，但它并没有停，只是在他们中间慢慢地开着。士兵们看到了易卜拉欣穿的那套军官服，于是举手行了个军礼，把车号记在本子上之后，让汽车从他们之间开了过去。易卜拉欣向前弯着身子还礼，使他们看不到他的脸。

汽车过了界卡之后，又飞驰起来。易卜拉欣胸中又充满了一股凝重阴凉的空气，又陷入了冥思苦想：埃及……娜娃勒……他的奋斗目标……父亲、母亲……他越信马由缰地想下去，越感到自己软弱；越感到自己软弱，就越恨自己。他恨自己逃跑，恨自己每逢在路上碰到障碍时就会产生的那种心悸。他想要有一个远比单纯逃命大得多的目标，他想要永远进攻，向他的敌人、向祖国的敌人开枪，为自己的战友制订进攻方案。他过去一直是这样，现在也愿意自己这样做。他希望自己的出逃计划失败，永远不离开埃及。他企图从心中除掉这个念头，但是不行，他做不到。那念头在他胸中回响着，好像一面由远而近向他传来的大鼓的声音。他感到，与其说是自己认为应该逃到国外去，倒不如说自己完全是被动的。

汽车到了亚历山大，在城里几条街上转了一圈，然后在柴鲁尔大街临近赖姆勒广场的地方停了下来。

马哈茂德·阿拉法下了车。他是一个细高挑儿的小伙子，两眼看上去很天真，实际上却是足智多谋。他步行走进特里亚嫩咖啡馆，向坐在一张桌子旁的青年打了个招呼，就在他身边坐了下来。两个人小声嘀咕了一小会儿，然后马哈茂德·阿拉法站起身来，返回汽车，坐在法塔希·马里吉身旁，说道：

"赛迪—白舍尔……二十分钟以后！"

汽车开动起来，向海滨大街驶去。车开得很慢，好像是载着一伙人在兜风。

马哈茂德·阿拉法从车窗向外伸出头去，向前面走在马路上的一个姑娘吹了一声刺耳的口哨。

法塔希·马里吉赶忙说：

"好啊！瞧你，老弟！我们别为了逃出达巴格手心倒让风纪警察逮住了！"

马哈茂德·阿拉法哈哈大笑说：

"这也是一种掩护行动嘛！"

两个人回头看着易卜拉欣，想让他也同他俩一道笑。但他却愁眉不展，闷闷不乐，心不在焉，若有所思。于是为了尊重他的沉默，两人止住了笑，相互交换了一个疑问的眼色。因为他俩都知道，这可不是易卜拉欣在执行自己计划时的习惯！

车子到了赛迪—白舍尔，朝着英国兵营的路上开去。在漆黑、寂静的路旁，他们瞧见有一辆车停在那里。法塔希·马里吉熄了车灯，又亮起来，反复三次。那辆汽车的车灯也一亮一灭，反复三次，作为回答。法塔希把车子悄悄地开到那辆汽车跟前，停了下来。沉寂了一会儿，在这当儿，车里每一个人都手握着手枪，直到后来，马哈茂德·阿拉法认清了那辆汽车的司机，才走下车来，同他握手道：

"你好啊，阿卜杜勒·阿齐兹！我们来晚了，让您久等了！"

阿卜杜勒·阿齐兹说：

"别客气，请下车吧！"

马哈茂德开始向法塔希和易卜拉欣介绍起阿卜杜勒·阿齐兹来。他是亚历山大的一名战斗员，易卜拉欣过去不认识。

大家沿着沙漠中的一条小路向前走，最后走到一间木板棚前①，那棚与其他的小棚子相距很远，里面点着一盏小煤油灯。

四个人谈起了计划的细节。阿卜杜勒·阿齐兹已经与一艘希腊船的一个水手讲好了。那艘船明天要开往贝鲁特去，从那里再开往马赛。易卜拉欣要化装成一个运煤工人。阿卜杜勒·阿齐兹已经为他准备好了一份假的身份证，让他能进港；阿卜杜勒·阿齐兹还将在运煤码头等着易卜拉欣，好把他交代给船上的水手。

阿卜杜勒·阿齐兹离开他们走了。

法塔希去给汽车油箱加了油，又回来了。三个人一宿没睡。清晨五点钟，阿卜杜勒·阿齐兹来了，他带来了几件破衣裳，还有一块煤。易卜拉欣贴身穿起了那些衣服。一条裤子又脏又黑，短得够不到脚，用一根绳子头扎在腰上；还有一件衬衫，又脏又破。然后，阿卜杜勒·阿齐兹开始往易卜拉欣脸上、手上、胸口和脚上涂煤黑，又站远一点儿，打量着他，就好像他是一个画家，画完像后，在仔细地端详着自己的作品，然后，用亚历山大口音说：

"好！若是我们能干这种活该多好……我们这样能赚得到钱吗？"

阿卜杜勒·阿齐兹的车子开在前头。易卜拉欣坐在法塔希和马哈茂德的车子里。他躺在地上，免得让人看到他那副样子感到惊奇。

他赤着双脚，身上只有这几块破布片。在那又脏又破的裤子口袋里，有一张伪造的身份证和法塔希给他的五十镑钱，再加上扎希尔老先生给他的五镑钱；口袋里还有一本小《古兰经》，里面夹着两张小纸，上面写着：

---

① 赛迪—白舍尔是亚历山大海滨避暑胜地之一，建有很多简易的板棚，供人们避暑消夏。

"穆罕默德是安拉的使者",那是娜娃勒的笔迹。

快到港口了,易卜拉欣还是躺在车子底板上,说:

"法塔希,你还记得我打发到你家去找你的那个姑娘吗?"

法塔希没朝他望一眼,说:

"记得呀!"

易卜拉欣好像在叹息,又伤感地说:

"星期一十一点,你到阿卜杜勒·蒙伊姆广场去一趟。你会遇见她站在那里。你让她别惦记我。别告诉她我上哪儿去了,只让她放心就行了!"

法塔希望着前面,两只眉毛都惊奇得挑了起来:

"好的!"

易卜拉欣似乎要哭出来,说:

"可别忘了啊!"

法塔希更加惊奇地答应道:

"好的!"

"事情没安定之前,你先别同我家里人联系!"

"好的!……我们将在六号门旁边,直等到开船。"

易卜拉欣好像无法摆脱当头头的地位,说:

"你们轮着班好了,用不着都在那儿,也不要坐在汽车里等。你们可以找一个咖啡馆,进去坐一坐!"

汽车停在港口的围墙边上,离六号门还很远。马哈茂德·阿拉法向四周张望了一眼,说:

"没事儿!"

他说的声音低而干脆,就像发布一道死刑判决。

易卜拉欣站起身来,拉开车门,迅速地下了车。他光着两脚,向前走去,也不回头望一眼。法塔希和马哈茂德一直看着他走去,两个人的心都悬到了喉咙口,泪水盈眶,但没流下来。

易卜拉欣跨过了海港的大门,没有一个士兵拦阻他。他的破衣烂衫和脸上、胸前一块块的黑煤点已经足以代替通行证了。他在港口里走着,脑子又想开了。他的两眼闪着聪慧的光,而心却仍在胸口里忐忑,那是一颗逃犯的心啊!

他向四周望了望,看见阿卜杜勒·阿齐兹站在远处。两人交换了一个暗号。然后,阿卜杜勒·阿齐兹向前走去,易卜拉欣远远地跟在后面。两人走了好长一段时间,一直走到了运煤码头。阿卜杜勒·阿齐兹走进了一座小亭子,那是他父亲经营的有关向船上供货事务的办公室。过了一会儿,阿卜杜勒·阿齐兹从亭子里走了出来,朝着已经走到他跟前的易卜拉欣嚷道:

"你这个家伙是怎么回事?还要我们搞一辆自行车给你骑骑怎么的?还不快去拿一只篮子!"

易卜拉欣低下头,在那一堆扔在码头上的草篮子中捡了一只,拿起来。

阿卜杜勒·阿齐兹朝着一艘停在码头上的船只的舷梯走去,同一个海员交谈起来。

随后,那个海员顺着软梯爬上了船,易卜拉欣也跟着他爬了上去。海员下了舱底,易卜拉欣也跟着下去了。他们来到了一个铁笼子似的又潮又暗的地方,在船的煤库旁边,距机舱很近。那水手朝易卜拉欣转过身来,用很蹩脚的英语对他说:

"你就留在这里,直到我们到达……我将给你带一些食品来。"

易卜拉欣默默地点了点头,把手里提的草篮子丢到了地上,身子靠着铁壁,在篮子上坐了下来。

水手出去了。过了一会儿,他带着几片面包和一听罐头回来了。他一边把这些东西交给易卜拉欣,一边告诉他开船的时间,又嘱咐了他一些话。一阵走近的脚步声打断了他们的谈话。随后,出现了另一个水手。他一看到易卜拉欣坐在地上,就开始同他的同伴用希腊语争论起来,争论了好长时间,易卜拉欣却什么也听不懂,只是一直坐在那里默不作声,两眼显得焦躁不安。

头一个水手望着易卜拉欣,说:

"这个人想要一笔钱……"

易卜拉欣一声不响，把手伸进口袋里，掏出了一张五镑钱的票子递给了那个水手。他不大满意地看了看那五镑钱，然后揣进兜里，走了出去。

头一个水手边跟在他的同伴后头往外走，边问：

"你知道吗？这只船从贝鲁特还要回到亚历山大，然后才去马赛……"

易卜拉欣愣了，慌忙问。

"怎么回事儿？"

那水手用英语说：

"我也是刚从同事那儿听到的。"

水手走了出去。易卜拉欣坐在那里发愣。他感到全身肌肉都在抽搐。他不能在这个铁笼子里待三个星期，等船到了贝鲁特，又返回亚历山大，然后再去马赛。在这段时间里，他们可能会发现他，那第二个水手也可能再来向他勒索钱。再说，他们也可能等船再回亚历山大时，把他交给警察。

他不能下去，得马上离开这艘船。

他做出这一决定后，心里感到轻松了好多，觉得自己好像是被释出狱了。他要回去。他提起他坐着的那个草篮，沿着原路偷偷地溜了出去。

他到了码头，着眼寻找阿卜杜勒·阿齐兹，并朝他跟前走去。阿卜杜勒·阿齐兹一见到他，就闷声地叫了起来：

"出了什么事儿？"

易卜拉欣小声地说：

"这只船还要开回亚历山大。我得马上从这里出去。你先去告诉法塔希和马哈茂德一声。"

易卜拉欣走出了港区，坐上了法塔希的汽车。他们决定让阿卜杜勒·阿齐兹再找一艘直接开往马赛的船。可是易卜拉欣不肯留在亚历山大。他们在这里谁都不认识，没有一个朋友能向他们通风报信，把警察的活动告诉他们。他决定回开罗去，在那里，他可以藏身。

易卜拉欣又穿上了军官服。汽车好像是把他送回家似的，又把他载回到开罗。

从尼罗宫大街岔出的一条街，叫旧交易所街。这条街的一座楼顶的平台上有一间屋，他们决定，让易卜拉欣同马哈茂德·阿拉法一起，就住在那间屋子里。

按理说，易卜拉欣应当留在这间屋子里，直到阿卜杜勒·阿齐兹来告诉他，已经找好了另一艘船，他可以乘上它逃走。但易卜拉欣已经在心底里打好了主意：不能离开埃及。他相信，在那里，在法国，或是在埃及以外的任何地方，他都无法生活。他不能像个瘫痪病人似的，没有目标、没有爱情、没有祖国地活下去。

他不能单纯作为一个逃犯留在开罗，而无所作为。他心中有一股革命的深仇大恨，要发泄出来，要向那些剥夺了他的自由、剥夺了他的爱情的人进行报复。

他常常想起自己的爱情。每当他的爱国主义思想在胸中翻腾时，他的脑际就不由自主地会显现出娜娃勒的倩影，于是他沉浸在一个美好的幻梦中：一所安静的小房，一个俭朴的家庭，娜娃勒在他身旁……他曾经想见一见娜娃勒。有一两次，他都决定要走出这个藏身所，去赴约，去见见她，看一眼他那梦境。但在最后一刻，他还是改变了主意，他为那永远不能实现的梦想替她担心。他多么希望她绝望，对他和他的爱情绝望！他又多么希望能替她承担这一切痛苦和折磨呀！他不愿意伤害这颗高尚的少女的心，而宁愿把自己的心撕碎了，奉献给她。

他在那间屋子里已经待几天了。胡子长长了,他也听之任之,不去刮脸。焦虑不安和神经紧张使他夜不能寐，他显得又黄又瘦，像个病人。他总是穿着一件长衫，口袋里也总是揣着他所有的那几个钱，还有那本夹着娜娃勒亲笔写的小纸片的《古兰经》。他的鞋也经常准备着，放在旁边。一个在逃的人总是时刻准备着应对会遇到什么突如其来的事情。

他还没打算好要做些什么，只是同他的战友马哈茂德·阿拉法坐在一起，制订一些他不能参与的爱国行动方案，如：向英国研究所丢一颗炸弹；暗杀运河区的英国兵……所有这些方案都没有执行。这些方案中缺少一只能够付诸行动的手，那就是他的手啊！

直到有一天早晨……他同马哈茂德·阿拉法正坐在屋子里，一个政治警察的警官闯进门来,陪他一道进来的还有两个便衣警察。

易卜拉欣马上领悟到,警察是来找马哈茂德·阿拉法,而不是来找他的。他离开战友远远地站着。那警官不在意地随便看了他一眼,没想到这另一个青年就是易卜拉欣·哈姆迪。他问:

"你们谁是马哈茂德·阿拉法?"

马哈茂德没好气地反问道:

"你们要干什么?"

警官把他推到一边,走进去搜查他的书桌,而两个便衣警察则站在那里堵住门口。

冷不防,易卜拉欣从两个便衣警察中间冲了出去,穿过楼顶的凉台,然后又连蹦带跳地往楼下跑。

警察喊叫起来:

"抓住他!快!"

他伸手抓住了马哈茂德·阿拉法,怕他也逃跑了。

易卜拉欣脚上本来穿着拖鞋,跑着跑着,丢了一只,于是他索性把另一只也甩掉了。他光着双脚在楼梯上跑着跳着。两个警察跟在后面追。他到了街上,仍是一个劲儿地跑。这时他听到两个警察在后面喊着:"抓坏人呀!抓坏人呀!"人们在路上停了下来。一个报贩想拦住易卜拉欣的去路,于是他大声喊道:"我不是坏人,那些人是政治警察!"报贩听见这话赶紧让开了路。

一个洗衣匠从铺子里走出来,他长得膀阔腰圆。他挡住了一个便衣警察的去路,拦住他,使劲拽住他的手,平心静气地问:

"喂,先生,是怎么回事儿?"

那个便衣警察上气不接下气地说:

"你这家伙放开我!别挡着我的路!"

洗衣匠把手插进衣襟里,好像准备长谈一番,说:

"不过你就不能跟我们说说是怎么回事儿吗?我们也好帮你的忙呀!"

那警察气急败坏地说:

"坏人！你没听我喊抓坏人吗？"

洗衣匠还是抓住他不放，问道：

"奇怪！这个坏人偷了什么东西了？"

"你这家伙别缠着我不放，当心我会让你倒霉！"

"噢，您是个警探！您瞧，您怎不早说，请吧！"

警察又追开了。可是易卜拉欣已在他眼前消失得无影无踪了。

洗衣匠露出嘲弄的微笑，走回铺子里去。

报贩快跑起来，跑到了另一个便衣警察的前头，他假装带的报纸掉到了地上，往那个警察前头的路上一趴，于是那个警察也见不到易卜拉欣的踪影了。

易卜拉欣穿过尼罗宫大街，朝爱资哈尔广场一直跑去。他已经听不见身后的脚步声了，但还是一个劲儿地跑，并开始喊起来：

"喂，你听我说呀！喂，老兄！你等一下！"

他喊着，是要让人家以为他是在追赶另一个人。后来，他不跑了，开始快步走起来，然后，他走进一家面包铺，买了十张大饼，捧在手里，好遮住半个脸。他光着脚，穿着一件长衫，手里拿着一摞大饼，好像是一个从市场上买东西回来的仆人。

他朝阿泰伯广场的方向走去。边走边紧张地考虑着：他到哪儿去？藏在哪儿？他拐到爱资哈尔大街上，在一个水果摊子前停了下来，买了些橙子，还有两欧克香蕉。他让小贩忙着把他买的水果装进一个大纸袋里，自己去给他的战友法塔希·马里吉打电话。可是他不在。于是他拿起水果袋，在爱资哈尔大街上走着，直走到尽头。他又朝巴提尼亚街走去，他想起了他的一个法学院的同学与朋友阿卜杜拉·赛哈莱提，他是一个热情的爱国主义者，但却没有参加地下小组，他倒是不会受到警察的监视，就是不知道他在不在家。

他发现他在家。阿卜杜拉毫不犹豫地答应帮助他隐蔽起来。他住在他父亲私人的房子里，那是一座四层楼。四楼上住着两个爱资哈尔大学的学生，他们回乡去了，把房间的钥匙留给了阿卜杜拉。

阿卜杜拉带着易卜拉欣爬上了四楼。他在那两个回乡学生的房间里住了下来。他日夜都得在那里，不能走动，免得让哪个居民感到有人占了那套房间。

所有的窗户日夜关着。阿卜杜拉有时偷偷地溜进来，给他送吃的、喝的。

几天过去了。他再也安静不下去了。他那从中汲取力量的神经，那冷静的神经，开始不听他的支配了，它颤动起来了。他有时觉得自己要发疯，要大喊大叫，要把一切都砸个稀巴烂，要杀人！

杀谁呢？是追踪他、并让部下同他过不去的胡马木贝克和达巴格上尉吗？不！他们两人只不过是代表了一个奴才阶层，只是两个执行帝国主义制订的政策的奴才！那么还是像他被捕前那样杀英国佬？为什么不呢？不能让英国佬在埃及过上舒坦日子。只要他们在埃及，就要让他们时时刻刻都提心吊胆，朝不保夕！

他决定行动，亲自动手。

他同法塔希·马里吉联系上了。易卜拉欣、法塔希和阿卜杜拉三个人开始在那套空房间里召开了几次秘密会议。可是法塔希强烈反对易卜拉欣亲自出马去执行计划。他是一个在逃的人，而在逃的人的举动是同进攻人的举动有区别的。如果易卜拉欣亲自出马，就同时需要两套方案：一套是掩护他逃跑的方案，另一套则是执行暗杀行动的方案。弄不好，两套方案将会相互干扰。

易卜拉欣被说服了。但他仍想要行动。他不能像老鼠那样东躲西藏地过一辈子。

他们三人对某个行动计划犹豫了很久，迟迟不能做出决定，直到有一天，他们得知穆哈伊和阿卜杜勒·哈米德被捕了，并受尽了折磨，还听说他们忍受住了监禁和折磨，什么都没招认。

易卜拉欣控制不住自己的神经了。他气疯了。

他曾经见过他的很多同学被捕、受刑。但他们全都是搞政治的学生，他们对被捕、刑讯都有准备。可是穆哈伊并不搞政治，他只不过是一个消极而单纯地坐在观众席上的人。这就是人民，所有的人民。人民是站在他身旁的，人民为他忍受折磨，但却不肯抛弃他。他想着穆哈伊，更增强了对人民的感情。他应当报答人民。他要向穆哈伊、娜娃勒、扎希尔老先生……还有塔希娅太太证明，他没辜负他们的信赖，没辜负他们为他所受的折磨。

他摆脱了那种在逃犯的自我感觉。他不肯听从法塔希·马里吉的意见，威胁说，如果法塔希拒绝同他一道行动，就是他一个人，他也要干。法塔希不再拒绝。

当天夜里，在阿巴西亚兵营附近，他们干掉了一个英国兵。

易卜拉欣对此并不满足。他没有平静下来，也没感到是做了一件了不起的事。他知道政府不会把这种消息登在报上，以免事与愿违，挑起人们起来反抗英国人；他也知道，警察将在他们的正式报告中，诡称这是因盗窃而杀人，尽管他们——警察——知道这是一次政治暗杀行动，说不定他们还知道，这一行动正是易卜拉欣干的，因为这次的手法和策略同易卜拉欣过去历次搞的暗杀活动完全一样。

易卜拉欣认为——他早就这样认为了——暗杀个别的英国兵是无济于事的。他开始动脑筋思考起来……

他应该搞一个大动作，一个比刺杀一个英国兵大得多的动作，一个比刺杀一个英国走狗大臣也要大得多的动作。

他的觉悟开始提高了。英国人占领、统治埃及不是靠他们的士兵，也不是靠一个两个或十个八个走狗，他们依靠的是一整套制度，统治制度。这套制度上自国王开始，集中体现在一个垄断了所有内阁和议会席位的封建主阶级上。要想使埃及摆脱英国佬，摆脱那些走狗，摆脱黑暗、压迫、贫穷，摆脱胡马木、达巴格之流，而得到解放，要想把穆哈伊、扎希尔老先生、塔希娅太太和其他淳朴、善良的人们拯救出来，要想实现他那遥远的梦想：一个安静的家，同娜娃勒生活在一起，要想实现这一切，就必须推翻这个制度！

当他思考到这里时，连自己都感到惊奇，好像是发现了一条他平生从未想到过、而又是是那样简单的真理。

可是怎么办呢？如何推翻这个统治制度呢？他的两眼睁得大大的，目光炯炯，好像他是要用两眼穿透那幽暗的阴云。他感到自己的智慧在头脑中几乎要燃烧起来了。

要是他能在身边集结起两百个武装青年，仅仅两百个青年敢死队员，那他就可以靠他们夺取政权。他将首先让他们占领广播电台，然后把首相包围在他的官邸里，再把那些政治警察头子们逮起来……甚至即使是夺权失败了，那么这也将成为一次武装革命，震撼全埃及，唤醒埃及人民。

可是他怎么集结这二百个武装青年呢？

他将采取细胞分裂法。先把他信任的五个人组织起来，他们中的每个人再把他所信任的五个人组织起来……就这样，直至组织起二百人来！

他开始想象着他将组织起来的那两百个人的面孔。从中，他看到了他的很多大学同学，看到了亚历山大的战斗员阿卜杜勒·阿齐兹，看到了那个当他决定进行第一次刺杀行动时，不肯收他车钱的出租汽车司机，看到了当他从阿尼官医院逃走时，那个替他遮掩的医生。他看到了所有这些在生活中见过的面孔。他们好像在他面前已经列队站好了，等他下达命令，去推翻这个统治制度……

他又如何武装他们呢？

他需要很多的钱去买武器，这些钱可以靠他的一些有钱的朋友捐献。他将不把自己的计划告诉他们，只让他们捐款……

他说干就干。第二天早晨，他用他那特别的方式，开始引导和启发法塔希和阿卜杜拉朝这个方面去思考，直至最后由他们自己提出这个计划。

几天以后，法塔希·马里吉开始去组织头一个小组的五个人。

易卜拉欣藏在房间里不出门，但他已经不再感到烦闷。他一心一意地想着自己的计划，为它燃起了满腔热情。

但是法塔希·马里吉组织小组的工作进展得很慢，而且几乎是停止不前了。易卜拉欣更深一步地思考着。他思考得越深，对自己的计划越感到怀疑。透过怀疑，他又发现了一条过去没有发现的真理。

他不可能组织起由两百名忠诚的武装青年组成的敢死队，除非是这支队伍有一个活跃的广泛的群众基础，有一个沸腾的革命基地做后盾。两百名青年是无法进行一次革命的，但却能够在革命中起一定作用。他们不可能出自于冰冷、僵硬的土地，而只能在热火朝天的革命大地上涌现。应当是大地首先起来革命……应当是人民的满腔怒火，遍地燃烧，应当让工人、商人、职员、学生都感到革命的精神，让所有的团体、组织都行动起来。只有在这种行动中才能组织起两百个武装青年来推翻统治制度！

那么，他应当首先开始传播革命的火种，让各种团体、组织行动起来，把民族问题挑起来，把什么废除条约、撤军、贪污腐化、迫害、官僚势力、帝国主义走狗……所有这一切问题应当一下子全都摆出来，让它们变成人民群众的话题，启发他们的觉悟……

可是他独自一个人无法完成所有这些工作。于是，他开始注意起革命团体、组织的消息来。他原也知道，秘密革命组织不止一个。军队中有一些组织，各阶层人民中也有一些组织。他开始派法塔希和阿卜杜拉设法同这些组织取得联系，使它们联合起来，统一行动。他也开始相信秘密传单和小册子的重要性，相信利用激进的报刊和政治危机的重要意义。

他感到了这一切，但自己却是坐在黑暗的房间里。他更加强烈地再次感到自己是一个在逃的人。他苦恼，他受不了这种生活。他在这一切行动中将起什么作用呢？他不能在那些秘密团体、组织之间来往、走动；他不能去参加游行示威；不能写传单、散发传单；不能与学生、同人们接触，点燃他们的怒火，激发他们去革命。他如何能够起一个实干家的作用，为自己的祖国服务呢？

在烦恼中，他认定自己算完了，没有希望了。他不能再过一个逃犯的生活，却又只能做一个逃犯，因此，他算完了。如果他不想投案自首，上绞刑架，那么，摆在他面前唯一的道路就是自杀。但是他不能像弱者那样去自杀，而是要进行一项爱国的敢死行动，他要用这一行动为后来人、为所有的青年树立一个榜样。他已经把生死置之度外了。他所关心的就是要发动一场革命。那么让他来成为这革命的第一枪吧！这第一枪之后就会枪炮齐鸣。让这一枪来唤醒人们，擦亮他们的眼睛，激起他们的热忱！让他们知道，一个人为了祖国可以做出多么大的牺牲！他将不是只搞一次敢死行动，而是一直搞下去，不惜一切，要么引起革命，要么为革命而牺牲。

这就是他的作用：让人们踏着他的血迹挥泪前进；让人们用他的鲜血来染红革命的战旗。

这就是当法塔希·马里吉见到娜娃勒回来时，易卜拉欣心中的最后决定。

易卜拉欣对法塔希说，他正考虑向警察自首。这是他在为争取他的战友同他一道参加那个敢死行动铺平道路。

法塔希仿佛是责备他，说：

"你一定要彻底打消去自首的念头。我们做了这么多工作，不是为了让你到头来去投案自首的！"

易卜拉欣的目光避开战友，以免让他们看出他脑子里打的主意。他说：

"那就是说，我要像只耗子，一直这样藏一辈子？"

阿卜杜拉说：

"你怎么是光藏着呢？你若是不藏着还能怎样？刚杀死的那个英国佬血还没凉呢！"

易卜拉欣说：

"好吧！可那又怎么样呢？我们杀死了一个英国佬，杀掉了十个英国佬，可又解决什么问题呢？"

法塔希说：

"说实在的，胡马木之流要比英国佬更该杀，他们统治着这个国家！"

易卜拉欣头也不抬地说：

"要是我们干掉了胡马木，又会上来一个比他更坏的。别用手枪了，那已经没有用了！"

阿卜杜拉傻乎乎地问：

"那么难道用棍子打他们？"

法塔希问：

"那么什么才有用呢？……噢，我知道了，必须搞个大动作，来它个爆炸性行动！"

法塔希已经对易卜拉欣的启发式感到习惯了，接着又说：

"比如，炸弹……炸药？"

易卜拉欣抬起头来看着法塔希，好像对他的聪明表示称赞，说：

"可是咱们从哪儿能搞到炸弹和炸药呢？"

法塔希脸色很严肃地说：

"那倒不成问题。不过咱们用它来干什么呢？"

易卜拉欣说：

"你只管想法先把东西搞到手再说。"

法塔希已经养成了习惯，易卜拉欣既然不肯往下说，他也就不再追根究底。于是他站起身来说：

"我什么时候搞到了，再同你联系！"

法塔希走了出去。阿卜杜拉也跟着一道出去了。他们丢下易卜拉欣一个人在黑暗中。

第二十一章

两天过去了。这两天，易卜拉欣很平静。不再有什么事使他激动，使他惶惑，他也不再有一种逃犯的感觉了。他已经知道了自己的命运；他已经在自己参加的这场长期的、激烈的战斗中确定好了自己的角色。那就是成为革命的第一枪。他要一直干下去，直到革命成功。不成功宁愿死！他可以死去，但革命必将成功，那是整个埃及的革命，全体人民的革命。

这些严峻的日子在他身上留下的痕迹，就是很久没刮过的使他显得老相的下巴颏儿和苍白的脸色。他看起来像个病人。

他在平心静气地思考着革命计划，思考着选择哪个地方开始他的行动。在思考中，他不再想到自杀，不再绝望，也不再满腔怒火，倒好像是要去对一种新发明进行试验，这个发明就是如何在整个埃及燃起革命的熊熊大火。他像一个仔细、认真、对成功充满了信心的学者一样，在研究着。他满怀希望，耳边好像听到了喜讯，眼中好像看到了光明，那光明来自远处，来自他灵魂的深处，思想的深处。

在他的脑海中映出他生平的一个个影儿，他温情地注视着它们，嘴角露出甜蜜的微笑。

那是他在穆尼莱区的家庭的影儿，他就是在这个家庭中长大成人的。还有他母亲的影儿，他多么热爱母亲，母亲又是多么疼爱他呀！他不禁自问："我是不是惹她生气了？是不是给她造成了很多痛苦？不！她是理解他的！

她一向都是理解他的。"他从母亲身上承继了她的一切美德：倔强、含蓄、沉静……她若是个男子汉的话，也许早就是一个领袖了，也会做出同样的英雄业绩。母亲在内心深处是为他感到自豪的。不管她如何企图想隐蔽起这种自豪感，也不管她如何企图告诫他要克制，他从她的两眼中还是经常看到她那为他感到骄傲、为他的英雄行为感到自豪的目光。在他被捕入狱的那天，他在母亲的两颊上看到了泪痕，但他也看到了泪痕中浮动的笑影。那是她一向不肯轻易露出的坚强、骄傲的微笑，那微笑一经露出，就足以使她容光焕发，那是一种善良的宽宏豁达的容光。

他的父亲……他的脑海中映出父亲的影儿，于是他微笑着的嘴不由得咧得更大了。父亲是个恪守纪律、循规蹈矩的人。他认为在外当差要守纪律，在家过日子要有规矩。他对儿子的行为之所以生气，只是因为这些行动越了轨、出了格；他认为儿子被捕的原因也仅是他越了轨，出了格。尽管如此，他还是经常为儿子感到骄傲。他对儿子的行为并不满意，但却又为这种行为感到自豪。有一种比他和他的道理更强有力的东西促使他产生这种骄傲和自豪感。甚至，在父子俩进行最激烈的争论时，易卜拉欣也能感觉到父亲的这种自豪感。

易卜拉欣的笑容绽放得更开了。父亲原想要让他获得法律学士学位。他把儿子想象成一个法官，有时把他想象成一个大臣……他是不会去当法官，也不会去当大臣的。他要远胜过那一切。法官、大臣像平民百姓一样，总是要死的，人们会忘掉他们，也会忘掉他们的父兄。但他却要死得壮烈，要永垂不朽，给父亲留下难忘的纪念。这也就是他可以弥补父亲的一切——他可以在人们面前引以自豪。

一个个影儿在他的脑海中接连不断地显现出来。那是些他高中、大学时代同学的影儿。他是多么热爱他们，他们又是多么热爱他呀！他现在可以看清这种爱了，他几乎可以用手触摸到它。正是这种爱使他充满了力量，使他闯过了千难万险，度过了生平战斗的日日夜夜。生活在他们之中，就会感到自己比警察，比政府，比英国佬更强而有力。有了他们，他就变得更坚强，就会战胜胆怯，战胜贪婪，战胜懦弱。他在脑海中——

看到了朋友们的形象。甚至那些他以为已经忘却了的面孔，他也看到了。他想起了同他们每个人相连在一起的战斗或者趣事。他不由得对他们中的一个忍俊不禁，对另一个莞尔而笑，而对第三个却加以责备。他脸上，一会儿是笑逐颜开，一会儿是皱眉蹙额，仿佛一块银幕，映出他的种种感情。

他回顾了他全部的爱国经历，他所参加的游行示威，他所进行的种种行动，他在狱中的日日夜夜，以及对他进行的审讯。在他面前又闪现出胡马木贝克的面孔，达巴格上尉的面孔，以及那些检察官们的面孔。然后他又想起了在阿尼宫医院的那些日子，想起了他逃出来的那一天。当他的想象驰近穆哈伊家时，他的全部感情却聚集起来了。他看到了穆哈伊：圆脸庞，戴着眼镜，矮个子。他看到了扎希尔老先生、塔希娅太太、沙米娅、阿卜杜勒·哈米德。他回避开娜娃勒。他怕她。他为革命而献身，对所有的人都可以问心无愧；当他去实行自己的新计划时，他感到可以为所有的人们付出代价，为他们牺牲自己的生命，除了娜娃勒……为了娜娃勒，他想活下去。他的死不是为她做出的牺牲，她也同样要为他的死付出代价。他并不贪生怕死，只是他现在需要全部的勇气，需要摒弃一切私心杂念，才能实行他所决定的计划。

他越是不要去想娜娃勒，娜娃勒就越是要钻进他的脑海中来，以至于他不得不向她屈服。那臆想的眼睛看到了她；看到了她为自己开门的情景；看到了她那一对活泼深情的大眼睛；看到了她那丰满的面颊；看到了她那黑里透红的像印第安姑娘似的皮肤；看到了她每天早晨都为他让路，让他进卫生间，然后又给他端来早饭的情景。他感到自己的目光碰到了她的目光，每当她向他微笑时，他都会不由自主地感到一阵心跳。他遐想着，只是不再沉醉于那往常的美梦中，那是个把他同娜娃勒结合在一起的小家庭的美梦。这个梦已经从他心头消失了。他的心中不再有梦想，有的只是现实，代替梦想的现实，比梦想更强而有力的现实。那就是爱情的现实。他爱她，这就足够了。他为自己的爱情而感到幸福，不期待什么，也不梦想什么……

难道爱情竟能达到这种地步,竟比希望还要强烈吗?他不知道。不过,此时此刻,他并没有为自己的爱情感到痛苦,也别有他求。

他坐在这套木窗紧闭的黑暗的房间里,沉浸在自己的感情中。突然,钥匙开门的声音惊醒了他。法塔希·马里吉走了进来,后面跟着阿卜杜拉。

法塔希几乎像欢呼一样地说:

"啊,这可好了!阿卜杜勒·阿齐兹昨天从亚历山大来了,他同我碰了头,告诉我他已经同一艘船讲好了,那只船后天开往马赛,是直达的。咱们明晚十一点以前必须赶到亚历山大!"

易卜拉欣微微一笑,他的这一微笑并没到达唇边。他不走了。他不能离开埃及。这是最后的决定,但他并没有把这一决定告诉法塔希。他热情地说:

"好啊,太好了!咱们明天七点从这里出发。你把东西带来了吗?"

法塔希说:

"什么东西呀?这两天什么也别搞了,好让你一路平安!"

易卜拉欣一反常态,发起火来,说:

"你答应说要搞到炸弹和炸药。我听信了你的话。咱们还有好多时间,是可以搞他一家伙的!"

法塔希对易卜拉欣的恼火感到大惑不解,说:

"我是搞到了。三颗手榴弹,还有一些雷管。不过我看……"

易卜拉欣急忙打断他的话:

"放在哪儿?"

"车上!"

易卜拉欣说:

"好家伙!怎么能把这些东西放在车上?弄不好,这些东西在半路上就可能爆炸。赶紧把它们弄上来吧!"

法塔希仔细地打量着易卜拉欣,好像不敢相信这就是那个易卜拉欣,那个不露声色,不发号施令,巧妙地推行他的计划的人,然后说道:

"你的意思是说,让我下去把那些东西拿上来,当着人们的面,上上下下……"

易卜拉欣坚决地说：

"是啊！"

法塔希又犹犹豫豫地说：

"可是咱们是不是先商量好，用这些东西来干什么？"

易卜拉欣厉声地说：

"我得先看到这些东西确实是在你手里，然后再告诉你……"

法塔希默不作声了。易卜拉欣也感到自己不够冷静，于是又抱歉地说：

"法塔希，我希望你今天对我再担待一下吧！我知道，我让你受了不少累。不过只要再过几个小时，我就要离开埃及了。"

法塔希心软了。他尊敬而信赖地看着易卜拉欣，说：

"你别误会，易卜拉欣！我只是想要让这两天能平安无事地过去。明天，你也知道，是开斋节的前夕，我们何不也像别人一样，什么事也别做，休息一下呢！"

他笑了笑，好像他是在用微笑向易卜拉欣讨好，来打动他。

易卜拉欣对朋友也报以微笑，说了一句：

"祝你节日好！"便沉默不语了，好让朋友相信，他仍坚持自己的意见。

阿卜杜拉说：

"我去把那些东西从车里搬上来吧。我在自己的家里出出进进，终究不那么惹人注目。"

法塔希瞧着易卜拉欣，在征求他的意见。

"好主意！"

法塔希一面从口袋里掏出汽车钥匙，递给阿卜杜拉，一面说：

"车子停在爱资哈尔广场。你在踏板靠后一些的地方会找到一个背包，东西全在那里面了。别忘了把车门锁上。留神，里面还有支手枪！"

阿卜杜拉接过钥匙，应了一声"好的！"就蹑手蹑脚地走了出去。

剩下了易卜拉欣和法塔希。两人相对沉默了一会儿，都怕一说话，又发起火来。后来，还是易卜拉欣没头没脑地说道：

"今天晚上,我要进阿巴西亚军营里去!"

法塔希怔住了,瞪大了双眼,倒抽了一口冷气:

"好家伙!我们怎么能进英国的军营里去呢?那地方多往前走两步就得送命!"

易卜拉欣眼也不抬地说:

"这没有什么了不起的,谁也不会觉察到。"

法塔希使劲咽了口唾沫,说:

"我们进去干什么呢?"

易卜拉欣平静地说:

"是我单独一个人进去!"

法塔希再也忍受不住了,大声说:

"就你一个人单独进军营?这是自杀!"

易卜拉欣说:

"恰恰相反。一个人还便当些,两个人相互妨碍,容易暴露!"

法塔希沉默了一会儿,又说:

"我说,算了吧,易卜拉欣!还像过去那样,干掉他一两个也就足够了。也用不着到军营里去,在军营外面我们也能搞嘛!"

易卜拉欣仿佛留遗嘱似的,用深沉的声调说道:

"我们所搞的这一切,都不足以把英国佬从我们的国土上赶出去。只有全国革命,整个国家都行动起来,才能赶走英国佬。为了让全国上下都动起来,我们必须采取行动,唤醒民众,必须要搞一些爆炸性的行动,必须揭开革命的序幕。我要进行的正是这一工作。今天,我走进一座军营,明天,全国都会随着我闯进英国佬的所有军营,你瞧着好了!"

法塔希沉默了一会儿,然后又问:

"你肯定是这样吗?"

易卜拉欣断然地说:

"肯定!"

"那好,让别人来做这件事吧!你已经尽到了自己的责任,做的事已经够多的了！当年，还不是你打死了阿卜杜·拉希姆·舒克里，使全国都为之一震！"

"这还远不够！我还应当再做些事。每天都要让它发生点儿事情！"

易卜拉欣稍微停顿了一会儿，又接着说：

"我对阿巴西亚军营了解得很清楚。远在我被捕以前，我就搞到了一份整个军营的地图，对它一草一木都进行了详细的研究，至今，我还记得很清楚！"

法塔希点了点头，不作声了。他知道，他是无法改变易卜拉欣的决定了。

响起了钥匙在门锁里转动的声音。阿卜杜拉走了进来，手里提着一个黄色的帆布背包，就像士兵们在肩头上背着的那种。阿卜杜拉脸色苍白，两手颤抖，好像两手抱着死神。他小心翼翼地把背包放在一个小桌子上。那背包一脱手，他就轻松地舒了口气。他一面用胳膊擦着额头上的汗珠，一面问：

"是不是这个包？"

法塔希坐在那里未动，回答道：

"就是它！"

易卜拉欣站了起来，一步就跳到了桌子跟前，迫不及待地动手打开背包。他闭紧了嘴唇，两眼露出深切关注的神情，仿佛是一个站在试管前的科学家。他从背包里掏出雷管，一根一根的，褐色的，还挺柔软，像一块块土耳其糖。

阿卜杜拉两眼瞪得大大的，天真地说：

"这就是人们所说的炸药呀！这玩意儿看起来没什么嘛，倒像是土耳其糖似的。"

法塔希苦笑着说：

"你想尝尝吗？"

易卜拉欣开始把手榴弹掏出来。

阿卜杜拉又天真地问：

"这怎样用呢？"

易卜拉欣手里拿着一颗手榴弹，回头望了望他，好像是给他上课，说：

"如同你在电影上看到的一样。握住这个把儿，用牙齿咬着这个盖儿，然后一扔！"

阿卜杜拉叫了一声：

"我的主啊！"

易卜拉欣朝屋子边上的那张床铺走去。他扯起床单，从中撕下一小块，又开始把这一小块撕成一些长条条。

阿卜杜拉似乎要阻止易卜拉欣，说：

"我的老兄，可不能这么干！这不是咱们的东西。"

易卜拉欣微微一笑，说：

"这套房间的主人也一定会同我们一道行动的！"

他继续撕着长布条。然后，把每五根雷管用一根布条捆扎在一起，又在它们之间用一根短的引线固定起来。

法塔希说：

"引线要稍微长一些。要当心，不要搞得没扔出去就爆炸了！"

易卜拉欣坚决地说：

"没有时间了。必须让它迅速爆炸！"

他继续工作着，手指头摆弄着那些雷管，眼也不瞧着法塔希或阿卜杜拉，就向他们吩咐起来：他将从那座专为英国兵放映的电影院一边走进军营，那电影院正坐落在警察学校大街和王宫大街那头。阿卜杜拉担任迷惑警察的任务，如果有警察的话。法塔希帮助他从电影院的围墙上跳过去，在这之后，法塔希要把汽车开回家，在那里一直等着他。

法塔希抗议道：

"我就不能等着你出来吗？"

易卜拉欣手里拿着炸药说：

"不行！我将从山的那头出来，车子必须回来。如果车子被查获了，或是让人家知道了车号，那我们就将被一网打尽。"

法塔希惊奇地看着易卜拉欣，不作声了。

三个人开始讨论方案，准备武器……直到半夜。

三个人走出了家门。

阿卜杜拉双手抱着那只装着死亡的帆布包，法塔希提着一只颇像律师的公文包的书包。易卜拉欣穿着一件蓝衬衫，连同裤子，都是从阿卜杜拉那里搞来的。他手里拿着两本法学院的法律教科书，除了小胡子和那没有刮过脸的下巴颏儿，没有什么化过装的痕迹。他们在巴提尼亚区走着，就像是刚复习完功课回家的学生。街道两旁的咖啡馆张灯结彩，以庆祝斋月的结束，里面坐满了顾客；大街上也熙熙攘攘，到处是卖水果、糖果和烩羊肝、杂碎的摊贩的小推车，孩子们兴高采烈地叫嚷着，一个疯子在一个劲儿地喊"安拉啊……"一个当兵的两眼失神地瞧着一个正抽着水烟筒的人；咖啡馆的伙计在喊着："三杯茶，两杯咖啡——"

三个人想要边走边交谈点什么，但是话语支离破碎，前言不搭后语。

他们想要笑，以便显得自然一些，但是笑声像一块块碎砖似的落在脚下，并不轻松。

他们穿过了爱资哈尔广场，来到了汽车跟前。

法塔希一面打开车门，一面不由自主地环顾四周。然后，他坐上驾驶座，阿卜杜拉坐在他身旁，易卜拉欣则坐在后座里。

汽车快到阿泰伯广场时，易卜拉欣说：

"你带我们到杜基区去看看。"

法塔希激动得几乎要哭出来，脸上的肌肉抽搐着。他什么也没问，就把汽车开向杜基区，到了杜基区，又直奔法尼广场，似乎他什么都知道。他把汽车停在阿努斯医院旁边，却没有关上马达。他一直沉默着，一言不发。阿卜杜拉则什么也不知道。

易卜拉欣从车窗里探出头去，两眼露出深情的笑意，仿佛透过面前的夜色，看到了娜娃勒……

他一面凝视着夜色，一面小声地问：

"喂！她那次穿的是什么颜色的连衣裙？"

法塔希没有回头向他望，答道：

"白的。"

易卜拉欣叹了口气，随后，面部表情严峻起来，他从夜色中收回了目光，在汽车里坐端正了，声音嘶哑地说了一句：

"我们走吧，法塔希！"

汽车开动了，易卜拉欣则默无一言。他脸上的肌肉抽搐着，正在进行一场思想斗争。他正在同自己所感到的软弱做斗争，这种软弱渗入他的感情，缠绕着他的神经，使他松懈，让他屈服。他想要闭上眼睛，进入梦乡。他想要在梦中哭、笑，同娜娃勒手握着手，然后把她搂在胸前，紧紧地拥抱着她，以至在自己的心脏跳动中感到她的存在。但他却克制着这种软弱，残酷地克制着。他已经在他俩相会的地方，会过她了，因为他曾与她有过约会。他并不是软弱，而只是要践约，来见她。他来晚了，但毕竟是来了。

当汽车经过农业展览馆前时，他从沉思中清醒过来，问道：

"几点了？"

阿卜杜拉看了看表：

"一点一刻。"

易卜拉欣说了声"还早呢"，接着就好像是另一个人在自言自语，他下意识地又说道：

"你带着我们开到穆尼莱区吧！我想看看家！"

法塔希不安地说：

"你们家也可能有人监视。"

易卜拉欣说：

"我们只从家门口过一下就行了。也许妈妈的屋子还亮着灯呢！"

法塔希不作声了，他感到自己的心感动得都要碎了。他把汽车开到了穆尼莱区，从易卜拉欣的家门前很快地开了过去。易卜拉欣从车窗里探出头，好像是要用手摸一摸墙壁。家淹没在一片黑夜中，妈妈的屋子也没有亮光。他又感到了软弱，那渗入他感情中，缠绕着他的神经的软弱。他重新克制着自己的软弱，残酷地克制着。

他似乎是要求助于什么东西来战胜自己的感情，说：

"开慢一点儿！不要在两点钟以前到达那里。"

法塔希减低了车速。

易卜拉欣又问：

"手枪在哪儿？"

法塔希伸出手，打开座位前的小抽屉，拿出一支大型手枪。

阿卜杜拉在自己的座位上直往后缩，说：

"好家伙，快把这玩意儿从我眼前拿开吧！"

易卜拉欣笑了起来。他一面伸出胳膊，从法塔希手里接过枪，一面说：

"这手枪是不见英国佬的脸不开火的。"

然后，他想要继续开玩笑，以克制自己感情上的软弱、恢复常态，于是他用手枪描准阿卜杜拉的脑袋，继续说：

"等一下，让我看看你是不是个英国佬？"

阿卜杜拉缩成了一团，脸色都变了，叫道：

"可不能这么胡闹啊！"

易卜拉欣仍旧笑着：

"从明天起，我教你打枪吧！"

阿卜杜拉说：

"不！我同手枪无缘，天生就是这样！"

"照这样，你若是到了印度，准可以成为一个像甘地①那样的领袖。他像你一样，也不喜欢手枪，你的老祖宗准是个印度人！"

三个人继续着这场谈话。实际上都是勉为其难、强颜欢笑，来克制心中的忐忑悸动，使自己感到玩世不恭、勇气十足。

易卜拉欣一面笑着、谈着，一面摆弄着手枪。他把子弹夹拽出来，用他那训练有素的专家的手，一粒一粒地摸着。他亲切、深情地把那支手枪抱在怀里，就像一个情人的手指搂着自己毕生的情侣。然后，他解

---

① 甘地（1869—1948），是印度著名的政治家、哲学家，是反对英国殖民统治的民族领袖，他反对采取任何暴力行动。

开衬衣纽扣，把手枪揣进怀里。他脸上的肌肉紧绷着，两眼凝视着黑夜，开始重温他的方案，在脑海里重温军营的地图。他把各种可能碰到的情况都估计到了。他现在感到他是处在像平常去执行一个计划时那样的一种正常的状况。他心中充满了挑战的情绪。勇敢无畏，玩世不恭，还有颇像年轻人的那种"调皮"的情绪。他的头脑很清醒，里面集中了他的全部智慧。不过，还有一样东西他也感觉到了——那是他平常没有的东西——他有些悲观。这种悲观影响着他，在他心中引起一种恐惧，而这并非那种他在开枪射击时的正常的恐惧。他希望自己能克服这种悲观，克服这种奇怪的恐惧感。当他一行动起来，全身心投入战斗时，他一定会克服这一切的……

汽车在阿巴西亚大街上向前开着，直开到名叫"警察学校大街"的街头。

易卜拉欣用刚毅而严肃的语气问道：

"几点了？"

阿卜杜拉声音发颤地答道：

"两点零十分。"

易卜拉欣说：

"法塔希，你在这里等一下！阿卜杜拉，你下去，沿着这条大街走。如果碰到当兵的，你就站下来同他讲话，随便瞎扯什么都行。问他的家庭，问个街名，扯什么都行。只要车子往里开的时候别让他注意到就行。"

阿卜杜拉可怜巴巴地看了他一眼，似乎是希望能免除他这件任务。他打开了车门，没等他下车，易卜拉欣又说：

"看到车子开过去以后，你就自己设法走到法鲁克广场，法塔希将在那里等着你。"

阿卜杜拉有气无力地说了声"好吧！"就下了汽车。易卜拉欣对法塔希说：

"兜个小圈子，回头再从这条街进去！"

法塔希沿着阿巴西亚大街直开到电车的终点站，然后又回头开进了警察学校大街。他用常速开着车,以免引起注意。在路上,他们看到了阿卜杜拉,他正站在那里同一个巡逻兵谈话。

在大街尽头,挨着"英国人影院"的墙边,汽车停了下来。易卜拉欣脖子上挂着帆布包,下了车。法塔希让汽车马达开动着,也下了车。

两个人走到了电影院的墙根前。法塔希把两手手指交叉起来,用两只手掌做成一个台阶,易卜拉欣把一只脚踏上去,一只手攀上了墙头,另一只手把帆布包紧贴着胸口抱紧,免得碰到墙上。然后,易卜拉欣把另一只脚踏在法塔希的肩头上,使劲一跳,就上了墙头。

这一切都是在不声不响中进行的。

易卜拉欣从墙的另一边垂下来,轻轻一跳,他就置身于电影院中,置身于英国兵的军营中了。

他听到法塔希的汽车开远了的声音,感到自己现在是在孤军奋战了,感到可怕的孤独。他的心跳得很厉害,以至于他都担心这心跳声会被人听见,瞪大了眼睛,警惕地向四周打量着。他知道电影院是没有守卫的,影院靠军营那头进口的地方没有门。他轻轻地迈着大步在影院的座位之间走着,然后走出影院,进了军营。

周围的一切都是静悄悄的,近似漆黑一片,只有微弱的昏黄的灯光照着军营内的一条主要街道,几个哨兵站在靠王宫大街的营房门口的踱步声。他瞥见那里有吸烟的亮光。

他在黑暗中匍匐前进。他经常都是需要黑暗的。黑暗,啊,安拉,更暗一些吧!他沿着主街前进,借着那些营房的墙壁来掩身。这条街的尽头有一个坦克和卡车的大停车场,他就是要到达那里!

他听到了落在柏油马路上的沉重脚步声,手是停了下来,把挂在脖子上的帆布包紧抱在胸前。脚步声临近了,他躺倒在地上,趴在那儿。过一会儿,他觉得像过了几十年,脚步声从他跟前过去了,并没人注意到他。

他站了起来,继续前进。他的心怦怦地一个劲跳。他聚精会神,两眼警觉地瞪得大大的走了好久。

他看到一座营房前有哨兵在站岗。那准是司令部。他是不是把炸药丢在这座营房上就算完成任务了? 他想要快点儿结束这件事。他想要从这黑暗中冲出去。黑暗,啊,安拉,更暗一些吧!

不! 他应当完成原定的计划。

他轻轻地迈着大步,猫着腰,把那只装着死亡的帆布包紧贴在胸前,绕着那座四周设有岗哨的房子转了一圈。然后又顺着那条主街小心翼翼、警惕地走着。他一心只考虑着自己的计划,其他的一切都从他的脑海中消失了。娜娃勒、母亲、父亲、朋友,连他本人都不再闪现在脑海中。他现在是一心一意地置身于现实中了。他的心忐忑不安地跳动着,浑身也都随着心悸而战栗。他所置身的这一现实是可怕的。

他停了下来,两眼忽地发出炯炯的光芒。

他的面前正是坦克和卡车车库。那是一片开阔地,四周围着铁丝网。哨兵枪上上着刺刀,分散地站在四周。这里、那里闪动着点点灯光。

他卧倒在地上,把那死亡的帆布包夹在腋下,深深地吸了口气,借以聚集起他全部的意志。然后,他开始向前爬着,爬着,直爬到了铁丝网跟前。他从脖子上摘下帆布包,放到铁丝网那头去。然后,他更加贴近地面,爬过铁丝网时,铁蒺藜挂住衬衣,把它撕破了。他感到那"嘶"的一声就好像是一声尖叫,于是他停了下来,但没听到有什么动静,一切都静悄悄的。他又开始爬,爬过了铁丝网。

他拎起那死亡的帆布包,挂在肩头,以坦克和卡车阴影作为掩护,手脚并用,迅速地向前爬着,他想要从军营的中心开始。他抬起两眼,直盯着一辆小坦克,自言自语地说:"就是这辆!"然后,他迅速地朝它爬过去。

他打开帆布包,掏出一捆雷管,把它放在坦克下,又从口袋里掏出打火机,伸出手在坦克底下点着了引线。然后,他站了起来,在坦克和卡车阴影的遮掩下,用尽全力地跑起来。

他刚跑出几步,身后就发出一声惊天动地的巨响,打破了夜空的寂静,声音洪大而吓人。他感到自己几乎要在空中飞起来,他用力站稳了脚跟。

突然亮起了灯光,那是强烈的探照灯。

他扑倒在地上,在一辆卡车底下爬着。他又掏出了一捆雷管,点着了引线,又赶紧爬着,远离开那辆汽车。

又是一声可怕的惊天动地的爆炸声,撕破了夜空,他感到五脏六腑似乎都被震裂了。

灯光把他围了起来。探照灯发出的耀眼的亮光,像一群疯狗,在军营各处转动着。

他背后发出了火光。

把这些光亮灭掉吧!把灯关掉,你们这些狗东西!让我完成自己的计划!安拉啊!把这些光亮灭掉吧!

他听到四面八方传来枪声。他跑了起来,但却不知向哪里跑。他已经不能确定自己的目标了。他又点燃一捆雷管的引线,用尽全胳膊的力气,把它丢得远远的。他不知道它会落到什么地方,只听到又发出一声可怕的爆炸的巨响。他露出咬紧的牙齿,好像是在微笑。

他又跑了起来。灯光在追逐他。四面八方响起了枪声。一些人在叫喊着,嘈杂声一片。

他跑着,有时匍匐着,手脚并用,连蹦带跳地往前奔……

他还有一捆雷管。他点着了引线,把那捆雷管往面前的一间洋铁皮的小房子的窗口里扔去。那也许是个仓库,或者是当兵的营房,管他呢,扔进去就完了。

他跑着……又爆发出一声可怕的巨响,灯光,子弹,嘈杂声……

他卧倒在地上,从帆布包里掏出三颗手榴弹。他把第一颗放进裤兜里,第二颗放在另一个口袋里,第三颗则留在手里。他把空布包远远地一扔,又开始爬了起来。然后,他又站起来跑,想躲到一辆坦克后面去。他大口大口地喘着气,满头大汗,浑身是土,已经像个泥人了。

他要从这里跑出去。他不能让他们杀死,而要把他们全都杀死。

铁丝网在哪儿呢?

他又朝铁丝网跑了起来。子弹在追逐他。他肚皮紧贴着地面,在铁丝网下面爬着。铁蒺藜刮着了他的肉,他感到一阵钻心的疼痛,就像很多把钢刀扎在背上。不过,没关系,他必须从这里跑出去。

他从铁蒺藜下挣扎着自己背上的皮肉,"啊!"地叫了一声,好像灵魂出窍般地痛苦地叫着。接着,他继续向前爬,越过了铁丝网,又站起来往前跑。没跑几步,他就感到一件硬东西撞在肩头上,扎进了他的肉里。他感到一种热乎乎的液体从那里流了下来。那也许是颗子弹吧,不要紧。他一直跑着,找寻着黑暗,但是黑暗却消失了,亮光好像是从天上倾泻下来的洪水,把每个地方都淹没了。他举起了那只提着手榴弹的手,不过,随即他就哎哟一声,把手垂了下来。胳膊好像瘫痪了似的,举不起来了。

他把手榴弹挪到左手上,用牙齿咬住盖,用尽全力甩了出去,他也不知那颗手榴弹落在了什么地方。然后,他赶紧变换方向,朝另一个方向跑起来,以迷惑那些跟在他后面追踪的人。他们朝手榴弹落地的方向跑去了,而他却朝另一个方向跑着。

他跑着,在路上碰到什么就借什么来掩护自己。随后,他趴倒在地上,喘喘气。他感到已经精疲力竭了,感到胸脯紧贴在肺上,似乎肺叶将停止不动了。

灯光在追踪他,还有火光、子弹……汽车迅速地开动起来。哨子声响了起来,几乎把耳膜都要震破了。狗在吠叫着。他讨厌这些狗。安拉啊,你为什么要创造出这些狗呢?难道这些英国佬还不够讨厌的吗?疼痛,肩头痛得厉害,还有后背和双膝。

他的手又举起一颗手榴弹,用牙齿咬着顶盖,用尽他剩下的力量,抢了一下,甩了出去,然后,又变换了一下方向……

他已经不知道他是在军营里的什么地方了。他原计划是要通过山路跑出去,从学校区那个方向到开罗去。但是山路在哪里呢?他已经搞不清了,已经辨不清东南西北了。他迷失了方向。

他只剩一颗手榴弹了。群狗在他身后狂吠着。他对这些狗是又恨又怕。是啊,他怕,他怕死亡,他不想死,他不会死的!他用左手举起了手榴弹,扔了出去。但愿那颗手榴弹发出的硝烟气味迷惑住那些狗鼻子。他又改变了方向。

他从胸口里掏出那支大手枪，握在手里。但是他已经跑不动了。他想要停下来，但却办不到。他借着惯性往前跑着，头耷拉在胸前，身体摇摇晃晃，身后留下一滴滴血迹。

他抬起两只昏花的眼睛，好像是透过一层浓雾，看着前方。这是军营的围墙。这段围墙他认识，它就是临着阿巴西亚广场的那一段，围墙拐过去，临着阿巴西亚街分出去的一条小胡同。他对这些都很熟悉。若是他能从胡同的这个方向越过围墙，那他就可以平安无事地逃出虎口了。

他从军营围墙下面的小棚子后面绕过去，看到一个影子在前面走动，于是他开了两枪。他不知那人影怎样了。他走到那段临着胡同的围墙跟前。围墙很高，是用洋铁皮围起来的。他越不过去。他动脑筋考虑着。如今他的一切都麻木了，除了头脑。

他用那双发花的眼睛在四周找寻着，然后从地上捡起一块短木板，吃力地提起来，靠在围墙上。他把手枪揣进胸口，脚踏上木板，纵身一跳，两手攀上了墙头。"啊！"他感到一阵痛，身上不知什么地方又破了。墙头是带尖齿的。坚硬的尖齿扎了他的双手。但是不要紧，这是最后一关了，过了这一关就可以平安无事、松口气了。

他忍着痛把身子撑上去。他不仅呻吟，还哭了出来。双手都扎破了。他攀上了墙头，然后纵身一跳，跳到了外面。

现在他在军营外面了。他跟跟跄跄地站起身来。他必须赶紧离开这里，越远越好。他迈着沉重的步子，像喝醉了酒，趔趔趄趄地跑了起来。

身后传来尖锐的哨子声。这是怎么回事儿？是埃及警察。啊，傻瓜！快离我远点儿！我做的这一切都是为了你们，为了埃及啊！我已经在你们的敌人心中引起了惊恐，他们就要滚蛋了！相信我吧，他们就要滚蛋了！你们大家都将像我一样起来造反，把他们赶走！可是那些警察竟不放开他。沉重的脚步声离他越来越近了。

他从胸口摸出了手枪。他将把他们干掉。不！不行！他不能！他不能杀死一个无辜的埃及人。他们还自以为是在履行职责呢！他平生从未杀死过一个无辜的埃及同胞。有一次，就是因为他不肯杀死一个追踪他的埃及士兵，他才被逮住了。

但是他已经跑不动了。他想要休息一下。他想要睡一会儿。

他一面手握着枪，跟跟跄跄地跑着，一面回过头望着。透过昏花的两眼，他看到了一个警官。喂，老兄，别缠着我吧！我是为你们干革命的！若是你在自己的心中寻找一下，你一定会发现，我的怒火正是你的怒火呀！但是这个警官不会明白。

他想要休息，想要睡觉。

他把手枪对准那个警官，想要干掉他。但他的手指却停在扳机上僵住了。他按不下去。他心中的什么东西使他不愿杀死一个无辜的埃及人。这东西胜过了他，胜过他的安全、他的生命。

那警官瞥见了那对准自己的枪口，于是赶紧开了一枪。易卜拉欣倒在地上了。他栽倒在那里，用两手摸着大地……他微笑了……他现在可以休息了，他闭上了两眼……

第二十二章

开斋节的前夕。早晨六点钟。

全家人都醒了过来,每个人都郁郁寡欢,心里堵得慌。已经有好些日子了,他们一直很郁闷,嘴巴也紧闭着,没有了笑意。一个个都变得呆头呆脑,连目光都变得呆滞无神。

娜娃勒下了床,走出自己的屋子,到门槛底下找《金字塔报》。现在,每天早晨的报纸都送到家里来了。谁也等不得父亲下班回来时才知道消息了,连父亲自己也变得只有读过报,放下心,才能走出家门了。

娜娃勒碰到妈妈正步履艰难地朝卫生间走去,仿佛她每走一步都要痛苦地长叹一声。娜娃勒想要露出个笑脸,郁郁地说:

"早晨好,妈妈,您节日好!"

她抓过母亲的手,低下头吻了吻,又仰起脸,想要吻一吻母亲的两颊。母亲扭过头去,说:

"唉,孩子,只要你哥哥还在坐牢,哪还会有好啊!"

娜娃勒悲伤地说:

"他明天就会平安归来的,妈妈!一切都会好起来的。"

母亲好像走在钉板上似的朝卫生间移动着脚步,说:

"说真的,孩子,我好像觉得,不等再见到他,我就要死了。"

娜娃勒说:

"别这样说吧,妈妈!安拉保佑我们。"

母亲没有答话,只是长叹了一口气,好像是把自己的那颗心奉献给了安拉。

娜娃勒走到前厅,弯下腰,从门槛底下捡报纸。她的手还未碰到报纸,突然她睁大了两眼,满脸惊慌地往后一退,靠到墙壁上。她好像看着一条向她脚底爬来的毒蛇,直盯着那张报纸。随之她叫了一声,那是一声惊恐的尖叫。她想忍着不叫出来,便用手捂住了嘴巴,仍然盯着地上的那张报纸,两眼睁得更大了。然而,她却压抑不住,就又发出了更加凄厉的叫声,接着是第三声尖叫,她怎么也按捺不住,于是就连续地喊叫起来。她开始用手使劲扯着自己的辫子,用脚跺着地板,就像发疯了似的。

姐姐沙米娅穿着睡衣匆匆忙忙地跑了过来。跟在她后面跑来的是爸爸,他穿着长衫,头上的睡帽都挨着了眉毛,几乎要掉了下来,鼻梁上的眼镜也快要掉到了嘴巴上。他气喘吁吁地焦急地问:

"怎么了?怎么回事儿?出了什么事儿?!"

沙米娅催着妹妹娜娃勒:

"你是怎么了,娜娃勒?你叫喊什么呀!"

娜娃勒停止了喊叫,两眼还是露出惊慌的神色,全身还在发抖。她用手指指着地上的那张报纸,指着那条要向她脚下爬来的毒蛇。

两人一起向她指着的地方看去,读着那像火舌似的红色的大字:"易卜拉欣·哈姆迪在与警察枪战中毙命。"

沙米娅抬起了头,望着妹妹。她嘴唇发颤,好像有千言万语,却又不知从何说起。随后她扑到妹妹的怀里。

姐妹俩抱头大哭起来。

父亲弯下身子,用颤抖的手捡起那张报纸,把眼镜正了正,读了起来:

昨天深夜,阿巴西亚区的居民被发自英国军营的几起强烈的爆炸声惊醒。经查明,原来是一些青年潜入军营中,其动机尚不得而知。当时,瓦伊利警察分局局长与首都警备公署取得了联系,于是派来了警察部队,包围了军营,以等待潜入者出来。这些潜入者与警察发生了战斗,双方相互对射。一名青年被击毙。经查明,这个青年正是被控刺杀阿卜杜·拉希姆·舒克里帕夏的凶手易卜拉欣·哈姆迪。他在几星期前曾越狱潜逃,内政部为此曾发布了下列的通令……

父亲像是要把那张报纸撕碎似的把它叠起来,脸痛苦地抽搐着。随后,他醒悟过来,强忍着泪水,让它们流入心头,哽咽着对两个女儿说:

"不要让任何人听到你们的哭声,懂吗?不能让任何人听到你们的哭声,这就是我要对你们讲的话!"

母亲步履维艰、气喘吁吁地走了过来,用悲观的目光打量着大家:

"这一大清早又出了什么事?安拉啊,可别再降灾难了吧!灾难怎么就没完没了地找上我们家呢?"

谁也没答话。

父亲手里拿着那张报纸走回自己的屋子。他穿着长衫,走得很快,好像是要用两腿把长衫扯破似的。他边走边气冲冲地念叨着:

"安拉啊,这可怎么办啊?这可怎么办啊?"

沙米娅用胳膊搂着娜娃勒,把她拉进她俩的屋子里去。姐妹俩啜泣着,泪水流个不停。

母亲生了气:

"你们就不告诉我出了什么事吗?还是你们想丢下我一个人在家里?"

娜娃勒哭得更凶了。

沙米娅眼泪汪汪地回答妈妈说:

"爸爸会告诉您的。"

母亲转过身去,她已经有些忘掉了自己的痛苦。急于知道事情的底细,使她精神显得强了好多,她赶上了丈夫,问道:

"是怎么回事儿,扎希尔?出了什么事?你倒是对我说个明白呀!"

父亲摘下眼镜,然后,提起长衫的一角,擦起镜片来,仿佛是从两眼上擦去泪水。他激动地说:

"易卜拉欣……"

"他怎么了？"

父亲伤感得话都说不成句了：

"他……他死……了！"

母亲心如刀绞，痛苦地捶胸顿足，哭喊着：

"我的好孩子呀！他怎么会死呢？"

父亲边打算在土耳其式沙发上坐下来，边说：

"他们把他杀害了，警察把他杀害了！"

母亲两条眉毛挑得高高的，天真地说：

"他们把他杀害了？难道他们能这样随随便便地就把人杀害了吗？"

父亲没有答话。

母亲更加慌了：

"那穆哈伊呢？他们对穆哈伊又怎样了呢？"

父亲抬起头来看着她，好像是责怪她怎么会这样联想，说：

"穆哈伊的问题是另一回事儿，同易卜拉欣不是一回事儿！"

母亲已经开始支撑不住了，问道：

"他不是在监狱里吗？"

父亲烦躁地说：

"是呀！"

"那些杀害了易卜拉欣的人也能杀害穆哈伊……他们明天就会杀害他，他们要杀害我的儿子，我的儿子呀！啊，我的孩子，我的孩子呀！"

她倒在丈夫身旁的沙发上，大哭起来。她那肥胖的身躯扯碎般地颤抖个不停。

父亲长长地叹了口气，好像满腹的心事使他再也忍受不下去了：

"我的太太！易卜拉欣是在同警察战斗中牺牲的，他当时袭击了一个英国军营。而穆哈伊却没参加什么战斗，也没袭击什么军营。"

母亲的泪水干了，身子也停止了颤抖。她默默地想了一会儿，然后好像怕亮出自己的思想，吞吞吐吐地说：

"他们抓穆哈伊不就是为了要找易卜拉欣吗?"

父亲望着她,好像在研究她脑子里究竟在转些什么念头,就说:

"是呀!"

她好像正在摆脱各种念头,说:

"总算完了。他们找到了易卜拉欣!"

父亲诧异地看着她:

"你这话是什么意思?"

母亲两眼不敢正视他,说:

"是呀,我知道……可是既然他们找到了易卜拉欣,那为什么还不放穆哈伊呢?"

父亲打开了报纸,遮住了自己的脸,似乎是为自己妻子的这些念头感到羞愧,说:

"凭着安拉起誓,我的太太,如果穆哈伊的出狱要靠易卜拉欣的牺牲来换取的话,那他不出来倒更好一些,还不如让他一辈子都在监狱里……"

父亲默不作声了。连他自己也感到惊奇,好像在他的内心深处出现了一个新人。他觉得他刚才说的这番话是真心实意的:如果儿子坐牢能换取易卜拉欣的生存的话,那他宁愿让儿子在牢狱里待下去。这是奇怪的,难道可以想象他竟肯这样地牺牲自己的儿子?但是他感到,失去易卜拉欣并不比失去穆哈伊代价少一些。他感到易卜拉欣并不仅仅是一个他曾掩护过的爱国青年,在易卜拉欣身上有他自己的一些什么东西,好像这样一个英雄的成长、他的英雄业绩、爱国行动和惊险活动都渗透着自己的一部分心血。现在他感到失去了一件自己所有的东西,那是他同别人共有的东西!

他想要哭,想要叫,想要战斗,想要起来为烈士复仇。

他想到人们中去,谈谈易卜拉欣,讲述他的故事、他的爱国行为,讲讲当时警察是怎样追捕他的。他要对人们说:

"同胞们!你们的一个儿子为你们牺牲了自己的生命。他的牺牲是为了你们求得解放，为了赶走英国佬，为了推翻腐败的统治，恢复你们的尊严和体面。"

但是他不能那样做。他不能喊叫，不能斗争，不能反抗。充其量他只能远离人们，独自一人默默地哭。但他感到自己已经变得很坚强了，不能再哭哭啼啼的了。

他为什么不参加革命呢？实际上，他已经参加了革命。不过他在革命中的作用却与别人的不同。当人家召唤他来承担任务时，他也许会稍有犹豫，但他并不逃避，也不会背叛革命。还是在易卜拉欣敲他们家门的那天，他就被召唤来参加革命了。

他感到自己好像站在千百万人之中；他的情况并非是个别的，而是普遍的。正是这千百万人酝酿了一次又一次革命，造就了一个又一个英雄。他在这千百万人中寻找着他的儿子穆哈伊，于是他仿佛看到了他，看到他正站在铁栅栏后面。他对儿子微微一笑。儿子也在酝酿革命、造就英雄的事业中起自己的作用呢。看到儿子站在铁栅栏后，自己却在内心深处发出微笑，这对他来讲还是第一次。

现在，这千百万人该怎么办呢？他们在易卜拉欣牺牲后，该怎么办呢？他们不会绝望，不会哭泣，不会屈服！他们将积极行动起来，再造就一个英雄。他们的眼睛在喷射怒火；他们的低声耳语正慢慢变成高声怒吼。全国将很快发生一桩桩事件，每桩事件都会造就出一个英雄。千百个英雄将继承烈士的遗志，走在革命队伍的前头。

这就是应该发生的一切。这一切也一定会发生。

我们要复仇，要起来革命，要从黑暗压迫中求得解放，穆哈伊也将走出监狱。

他感到热血沸腾，好像又恢复了青春，恢复了他那激昂慷慨、追求革命的青春。他脸上的表情收敛起来，好像在他胸中正举行一场游行示威，而警察却要将它驱散！

妻子的呜咽声又高了起来，使他从沉思中惊醒过来，于是他丢下眼前的报纸——他根本一个字都没读进去——温柔地看着妻子，说：

"怎么了，塔希娅？咱们可不能出声啊！"

妻子啜泣着说：

"我受不了啊，扎希尔！我眼前总是出现易卜拉欣被害的样子。我好像觉得穆哈伊也在他身旁被杀死了！"

父亲心痛如绞地说：

"别这么说了吧！安拉保佑，乐观些吧！你起来去打点一下，看看咱们明天给穆哈伊带点儿什么去。这是我头一次去探监。我应当再带些点心，还有……"

母亲打断他的话：

"我已经发过誓，只要儿子还在受这份灾难，就不让点心进这个家门。"

父亲苦笑了一下，说：

"我的太太，没有谁要吃点心。不过要给儿子带点儿去，好让他借此得到点儿宽慰。"

母亲泪潸潸地沉默不语了。

父亲也默无一言。他想振奋起他那革命的激情，但却发现他那颗心还是沉甸甸的。对儿子的焦虑使他坐立不安。他希望儿子平安无事，回到自己的身边，使自己对他的梦想变为现实，他要完成那件为儿子织的礼服，未来的礼服，它的一经一纬都是用他的血汗和谨慎、勤俭织成的。他好像要逃避这种焦虑，站了起来。

他出了屋子，向卫生间走去。当他经过两个女儿屋子的门口时，不由得停了一会儿，他听到了她们的呜咽声。他本打算进屋呵斥她们两句，或是安慰安慰她们，可是又改变了主意。他进了卫生间，使劲把身后的门一带，好像他是当着许多在他家里追逐着他的敌人的面带上了门似的。

娜娃勒趴在床上，哭个不停，似乎她的灵魂都化成了泪水。两根辫子缠在脖子上，好像她是想用这两根辫子来把自己勒死。她有时放声大哭，手脚在床上乱拍乱踢，哭得上气不接下气、死去活来。姐姐在她身旁同她一起流泪。她本想安慰妹妹，然而却发现，要想安慰她，只能是陪她一道流更多的泪水。

突然，娜娃勒停住不哭了。她转过身来，开始仰望着天花板，她两眼睁得大大的，却什么也没看见。她的脸色变了，黑红的皮肤呈现出一种像青柠檬一样的颜色。她呆视了好半天。姐姐在身旁也找不到什么话好说，只是用温情而怜悯的目光注视着她。

娜娃勒以一种机械般的动作又突然在床上坐了起来，自言自语：

"我得到他那里去……"

沙米娅吃惊地问：

"到谁那里去？"

娜娃勒仍旧直眉竖眼地说：

"到易卜拉欣那儿……今天是星期一，他会在十一点钟的时候等我的。"

沙米娅为妹妹感到难受：

"娜娃勒，我的好妹妹，醒醒吧！别再这么胡思乱想折磨自己了！"

娜娃勒好像疯了似的，嘴角上挂着一丝傻笑，瞧着姐姐说：

"我不信报纸上说的那一套。谁也杀不死易卜拉欣，他一个人能抵一千个……你知道他到哪里去了吗？"

沙米娅伸着胳膊，搂着妹妹的腰，更加痛苦地问：

"到哪里去了？"

娜娃勒睁大了两眼，眼中发出一种奇异的目光：

"他去救穆哈伊出狱去了……他是这样对我说的。我原先瞒着你呢，傻姐姐！我原来是背着你去见他的……每周星期一和星期三……最后一次，他告诉我，他要把穆哈伊从牢狱中救出来……"

沙米娅心疼妹妹，差点儿又哭起来，可是她强忍着。她决定采取果断的态度，于是紧咬着嘴唇，双手抓着妹妹的肩膀，温和地摇晃着她说：

"娜娃勒，别说傻话了！过去的事儿就算过去了，要冷静些，想得开一些！"

娜娃勒从姐姐的手中挣脱开，恼火地说：

"放开我！我得去换衣服了。要不就要迟到了！"

她从床上跳下地，走到自己的衣柜跟前，打开了衣柜。姐姐站起来，跟在她身后，温和地说：

"娜娃勒，别去丢人现眼了。我们的忧愁难道还不够吗？你还要给爸爸惹事还是怎么的？"

娜娃勒更加恼火地说：

"爸爸也不能不让我去。要是有谁拦着不让我去，我就从窗口跳下去！"

"娜娃勒，你别让我急疯了……"

娜娃勒的嘴角又露出傻笑。她打断姐姐的话说：

"你不信我的话，好吧，你瞧……"

她打开那只挂在脖子上的小金匣，从中取出那张小纸片，上面是易卜拉欣亲笔写的"认主词"："除安拉外，绝无任何主宰"。她两只大眼睛闪着奇异的光，说：

"你瞧呀！这张纸是易卜拉欣离开我们家前，我同他一道写下的，就像爸爸出远门时同妈妈一道写的那种纸片一样，是不是？"

沙米娅不知所措而又痛苦地望着她。

娜娃勒又把那张纸片折好，放进那个小金匣里，泪水又顺着两腮雨点般地落了下来。随后，她靠着柜子坐到了地上，双手抱着头，静静地哭了起来。

娜娃勒知道，是一种她无法控制的力量促使她讲这番话的。她的部分理智也意识到，她的这些话是一种神经错乱的表现。她觉得自己身上有两个姑娘：一个姑娘知道易卜拉欣已经被杀害了，死了，她的种种美梦也随之破灭了；而另一个姑娘却不肯相信他已经死了，她肯定他还活着，他还在"法尼"广场，阿努斯医院旁边，按时等着她。两个姑娘都无法说服对方。一个悲伤得要死，再也受不住了，而另一个则发了疯。

泪水浇湿了怒火中烧的神经，悲伤得要死的姑娘恳求姐姐道：

"沙米娅，我一定要出去一趟。我知道他是死了，可是我不知道他埋在哪里，不好去看他。我想到我们原先约会的那地方去看看他。"

沙米娅看到妹妹平静下来，算是放下了心，就在妹妹身旁就地坐下来，紧贴着妹妹，仿佛是她的保护人似的。她想要提高嗓门，以驱散那聚集在她们头上的愁云，说：

"不过我不能让你这个样子就独自一个人出去。"

娜娃勒叹了口气，眼不瞧着姐姐，说：

"那你跟我一道去吧！"

沙米娅沉默了一会儿，又说：

"不过，我们怎么出去呢？我们怎么说呢？"

娜娃勒茫然失神地说：

"我不知道。我累了。沙米娅……你动动脑筋吧！"

似乎沙米娅接受了一项重大的任务，她皱着眉头说：

"只要爸爸出去了就好办了！"

娜娃勒没有答话。她沉默了好久。沙米娅还在动脑筋，想找个什么借口同妹妹一道出去。

随后，娜娃勒自言自语地说：

"我觉得离开他就无法活下去。我是为了他才活着的。我一直在扳着指头数日子，盼着他平安地回来。我的心告诉我，他是不会出什么事的。可谁料到，我的心竟欺骗了我。"

沙米娅又心疼妹妹地说：

"我们怎么又谈起这个话题来了呢。这都是无意，是你我命中注定的，我们又有什么办法呢？"

娜娃勒做梦似的说：

"今后，我可以活下去，可我将为谁而活着呢？"

沙米娅要让妹妹开开心，就说：

"嘘！别作声！我听见了爸爸打开衣柜的声音。"

沙米娅站起身来，走出屋子，朝父亲的屋子走去。

父亲真的正在穿衣服。他要出去买些点心、礼品和衣物，明天好给儿子送去。

沙米娅等他走了出去，看到他随手关上了门，才算放了心。然后，她赶紧回来，渴望冒险已经使她暂时忘掉了悲伤。她对妹妹说：

"行了！爸爸下楼了！现在我们对妈妈怎么说呢？"

她把手指头放在脑门儿上，样子显得很可笑。她沉默了一会儿，又说道：

"有了！就对妈妈说，我们要去找娲法，好问问她那个当警官的表哥有什么消息没有，他答应过我们，穆哈伊和阿卜杜勒·哈米德若有什么事儿，他会告诉我们的。"

没费什么事母亲就被说服了。知道两个女儿是出去打听穆哈伊和阿卜杜勒·哈米德的消息，这就足以使她准许她俩出去了。

姐妹俩乘上了公共汽车。

沙米娅羞答答地左顾右盼，好像人们都知道她的秘密，一双双眼睛都在责备地朝着她看。

娜娃勒精神恍惚，什么也没看见，既没看到行人，也没看见大街，满脑子都是易卜拉欣的影子，她重又看到了，当初她为他开门时，他穿着衬衫和长裤，两眼富有魅力——他就是用这魅力打开了通向她心灵的道路；她看到了他穿着她父亲睡觉时穿的长衫；她看到了在离开他们家的那一天他穿着一套军官服；她看到了他爬上木梯子，藏在阁楼里；她看到他在微笑——他的笑容总是那样轻微而腼腆，她从未听见他放声大笑过；她看到了他的两只眼睛——在她面前他总是企图掩藏起自己的眼神，直到后来，他才用两眼直视着她，通过眼神，宣布了他们之间的爱情；她看到了他的大鼻子，像一支直指敌人的矛头。当她想起他的鼻子时，不由得苦笑了一下，曾有过多少夜晚，她脑海里总浮现出这个鼻子，她忍俊不禁：易卜拉欣有这样一只大鼻子，怎么还会漂亮呢？她一个劲儿地在脑海里想着这一切，以至于那些幻影在她面前都变得有血有肉的了。她甚至感到易卜拉欣就站在她身旁，她感到了他的一呼一吸，听到了他的心跳声，她几乎要用手去摸摸他。另一个姑娘开始在她胸中醒了过来，那个疯姑娘不愿意相信易卜拉欣已经死了！

姐妹俩下了公共汽车。

沙米娅左顾右盼地走着，好像在用自己的脑袋说"不，不！"来否定人们头脑中的种种猜疑。她落在妹妹后头几步，然后又急忙赶上了她，脑袋仍在左顾右盼。

娜娃勒还是精神恍惚地走着，沉浸在梦幻中。她越走近会面的地方，越感到自己是在向一座非常熟悉的家门走去，那是一个光芒织成的家，那是她同易卜拉欣的家。通过自己的想象，她已经在这个家里生活很久了。她每天早晨都把易卜拉欣送出门，等他下班时，又把他迎接进来，她给他定好了回家的钟点：两点半。她父亲是两点钟回家的，可是易卜拉欣要比他忙一些，就要比他晚回来半个钟头。她要站在他身旁，看着他脱掉外衣，换上长衫。他绝不会穿睡衣，她喜欢他穿长衫。她陪着他走向餐桌。她亲手准备好了各种饭菜。他喜爱吃些什么她全都知道：冰镇烧茄子、凉拌通心粉……但他吃起来却心不在焉：他会忘记夸奖她的烹调技术，他总是在想着什么心事。甚至于当他们午后在凉台上稍坐一会儿的时候，他都不会忘记呵斥她，让她别嗑瓜子儿了。她知道他不喜欢她嗑瓜子，但她却要那样做，为的是要惹得他发脾气，引起他的注意，可是他却忘了……他总是心不在焉，总是忙个没完。她爱上了一个繁忙的人，他把整个祖国的重担都挑在肩上……

"我们还要走好久吗？"姐姐的问话使她惊醒过来。

她抬起迷茫的双眼，向姐姐看着，好像没听懂姐姐的话，没有回答她。

走了几步，沙米娅又问：

"我们在那里会见到什么人吗？"

娜娃勒又抬起迷茫的两眼，望着姐姐，迷迷糊糊地答了一句：

"易卜拉欣……"

沙米娅不作声了，她怕再引起妹妹神经错乱。

两人走近了法尼广场。

娜娃勒放慢了脚步，好像她正在攀登一座楼梯，那是她在幻想中生活的那个家的楼梯。随后，她在医院的墙边停了下来。

她真的感到自己是在探望易卜拉欣。她是来凭吊他的。她的泪水不禁夺眶而出，顺着两颊流个不停，她也不想去擦掉它。

她想要诵读"开端章"，以求安拉垂怜她的爱情，但是那些章节却在她的头脑里混乱起来，她发现自己把"开端章"与"问候语"弄混了。每当她打算从头念起时，那些章节就都从她脑子里"挥发"得一干二净。

她的意识并非清清楚楚，却也并没有失去知觉而稀里糊涂。她刚意识到易卜拉欣死了，就又觉得他还活着；她刚刚想象他长眠在坟墓里，就又看到他在自己的家里。她感到痛苦，她身上无处不感到痛苦，好像她身上的一切都在被撕裂，都在被焚烧。她胳膊痛、头痛、心口痛、腿痛、神经痛。她的神经痛啊！它被撕扯着、焚烧着。

她开始同痛苦做斗争。

沙米娅从手提包里掏出一方手绢，一声不响地递给妹妹，让她擦干眼泪。

娜娃勒接过手绢，想把它放到眼睛上，但却又移开了。她看到了一个警察正从她面前走过，她的目光中露出惊恐的神色，好像是看到了什么她从未见过的可怕的东西。

随后，她的两眼又死死地盯在警察带的那杆枪上，她从前并没见过这种枪。过去，她也曾见过警察带着一样东西，她知道这玩意儿叫作"枪"。当年她曾把枪想象成小孩子玩具一样的东西，警察带着它只是装样子，是显威风的一种装饰品，就如同他们胸前的那些闪闪发亮的黄铜纽扣一样。

但她却没有像现在这样看待过枪。她没见过这个像毒蛇嘴巴一样的黑洞洞的枪口。她没见过这像蝎子尾巴似的扳机。"枪"并不是一种儿童玩具，也不是装样子、显威风的一种装饰品，它是杀人武器。正是这种枪杀害了易卜拉欣！

警察为什么要带枪呢？

他们用它来杀害英雄，用它来扼杀革命，用它来毁灭爱情，用它来保护英国佬、卖国贼，保护那些王公贵族，保护易卜拉欣的敌人！

她紧贴着姐姐。她感到害怕，对枪她非常害怕。她要远远地避开那些警察的眼睛，用一只凉得像冰块似的手抓着姐姐的胳膊，躲躲闪闪地走着。

沙米娅既不反对，也不问什么，顺从地陪她走着，心中却更加难受和焦虑。

姐妹俩朝着回家去的公共汽车站走去。

娜娃勒还是怕得要命。她每走一步都在寻找佩枪的警察，数着："一……二……三……十……"他们有很多人，他们手中的枪也很多。这些枪口都是指向易卜拉欣、指向他、指向所有的英雄的胸口的。

在她的恐惧下面隐藏着怒火。她想扑向每一个警察，从他们手中夺过枪，使他们不能杀人，使他们不能再杀害易卜拉欣……她想象着自己真的去夺枪了，在她想象中这是一件轻而易举的行动，不费她吹灰之力，只是夺过枪来跑就行了。

她乘上公共汽车，从车窗里朝外望。她继续数着警察的人数，数着他们带的枪数，想象着自己在夺枪。

到家的时候，她往床上一倒，又哭了起来。

姐姐也跟着她哭，哭易卜拉欣，哭哥哥。她想起了阿卜杜勒·哈米德，于是哭得更凶了。

一家人在凝滞不动了似的空气中，又过了一个死气沉沉的夜晚。

全家人都把悲哀隐藏在心头，隐忍着。他们不能对人们显露他们的悲伤，也不能让别人看见他们的眼泪；他们不能戴黑纱来悼念易卜拉欣，也不能公开地祈求安拉怜悯他。他们根本不认识他，也从没见过他的面。在人们面前，他们必须得这个样子！

第二天早晨五点钟，父亲出门去做节日的礼拜，然后，回到家里开始收拾那些要带给狱中的儿子的东西。其实，他早已收拾过好几遍了，并把它们在自己的床下放了整整一宿。

母亲在床上挪动了一下身体，也没向丈夫道早安，就说：

"你听我说，扎希尔！下一回，你得带我同你一道去。我自己去看看他。再这样下去我可要完了,我再也受不了啦!我再也不能这样等下去了。我一定要去看看他!你可要想着这桩事,要不,你可要了我的老命了!"

父亲惨淡的一笑,说:

"安拉保佑,下回他就会在家里了。"

母亲叫嚷起来:

"你再别跟我说这些!我再也不信这种话了,你也别捉弄我了!"

父亲平心静气地说:

"我的太太,开心点儿吧!今天过节。"

"这不是过节!这绝不是过节!这只对那些把我的儿子关起来的狗东西才算是过节。安拉有灵,愿他们遭灾遭难,不得好日子过!安拉啊,看在我严守斋戒的分上,他们夺走了我的儿子,你也夺走他们的儿子吧!他们揪我的心,让我心碎;你也揪他们的心,让他们心碎吧!安拉啊,你把他们都抓走吧!让这个国家少了他们也安生一些!啊,我心里这股火啊!要是有什么办法,要是我是个男子汉……我真不知道我该拿这些坏蛋怎么办才好。"

父亲默不作声。

过了一会儿,母亲又说:

"你可别忘了嘱咐他把棉毛衫换下来。大夏天的,我的宝贝儿子穿棉毛衫可受不了啊!"

父亲还在忙着收拾他要带的东西,却又没什么东西好收拾的了,就答应了一句:

"记住了!"

"你要把他的脏衣服带回家来洗。"

"好的!"

"你可别忘了什么,老母鸡带上了吗?"

父亲顺从地应道:

"带上了!"

"等沙米娅烧好了土豆,你再包起来吧!"

"好吧!"

母亲一直在发指示,千叮咛万嘱咐,直到九点钟父亲走出家门。娜娃勒送他出门,带着哭声对他说:

"你告诉他们,他们很快就要出来了,这事儿我知道!"

沙米娅说:

"你别忘了告诉穆哈伊,我给他做了一件新睡衣……"

然后又小声地补了一句:

"给阿卜杜勒·哈米德也做了一件。"

所有这些话,父亲都没听见。他只是点头应着"好",却一点儿也没集中精神,听听她们都说了些什么。他双手拿着那些为儿子和阿卜杜勒·哈米德准备好的东西,赶忙走出家门,朝监狱走去。

他并不感到害怕,监狱已经吓唬不住他了。在过去的这些日子里,他已经找到了每一条能同囚徒取得联系的狭窄的途径。他学会了对狱警行贿,学会了在警官中托人求情,也学会了把钱钞、纸条和吃的东西偷偷转交进去的方法。甚至当儿子在医院里的时候,他还见到了他几分钟。在穆哈伊从医院又转回监狱之后,他又通过狱警来回传递的小纸条,同儿子一直保持着联系。但是,这是他第一次取得正式批准去探望儿子啊!

他感到这个批准是个好兆头,他把它看作是警察对他儿子态度的一个转变。但这种乐观并没有压过易卜拉欣的牺牲给他带来的沉重的悲痛感。这件大事使他感到儿子的灾难显得无足轻重了,使他感到他们父子俩是生活在一个大集体中,是包括在大多数中,正是他们在酝酿革命,造就英雄。这种感觉使他充满了一股新的力量,仿佛他现在同这个大集体在一起,就能与警察抗衡,与政府抗衡,就能冲破监牢。

他在大门前站了下来,按了按安在墙上的电铃,使劲地按了按。

门上的小窗口打开了,从里面伸出一张粗俗的脸,脸上一撮乱蓬蓬的胡子挲着,就像一堆毛毛虫爬在那两片肮脏的嘴唇上。

父亲亮出探监证,看门的从窗口里伸出手,接了过去。他对着那张纸看了半天,好像在读,然后关上小窗,待了一会儿,又回来打开大门中嵌着的小门。

扎希尔先生走了进去。

第二十三章

外国人监狱的囚徒们在节日前一天的一清早就发现,所有牢房的门一下子全都打开了,指令改变了,允许他们相互来往、交谈。这一切都出乎犯人们的意料,使他们感到突然。典狱长对他们说是过节了,狱方认为应当让犯人们轻松轻松,然后,他又威胁他们说,任何想要在狱中闹事的企图都会使一切按老的指令执行:重新把他们隔离起来,将他们一个个分别单独关押起来。

然后,典狱长对他们笑了笑,好像是为一篇精彩的演说煞尾,说:"祝你们过节好!"

犯人们在下面惊疑地嘀咕着,算是对他的回答。

他们每个人都不禁暗自笑了笑。他们之中没有什么人相信狱方的人道主义,也没有人相信,政治警察会仅仅是为了庆祝节日就发布一项放松监禁的指令。这些新指令意味着一个新的动向。由于长期受监禁的折磨,他们已经习惯于对每件事都做出同他们命运有关的解释,以至于警官的微笑,典狱长的吹胡子瞪眼,狱警的故意讨好,一言一行,一举一动,在他们的脑海中都有着这种解释。

打开了每间牢房的门,允许他们来往、交谈,这一切是什么意思呢?这意思就是说,对易卜拉欣·哈姆迪潜逃一案的调查已经结束,停下来了。调查为什么会停下来呢?因为他们已经发现了易卜拉欣,他们发现他已经牺牲了。

每个犯人都走出自己的牢房，犹犹豫豫地移动着脚步。由于长期蹲在小牢房里，他们已经忘记如何走路了。他们左顾右盼，向四周张望着，似乎还不相信自己已经得到了二十米范围内的自由。

他们开始在监狱中间的小院子里聚集起来，相互稳重而沉静地打着招呼，祝贺节日好。他们全都穿着睡觉时穿的衣服——有的穿着睡衣，有的穿着长衫，有的只穿着睡裤和背心。他们有的穿着拖鞋，有的则光着脚。他们全都憋着满腔怒火。由于长期受到严重折磨，他们的神经都麻木了。又由于长期生活在阴暗的牢房里，不见阳光，他们的脸都是黄蜡蜡的，没有血色。在他们每个人的眼中会时不时地发出一种充满怒火的冷酷的目光，斜眼瞧着一个狱警或是走过面前的警官，仿佛从他们每个人的眼睛中都伸出两只铁拳，要伸向这个狱警或警官的脖子，把他掐死，为了每个犯人所受的折磨，也为了在那一道道紧闭的门后，他们被凌辱、受伤害的尊严。

可是他们大家都不约而同地把怒火隐藏在心里，不流露出横眉怒目的神情。每个人都想要好好享受一下自己这小小的一份自由，让两眼好好享受一下久违了这么多星期的阳光，让两肺吸满这远比自己的囚室宽敞得多的地方的空气，要在难友中间感受一下一个他们被隔绝了的社会的缩影。

穆哈伊站在自己的牢房门前观察着难友们，不时地用手指尖按着眼镜夹鼻。在他身上有了些变化：面孔变得坚强了；目光变得炯炯有神了；眼皮不再像一只关在眼镜片后的小鸟扑棱翅膀似的颤抖个不停了。他显得沉静，比他的难友沉静，似乎比他们年龄还大，还老练。他的胸中没有怒火，显得温顺。在温顺中，他深入地思考着他所经历的一切，周围发生的一切，就好像他刚开窍，望着一个陌生的世界，他第一次发现还有这样一个世界。他嘴角上挂着一丝笑意，两眼望着难友们的面孔。他们之中，他谁都不认识，过去他也没见过他们的面，其中只有一些人在上厕所去的路上偶尔碰到时，匆匆地看过几眼。尽管如此，他感到似乎早就认识了他们，好像他生平同他们一直生活在一起，生活在一个大家庭里，这个家庭中的每个成员可以穿着睡衣或长衫站在另一个成员面前，而不会感到不好意思。

一个难友同他打招呼：

"早晨好啊，穆哈伊先生！祝您节日好！"

他响亮地答了一句，声音既不发颤，也没有犹疑：

"您也好！"

他熟悉那个声音，那是曾从十一号牢房里发出来的声音。

那声音又召唤他道：

"请过来吧！"

穆哈伊一面朝院子迈了两步，一面左顾右盼地在寻找阿卜杜勒·哈米德。他瞧见他正朝自己走来，于是奔了过去。两个人站在那里，你瞧着我，我瞧着你，相互打量了老半天，似乎两人都是在相互重新结识对方，以后，相互紧抓着对方的手，强颜作笑，情不自禁地扑向对方的怀抱，紧紧地拥抱起来。

阿卜杜勒·哈米德拍着堂弟的背，说：

"你节日好啊，堂弟！"

穆哈伊热情地答道：

"你也好，阿卜杜勒·哈米德！"

阿卜杜勒·哈米德把穆哈伊推开点，说：

"好像要放你了。"

穆哈伊说：

"托靠安拉吧。"

阿卜杜勒·哈米德眼中闪着聪慧的目光，贴近穆哈伊的耳根小声地说：

"你可什么也别说，事情还没完哪！"

穆哈伊根本看不起堂兄的聪明，微微一笑，说：

"这你不用担心。"

然后，两人并肩向难友们走去。穆哈伊还是有着他过去每逢走在阿卜杜勒·哈米德身旁时所具有的那种感觉，感到自己有一个强有力的后盾，感到自己并不孤独，感到同堂兄在一起就不会受外人欺负了。尽管如此，穆哈伊却在医院、在牢房里度过了很多难眠的夜晚，为阿卜杜勒·哈米德而折磨着自己。在那些夜里，他痛苦地问着自己："难道真的是阿卜杜勒·哈米德向警察告密的吗？真的就像达巴格上尉对他说的那样吗？"这些疑问就像一些沉重的铁锤敲打着他的脑袋。他想摆脱这些疑问，却又办不到。他想要说服自己，相信阿卜杜勒·哈米德是清白无辜的，然而却又想起达巴格上尉给他看的那个小本子，那是阿卜杜勒·哈米德的小本子，他在上面亲笔记着胡马木贝克和检察官的电话号码。过了很多个日日夜夜，他才不再提出那些问题，而把它藏到脑海深处去了。阿卜杜勒·哈米德也同他一样坐牢，一样受刑而没招认。难道这还不够吗？即使当初阿卜杜勒·哈米德曾经企图向警察告密过，那他已经改变了这种企图，这就行了。不过他脑海深处却不时仍向他那开动着的脑筋抛出同样的问题，于是这些问题又使他不安，铁锤又在他头脑里敲打起来……

他抬起头，瞧着阿卜杜勒·哈米德的脸，企图寻求事情的真相。但是他却什么也没发现，所发现的只是阿卜杜勒·哈米德显得忧心忡忡。他为什么会显得忧心忡忡呢？

他俩走进了难友堆里。

难友们欢迎他俩，把他俩看成是两个宁肯受折磨也不肯低头招供的英雄。然后，大家全都集中谈起了一个话题。

他们谈起了易卜拉欣。所有的消息他们全都知道了。那些偷偷传进来的小纸片给他们带来了连报纸都没有发表的一切细节。他们知道，易卜拉欣袭击了阿巴西亚的军营，他们也知道他给英国佬造成了多么惨重的损失：死了三个，伤了十五个，炸毁了两辆坦克、四辆卡车。英国佬在军营里追捕易卜拉欣，他们朝他开枪，用训练有素的警犬追逐他，他们在他肩头上击中了一枪，尽管如此，当时他还是活着逃出了军营，随后却被一个埃及警官一枪击中而倒地牺牲了。难友们知道，英国佬大发雷霆，他们也许会要求政府换马。难友们还知道，警察已经把那个纯洁的尸体——

易卜拉欣的尸体，交还给了他的亲人，并强迫他们在夜里把他埋掉，没有送殡，也没有葬礼。随后，警察像一群疯狗似的到一些学生、工人家里进行搜查，把他们逮捕起来，关进建立在梓橄郊区的一座集中营里进行审讯。大逮捕还在继续进行中。

很多人都来讲述易卜拉欣的故事。他们的语调中没有悲伤和绝望，每个人在讲述中都仿佛是身临其境，仿佛他自己就是英雄。他们在讲述时慷慨激昂，革命的理想促使他们在叙述细节时不禁有些夸张，加进了一些他们想象出来的新的英雄形象。

那些没讲话的人则睁大眼睛，屏住呼吸在听着，仿佛是在观看一部激动人心的电影。随后，他们的想象越过了他们听到的故事，似乎他们自己就在那个英国佬的军营里，扔着手榴弹和雷管……

穆哈伊听着，似乎人们是在谈论他。故事是从他开始的呀！事实上，他真的是参与了这件事。若不是他，易卜拉欣就进不了英国佬的军营，并在里面引起恐慌。他听着难友们的讲述，觉得易卜拉欣的英雄气概比他的壮烈牺牲给他的感受更深刻。在他的脑海中，易卜拉欣是一个活着的英雄，而不是一个被杀害了的烈士；怒火满腔，更甚于悲伤满怀。易卜拉欣仿佛并没有死，也不会死，他将永远活在他的心中。

一个难友像在做梦似的说：

"一个人单枪匹马竟能做出这样的事来……"

第二个人用手扯着长衫的领口，说：

"这件事一定不能就此算完，伙计们！全国一定要有什么事发生！"

另一个人则用脚尖抠着地，说：

"我听说，大学过完节假后要罢课，学生们要上街举行静默送殡。"

第四个人两眼冒火，说：

"我们也得做些什么！我觉得我们应当砸烂这个监牢，痛打那些丘八们！"

第五个人则说：

"我们今天应当绝食！"

另一个人朝大家看了看，这是一个黑黝黝的小伙子，眼睛大大的，高高的鼻子像个矛头，指向敌人，嘴唇很薄，下巴又宽又强而有力，他好像不惯于多说话，正用平静而低沉的声音说道：

"要紧的是要从这里出去，好知道在外面该做些什么！"

这句话在他们每个人的耳朵里都产生了影响，好像在启发大家改变思路。事实上，大家也认识到了，他们首要的问题是从这里出去，从监狱里出去，以便把他们的自由再次献给自己信仰的革命。

为了及早出狱，他们必须利用放松监禁这个机会，要讨好警察，要保持平静，并装出一副软弱无能、深受委屈的样子。

穆哈伊瞧着那个高鼻子难友，觉得他又看到易卜拉欣站在面前。那人讲起话来同易卜拉欣一样，发表自己的意见时也是用同样的方式，那种既不带有命令的口吻、又不带有头头的权势的方式。穆哈伊感到面前是一个新的英雄在继承着牺牲了的英雄的使命！

难友们放弃了狱中暴动的念头后，又重新谈起来。他们每个人都讲述着自己的爱国经历，讲起他们当年参加过的游行示威，讲起他们如何坐牢，又如何一次次受审。他们一面笑，一面讲述这些往事，就好像这些事是他们听来的故事，而不是他们亲身受过的折磨。

穆哈伊一声不响地站在那里，他也想讲一讲他的那些难忘的往事。他想告诉他们，易卜拉欣曾躲藏在他家里，还要笑着讲给他们听，易卜拉欣当时是怎样藏在阁楼里，藏在那些盛蜂蜜和黄油等物的瓶瓶罐罐和油桶之间，后来，他妹妹又如何去同法塔希·马里吉商定好易卜拉欣的逃跑计划。他想要向难友们证明，他也同他们一样，他的英雄气概并不亚于他们。但是他并没有说话，他的谨慎使他守口如瓶。他绝不说出来！他已经打定了主意，要把这些难忘的往事永远藏在心里。

他抬头瞧了瞧阿卜杜勒·哈米德。也许他也要说，也要在回忆往事的市场上抛出自己的一份货色。但阿卜杜勒·哈米德一声不响，眼睛看着地，显得满腹心事。

一个难友站累了，于是走进自己的牢房，从床上扯下毯子，把它铺在地上，然后，背靠着墙在毯子上坐了下来。另一个难友也跟着他，坐在他身旁，然后用优美的声音、悲伤的调子唱起一首情歌，失恋的情歌：

　　第一次约会，你没来见，
　　第二次约会，你还不露面，
　　第三次约会，你守不守约哟，
　　我看你怎么办？
　　鸽子啊，快飞到我情人的身边，
　　鸽子啊，这样疏远怎能不使我痛苦、心酸……

　　阿卜杜勒·哈米德抬起了眼睛，侧耳倾听着那悲伤的调子。他感到自己的心在跳荡，在飞翔，飞向沙米娅，飞到她身旁。

　　穆哈伊听着这首歌词，感到很诧异。这是一首他从未听过的歌曲，他仿佛进入了一个新天地，在那里，一切东西对他来说都是新鲜的，就连歌曲也是一样。

　　其余的难友向那凄凉的歌声挤过去。然后，有一个人拿来了自己的毯子，把它铺在了第一块毯子的旁边，第三块毯子，第四块，所有的囚徒都坐在地上，开始一齐唱了起来。后来，悲伤的曲调马上变成了舞曲。各种粗细嗓门、高低音调都混在一起，大家用手有节奏地鼓着掌，高声哈哈大笑着，不时有人逗乐，打断了歌曲。有一个难友抖着肩跳起舞来。后来，一个难友起来站在圈子中间，打了个手势，让难友们都静下来，然后学着广播电台播音员的腔调说：

　　"这里是外国人监狱……女士们（他看着那些站在牢房旁边观看的狱警们，于是难友们哄堂大笑。随后他又回头看着难友们），先生们：现在开始开斋佳节的娱乐节目，首先请听歌曲：《喂，快种茄子去！》表演者：难友阿里·马哈茂德。我想告诉大家，这位难友虽说是外国人监狱的'元老'之一，可他并不是一个外国人。同时，由于谦虚，哪位先生若是为了捧场而献出一支香烟的话，那他是会来者不拒的……"

那位难友唱起了一首滑稽歌曲。

笑声越来越大……

一个狱警从不远处喊道：

"行了吧，你这个家伙，还有他……不许大声喧哗！"

大家横眉怒目地看着他，用更高的喊声来回击他的叫喊：

"要干什么？干什么？"

那个狱警好像要逃避开大家的目光，转过头去，不作声了。

一个难友叫道：

"老总，您别生气！但愿安拉保佑您高升，也变成囚犯！"

难友们哄堂大笑。

然后，播音员站起来宣布举行笑话比赛。他们每个人都讲一个笑话，每讲完一个笑话都是一阵大笑大叫，那笑声仿佛是被压迫者的呼喊。穆哈伊笑了，他这一生从没有这样笑过，这真是一个奇怪的天地，在这个天地里，人们竟会由于受折磨而笑。阿卜杜勒·哈米德也笑了，他的笑最初只是从满腹心事中偷偷流露出的淡淡的微笑，随后却越来越甚，以至于压过了他的心事。他感到自己是在自己喜爱的朋友之间，好像他是同他们一道坐在一家他们惯于聚集在一起的咖啡馆里。他开始一点点地显出了本性。他开始准备也来讲一个笑话参加比赛。他记得许多笑话，比他所有的朋友知道的加在一起还要多。他将向他们表明，他是多么风趣，多么聪明。但他却犹豫不决，不知选哪个笑话来开头一炮才好。他决定头一个笑话不要出格的，他将对他们讲一个文雅的笑话，然后再逐步升级，直至最后讲一些不登大雅之堂的笑话。

他清了清嗓子。难友们朝他望去，嘴巴上挂着随时都要爆发出来的笑。

穆哈伊佩服地看着他，然后转过脸，向一个个难友们的脸上望去，似乎在对他们说："这是我的堂哥。"

阿卜杜勒·哈米德开口道：

"有一次，一个疯子看见另一个疯子在洗一只猫，就……"

难友中有人大声地叫道：

"No……No……No……"①

阿卜杜勒·哈米德脸上露出不满的神色。他似乎认为，这伙人不是听笑话和讲笑话的行家，他们只是瞎凑热闹的，是些学堂里的学生，而不是咖啡馆里的顾客。随后，他已经有些失掉了热情，继续讲着他的笑话：

"疯子对他的同伴讲：'你可别洗猫，当心把它弄死了！'他的同伴回答他说：'你别管！'疯子离开他走了。过了一会儿，他回来了，发现他的同伴正两手提着只死猫在哭……"

人群中有人大声嚷嚷：

"安拉啊，真是没法儿，这有什么好讲的？"

又有一个人嚷道：

"我早不耐烦了！"

第三个声音说：

"差劲！"

而其余的人却说：

"讲下去呀！"

前面的人又说：

"别糊弄人！"

阿卜杜勒·哈米德耐着性子，打算挽回自己的影响，说：

"苍蝇敲你们家的门儿，你妈妈伸出头说……"

大家催着：

"讲下去呀！"

阿卜杜勒·哈米德用英语腔调模仿猫叫：

"No, No, No……"

大家都哄的一声笑了起来。穆哈伊仰起头，看看难友们，他为自己堂哥感到自豪。有人大声地对阿卜杜勒·哈米德说：

"真是别出心裁！你还是把那个死猫的故事说完吧！"

---

① 阿拉伯语中，猫叫的象声词是 No，同英语的否定词 No 的发音一样。

阿卜杜勒·哈米德又笑着说下去：

"疯子看到猫死了，就对他的同伴说：'我不是告诉过你，叫你别洗它，当心把它洗死了。'他的同伴答道：'它不是洗死的。'疯子问：'那它怎么死的？'答道：'我把它拧死的！'"

大家又是哄堂大笑。

阿卜杜勒·哈米德对自己的笑话有些扬扬得意，可是难友们随即就对他嚷道：

"这笑话老掉牙了，老掉牙了！你还在幼儿园一年级呢，先生！"

突然，看守长那又高又粗的身躯出现了，他远远地直挺挺地站在小院的入口处，大声地叫着：

"穆哈伊·扎希尔！"

就好像一把钢刀亮在脖子上，大家一下子都一声不响了。

穆哈伊望着看守长，眼里露出慌乱的疑问的目光。

看守长站在那里没动，又嚷了一声：

"有人探监！"

囚犯们休息了。他们嘴角上露出笑容，不过那是悲愁的笑容，颇有些忧伤和悲观。"探监"除了它本身的含义以外，对于他们来说还有别的意思。既然警察已经开始准许亲人来探监了，那就意味着监禁的期限还要拖下去，将会长达几个月，以至于警察不得不麻麻烦烦地安排狱中探监。

穆哈伊并不知道难友们脑子里盘算的这层意思，不过他站起来的时候却感到别扭，觉得愧对难友们。他知道父亲早就在想方设法能获准来探监，他自己也曾天天盼着父亲的这种探望。不过，他却不愿要父亲今天来探监，因为这样一来，就使他在难友们中间特殊起来，而他却不愿意自己有什么特殊的地方，他不愿意在他们中间显得像个小娃娃，让父亲娇养自己，设法用探监来宽慰自己。

他慢慢腾腾地向监狱外院走去，难友们又是同情又是羡慕地目送着他。阿卜杜勒·哈米德一直送他到那堵把监牢分成内外两个部分的铁栅栏跟前，贴着他耳根说：

"代我向叔叔问好。让他告诉我妈妈、爸爸别惦念我。叫他们给我送点儿钱来,再找个人去见见公司的经理,让他知道我的遭遇,要不然,他们该开除我了。让叔叔替我向婶婶、娜娃勒……还有沙米娅问好。"

在铁栅栏跟前,穆哈伊同堂兄分了手。

他跨过栅栏,跟着看守长走进典狱长助理的办公室。他看到父亲坐在那里的一张长椅上,好像他穿着长衫坐在家里起居室里的那张土耳其式沙发上一样。

父亲见到儿子,站了起来。

这是他第一次向儿子站起来,他下意识地感到自己的儿子已经成了一个值得尊敬的男子汉,一个英雄!

穆哈伊低下头去吻父亲的手。然后,两人都站在那里,相互紧攥着对方的手,在对方的两眼中找寻自己。

穆哈伊没有扑到父亲的怀里,也没有吻他的双颊,而且还故意地与父亲保持着一段距离,以免父亲把他搂在怀里。要是父亲真的把他搂在怀里,那他在坐在屋里办公桌后的那位政治警察面前,在那些进进出出的狱警面前,一定更会感到狼狈和难为情。他最害怕的就是在这些家伙面前显得像个被父亲娇生惯养的小娃娃,而不是一个应当坐牢的男子汉!

父亲也许猜测到了他的这种感情,并没要拥抱他或亲吻他。他们两人各自在长椅的一端坐了下来,那位政治警察支棱着耳朵想听他俩说的每一句话。两人什么也没说……

过了一小会儿,两人都发现,谁也没有什么要紧的事要告诉对方,只是你问我答地讲了几十句话,可全都是围绕着一个题目。是穆哈伊先开的话头,他竭力想要掩饰自己焦急的心情,问道:

"妈妈好吗?妈妈的身体好吗?沙米娅和娜娃勒怎样?"

父亲回答着,又问儿子和阿卜杜勒·哈米德的身体怎样,生活得怎样,吃得怎样……

随后,两人之间的问答停了,似乎两人都没有什么要问的了,又仿佛他们都想回去了。

父亲故意提高了嗓门，好让那位政治警察听见，说道：

"孩子，要有什么事儿，你就讲。达巴格上尉想要帮我们的忙，你要听他的话！嗯？"

他意味深长地看了儿子一眼，好像他找到了一个可以用来欺骗警察的重要的方法。

"我要是有什么事的话，早就说了。只是，你也知道，爸爸，我这个人一辈子对什么事情都是不闻不问的！"

父亲微笑了。儿子也笑了。父子俩感到两人之间从来没有像现在这么亲近过。两人觉得是一对朋友，是两个男子汉。父亲不再把儿子看得像一个需要他保护的孩子，而是把他看成一个朋友，一个他身边的男子汉，同他一起分担家庭的责任，并独自一人顶替全家来受罪。

穆哈伊又连忙小声说：

"看来他们停止审讯了……他们把牢房都打开了，允许我们相互在一起……"

父亲更加高兴地笑了。但他一想到停止审讯是由于易卜拉欣的牺牲，就马上敛起了笑容。不过，他没说出易卜拉欣的名字，儿子也没提起。

探监结束了。穆哈伊抱着父亲带来的礼品和衣服回到了狱中。他看见难友们的小游艺会已经散了，他们有的仍坐在铺在地上的毯子上，有的则站起来在小院子里溜达着，还有的在擦洗身子或吃着早饭。

穆哈伊赶紧把父亲给他带来的所有的食品往坐在地上的难友们中间一放，好像是要摆脱一件在自己的周围会引起指责的东西。难友们欢呼起来，朝那些分散得东一个西一个的人们喊道：

"伙计们，快过来呀！点心来喽！"

只几分钟的工夫，就风卷残云，地上的东西全部转移到众人的手里和嘴里，消失得一干二净。

狱警们用贪馋的眼睛看着，嘴巴上流出口水来。

穆哈伊撇下难友们，进了自己的牢房，换起衬裤和睡衣来。阿卜杜勒·哈米德则跟在后面打听着消息。穆哈伊匆匆忙忙地回答着，一面把换下来的衣服和其余的用不着的衣服收拾在一起,拿回到铁栅栏跟前,从栅栏后面把它递给一个狱警,让他转交给父亲,好按照母亲的嘱咐,带回家去洗。

当他回到难友们那里去的时候,他发现什么吃的东西也没给他剩下。他站在那里笑了。他既没有生气,也没感到遗憾,而是感到如释重负,又恢复了自己在难友们中的地位。

一个难友递给他半块点心,笑着说:

"给你!别生气!"

他拿起那半块点心,说道:

"祝你节日好!"

他感到这是他有生以来吃到的最甜的点心。

突然,在监狱的一侧,有人在大声地叫嚷着:

"当兵的,你放开我……别管我……你听到了没有?"

狱警沙哑着嗓子答道:

"喂,老弟,这可不行……你好好听我说!"

那声音又喊道:

"当兵的,你放开我……你给我滚一边去!"

狱警叫道:

"你别叫……礼貌点儿!"

那声音嚷道:

"你这个没有礼貌的东西,还叫我有礼貌……别抓着我……"

难友们在他们的伙伴周围聚集起来,狱警们则又在他们的周围聚集起来。大家的声音开始发怒了,随后,这些声音变成了怒吼。门口响起了看守长的声音:

"喂,那个犯人,你别闹了!每个人都进牢房去,通通都进牢房去!……喂,那位警察,把他拉进牢房里!"

难友们醒悟过来了,他们又将被关进牢房里去了。牢门又将在他们面前被锁起来。他们已经受了几个星期的罪,现在又要受下去了。

太阳……空气……这小集体……

大家的神经紧张了："我们不能再进牢房，我们要维护自己的自由，要同这些浑蛋们干！"

一个狱警伸手想要把一个难友拉进他的牢房，于是那位难友马上朝他的肚子给了一拳，又朝他的脸上搗了一拳。狱警叫喊了起来。所有的难友同狱警们展开了一场混战。穆哈伊站在自己的牢房门口直发抖。阿卜杜勒·哈米德则置身于战斗之中，衣服都撕破了。他是他们之中打得最凶、闹得最厉害的一个。一个难友倒在地上，一个狱警却上去用鞋后跟朝他脑袋上踹去；一个难友把一个狱警抵在墙上，用脑袋朝他的鼻子上撞，把他撞得鲜血直流；一个难友在那里跑着；一个狱警在另一边跑着……

警官进了监狱的院子，后面跟着很多警察，有的还带着枪。警官喊道："喂，当兵的们！你们解下皮带给我抽！狠狠地抽！"

警察们一个个都解下了腰上扎的皮带，向囚徒们扑去，他们劈头盖脸没轻没重地抽着，也不管抽在什么地方。人们大声地呼叫着。皮带抽破了难友们的脸，抽伤了他们的背……血，到处是血。一个难友从一个狱警手里夺过皮带，也抽了起来，可是另一个警察却冷不防朝他肩胛骨搗了一枪托子，于是他倒在地上，痛苦地扭动着……

难友们叫喊着，呻吟着向牢房逃去，用手紧关上牢门。有些人未等逃到牢房就倒在地上，于是狱警们就拽着他的头发，把他扔进牢房，然后再锁上牢门。穆哈伊站在牢房里，浑身发抖。阿卜杜勒·哈米德却还在反抗，他是难友们中最勇猛的。他在小院里跑着，警察跟在后面追，随后，把他围了起来，抽打他，警察人多，多极了，他看不到他们了，鲜血糊住了他的双眼，他再也站不住了，倒下来，于是警察把他拖在地上拽走，然后把他朝牢房里一扔，锁上了门。

牢门都关上了，也通通锁了起来。在那些锁着的牢门后面是痛苦的呻吟。有谁在低声骂道：

"这些浑蛋……狗娘养的！"

警官向四周张望了一下。牢门通通都关好了。他回到了自己的办公室。

监狱里，日子一天一天、一星期一星期地过去了。每天都有不少的笑声，每天也都有不少的折磨。刚刚为了对难友们的安静表示奖励而打开了牢房，却马上为惩罚他们又关了起来。每天早晨，每个难友都是满怀获释的希望睁开两眼，可是每到晚上，却不得不沮丧、失望地合上眼。

阿卜杜勒·哈米德心里结着一个大疙瘩。他有时同难友们一起说笑，有时又在狱中闹事，想以此来摆脱这个疙瘩，但这个疙瘩却总是堵着他心口窝，摆脱不开。他在寻找自己没有出息的根源。他在牢房里度过了多少漫长的黑夜，企图否认自己是个没出息的人。但他终于还是承认了。他暗自承认自己是个没出息的人。他还得找出没出息的原因。他为什么会没有出息呢？

在这些漫长的日日夜夜里，他总是在苦思冥想。他开始看清了自己一直不敢正视的事实：他没有出息，是因为他没有信仰。他生平什么都不信。他不信教，不信传统，不信道德原则，不信什么主义，也不信哪个领袖；他不信文凭，不信社会，不信家庭，也不信他父亲和叔叔；他只信他自己，只信自己的聪明——那上不着天，下不着地，既没有一定的原则，又没有一定的目的的聪明，那像一架空转着既不生产什么东西，又无人操纵的机器的聪明。这种机器最后只能以自我爆炸而告终，毁了自己，也毁了周围的一切。

他若是信仰着什么，那么不管为这种信仰要吃多少苦头，他都会是幸福的，不会为自己没出息而痛苦，这种感觉使他自暴自弃。

他的叔父虽然不是富翁，却是幸福的。他幸福的奥秘在于他信仰宗教和社会为他限定的一整套的原则，他根据这些原则而制定出一定的生活方式，使他可以心安理得，并有自己的个性。

他父亲是幸福的。同他一起坐牢的这些青年小伙子们也是幸福的，他们不会像他那样感到没出息。他们用一种同他迥然不同的精神来对待监禁和折磨，那是一种更加坚强、刚毅的精神，因为他们人人都知道，他们是为着一种原则、一个目标而受折磨。这种信念本身就会减轻折磨他们的痛苦。

易卜拉欣尽管死了，却并非没出息，而是一个英雄。他为什么会被认为是一个英雄呢？因为他是为着一种原则，一个目标而牺牲的。他一定会为自己的一死而感到幸福，甚至在他倒在地上时，也会是面带笑容的。

阿卜杜勒·哈米德不知不觉地开始朝着信仰的道路走去。他在狱中积极做礼拜；在与难友相处中，他遵循着一种新的道德方式，他对警察感到深恶痛绝，为什么呢？因为他们折磨他，折磨成千上万像他一样的青年，还因为他们为英国佬卖命，整个政府都在为英国佬卖命。他开始恨起英国佬来，恨透了他们，他要让他们从埃及滚出去。

阿卜杜勒·哈米德不由自主地开始考虑要获得高中毕业文凭来。时间还不算晚。既然社会是用那些文凭来作为衡量一个人的标准，那么他将来也要得到一张。他开始问起高中学生都要学些什么课，书籍开始被偷偷送进狱中来，他在暗地里用着功，仿佛他不好意思让难友们发现他居然信起文凭来。不过他要拿到手，他将获得文凭，并同时得到沙米娅。也许这是通达沙米娅的唯一途径。

穆哈伊在自己的牢房里则别有所思。

他并不懊悔自己没能去参加考试，也不懊悔生平耽误了一学年的时间。在这几个月里，他学到的东西要比有生以来所学的还要多，比在法学院里那些书本里和课堂上灌进他脑海里的东西也要多。他想要对这几个月所学的东西再深入钻研钻研，想要学得更多一些。这是一种开门教育，不受大学里制定的教学大纲的限制。他要学习人生的真谛。

他如饥似渴地关注着那些偷偷地传进监狱里来的消息：大学生们罢课，举行了大规模的游行示威，他们高喊着"打倒卖国政府""打倒卖国条约""为易卜拉欣·哈姆迪报仇"的口号，一个、两个、三个学生牺牲了；有人往亚历山大的英国研究所扔了炸弹；有两个英国兵被杀死了；又一个埃及卖国贼被杀了；工人联合会和学生联合会成立了……

所有这些消息都详详细细地传到了狱中，而且还传来了一个名叫萨拉哈·贾辛的中学生写的一首歌曲，他在歌中写道：

这样的岁月不会久长，

易卜拉欣·哈姆迪的鲜血使太阳更加明亮，

新的时代一定会到来，

烈士的鲜血映着红太阳。

穆哈伊一面偷偷地哼着这首歌曲，一面问着自己：为什么？

他总是翻来覆去地问：为什么？为什么学生们勇于牺牲？为什么他们不怕坐牢？为什么他们能忍受得住这种种折磨？为什么他们要编这些歌？他们不可能都是疯子，也不可能都是"坏小子"。准有什么因素促使他们去做的，这种因素比他们的生命还强而有力，这种因素他在自己的家里是不知道的，在那里，他的思想和行动都受到父亲的限制。

什么是爱国主义？什么是殖民主义？什么叫独立？什么算卖国？什么是人民？这些问题使他感到纳闷，他越深入地想下去，越感到像堕入五里雾中。

他手头有一本阿卜杜·拉赫曼·拉菲仪①写的埃及历史，是从一个难友那里找到的。他如饥似渴地读完了，觉得有些开窍，就把阿卜杜·拉赫曼·拉菲仪写的所有的书都读了，然后又读了几十本书，这些书全都围绕一个问题。他读了历史书、政治书以及各家学派的书，并重读了《古兰经》，在这之后，他还读了马克思的《资本论》。

他开始明白了。他开始明白他常听到的那些大名词和动人的口号究竟是什么意思了；他也开始懂得了他的同学们为什么勇于牺牲，又为什么投身革命。

他感到自己变得激进了，极端激进。这不是行动上的激进，因为他并不喜欢这种激进。他在狱中生活的整个期间，就没有参加过一次难友们

---

① 阿卜杜·拉赫曼·拉菲仪（1889—1967），阿拉伯著名的历史学家、政治家和律师，生于开罗。著有《人民的权利》（1912）、《互助》（1914）、《〈埃及民族运动史〉》（1929）等。1961年因其在社会科学方面的成就，获埃及国家表彰奖。

发动的战斗，也没有同那些狱警发生过摩擦。在狱中，他以安静、孤僻、稳重而闻名。这种激进是在他的头脑中。他的头脑中已经装进了那些可以直达目标，让整个民族为之一振的新的、正确的见解。

一天早晨，一个比任何其他早晨更使他失望的早晨，他听到看守长从牢房中间的那个小院子的一边在喊：

"穆哈伊·丁·穆斯塔法·扎希尔！"

他一声不响地转过头，向看守长看着，于是看守长又喊道：

"快拿好你的东西，来吧！你获释了！"

他怔住了。他不相信自己的耳朵。随后，他感到心怦怦直跳，就像一只突然看到笼门开了的小鸟。他就要出去了，到自由的天地中，到生活中，到自己的家中去了。

他想要把自己的快乐藏在心里，不让难友们看出来，以免使他们尴尬。他就有些尴尬，他既不能为离开难友而感到遗憾，因为他想要自由，但又不能为这一自由而兴高采烈，因为除了他一个人外，难友们谁都没得到这种自由。

他和难友们都沉默了片刻，随之难友们就发出了欢呼："老兄，祝贺你啊！""你可别忘了我们哪！""安拉保佑，让我们不久就会看到你！"他们的欢呼声中不免带有些羡慕的做作的腔调。

他一面接受着难友们的祝贺和亲吻，一面收拾着自己的衣服，并同难友们一一握手。他搀着阿卜杜勒·哈米德的手说：

"阿卜杜勒·哈米德，就快轮到你了！"

他走了出来，在政治警察跟前站下来，按照他的要求填写一些表格。政治警察要他在一份不参加政治活动的保证书上签字。穆哈伊微微一笑，他已经再也不能保证不参加政治活动了。政治已经渗进了他的头脑里，扎进了他的心里，溶化在他的血液中了，但是那不叫"政治"，而叫"爱国主义"。他在递给他的那份保证书上签了字，不过他知道，他是在做假保证。

他正想要动身走出监狱，不料却发现监狱的门开了，达巴格上尉带着两个警察，推着一个青年学生走了进来。

达巴格没有瞧见穆哈伊，径直进了典狱长的办公室。

警察们把那个被捕的学生推进了政治警察的屋子。那政治警察抬起了头，又低了下去，填起了一些新的表格，朝那些警察喊道：

"把他放到刚腾出来的八号牢房里去！"

穆哈伊点了点头，并没有为新难友的遭遇感到惋惜。现在他知道了许多道理，知道斗争不会平息。

他走出了监狱。

尾 声

几年过去了。

这个家庭只是千百万个家庭中的一个，远远地看去，是一个安静、善良、淳朴的家庭，岁月伫立在它门口，既不向前，也不落后。它像千百万个家庭一样，远远地看去，显得好像不可能成为酝酿革命、造就英雄的工厂。

父亲又恢复了他那刻板而又有规律的生活，一切都按照他床边放的那只闹钟来办事。他还是在勤俭、谨慎而又小心翼翼地安排着自己的生活和孩子们的未来。在他身上所有的变化就是，他保持了上班前要读报的习惯。他变得对谈政治、评论时事很感兴趣，一谈起来就没完没了，以至于他竟有了一种习惯，就是要找些朋友来听自己讲，自己也听他们讲。他先是把这些朋友请到自己家里来，随后，他又到他们家里去。后来，他壮了壮胆子，有时晚上竟偷偷溜进咖啡馆里找这些朋友。再后来，他就养成了专在一家咖啡馆里闲坐的习惯。他往往感到听那些顾客们的谈话挺舒服，同他们谈话也挺痛快。

他在谈话中总是有倾向性，有他自己的态度、立场。他总是同人们站在一起反对政府，同所有的人们站在一起，反对每一个政府。他不再只抱着旁观者的态度，也不再只是用对1919年革命的回忆来代替他现在所处的革命现实。他的心现在不是漠然旁观，而是激动。他的激动不过只是谈谈而已，没有超越过舌头尖，但他确实是在激动，在期望。他期望这届政府倒台，下届政府倒台，下下届政府也倒台。每届政府都应当倒台。他的期望只不过是政府倒台。而在一届政府倒台以后，他并不想要别的，只想要下届政府也倒台。或者说，他并不知道该要些什么！他不知道他的问题、千百万人的问题该如何解决，也不知道他那满腔的怒火要喷吐到哪里。

他两眼的目光变了，那目光含有愤怒和不满。每逢他遇到一个小伙子或者一个大学生，他总是把对方看成是一个巨大的希望，进行革命的希望，就好像在每个青年的身后他都会找着一位新的英雄或是一场游行示威。

他对自己的儿子，也开始用这种新眼光来看了。他发现儿子已经不再是小娃娃，也不再是一代不如一代了。儿子代表一种希望，体现了要把整个国家命运都担在肩上的十足的责任感。儿子已经证明了自己是个能承担责任的男子汉。当他入狱的时候，就是把全家的责任都承担了下来，他和他的同志们也一定能承担整个埃及的责任。

他对儿子的期望中也夹杂着不少担心。他为儿子担心，但这种担心不再促使他去限制儿子，扯他的后腿。他只是希望儿子不要鲁莽，不要冒失，要注意安全。

他绝口不谈的一个话题就是易卜拉欣的事情。他天生的谨小慎微提醒他，有关惩罚每个帮助易卜拉欣逃跑的人的军事通缉令仍然有效。这种谨慎告诉他，他对易卜拉欣所采取的爱国主义立场，事关重大，非同小可，引起政府对他的迫害也是可想而知的，不可等闲视之。他们也许会撤掉他的差事，也许会把他抓起来，或者把穆哈伊重新逮捕起来。他是小心谨慎的，一言一行都是小心翼翼的。在朋友们的谈话中，每逢提到易卜拉欣，他总是一声不响，不置一词。甚至对易卜拉欣的英雄行为也从不叫一声好，就好像人家谈易卜拉欣的英雄行为就是在谈他们家的英雄行为，谈他、他儿子和两个女儿的英雄行为似的。

有关易卜拉欣的话题甚至就是在家里也避而不谈，提到时也是三言两语，然后大家就一块儿设法岔过去，他们似乎担心隔墙有耳，又似乎怕勾起一种对往事亲切而珍贵的回忆。他们只想把这一回忆珍藏在心坎里，而不愿流露在口头上。也许当父亲同老伴单独在自己的屋里时，这一话题会延续下去，但延续不多久，两人就都沉默不语了。父亲仰面躺着，长舒一口气，好像在庆幸自己尽了一份应尽的义务，母亲则长叹一口气，好像在祈求安拉怜悯烈士的亡魂。

善良的母亲又过起了她那在几个屋子之间和厨房里转来转去的日子。发生过的一切在她身上所产生的影响就是，她对儿子更加牵肠挂肚了。她发现了一个过去并不知道的事实，那就是在埃及竟有很多监狱，在监狱里有苦刑来折磨人，而她的儿子有可能进监狱，也有可能会像易卜拉欣一样被杀害。

埃及不是同住一座楼里的居民，不是一个睦邻协会，不是她惯于不时地去拜谒其陵墓的圣贤们，不只是卖食品杂货的伊沃德大叔和卖肉的法提哈师傅，也不只是那个站在街头上的清白无辜的士兵。在埃及还有另一帮家伙，这些家伙她过去并不认识，这是些可以闯进人们的家里，可以逮人、关人、折磨人、杀人的家伙。

她担心儿子会受这些家伙的伤害。每天早晨她送他的时候，总要在他跟前读上几节《古兰经》，见到他回来的时候，则是喜笑颜开，就好像他是从另一个世界被送还回来了。他如果到时间晚回来一会儿，她就会焦虑不安、六神无主，看到整个世界都是黑暗、哭喊、鲜血……她把自己的惶恐闷在心里，丢下手头的活计，去找两个女儿，一声不响地坐在她俩中间，好像在求她俩保护，免得胡思乱想。直等穆哈伊回来了，她才又来了精神，屋里屋外转来转去，最后在厨房里落下脚来。

这些年来，她就是在这种焦虑中过的日子，她没法儿抗拒它，也不能减轻它，以至于焦虑已经开始影响到她那丰满的身躯和她那总是带笑的脸庞了。她得了高血压，接着又得了糖尿病，她憔悴下来，皮肤松弛了，也难得有笑脸了，她不再是逢人满面春风，而变得强颜为笑了。但她一直忍耐着，屋里屋外转来转去，或是待在厨房里，把痛苦和胡思乱想都憋在心里，以免搅扰哪个亲人。

沙米娅已经结了婚，她嫁给了阿卜杜勒·哈米德。

阿卜杜勒·哈米德就在出狱的那一年获得了高中文凭，并在商学院注册当了大学生，同时还继续在公司里任职①。他不断地到叔叔家去串门儿。一种远超过亲属关系而几乎同他与沙米娅的爱情相等的东西把他同这个家庭连接了起来。是共同的秘密、共同的痛苦和折磨、共同的对往事的回忆把他同这个家庭连接了起来。穆哈伊对于他来说，远不只是堂弟，而是一位朋友，一个同他站在一起的男子汉，他可以同他一起交流爱国主义思想。他们之间不再有隔阂，那曾在穆哈伊心中翻腾的猜疑，在他们之间已不复存在了，而阿卜杜勒·哈米德对穆哈伊曾抱有的那种轻蔑也没有了。两人相互信任，但争论起政治来却又没完没了。父亲对这两个人全都感到高兴。阿卜杜勒·哈米德已经成了他的贴心人，而不再是一个坏家伙，他要娶沙米娅一事也不再像癞蛤蟆想吃天鹅肉那样不可能了。

但是阿卜杜勒·哈米德却并没向叔父主动提出要娶沙米娅，也没打算提醒他有关允婚的诺言。他已经暗自决定了，在没把商学院的毕业文凭拿到手之前，不再去求婚。他已经信起文凭来了。对自己精明的自信已经不再使他心安理得地认为自己配做沙米娅的丈夫了。他最大的希望就是不要有人在他之前去求婚。要是别人去求婚了，他也不知道自己会做出些什么事来。他也许会暴跳如雷，也许会把沙米娅抢走，也许会毁掉自己。不过他没有过多地去想这种可能性。他在内心深处感到沙米娅是属于他的，他已经配得上她了。

如果说他对结婚这个问题曾一度保持过沉默，那么他的爱情可从没沉默过。这是一种闹哄哄的爱情，它表现在他与沙米娅之间转动的眼神中，表现在他俩相互交换的微笑中，也表现在那没完没了的拌嘴争吵中。就仿佛爱情是通过他对堂妹发出的那些严厉的命令而大喊大叫：别穿这件衣服！别把胳膊露出来！别穿这种高跟鞋！别这么高声大笑！走路别这么妖里妖气的！……诸如此类无休无止的命令。有时，他是无事生非乱发命

---

① 埃及的大学，可以在登记注册后，在职学习，届时参加考试。

令。他以堂兄的身份发布这些命令，但却从未对娜娃勒发过这类命令。

沙米娅高高兴兴地接受这些命令。过那么一两天，他要是不对她发布一条命令，不对她吵吵几句，她倒觉得好像他对自己疏远了，不那么爱自己了，把她忘了。她已经完全恢复了她在孩提时代和少女时代对他的那种天真的信赖。她把他看成一个非常了不起、聪明绝顶的人，他从生活中了解很多她不了解、不知道的事。她甚至害怕没有他而独自过活。当他俩的婚事在这一家的各位成员之间已心照不宣时，她又恢复了这种原有的情感。她顺从他，等待他，又有些怕他。她希望快办喜事。

婚事的话题没有沉默多久。姐妹之间已经在嘀嘀咕咕了，随之，父亲与母亲之间也开始小声嘀咕了。谁也不再怀疑沙米娅是愿意嫁给阿卜杜勒·哈米德的；谁也不再反对阿卜杜勒·哈米德娶沙米娅。直到有一天，母亲对阿卜杜勒·哈米德说：

"孩子，难道你们就这么要在暗地里订婚吗？算了吧！我可是要热热闹闹、高兴高兴，也让大家都瞧瞧咱们的喜事。"

阿卜杜勒·哈米德满心高兴地说：

"婶婶，我原打算等拿到文凭……"

母亲打断他的话：

"先订婚，把喜事定下来再拿文凭有什么关系？"

订婚的消息向人们宣布了。过了一年，举行了订婚仪式。

阿卜杜勒·哈米德刻苦用功，准备办婚事。在这期间，他没有忽略他在狱中学到的爱国主义原则。内心深处的疙瘩使他的爱国主义情绪特别激烈，促使他去参加一些暴力行动。他多次参加过游行示威，有时去找一些党的党部，参加他们的活动，直到他信不过这个党，就再去寻找另一个党。他如果听到什么地方扔了颗炸弹，就会为自己没参加这一行动而伤心；他若是看到有散发的传单，就会到处寻找散发传单的人，好同他一道散发。他所碰到的每项爱国行动，他都想投身进去干它一番。为了他所信仰的原则，为了将功补过，他拿自己的生命去冒险，爱情和婚事也不能使他动摇。不过他在公司里的差事却使他有些脱离学生们的圈子，脱离那些打算搞地下游击活动的各个阶层的圈子。政治警察在所存的有关他的档案中，记下了他以前的软弱，因此，他们解除了对他的监视，没去碰他。

沙米娅总怕他的热情会惹祸上身，担心他再坐牢。她把他看成是一个爱国英雄，因此怕他遭到与易卜拉欣同样的命运。但她的担心并没有影响他的劲头儿，他反而对她这种担心感到美滋滋的，洋洋自得，劲头儿倒更大了。

直到他取得了大学文凭，他们俩才结了婚。

婚后，小两口同全家住在一起。阿卜杜勒·哈米德又为生活奋斗起来，他要为把自己造就成一个有出息、有作为的人，为成为一家之主而奋斗；他遵循一种诚挚的爱国主义感情所确定的原则前进，对以往过错的内疚和悔恨化成了他前进的动力。

娜娃勒呢，生活留给她的一切，就是对那虽然短暂、但却永不消逝的爱情的回忆。小金匣挂在她的颈下，那里有一张易卜拉欣亲笔写下的认主词"除安拉外，绝无任何主宰"的纸片，这就是她的情人在逝去前留给她的一切。她就这样度过了两年。

在这两年里，她经历了严峻的考验和锻炼。她已经不再是那个无忧无虑、大胆泼辣的姑娘了，她的两眼也不再闪动着那种嘻嘻哈哈的活泼的目光了，她不再那么关心自己的衣着打扮，不再让自己的辫子垂在肩上，不再对着画报上的那些照片没完没了地左看右看，以便模仿其中的一种服装或发式。娜娃勒已经长成大姑娘了，变得老成持重。她的性情变得忧郁了：眼神显得忧郁，微笑显得忧郁，一举一动都显得郁郁寡欢。但她的忧郁却显得通情达理，显得严肃、庄重，这种忧郁在她周围造成了一种令人尊敬的气氛。父亲尊重她，不再呵斥她，也不再对她的举止言行挑三拣四，因为实际上，她的举止也不再有什么可挑剔的地方了。母亲、穆哈伊、阿卜杜勒·哈米德和她的女友、邻居们全都尊重她。唯有沙米娅一个人才知道妹妹这种变化的底蕴，对此，她闭口不谈，也像别人一样尊重妹妹，但她不同于别人的地方在于，她尊重她的悲伤、她的痛苦，她的爱情以及她对短暂的往事的回忆。

这种尊重使全家在遇到问题时,很重视娜娃勒的意见。她在全家人眼里不再是一个最年幼的成员了,而是他们中最有头脑的一个。娜娃勒感觉到了这些,并以此来压抑自己的悲痛。每当家里遇到一些大大小小的问题时,她总要经过一番深思熟虑,然后才平静而慎重地宣布自己的见解,仿佛她是一个领袖,仿佛那位英雄活在她心中,支配着她的言行,永远同她在一起。

后来,一个她必须做出重大决定的日子到来了,一位青年医生,她的一位女友的哥哥向她求婚了。她必须自己做决定。她的父亲不会强迫她嫁人。

她不喜爱这位青年,因为她仍生活在对易卜拉欣爱情的回忆中。可是她应当出嫁了。男大当婚,女大当嫁。出嫁,这是每个姑娘的命运,也是她们的职责,每个姑娘都要为这件事操心,做父亲的从女儿生下来的那天起,也总是在为这件事操办着。她不能不嫁人,做一辈子老闺女啊!她将如何过日子,又在哪儿过呢?社会促使她去嫁人,而不是去恋爱;家庭盼望她去嫁人,也不是去恋爱。她于是决定嫁给这位医生,决定承担自己的职责,而且要像个样子,做一个贤妻良母。

她竟在姐姐沙米娅之前结了婚。

在办喜事的前一天,她把保存在自己衣柜里的易卜拉欣的衬衣拿了出来,两手捧着,端详了好半天,仿佛她在那衣服中看到了英雄的胸膛。然后她泪潸潸地拿着那衬衣走到哥哥跟前,低声地说:

"这衬衣是烈士易卜拉……"

她没说完名字,就赶紧跑了出去,仿佛若是说出了名字,她的那颗心就会从舌尖上蹦出来。

她不能带着另一个男人的衬衣走进丈夫的家门。可是那小金匣仍然挂在她的胸口上。那里装着一张易卜拉欣亲笔写的纸片,仿佛她还在盼望着同他相见,以便两张纸片合拢,构成一句完整的认主词:"除安拉外,绝无任何主宰;穆罕默德是安拉的使者。"她若是在世上不能与他相会,也许她将在天上与他重聚!

在世上,人们都知道她是一位最贤惠的妻子,她的丈夫是一位最幸福的丈夫。而在天上,却有一个只有安拉才知道的希望……

穆哈伊,他的思想发生了巨大的变化,屋子也发生了巨大的变化。

他屋子变得到处都是书:书桌上放着书,地板上堆着书,柜子里是书,床铺上也是书,有旧书,也有新书。在这书籍的海洋里,他的课堂笔记本和法学院的教材、讲义都不见了。

穆哈伊一个劲儿地读书。他坐在书桌跟前读,躺着读,吃饭时也读……在他身上显示出一种巨大的阅读能力,这一能力是无穷无尽、无休无止、不知道餍足的。他原以为他是围绕着一个问题阅读,但后来却发现,所有的问题都同这一个问题相关联着。他发现,他只有读历史和各种学科:宗教、文学、经济……才可能对自己的祖国和人民有所了解。他读书不是为了消遣,而是为了理解。他一面读,一面手里拿着铅笔,在书上写下眉批,光是眉批还不够,于是他又在一些小纸片上写下自己的心得、体会,夹在每本书的书页里。

他小小的预算供不起他继续这种如饥似渴地啃书,于是他钻起了图书馆,在那里一待就是好几个钟头。他什么都读,甚至连那些旧报纸的合订本也不放过。后来,他对光读阿拉伯文的已经感到不满足了,又读起了英文版本。他像耗子一样,用两眼啃着搞到手的每一本书,每一页纸。他两眼一行一行地啃着,感到津津有味。他感到随着读的这一行行文字,自己也一年年地在成长,感到自己面前展现着一片新天地,自己找到了新结论,就仿佛他在每本书里都为一个棘手的数学题找到了一个简单的解法似的。

穆哈伊真的在成长,他在家里和在同学们之间的影响也在增长。不过他的大量阅读却使他成了一个书呆子,满脑子想的都是理想、理论和书本上的逻辑,而一直脱离激烈的爱国主义活动,没有谁听说过他曾参加过一次游行示威,参加过一个组织或加入过一个党派。他在同学中只是以他的思想意识和研究著称。虽然如此,若是没人问他,他就不会亮出自己的见解,若非迫不得已,他也不会提出自己的研究论文。他仍旧是谨小慎微，一心只想多读一些书。

这种大量的阅读使他放弃了在那一批毕业生中争当头一名的决心。他考试成绩优良，但却不是头一名。他没有为留校当助教而努力奔波，而是接受了一个司法部门的职务。不久，他又辞了职，在一个律师办事处里做起事来。他为那个律师研究案情，准备材料，但却不愿意出庭在法官面前进行辩护。他不时地会拿出一篇洋洋洒洒的爱国主义文章，虽笔调平缓，措辞也不激烈，但逻辑性很强，思想性和爱国主义倾向十分鲜明。他把这篇文章投寄给一家爱国杂志社供发表但却不署名。

有一天早晨，穆哈伊醒来，突然发现革命来到了。他感到自己的心在欢快地跳动，他读着快报，嘴巴咧得大大的，笑了。

他仿佛有些洋洋自得。他深切而诚挚的母亲、沙米娅、娜娃勒，还有阿卜杜勒·哈米德，全家也都参加了。他们是以他们眼中的怒火，以他们在自己周围引起的事件，以他们的思想倾向、他们的希望、他们的民族性格，以及他们那忍受折磨和贫困的意志来参加这次革命的。这次革命是他们家酝酿的啊！

也许这一切正是他喜不自禁的原因，是他的心这么欢快，他这样满面春风、笑逐颜开的原因。

当他看到一个新的英雄，就觉得自己早就认识他，觉得在他身上仿佛也有自己的一些什么东西，觉得自己仿佛也为造就这位新英雄做了些什么。这位新英雄对他来说，并不陌生，他贴近自己的心，贴得非常近。

是啊！他是和人们一起造就了英雄，说得更确切些，是造就了英雄主义。英雄主义不是一个可能会死的个人，而是一种在前赴后继的人们中不断更新的力量，这种力量不是一个人创造出来的，而是一个民族创造出来并体现在具体人身上的。如果这个人牺牲了，或者是步入歧途，它就会再现在另一个人身上。英雄主义永远不会泯灭，永远不会走上邪路。易卜拉欣的英雄主义没有泯灭，也没有走上邪路，无论是柴鲁尔、穆斯塔法·卡米勒①的英雄主义,还是阿拉比②的英雄主义都没有泯灭过,一天都没有泯灭过。它是永世长存的,它与民族共存亡,它体现在一个又一个的领袖身上。

穆哈伊想到这里,笑脸绽得更开了,仿佛是为一个棘手的数学题找到了一个简单的解法。

他转过头,暂不看那走在大街中央的队伍,而注视着那些站在大街两旁的千百万群众。所有这些人都同他一道酝酿了革命。农民以他们的贫困酝酿了它,工人以他们的劳动酝酿了它,学生以他们的觉悟酝酿了它,公务员以他们的愤怒酝酿了它,商人以他们的梦想酝酿了它。这一酝酿过程需要长期的忍耐,需要顽强,需要坚强不屈。它是在监狱中,在集中营里,在皮鞭下出来的,它是世世代代流血牺牲赢来的。

穆哈伊在千百万人中走着,用两眼吻着每一个人,为革命,为千百万人的革命向他们表示着祝贺。这些人在一些安静、朴实而善良的家庭里,无论是英国佬、政治警察,还是本国的统治者,都从未想到这些家庭会是酝酿革命、造就英雄的工厂。

穆哈伊与千百万人融为一体了。

---

① 穆斯塔法·卡米勒(1864—1908)是埃及民族主义领袖,曾在法国学过法律,创办过《旗帜报》,是"祖国党"的创始人之一,毕生主张埃及摆脱英国殖民统治而独立。
② 阿拉比(1841—1911)是埃及爱国军官,曾任过陆军部长,主张埃及独立,反对外国侵略,曾领导人民进行过反英武装斗争,后被捕流放至锡兰(今斯里兰卡)。

译后记

在开罗进修期间(1978—1980),除了学习、研究阿拉伯文学外,我曾想实现两项个人的宿愿:参观举世闻名的世界七大奇迹之一——吉萨的金字塔;拜访那些慕名已久的著名作家。到开罗后未过两天,我同几个朋友便迫不及待地结伴参观了金字塔。半年后,当我第一次登上《金字塔报》社六楼时,激动、兴奋的心情并不亚于见到真正的金字塔,因为这里正是当代埃及乃至阿拉伯文学巨匠聚集的地方,不啻是当代埃及文化的"金字塔":作家陶菲格·哈基姆、纳吉布·马哈福兹、阿卜杜·拉赫曼·谢尔卡维、尤素夫·伊德里斯……在这里全都有自己的办公室。

伊赫桑·阿卜杜·库杜斯的办公室与陶菲格·哈基姆、纳吉布·马哈福兹的办公室相毗邻。在办公室的外间,一个年轻的女秘书在打字;作家在某些作品中曾提到过的女秘书娜尔敏女士负责接待来访者。来访的多为女子。有来谈自己在生活中遇到的难题,向作家请教;有文坛新秀,向老作家讨教;也有的仅是作家的崇拜者,想登门向作家表示一下敬意……几架电话机,这一架刚放下,另一架铃声又响了……娜尔敏女士真像一位能干的管家:大多数的来访者都被挡驾了;有一些,她听着,记下来,再抽时间向作家转告。据说,作家的很多创作素材都是这样一些热心的来访者提供的。

走进办公室的套间,一位看来年过半百的人正伏在一叠小纸头上写着什么。他头发灰白,胖胖的脸上看不出皱纹,也没有胡须,给人印象最深的是他脸上总带着微笑,显得那样和蔼可亲。这就是我久已渴望一见的名作家伊赫桑·阿卜杜·库杜斯先生。娜尔敏女士附耳对他说了两句什么,他赶紧起身同我握手,表示热烈的欢迎。我们先是寒暄了几句。我为打断了他的写作表示抱歉。他说,听说有中国朋友要来,很高兴,特地嘱咐娜尔敏安排了时间;并说,他这人就是这么个习惯:一有空就写,都是随便写在一张张普通的白纸头上,密密麻麻的,再让女秘书打成稿。我对作家这种笔不离手的勤奋表示由衷的敬佩,并说,怪不得他会写出那么多的作品来呢。作家谦虚地说,"现在上了年纪,笔也钝了。年轻时比现在写的要快得多",并颇为知心地告诉我:"说实话,我不是夸口,那时,塔哈·侯赛因①比我地位高,名气大,但我的作品的读者却比他的多。"这话我相信,因为走进埃及或阿拉伯各国的书店,一眼能看到的大量的文学书籍,便是伊赫桑的小说。他的很多作品在阿拉伯读者中,特别是青年学生中,往往不胫而走,作家也成了家喻户晓、妇孺皆知的名人。

我说明了来意:我读过他的代表作《我家有个男子汉》后,深受感动,想通过自己的拙笔把这部名著介绍给中国读者,特别是中国青年一代,并为此向他讨教。他笑着说:本来一个人的作品就像自己生的孩子,不应有所偏爱;但他自己的确也喜欢这部作品,把它看成是自己的宠儿;它常使他想起自己的青年学生时代。他说,自己是个作家,只管写,从不要求别人去介绍自己的作品,但是如果这部小说能被介绍给中国读者,他将非常高兴,表示感谢。并说,他没有别的要求,只希望小说中译本出版后,能寄给他一本,因为他的书架上尚没有自己作品的中译本。作家马上按铃叫进了娜尔敏,告诉她,译者如有什么要求,请她尽量提供方便,设法满足。事后,娜尔敏女士果然照办,提供了有关作家生平的材料,并安排了几次在办公室和在作者家中的会见。这部小说若能同我国读者

---

① 塔哈·侯赛因(1889—1973):阿拉伯近现代最著名的文豪。他自幼双目失明,电影《征服黑暗的人》就是描述其生平的传记片。曾任开罗大学文学院院长、教育部长等职。作品有《日子》(三卷)、《鹡鸰声声》、《苦难树》等。

见面，首先应感谢原作者的鼓励、支持和具体帮助。

伊赫桑·阿卜杜·库杜斯生于1919年1月1日。父亲穆罕默德·阿卜杜·库杜斯原是位工程师，会写诗、编剧，并是戏剧界有名的票友，后来干脆下海，成了著名的戏剧与电影演员。母亲法蒂玛·尤素福是当时蜚声舞台、最红的明星。1924年，她离开舞台，创办了至今仍负盛名的《鲁兹·尤素福》周刊。

伊赫桑从十岁起就开始模仿他父亲，学习写作。在大学，他虽读的是法律，但酷爱文学，读了大量的阿拉伯和英、法文学作品，为他以后的文学创作奠定了坚实的基础。

作家于1942年毕业于开罗大学法学院，曾做过律师和记者。自1945年起，历任《鲁兹·尤素福》周刊主编、《今日消息报》主编和董事长、《金字塔报》董事长等职，并被选为"新闻最高委员会"委员。现为《金字塔报》社专职撰稿人和顾问。

伊赫桑远在学生时代便积极参加了埃及人民的一系列轰轰烈烈的反英、反卖国贼的爱国斗争。在他从事新闻工作后，更以一个记者的身份积极地参加了反对英帝国主义及其走狗的革命斗争。他曾与当时的"自由军官组织"建立过密切的联系；曾在报刊上多次猛烈抨击过腐败的王朝，揭露社会的黑暗。当时由于上层某些权贵营私舞弊以及与以色列进行秘密的武器交易，从而导致了1948年对以色列作战的失败。伊赫桑以他掌握的大量事实揭露了这一肮脏交易的内幕，使舆论大哗，引起轰动。他的这些爱国行动曾引起当时反动当局对他的极端仇视和恐惧。1952年"七二三"革命①前，他曾因政治原因三次被捕入狱，并多次险遭暗害。

"七二三"革命成功后，伊赫桑站在反帝、反霸权的民族主义立场上，一方面写有大量长、中、短篇小说，另一方面也在报刊上经常发表笔调犀利的政治杂文和评论。

伊赫桑是位多产的作家，至今已写了六百多篇小说，出版有中长篇小说和

---

① 指1952年7月23日由纳赛尔领导的"自由军官组织"的革命军人推翻法鲁克王朝的革命。

短篇小说集共三十多本。除其代表作《我家有个男子汉》(1957) 外，著名的中长篇小说还有《我行我素》(1954)、《此路不通》(1955)、《罪恶的心》(1958)、《太阳永不熄灭》(1960)、《一切都无所谓》(1963)。近年来著名的作品有《法蒂玛是失败的代名词》(1975)、《子弹仍在口袋中》(1975)、《免得烟消雾散》(1977)、《别把我独自撇在这里》(1979)、《我们都是贼》(1982) 等。他的大部分作品都已拍成电影、电视剧或改编成广播剧，很多作品都已译成英、法、俄、德、意等多种文字。

伊赫桑文笔通俗、流畅，作品题材广泛而新颖，具有浓烈的时代气息，对许多重大的政治事件、社会问题都有及时的反映，针砭时弊有一定的深度，他尤善于处理有关妇女问题的题材，擅长描写妇女心理。其作品在埃及和阿拉伯世界影响很大。但这些作品亦难免鱼龙混杂，瑕瑜互见，有些作品亦有些不健康的色彩。

伊赫桑的作品近年来已逐渐在我国受到重视。现已翻译出版了他的长篇小说《罪恶的心》；在一些短篇小说集中和一些介绍外国文学的期刊上也相继发表了他的一些短篇小说的译文，受到了我国广大读者的喜爱。

《我家有个男子汉》写于 1956 年，首次发表于 1957 年，最初是以连载的形式，发表于《鲁兹·尤索福》周刊上。当时正值阿拉伯各国人民反帝斗争风起云涌、方兴未艾，以反帝爱国的民族主义为主题的这部小说当时在群众中，特别是在青年学生中风靡一时。至今该书在阿拉伯各国再版的次数和版本之多、发行量之大都很可观。小说出版后很快被改编成同名电影，由如今已成为世界名演员的欧默尔·谢里夫主演，更扩大了它的影响。

小说出版后，在阿拉伯文学界反映也很强烈。著名文学评论家加里·舒克里博士在他写的《抵抗文学》(1970，开罗知识出版社) 一书中，对这部作品评价很高，说该书几乎是埃及唯一的一部创造了一个完美的爱国英雄形象并写出了其成长过程的长篇小说。在开罗大学任教的文学评论家舍菲耳·赛义德博士也在他的《论二次世界大战后至一九六七年埃及长篇小说的倾向》(1978，开罗知识出版社) 一书中，把《我家有个男子汉》

一书誉为埃及反映民族爱国斗争的三部代表杰作之一。

回顾一下埃及近代史,我们可以看到,"七二三"革命前广大埃及人民的反帝爱国斗争几乎从未间断过。他们采取各种形式,同当时英帝国主义者及其走狗——反动的卖国政府进行不屈不挠的斗争。这部作品正是反映了这一重大题材。书中比较成功地塑造了易卜拉欣这样一个爱国英雄的形象:他最初在帝国主义及其走狗的统治、压迫下,由于感到屈辱而愤怒,开始只是采取个人或少数人的冒险、恐怖活动形式进行斗争,在现实的教育下,他逐步成长起来,懂得了只有组织、发动群众起来革命,才能推翻帝国主义和反动王朝的联合统治。小说描述他的成长过程,是真实可信的;描述他与少女娜娃勒的爱情,格调是高尚的。更为可贵的是,作者写出了埃及一个普通的家庭——穆哈伊及其父母、姊妹怎样由谨小慎微、不问政治到卷入了革命的洪流。这一家人的形象(包括转变人物阿卜杜勒·哈米德的形象)塑造得比较成功,是可信、感人的。小说时代感很强,有浓郁的生活气息。故事情节生动曲折,一环扣一环,能紧紧攫住人心。

我国与埃及在解放前都是半封建半殖民地的国家,有着许多共同的遭遇,也都有反帝斗争的光荣传统,因此,这部小说也许会使我国读者更感到亲切一些。只是由于我们水平有限,译文颇拙,敬请读者读后不吝指正。

仲跻昆
1983. 1. 20 于北京

图书在版编目（CIP）数据

我家有个男子汉 /（埃及）伊赫桑·阿卜杜·库杜斯著；仲跻昆, 刘光敏译. -- 北京：华文出版社, 2017.7

　ISBN 978-7-5075-4725-2

　Ⅰ. ①我… Ⅱ. ①伊… ②仲… ③刘… Ⅲ. ①长篇小说 - 埃及 - 现代 Ⅳ. ①I411.45

中国版本图书馆CIP数据核字（2017）第180584号

我家有个男子汉

作　　者：	〔埃及〕伊赫桑·阿卜杜·库杜斯
译　　者：	仲跻昆　刘光敏
策　　划：	杨　平
责任编辑：	杨　宁　郭俊萍
特邀编辑：	张国平
出版发行：	华文出版社
社　　址：	北京市西城区广外大街305号8区2号楼
邮政编码：	100055
网　　址：	http://www.hwcbs.com.cn
电子信箱：	sinoculturepress@yahoo.com
电　　话：	总编室 010-58336239　发行部 010-58336270
	责任编辑 010-58336258
经　　销：	新华书店
印　　刷：	北京联兴盛业印刷股份有限公司
开　　本：	710×1000　1/16
印　　张：	25.75
字　　数：	250千字
版　　次：	2017年8月第1版
印　　次：	2017年8月第1次印刷
标准书号：	ISBN 978-7-5075-4725-2
定　　价：	58.00元

版权所有，侵权必究